# EMPEZAMOS POR EL FINAL

Chris Whitaker

# EMPEZAMOS POR EL FINAL

Traducción del inglés de
Antonio Padilla Esteban

Papel certificado por el Forest Stewardship Council®

MIXTO
Papel procedente de
fuentes responsables
FSC® C117695

Penguin
Random House
Grupo Editorial

Título original: *We Begin at the End*
Primera edición: enero de 2022

© 2020, Chris Whitaker
© 2022, Penguin Random House Grupo Editorial, S.A.U.
Travessera de Gràcia, 47-49. 08021 Barcelona
© 2022, Antonio Padilla Esteban, por la traducción

Printed in Spain – Impreso en España

ISBN: 978-84-18363-78-8
Depósito legal: B-17.679-2021

Compuesto en La Letra, S.L.
Impreso en Romanyà-Valls
Capellades, Barcelona

SM63788

*A mi pequeña forajida particular*

«Si veis algo, levantáis la mano.

»Da lo mismo si es un papel de liar cigarrillos o un bote de refresco.

»Si veis algo, levantáis la mano.

»Ojo, nada de tocarlo.

»Levantáis la mano y punto.»

Con los pies hundidos en el vado, los del pueblo se dispusieron a buscar. Avanzaron en fila, a veinte pasos el uno del otro: cien ojos mirando hacia abajo, aunque pendientes de no disgregarse; una coreografía de almas en pena.

A sus espaldas, el pueblo iba vaciándose: la noticia había ahogado el eco del largo, límpido verano.

Ella era Sissy Radley. Siete años, cabello rubio. Casi todos la conocían: al jefe de policía Dubois no le hizo falta repartir fotos.

Walk iba en uno de los extremos de la fila. Pese a la intrepidez de sus quince años, las rodillas le temblaban a cada paso.

Avanzaron como un ejército por el bosque. Los policías delante, barriendo el terreno con las linternas. Detrás de los árboles asomaba el mar. Había un largo trecho río abajo hasta allí, pero la niña no sabía nadar.

Martha May caminaba junto a Walk. Llevaban tres meses saliendo juntos, pero sin ir más allá del morreo ocasional: el padre de ella era ministro de la iglesia episcopal de Little Brook.

—¿Sigues pensando en hacerte policía de mayor? —le preguntó.

Walk contempló a Dubois, quien andaba encorvado, con el peso de la última esperanza sobre los hombros.

—Acabo de ver a Star —siguió Martha sin esperar respuesta—. Andaba por delante, con su padre. Estaba llorando. —Star Radley, la hermana de la niña desaparecida: la mejor amiga de Martha. Eran un grupo muy unido, sólo faltaba uno—. ¿Dónde está Vincent?

—He estado con él hace un rato, igual está en el otro lado.

Walk y Vincent eran como hermanos. Cuando tenían nueve años se hicieron unos tajos en las palmas de las manos, las unieron y se juraron lealtad.

Ni Martha ni Walk dijeron nada más, se limitaron a seguir buscando. Dejaron atrás Sunset Road y el Árbol de los Deseos. Las zapatillas Converse abrían surcos entre las hojas muertas. Walk iba atento y concentrado, pero a punto estuvo de no verlo.

Novecientos kilómetros de litoral californiano, autovía estatal número uno, a diez pasos de Cabrillo. Se detuvo en seco, levantó la vista y se dio cuenta de que los demás seguían avanzando sin él.

Se acuclilló.

El zapato era pequeño, de cuero rojo y blanco, con una hebilla dorada.

Un coche que avanzaba por la carretera aminoró la velocidad. Los faros resiguieron la curva hasta que iluminaron a Walk.

Y entonces vio a la niña.

Respiró hondo y levantó la mano.

# PRIMERA PARTE

## La forajida

# 1

Walk se mantuvo unos pasos atrás del gentío enfebrecido. A algunos los conocía desde que tenía uso de razón, a otros desde el momento en que vinieron al mundo.

También había veraneantes con cámaras y quemaduras solares. Sonreían despreocupados, ignorantes de que las aguas no sólo daban mordiscos a los árboles.

Varios periodistas de medios locales se acercaron. Una reportera de la cadena KCNR consiguió hacerse oír por encima de los demás:

—¿Podríamos hablar un momento con usted, jefe Walker?

Walk sonrió y metió las manos en los bolsillos. Se disponía a escabullirse cuando se levantó un murmullo.

Tras un crujido, el tejado cedió; algunos trozos fueron a chocar con el agua y se hundieron. Otros derrumbes dejaron al descubierto la estructura, tosca y esquelética: la casa ya no era más que una casa. Había sido el hogar de los Fairlawn desde que Walk tenía uso de razón. Entonces se hallaba a una treintena de metros del mar.

Hacía un año que estaba prohibido acercarse al acantilado, cada vez más erosionado: el camino de acceso estaba cerrado con cintas. Los funcionarios estatales venían de vez en cuando y hacían mediciones y estimaciones.

Una lluvia de tejas se precipitó al mar. Revuelo de cámaras, desvergonzada excitación. Milton, el carnicero, hincó la rodilla en tierra e hizo una vistosa foto cuando el asta se inclinó y el viento arrancó la bandera.

El menor de los hermanos Tallow quiso correr para cogerla y su madre lo agarró por el cuello de la camiseta con tanta fuerza que el pequeño cayó de culo.

Más allá, el sol caía sobre el mar casi al mismo tiempo que el edificio, seccionando el agua con tajos anaranjados, granates y de otros tonos sin nombre. La periodista ya tenía su noticia: el adiós a un retazo de historia tan diminuto como para resultar irrelevante.

Walk miró alrededor y vio a Dickie Darke contemplando impasible la escena. Con sus más de dos metros de estatura, parecía un gigante. Estaba en el negocio inmobiliario: era propietario de numerosas casas en Cape Haven y de un club en Cabrillo, la clase de tugurio donde la depravación te salía por diez dólares y un trocito de dignidad.

Siguieron allí de pie una hora más. A Walk ya le dolían las piernas cuando el porche cedió por fin. Los mirones refrenaron el impulso de aplaudir, dieron media vuelta y se marcharon a disfrutar de sus cervezas y carnes a la parrilla, de las barbacoas cuyos fuegos titilaban en la oscuridad cuando Walk hacía la última ronda de la jornada. Volvieron como flotando sobre el camino de piedras, una especie de murete de un solo nivel, seco pero firme. Al fondo podía verse el Árbol de los Deseos: un roble tan enorme y ancho que unos puntales tenían que sostener las ramas: el viejo pueblo de Cape Haven hacía cuanto podía para seguir siendo el de siempre.

Walk acostumbraba a subir a aquel árbol con Vincent King cuando eran chavales, una época tan remota que hoy era prácticamente insignificante. Dejó que una de sus manos temblorosas descansara en la culata de la pistola y la otra sobre el cinturón. Lucía corbata, camisa con el cuello almidonado, zapatos lustrados. Había quienes admiraban la forma en que había aceptado su lugar en el mundo; otros la encontraban patética: Walker, el capitán de un navío que nunca jamás zarpaba del puerto.

Reparó en la muchacha: avanzaba contra el gentío cogiendo de la mano a su hermano, que pugnaba por no quedarse rezagado.

Duchess y Robin, los hermanos Radley.

Fue hacia ellos sin apresurarse demasiado: ya sabía lo que pasaba.

El niño tenía cinco años y lloraba en silencio, la chica acababa de cumplir trece y nunca lloraba.

—Vuestra madre —dijo Walk.

No era una pregunta, sino la constatación de un hecho tan trágico que la muchacha ni siquiera asintió con la cabeza, sencillamente se dio la vuelta y echó a andar segura de que él la seguiría.

Avanzaron por calles oscurecidas por el crepúsculo, frente a tranquilizadores vallados de madera y guirnaldas de luces. La luna se elevaba en el cielo señalándoles burlonamente el camino, como llevaba haciendo treinta años. Dejaron atrás casas grandes y lujosas, cristal y acero que combatían la naturaleza y desafiaban a aquel panorama de belleza terrible.

Bajaron por Genesee, donde Walk seguía viviendo en la vieja casa de sus padres, hasta Ivy Ranch Road. La casa de los Radley apareció ante sus ojos: persianas destartaladas, una bicicleta volcada con una rueda tirada al lado. En Cape Haven, sólo había blanco y negro, sin medias tintas.

Walk se separó de los hermanos y apretó el paso por el sendero. No se veían luces encendidas en el interior de la casa, pero sí el parpadeo azulado del televisor. Volvió la cara y vio que Robin continuaba llorando y Duchess mirando al frente con sus ojos implacables.

Encontró a Star en el sofá con una botella al lado, aunque esta vez sin pastillas de ninguna clase. Un pie calzado y el otro descalzo, dedos cortos, uñas pintadas.

—Star. —Walk se arrodilló y le palmeó la mejilla—. Star, despierta.

Lo dijo con voz tranquila porque los niños estaban en la puerta. Duchess tenía el brazo sobre el hombro de su hermano, que se apoyaba en ella con todo su peso, casi desparramándose, como si su pequeño cuerpo se hubiera quedado sin huesos.

Walk le dijo a la chica que llamara al 911: el número para emergencias.

—Ya lo he hecho.

Walk levantó los párpados de Star con los pulgares, pero no vio más que el blanco.

—¿Va a ponerse bien? —preguntó el pequeño a su espalda.

Walk echó un vistazo a la puerta con la esperanza de oír unas sirenas. Entrecerró los ojos al toparse con un cielo rojo como el fuego.

—¿Podéis salir a ver si ya vienen?

Duchess lo entendió a la primera, se llevó a Robin fuera.

Star se estremeció de pronto, vomitó un poco y volvió a estremecerse, como si Dios o la muerte la hubieran tenido agarrada y ahora la soltaran, pero no sin violencia. Walk le había dado tiempo al tiempo: habían transcurrido tres decenios desde lo de Sissy Radley y Vincent King, pero Star seguía farfullando cosas sobre la eternidad, la colisión del pasado y el presente, la fuerza que desencadenaba el futuro. No había remedio.


Duchess acompañaría a su madre en la ambulancia, Walk se encargaría de llevar a Robin.

Duchess miraba al médico sumido en su trabajo. No pretendía sonreír, cosa que ella agradecía. Tenía entradas en la frente, estaba sudando y quizá harto de salvar las vidas de quienes tanto empeño ponían en morir.

Permanecieron un rato frente a la casa con la puerta abierta para Walk, quien estaba allí con ellos como siempre, la mano posada en el hombro de Robin. El pequeño lo necesitaba: necesitaba el consuelo de un adulto, la sensación de seguridad.

Al otro lado de la calle las cortinas de las ventanas se agitaban, las sombras juzgaban en silencio. Duchess vio a unos chavales de su escuela llegar pedaleando a toda prisa con los rostros enrojecidos: las noticias circulaban a una velocidad de vértigo en ese pueblo donde cualquier ordenanza municipal era susceptible de ocupar las primeras planas.

Los dos chicos se detuvieron junto al coche de la policía y dejaron caer las bicicletas al suelo. El más alto, jadeante y con el flequillo pegado a la frente por el sudor, echó a andar hacia la ambulancia.

—¿Está muerta?

Duchess levantó el mentón, le sostuvo la mirada.

—Vete a cagar.

El motor se puso en marcha, la portezuela se cerró de golpe. Los cristales ahumados hacían que el mundo se tornara mate.

Los vehículos serpentearon por las curvas hasta salir de la colina. A sus espaldas se extendía el Pacífico, del que emergían rocas como cabezas de hombres que estuvieran ahogándose.

Duchess contempló su calle hasta que los árboles se estiraron lo suficiente como para que sus ramas se tocaran entre sí, al llegar a Pensacola; ramas como manos unidas en rezo por la chica y su hermano, por la tragedia inacabable iniciada mucho antes de que la una y el otro vinieran al mundo.


La noche se encontró con muchas otras noches iguales, cada una engullendo a Duchess tan completamente que ella sabía que nunca más volvería a ver la luz del día, no del modo que los demás niños la veían.

El hospital era el de Vancour Hill, como ella sabía demasiado bien. Cuando se llevaron a su madre se quedó de pie sobre el suelo lustroso como un espejo con la mirada fija en la puerta por la que Walk entró acompañado de Robin. Fue hacia ellos, cogió a su hermanito de la mano, lo llevó al ascensor y subió con él al segundo piso. Entraron en la sala, a media luz, destinada a los familiares. Duchess juntó dos butacas. Fue al vecino cuarto de los suministros a buscar dos mantas y convirtió las butacas en un camastro. Robin se la quedó mirando sin saber bien qué hacer, muerto de sueño, con grandes ojeras oscuras.

—¿Tienes pipí?

Robin asintió con la cabeza.

Duchess lo llevó a los servicios, esperó unos minutos y luego se aseguró de que su hermano se lavara bien las manos. Encontró pasta de dientes, apretó el tubo para ponerse un poco en el dedo y frotó los dientes y encías del pequeño. Robin escupió, Duchess terminó de refregarle la boca.

Lo ayudó a descalzarse y encaramarse en las butacas, sobre las que se acomodó como un animalillo mientras ella lo cubría.

Asomó los ojos y dijo:

—No me dejes solo.

—Eso nunca.

—¿Mamá se pondrá bien?

—Sí.

Duchess apagó la televisión dejando la sala en una penumbra rojiza por efecto de las luces de emergencia, lo bastante tenues como para que Robin se quedara dormido antes de que ella llegara a la puerta.

Ella se quedó de pie bajo la luz clínica del hospital con la espalda apoyada contra la puerta: no dejaría entrar a nadie, en el tercer piso había otra sala para familiares. Al cabo de una hora, reapareció Walk, bostezando como si tuviera motivos. Duchess sabía lo que hacía un día tras otro: conducir por la autovía de Cabrillo, recorrer aquellos kilómetros perfectos que empezaban en Cape Haven, una sucesión de vistas hasta tal punto paradisíacas que gente de todo el país viajaba hasta allí y se compraba una casa que luego dejaba desocupada durante diez meses al año.

—¿Robin duerme?

Ella asintió con la cabeza.

—He ido a ver cómo está tu madre. Saldrá de ésta.

Duchess volvió a asentir.

—Toma alguna cosa, un refresco o lo que sea, hay una máquina junto a...

—Lo sé.

Echó un vistazo al interior de la sala y vio que su hermano dormía a pierna suelta; así seguiría hasta que ella lo despertase.

Walk le tendió un billete de un dólar que ella aceptó con desgana.

Caminó por los pasillos, compró el refresco, pero no se lo bebió: lo guardaría para cuando Robin despertara. Fue asomándose al interior de los cubículos y oyó los sonidos de los nacimientos, de las lágrimas y de la vida. Vio personas que eran pura cáscara, tan vacías que supo que no iban a recuperarse. Unos policías conducían a unos hombres de aspecto peligroso, con tatuajes en los brazos y sangre en la cara. Le llegaron los olores de los borrachos, de la lejía, del vómito y la mierda.

Se cruzó con una enfermera que le sonrió: casi todas la conocían de vista; era otra de esas niñas dejadas de la mano de Dios.

Al regresar, vio que Walk había colocado dos butacas junto a la puerta. Comprobó que su hermano estaba bien y se sentó.

Walk le ofreció un chicle que ella rechazó negando con la cabeza.

Saltaba a la vista que el policía tenía ganas de hablar, de decirle que las cosas cambiarían y otras mierdas por el estilo: que había que mirar más allá, que todo sería distinto en el futuro...

—No llamaste a los servicios sociales —dijo Walk.

—Y tú tampoco.

—Tendría que hacerlo. —Walk lo dijo con tristeza, como si le hubiera fallado o no hubiera estado a la altura de su placa de policía, Duchess no sabría decirlo.

—Pero no lo vas a hacer.

—No.

La barriga le tensaba la camisa marrón claro. Tenía los carrillos orondos y sonrosados de un muchacho al que sus padres no saben decirle que no, y una expresión tan franca que Duchess lo consideraba incapaz de guardar un solo secreto.

Star decía que era bueno de la cabeza a los pies, como si eso tuviera importancia.

—Tendrías que dormir un poco.

Siguieron así sentados hasta que las estrellas dejaron paso a la primera luz. La luna se olvidó de irse y se quedó allí, convertida en una mancha borrosa en el nuevo día, un recuerdo de su propio esplendor perdido. Al otro lado de la sala había una ventana, Duchess acercó la cara al cristal y apretó la frente contra los árboles y las hojas. Oyó cantar a los pájaros, vio el mar a lo lejos y unos puntos brillantes que eran los pesqueros deslizándose sobre las olas.

Walk carraspeó.

—Tu madre... esto... ¿hay algún hombre que...?

—Siempre hay un hombre: cuando sucede una puta desgracia siempre hay un hombre de por medio.

—¿Darke?

Duchess no repondió.

—¿No puedes decírmelo? —preguntó él.

—Yo soy una forajida.

—Ya.

Duchess llevaba un lazo en el cabello que tenía por costumbre toquetear. Era muy flaca, muy pálida, muy bonita, clavada a su madre.

—Ahí al lado acaba de nacer un niño —comentó Walk cambiando de tema.

—¿Qué nombre le han puesto?

—No lo sé.

—Me juego cincuenta pavos a que no se les ha ocurrido ponerle Duchess.

A Walk se le escapó una risa.

—Es un nombre raro, sin duda, incluso exótico... Ya sabrás que iban a ponerte Emily.

—Como Emily Dickinson: «Y atroz deberá ser la tormenta...»

—Eso mismo.

—Mamá sigue leyéndole de vez en cuando ese poema a Robin: «La esperanza es esa cosa con plumas.»

Duchess se sentó, cruzó la pierna, se frotó el muslo. Su zapatilla deportiva estaba floja y gastada:

—¿Ésta es mi tormenta, Walk?

Walk bebió un sorbo de café. Daba la impresión de estar buscando la respuesta a una pregunta imposible.

—A mí el nombre Duchess me gusta: «Duquesa.»

—Pues prueba a llevarlo una temporada. De haber sido un niño, igual me habrían llamado Sue. —Dijo en referencia a la canción de Johnny Cash.

Echó la cabeza atrás y contempló las persianas:

—Mi madre quiere morirse.

—No es eso, no tienes que pensar esas cosas.

—No termino de tener claro si el suicidio es el acto más egoísta o el más desprendido de todos.

A las seis, una enfermera la llevó a ver a su madre.

Star estaba tumbada. Era la sombra de una persona; ni la sombra de una madre.

—La Duquesa de Cape Haven —dijo sonriendo, aunque lánguidamente—. Todo está bien...

Duchess la miró a los ojos y Star rompió a llorar. La chica se acercó, puso la mejilla sobre el pecho de su madre y se maravilló de que su corazón pudiera seguir latiendo.

Yacían juntas al amanecer del nuevo día, un día nuevo que, sin embargo, no prometía nada porque todas las promesas eran puras falsedades.

—Te quiero... no sabes cuánto lo siento.

Duchess podría haber respondido muchas cosas, pero en aquel momento sólo supo decir:

—Yo también te quiero.

# 2

Todo el paisaje se desparramaba desde lo alto de la colina.

El sol trepaba por el cielo cerúleo cuando Duchess, en el asiento de atrás junto a su hermanito, le cogió la mano.

Walk condujo por su calle y se detuvo frente a la vieja casa. Luego los acompañó dentro. Trató de hacerles el desayuno, pero la alacena estaba vacía. Tuvo que dejarlos e ir corriendo al café de Rosie a comprar unas tortitas. De vuelta en la casa, le dio gusto ver que Robin se comía tres de una sentada.

Tras lavarle la cara a Robin y prepararle la ropa, Duchess se asomó por la puerta y descubrió a Walk sentado en el escalón. Contempló el tranquilo inicio de la jornada en Cape Haven, vio pasar al cartero y a Brandon Rock, el vecino de al lado, salir y ponerse a regar el césped. El hecho de que no les llamara la atención el coche de policía aparcado frente a la casa de los Radley la alegraba y la entristecía a la vez.

—¿Quieres que te lleve en el coche?

—No. —Duchess se sentó a su lado y se puso a anudarse el cordón de una zapatilla.

—¿La recojo yo solo?

—Me dijo que llamaría a Darke.

Duchess desconocía la verdadera naturaleza de la amistad entre su madre y el jefe de policía Walker, aunque sospechaba que éste quería follársela, como todos los demás hombres del pueblo.

Observó el desolado jardín de la casa. El verano anterior había estado plantando rosas floribundas, malvas índicas y lilos de California con su madre y Robin, que iba y venía con una regaderita, mojando la tierra para ablandarla, con las mejillas rojas de tanto viaje.

Las flores murieron por abandono.

—¿Te ha explicado tu madre lo que pasó anoche? —preguntó Walk en tono amable—. ¿Sabes por qué lo hizo?

Era la clase de pregunta cruel que Duchess no esperaba oír de labios de Walk, más que nada porque, por lo general, no había ninguna razón en particular. Sin embargo, sabía por qué se lo preguntaba: estaba al corriente de lo sucedido con Vincent King y con su tía Sissy, que yacía enterrada en el cementerio junto al borde del acantilado. Todos conocían su tumba, situada tras el poste de madera deslucida que indicaba la zona donde estaban los niños. Niños a los que el mismo Dios al que sus padres tanto le rezaban había dejado morir.

—No me ha explicado nada —respondió.

Oyeron a Robin a sus espaldas. Duchess se levantó y le atusó el pelo, le limpió con un poco de saliva una mancha de pasta de dientes que tenía en la mejilla y miró en su mochilita escolar para asegurarse de que llevaba el libro de lectura, el cuaderno y el botellín de agua.

Se la colocó a su hermano en la espalda. Robin volvió la cara y ambos sonrieron.

Juntos, miraron al coche de policía alejarse por la larga calle. A continuación, Duchess le pasó el brazo por el hombro a su hermano y echaron a caminar.

El vecino dejó de regar y se acercó a la linde de su jardín delantero con aquella leve cojera que tanto se esforzaba en disimular. Brandon Rock. Ancho de hombros, bronceado por el sol, un aro en una oreja, peinado ochentero, batín de seda. A veces hacía ejercicios con pesas con la puerta del garaje abierta y heavy metal a toda castaña.

—¿Otra vez tu madre? Alguien tendría que hablar con los servicios sociales. —Su voz hacía pensar en una nariz rota nunca arreglada del todo. En una mano sostenía una mancuerna que de vez en cuando levantaba y llevaba hacia el pecho. Su brazo derecho era considerablemente más voluminoso que el izquierdo.

Duchess se volvió hacia él.

Llegó una ráfaga de viento y el batín se le abrió de golpe.

Duchess arrugó la nariz.

—Enseñándosela a una niña. Tendría que llamar a la policía.

Brandon no le quitó los ojos de encima mientras Robin la cogía de un brazo y se la llevaba de allí.

—¿Has visto que a Walk le temblaban las manos? —preguntó el pequeño.

—Siempre le tiemblan más por la mañana.

—¿Por qué?

Duchess se encogió de hombros, aunque conocía la respuesta. Los problemas que tenían Walk y su madre, y cómo los gestionaban.

—¿Mamá te dijo algo anoche, cuando yo estaba en mi cuarto...?

En aquel momento, Duchess estaba ocupada haciendo los deberes: su árbol genealógico. Robin aporreó la puerta de pronto y la avisó de que mamá estaba otra vez mal.

—Había sacado las fotos... —siguió el chico— las viejas fotos con Sissy y el abuelito.

Robin se había enterado de que tenía un abuelo, aquel hombre alto que aparecía en las fotos, la primera vez que las vio. Le alegraba saberlo, aunque no lo hubiese conocido y su madre prácticamente no hablara de él. Necesitaba contar con gente, aunque fueran sólo nombres vacíos, para sentirse menos vulnerable. Ansiaba tener primos y tíos, disfrutar de partidos de fútbol y barbacoas los domingos, como los demás niños de su clase.

—¿Sabes algo de Vincent King?

Duchess lo cogió de la mano mientras cruzaban hacia la calle Fisher.

—¿Por qué lo preguntas? ¿Qué sabes tú de él?

—Que mató a la tía Sissy hace treinta años, en los setenta, cuando los hombres llevaban bigote y mamá se peinaba muy raro.

—Sissy no era nuestra tía en realidad.

—Sí que lo era —repuso simplemente Robin—. Se parecía mucho a ti y a mamá. Era igualita.

Duchess se había enterado de lo esencial de la historia a lo largo de los años, de labios de su madre, cuando la contaba arrastrando las palabras, y por sí misma, en la biblioteca de Salinas, donde había estado trabajando en su árbol genealógico durante la primavera anterior. Había dado con las lejanas raíces de los Radley, y el libro se le había caído al suelo el día que estableció la relación con un forajido prófugo de nombre Billy Blue Radley. Se trataba del tipo de hallazgo que la enorgullecía: fue un placer subir a la tarima y contárselo a la clase entera. Sin embargo, por la parte de su padre no había nada más que un interrogante que la llevó a discutir agriamente con su madre. Star se había quedado embarazada no una, sino dos veces, de sendos desconocidos y se las había arreglado para quedarse soltera y con dos niños que durante toda la vida iban a preguntarse qué sangre corría por sus venas.

—Puta... —murmuró Duchess aquella vez.

Lo pagó con creces: un mes entero encerrada en casa.

—¿Te has enterado de que Vincent King sale hoy de la cárcel?

Robin se lo dijo en un susurro, como si se tratara de un grave secreto.

—¿Quién te lo ha dicho?

—Ricky Tallow.

La madre de Ricky Tallow trabajaba en la comisaría de Cape Haven.

—¿Qué más te ha dicho Ricky?

Robin desvió la vista.

—¿Robin?

—Que tendrían que haberlo freído por lo que hizo, pero entonces la señorita Dolores se puso a gritarle.

—«Tendrían que haberlo freído.» ¿Sabes lo que quiere decir?

—No.

Duchess lo cogió de la mano y cruzaron hacia Virginia Avenue, donde los solares eran algo mayores. El pueblo de Cape Haven estaba organizado de cara al mar, y el valor del terreno disminuía contra más alejado se hallara de la costa. Duchess tenía claro cuál era su lugar: no era casual que su casa estuviera en la calle más alejada del océano.

Formaron detrás de un grupo de niños. Duchess los oyó hablar de los Lakers y de las últimas contrataciones.

Cuando llegaron a la entrada, volvió a atusarle el pelo a Robin y se aseguró de que tuviera bien abotonada la camisa.

—Pórtate bien, ¿eh?

—Claro.

—No le cuentes a nadie lo de mamá.

Lo abrazó, le dio un beso en la mejilla y luego un empujoncito para que entrara. No le quitó los ojos de encima hasta que la señorita Dolores se hizo cargo de él. Entonces, se marchó por la acera llena de niños.

Agachó la cabeza mientras pasaba frente a un grupito sentado en unos escalones: Nate Dorman y sus amigos.

Con el cuello de la camisa subido y las mangas de la camisa arrolladas sobre los flacos bíceps, Nate le espetó:

—He oído que tu madre ha vuelto a joderla.

Risas.

Duchess se dio la vuelta y se plantó delante de él.

Nate no se arredró.

—¿Pasa algo?

Duchess lo miró a los ojos.

—Para que lo sepas, yo soy una forajida: Duchess Day Radley. Y tú, Nate Dorman, eres el cobarde de esta película.

—Estás loca.

Duchess dio un paso hacia él. Lo miró tragar saliva.

—Vuelve a mencionar a alguien de mi familia y te corto la cabeza, hijo de puta.

Nate trató de responder con una risa sardónica, pero no lo consiguió. Corrían rumores sobre esa chica: a pesar de la cara bonita y el cuerpo liviano, a veces se le cruzaban los cables hasta tal punto que ni sus amigas se atrevían a intervenir.

Duchess lo apartó desdeñosamente de su camino y lo oyó espirar pesadamente a sus espaldas mientras seguía andando hacia la escuela con los ojos ardiéndole tras otra noche de tormento.

# 3

Los erosionados acantilados se extendían a lo largo de un kilómetro y medio hasta que la serpenteante carretera se perdía entre los altos robles de Clearwater Cove. Walk conducía con cuidado, sin pasar de cuarenta.

Tras dejar a Duchess y a Robin, fue a la casa de King, donde rastrilló las hojas muertas del caminillo y limpió un poco el jardín. Llevaba treinta años haciéndolo: formaba parte de su inmutable rutina.

Una vez en la comisaría, se acercó al mostrador de la entrada y saludó a Leah Tallow. Sólo eran ellos dos; Walk, de servicio todos y cada uno de los días de su vida. Por la ventana veía pasar las estaciones y a los veraneantes que llegaban y se marchaban. Muchas veces se dejaban alguna que otra cesta de pícnic: vinos, quesos y chocolates que lo obligaban a hacerle un nuevo agujero a su cinturón cada año.

Tenían una ayudante, Valeria Reyes, que iba cuando la necesitaban o simplemente cuando se aburría de cuidar el jardín de su casa.

—¿Estás preparado para lo de hoy? —preguntó Leah—. Porque ya sabes: hoy sale King.

—Estoy preparado desde hace treinta años. —Walk procuró sonreír lo justo—. Salgo un momento. Cuando vuelva te traigo unas pastas.

Recorrió la calle Mayor como todas las mañanas, andando al estilo de los policías que había visto en la tele. En su día probó a llevar bigote, como Magnum; tomaba notas cuando veía la serie *Crímenes imperfectos*; incluso llegó a comprarse una gabardina beige: si un día se topaba con un caso de verdad, estaría preparado.

Vio las banderas pendiendo de las farolas, los relucientes monovolúmenes aparcados junto a las aceras, las verdes marquesinas proyectando sombras sobre la acera impoluta. Vio el Mercedes de los Patterson estacionado en doble fila, pero no iba a ponerles una multa; quizá le haría una advertencia amigable a Curtis la próxima vez que lo viera. Apretó el paso al pasar frente a la carnicería, pero Milton salió a toda prisa al escalón de la entrada. Llevaba el mandil salpicado de sangre y un trapo en la mano, como si fuera posible quitar las manchas que tenía en las palmas.

—Buenos días, Walk.

Era un hombre tremendamente peludo: un espeso vello rizado cubría cada centímetro de su cuerpo. Estaba obligado a afeitarse hasta más arriba de los pómulos tres veces al día, de otro modo corría el riesgo de que un empleado del zoológico se confundiera al verlo por la calle y le disparase un dardo sedante.

En el escaparate había ciervo, tan fresco que la víspera había estado pastando en libertad junto a Mendocino. Milton era cazador. Llegada la temporada, le faltaba tiempo para encasquetarse el gorro con orejeras y meter las escopetas, las lonas impermeabilizadas y la neverita con cervezas en la caja de su pick-up Comanche. Walk había salido una vez con él, cuando se quedó sin más pretextos.

—¿Ya has hablado con Brandon Rock? —Milton pronunció cada palabra trabajosamente, como quien se ha quedado sin aliento después de una larga parrafada, hasta finalmente escupir el nombre.

—Aún no.

Brandon Rock tenía un Ford Mustang cuyo tubo de escape petardeaba con tanto estrépito que la gente llamaba a comisaría. El asunto empezaba a ser fastidioso de veras.

—Me he enterado de lo de Star. Otra vez lo mismo, ¿no?

Se enjugó el sudor de la frente con el trapo ensangrentado. Corría el rumor de que no comía otra cosa que carne, y eso pasaba factura.

—Star está bien; esta vez sencillamente se puso enferma.

—Lo vi todo. Qué vergüenza... con los dos niños de por medio.

Milton vivía justo enfrente de Star. Comandaba el menguante «grupo de vigilancia» del barrio, pero su interés por ella y sus hijos tenía más que ver con su propia existencia solitaria.

—Siempre te las arreglas para verlo todo, Milton. Igual tendrías que haberte hecho policía.

Milton agitó la mano.

—Bastante tengo con llevar el grupo de vigilancia. Anoche tuvimos un diez cincuenta y uno.

—Un coche mal aparcado.

Milton utilizaba los códigos de la policía con asiduidad e imprecisión.

—Star tiene suerte de que cuides de ella. —Se sacó un palillo del bolsillo y procedió a mondarse los dientes—. Estaba pensando en Vincent King. Hoy es el día, ¿no? Al menos eso dice la gente.

—Sí, hoy es el día.

Walk se agachó, recogió una lata de refresco y la tiró a la papelera. Notó el sol ardiente en el cogote.

Milton lanzó un silbido y dijo:

—Treinta años, Walk.

Tendrían que haber sido diez, en el peor de los casos, pero King la había armado en la cárcel. Walk no había llegado a leer el informe completo, tan sólo sabía que su amigo de la niñez tenía dos muertes en su historial. Los diez años se convirtieron en treinta, el homicidio involuntario en asesinato, el muchacho en un hombre.

—Sigo acordándome del día en que pasó todo aquello. De cuando fuimos por el bosque, ¿recuerdas? Y bien, ¿King vuelve a Cape Haven?

—Eso creo.

—Pues dile que venga a verme si le hace falta algo. Mejor dicho, ¿sabes qué, Walk? Se me ocurre que igual podría reservarle un par de manitas de cerdo. ¿Qué te parece la idea?

Walk buscó la respuesta adecuada.

—En fin. —Milton se aclaró la garganta y miró al suelo—. Esta noche va a haber una superluna. Valdrá la pena verlo, y justo acabo de comprarme un telescopio Celestron nuevo. Aún tengo que instalarlo, pero si quieres pasarte...

—Tengo cosas que hacer, ¿lo dejamos para otra vez?

—Claro. Pero vuelve por aquí a la que estés fuera de servicio. Puedo darte el cuello. —Señaló el ciervo con el mentón.

—No, por Dios. —Walk dio un paso atrás, se palmeó el estómago y añadió—: Tengo que...

—No te preocupes, que es carne muy magra. Si la estofas bien queda realmente buena. Te ofrecería el corazón, pero huele realmente fuerte cuando lo haces a la parrilla.

Walk cerró los ojos, notando las náuseas. La mano le temblaba. Milton lo notó e hizo amago de añadir alguna cosa, pero Walk se apresuró a marcharse.

No vio a nadie alrededor, así que tragó un par de comprimidos.

Era dolorosamente consciente de su adicción.

Pasó por delante de tiendas y cafés, saludó a unas cuantas personas, ayudó a la señora Astor a cargar las bolsas de la compra en el coche, dejó que Felix Coke le diera la tabarra sobre el tráfico en Fullerton.

Se detuvo ante la Brant's Delicatessen, cuyo escaparate mostraba hileras de pastas y quesos.

—¿Qué tal, jefe Walker?

Era Alice Owen con el pelo recogido y una espesa capa de maquillaje, pese a la ropa de gimnasia. Llevaba en brazos un perrillo en miniatura de raza desconocida, tan flaco que se podían contar las costillas en sus costados temblorosos. Cuando Walk acercó la mano para acariciarlo, el animal gruñó y enseñó los dientes.

—¿Te importaría vigilar un momentito a *Lady* mientras recojo una cosa? Vuelvo en un segundo.

—Claro. —Hizo amago de coger la correa.

—Huy, no puede estar en el suelo: acaban de cortarle las uñas y las tiene muy sensibles.

—Las garras, querrás decir

Sin responder, Alice le puso la perra en los brazos y entró en el local.

A través del escaparate, Walk la vio pedir algo en el mostrador y ponerse a charlar con otro veraneante. Esperó diez minutos con la perra resollándole en la cara.

Cuando Alice salió por fin, iba cargada de bolsas, de modo que Walk la acompañó hasta su monovolumen y esperó a que terminara de meterlas en el maletero. Alice le dio las gracias, rebuscó en una bolsa de papel y le dio un *cannolo*. Walk se hizo de rogar, pero en cuanto abandonó la calle Mayor se lo zampó en dos bocados.

Caminó por Cassidy y luego tomó un atajo por Ivy Ranch Road. Al llegar a la casa de Star, se quedó un momento en el porche, escuchando la música que llegaba del interior.

Star abrió la puerta cuando él se disponía a llamar con los nudillos y lo recibió con la clase de sonrisa que hacía imposible que se diera por vencido con ella. Se veía demacrada, pero hermosa; envejecida, pero con los ojos todavía brillantes. Llevaba puesto un delantal rosado, como si estuviera horneando algo. Walk sabía que su alacena estaba vacía.

—Buenas tardes, jefe Walker...

A Walk se le escapó una sonrisa, muy a su pesar.

Un ventilador giraba perezoso; había calvas en el enyesado de las paredes; las cortinas estaban medio sueltas de sus anillas, como si Star no hubiera sido lo bastante rápida a la hora de dejar fuera la luz del día. Los Lynyrd Skynyrd cantaban las glorias de Alabama en la radio a todo volumen mientras Star cruzaba la cocina contoneándose al son de la música y metía botellas de cerveza vacías y cajetillas de Lucky Strike estrujadas en una bolsa de basura. Le sonrió a Walk y su rostro pasó a ser el de una muchacha. Seguía siendo la de siempre: vulnerable, aquejada de problemas, problemática.

Se volvió un momento para tirar un cenicero de papel de aluminio al interior de la bolsa. Sobre el hogar había una foto: ellos dos a los catorce años, prestos e impacientes, ansiosos de que el futuro llegara por fin.

—¿Qué tal tu cabeza?

—Nunca la he tenido mejor. Ahora pienso con claridad, Walk. Gracias... ya sabes: por todo lo que hiciste anoche. Pero bueno, creo que quizá me hacía falta, tú ya me entiendes. Ahora sí que es la última vez, ahora lo veo todo claro.

Se golpeteó la sien con el índice y siguió con su labor sin dejar de menearse al son de la música:

—Los niños no vieron nada, ¿verdad?

—¿Vamos a hablar del asunto ahora mismo?

La música fue desvaneciéndose y Star se quedó quieta por fin. Se enjugó el sudor de la frente y se recogió bien el cabello.

—Son cosas que pasan. ¿Duchess está al corriente?

Star haciéndole preguntas sobre su propia hija.

—El pueblo entero está al corriente.

—¿Y él...? ¿Tú crees que él ha cambiado?

—Todos cambiamos, ¿no crees?

—Tú no, Walk. —Lo dijo como un piropo, pero a él le sonó a burla.

Walk no había visto a Vincent en cinco años, por más que lo había intentado. Al principio lo visitaba a menudo, iba con Gracie King en el viejo Regal. La decisión del juez que envió a un chaval de quince años a una cárcel de mayores había sido fría y cruel... El padre de Star compareció para hablar de Sissy, de la niña en que estaba convirtiéndose. Enseñaron fotos del lugar de los hechos, de sus piernecitas, de su manita cubierta de sangre. Llamaron al estrado a Hutch, el director del instituto, quien dijo cómo era Vincent: problemático.

Y llegó el turno de Walk. Su padre no le quitaba los ojos de encima; vestido con una camisa marrón, la honradez pintada en el rostro. Era capataz en Tallow Construction, cuya fábrica, dos pueblos más allá, convertía los sueños de los hombres en humo que salía por la chimenea. Walk lo acompañó aquel mismo verano para hacerse una idea. Vestido con un mono, lo observó todo atentamente: los muchos tonos de gris, las tuberías y andamios intrincados como intestinos; una catedral metálica.

En el juzgado, sus ojos se cruzaron con la orgullosa mirada de su padre y él terminó por revelar las detalladas verdades que sellaron la suerte de su amigo.

—Lo mejor es pasar página —dijo Star.

Walk preparó café y salieron a beberlo al porche. Los pájaros posados en el columpio aletearon y remontaron perezosamente el vuelo cuando Walk se apoltronó en una silla vieja.

Star se abanicó el rostro con la mano.

—¿Vas a ir a recogerlo?

—Me dijo que no lo hiciera. Le escribí, ¿sabes?

—Pero igualmente vas a ir.

—Sí, voy a ir.

—No le digas nada de... no le hables de mí, no le cuentes nada.

Agitaba las rodillas, tamborileaba con los dedos en el brazo de la silla; rebosaba de energía a la espera del momento de la verdad.

—Vincent me hará preguntas.

—No quiero verlo aquí: no me veo capaz de verlo en mi casa.

—Entendido.

Star prendió un cigarrillo y cerró los ojos.

—Bueno, hay un nuevo programa para personas que... —empezó a decir Walk.

—Déjalo, no te molestes. —Star levantó la mano—. Ya te lo he dicho: prefiero pasar página.

Habían probado una terapia: durante años y años, Walk estuvo llevándola en coche a Blair Peak una vez al mes. El psicólogo parecía saber lo que hacía, los progresos eran evidentes. Walk la dejaba en la consulta y se metía en una cafetería a esperar tres horas seguidas, a veces más, hasta que ella lo llamaba por el móvil. Algunos días llevaban a los críos, mudos en el asiento trasero, mirando al frente mientras su inocencia iba quedándose atrás, rezagada tras el automóvil, perdiéndose de vista para siempre.

—Esto no puede seguir así.

—¿Sigues tomando esas pastillas, Walk?

Quiso responderle que su caso era distinto, pero ¿era verdad? Ellos dos habían sido las víctimas colaterales, simple y llanamente.

Star se estiró y le apretó la mano: no había sido su intención lastimarlo.

—Me parece que tienes una mancha de leche en la camisa.

Walk miró abajo y a Star se le escapó la risa.

—¡Menuda pareja hacemos! Voy a decirte una cosa: a veces me siento igual que antes.

—¿Que antes?

—Igual que a los quince años, chico.

—Nos hacemos mayores.

Star sopló un perfecto círculo de humo.

—Yo no, Walk. Tú te haces mayor, pero yo apenas voy empezando.

Walk soltó una risotada y Star hizo lo propio. Menuda pareja hacían: habían pasado treinta años y seguían siendo un par de niños que se divertían diciendo la primera chorrada que les venía a la cabeza.

Pasaron otra hora en silencio sabiendo que los dos estaban pensando en lo mismo, pero sin decirlo: en el regreso de Vincent King.

# 4

Walk conducía con un ojo puesto en el mar, sus destellos dorados, la espuma de los rompientes.

Condujo ciento cincuenta kilómetros al este, hasta la penitenciaría del condado de Fairmont.

Las nubes de tormenta se acumulaban como suelen acumularse los despropósitos. Los hombres en el patio se detenían para mirar el cielo.

Walk entró en un vasto solar que servía de aparcamiento y apagó el motor. Se oían timbrazos, gritos; el rumor de aquella triste ola de almas enjauladas desplegándose por extensas llanuras sin Dios.

Aquel no era lugar para un muchacho de quince años, sin importar las circunstancias. El juez no mostró emoción alguna cuando anunció la insólita pena de prisión mayor: un correctivo a un mundo de distancia de las maneras de aquel juzgado en Las Lomas. A veces, Walk pensaba en el enorme daño infligido aquella noche a tantas personas: una telaraña de sufrimiento que transformó lo nuevo en viejo y pudrió lo que un segundo antes estaba lleno de vida. Lo veía en Star y lo había visto en el padre de ésta, por no hablar de Duchess, quien arrastraba consigo lo sucedido una noche muy anterior a su nacimiento.

Unos nudillos golpearon el cristal, Walk bajó del todoterreno y le sonrió al director de la prisión: Cuddy, alto y fibroso, aparentemente ceñudo. Las apariencias engañaban en su caso: a pesar del semblante extenuado y endurecido por el roce con personas cuya compañía no había elegido, Cuddy siempre había sido amigable y bondadoso.

—Vincent King —dijo sonriendo—. Los de Cape Haven cuidáis a vuestra gente, está claro. ¿Cómo os va por allí? ¿El lugar sigue siendo una bendición del cielo?

—Tal cual.

—Debo decir que ojalá tuviera cien hombres más como Vincent. Mis chicos dicen que muchos días incluso se olvidan de que está allí.

Cuddy echó a andar y Walk fue tras él. Cruzaron una verja, después otra, y entraron en un edificio achaparrado con las paredes de color verde. Cuddy le explicó que las repintaban cuatro veces al año.

—El verde es el color más relajante para el ser humano: transmite compasión y transformación personal.

Walk vio a un par de hombres pertrechados con sendos cepillos reseguir cuidadosamente el rodapié, atentos al detalle, con la boca fruncida por la concentración.

Cuddy le puso la mano en el hombro.

—Walk, Vincent King ha cumplido su condena, pero no va a ser fácil hacérselo entender. Si necesitas ayuda, me llamas.

Walk se quedó de pie en la sala de espera y contempló las extensas vistas y a los hombres que daban vueltas en el patio con la cabeza alta, como si Cuddy les hubiera enseñado que la vergüenza era un pecado. De no ser por el vallado de alambre que hendía brutalmente el paisaje, la escena lo habría dejado sin aliento. Algo en ella recordaba aquel cuadro *Nuestra buena tierra*, que John Steuart Curry pintó para que lo convirtieran en un cartel en la Segunda Guerra Mundial. En el fondo, aquellos hombres vestidos con monos carcelarios continuaban siendo los mismos niños perdidos del pasado.

Vincent llevaba cinco años negándose a recibir visitas, así que, de no ser por sus ojos, que seguían siendo intensamente azules, Walk quizá habría tenido problemas para reconocerlo: alto y muy delgado, casi cadavérico, con las mejillas chupadas, muy distinto del quinceañero fanfarrón que en su día había entrado en ese lugar.

Vincent sonrió al verlo. Su sonrisa lo había metido en más problemas —y sacado de más problemas— de lo que Walk podía recordar. «Quien tuvo, retuvo», se dijo mirando a su amigo. Daba igual lo que la gente dijera, las advertencias de que la cárcel te cambiaba para siempre: «Quien tuvo, retuvo.»

Walk dio un paso al frente. Pensó en abrir los brazos, pero se contentó con tenderle la mano.

Vincent contempló la mano como si se hubiera olvidado de que también servía para saludar. La estrechó brevemente.

—Te dije que no vinieras. —Lo dijo sin levantar la voz, como quien constata un hecho—. Pero gracias. —Había algo de reverente en su forma de moverse.

—Es una alegría verte, Vin.

Vincent firmó los papeles de rigor bajo la mirada atenta de un guardia. Que un hombre saliera en libertad después de treinta años no tenía nada de especial: era un día más en el estado de California.

Media hora después se encontraron en la última puerta de salida. Se volvieron al advertir que Cuddy iba hacia ellos.

—Ten cuidado ahí fuera, Vincent.

Se abrazaron breve pero estrechamente, como transmitiéndose algo; quizá que la decorosa rutina de treinta años llegaba a su fin.

—Las cosas pueden ser complicadas al salir. —A Cuddy le costó separarse, pero finalmente lo hizo—. Se entiende que me devuelvan a tantos. Haz lo posible por no ser uno de ellos.

Walk se preguntó cuántas veces habría repetido esa misma frase, con el mismo énfasis, a lo largo de los años.

Caminaron juntos hacia el coche de policía. Vincent apoyó la mano en el capó y miró a Walk.

—Es la primera vez que te veo de uniforme, más allá de un par de fotos. Estás hecho todo un poli.

Walk sonrió.

—Sí.

—No sé si puedo ser amigo de un poli, tío.

Walk se echó a reír, aliviado.

Al principio condujo a poca velocidad mientras Vincent lo observaba todo por la ventanilla bajada. La brisa les acariciaba el rostro. Walk quería hablar, pero aquellos primeros kilómetros transcurrieron como en un sueño.

—Me he acordado de la vez que nos colamos de polizones en el *Saint Rose* —dijo al fin tratando de fingir espontaneidad, como si no se hubiera pasado el camino de ida pensando en formas de romper el hielo y entablar una conversación.

Vincent levantó la vista. El recuerdo pintó una media sonrisa en su rostro.

Aquella mañana se encontraron temprano. Tenían diez años y era el primer día del verano. Fueron hasta el mar en sus bicis, las escondieron y subieron de tapadillo al pesquero. Se metieron bajo la lona embreada respirando entrecortadamente, y cuando el sol salió la luz se filtró y se posó sobre ellos. Walk recordaba el zumbido del motor mientras el capitán Douglas y sus hombres ponían rumbo al océano interminable. Douglas no se cabreó cuando salieron arrastrándose de debajo de la lona, se limitó a enviar un mensaje por radio avisando de que ya encontraría algo que hacer con los dos mocosos durante el resto de la jornada. Walk en su vida había trabajado tan duro como aquel día, fregando el maderamen y los cajones, pero ni el intenso olor a sangre de pescado consiguió empañar aquella sensación de probar la vida que se extendía más allá de los confines del pueblo.

—Por si no lo sabes, el viejo Douglas sigue trabajando, ahora para un tal Andrew Wheeler, que organiza cruceros. Tendrá ochenta años...

—Mi madre me pegó una tunda de campeonato aquella tarde. —Vincent se aclaró la garganta—. Y oye, gracias por el funeral... por todo lo que hiciste.

Walk bajó la visera para protegerse del sol.

—¿No vas a contarme cómo está ella? —Vincent se revolvió en el asiento. Llevaba las piernas encogidas, los tobillos desnudos asomaban bajo sus pantalones.

Walk se detuvo frente a la vía del tren. Pasó un mercancías: vagones de acero oxidados y quejumbrosos.

Cruzaron las vías y entraron en uno de los pueblos abandonados desde el cierre de las minas. Walk finalmente respondió:

—Star está más o menos bien, va tirando.

—Tendrá hijos, supongo yo.

—Duchess y Robin. ¿Te acuerdas de la primera vez que vimos a Star?

—Claro.

—A la que veas a Duchess, la recordarás.

Vincent no dijo nada más, se sumió en sus pensamientos. Walk adivinaba cuáles eran. Se acordaba del día en que Star llegó a Cape, su padre al volante de un Ford Riviera. Vincent y Walk se acercaron pedaleando y vieron toda una vida asomando desde dentro del maletero; y ropa, cajas y cajones apretujados contra el cristal. Se detuvieron, las manos en el manillar de las bicis Stelber, el sol requemándoles la nuca. El padre se bajó el primero, un hombretón ancho y corpulento que los miró como si conociera a los de su calaña. Pero por entonces no pasaban de ser un par de chavales cuyo mayor afán en la vida era hacerse con el cromo de Willie Mays (la bola negra mágica de Vincent les había anunciado que iban a tener un golpe de suerte). A continuación, el hombretón sacó a una niña en brazos, una niña todavía dormida, con la cabeza apoyada en su hombro mientras él escudriñaba la calle en la que iban a vivir. Era Sissy Radley. Ellos iban a dar media vuelta para volver al jardín de Walk y a la cabaña que estaban construyendo en el árbol cuando la portezuela trasera se abrió mostrando las piernas más largas que Walk había visto en la vida. Vincent masculló una imprecación, atónito, con los ojos clavados en aquella muchacha de su misma edad tan guapa como Julie Newmar. Ella salió mascando chicle, mirándolos.

—Joder... —repitió Vincent.

Entonces su padre la hizo entrar en la antigua casa de los Kleinman, pero antes ella se volvió y se los quedó mirando con la cabeza ladeada, sin sonreír; una mirada que a Vincent se le quedó clavada en el alma.

—Te he echado en falta. Habría venido a verte si me hubieras dejado, que lo sepas. Habría venido a visitarte cada fin de semana.

Los ojos de Vincent no se apartaron del paisaje, que observaba con el interés de un hombre que ha estado viendo la vida a través de un televisor.

Tras enfilar la autovía de Central Valley, aparcaron frente a una cafetería en las afueras de Hanford y pidieron unas hamburguesas. Vincent se comió media sin apartar la vista de la ventana, mirando pasar a una madre con su hijo, a un anciano tan encorvado que se diría que acarreaba el peso de todos y cada uno de sus años a la espalda. Walk se preguntó qué pensaría. Coches cuyos nombres desconocía, tiendas que tan sólo había visto en la pantalla. En 1975, la idea que tenían de 2005, del nuevo milenio, era la de una era con automóviles voladores y criadas robots en el hogar, pero esto era otra cosa.

—La casa...

—Cada cierto tiempo voy a mirar cómo está. Necesita reparaciones en el tejado, en el porche, la mitad del suelo de madera está podrido...

—Me lo imagino.

—Hay un promotor inmobiliario, Dickie Darke, que siempre le echa el ojo cuando el verano se acerca. Si has pensado en venderla...

—No lo he pensado.

—Vale.

Walk ya le había dado el consejo: si quería sacarse un dinero, siempre podía vender la casa, la última que quedaba en Sunset Road, en primera línea del mar.

—¿Estás listo para volver a casa?

—Justo acabo de salir de mi casa, Walk.

—No, Vin, de eso nada.

Llegaron a Cape Haven, donde nadie los recibió con bombo y platillo, donde no vieron ninguna cara amiga ni encontraron celebraciones de ninguna clase. Walk advirtió que su acompañante contenía el aliento cuando bordearon el Pacífico mientras las aguas infinitas avanzaban hacia ellos, hacia los pinos y las imponentes viviendas en Cape Haven.

—Han construido mucho —constató Vincent.

—Sí.

Al principio habían opuesto cierta resistencia, pero no la suficiente porque vieron las promesas de dinero cumplirse con creces. Los propietarios de negocios como Milton tomaron la palabra y dijeron que estaban hartos de luchar; Ed Tallow aseguró que su empresa de construcción apenas si ganaba para pagar las facturas de la electricidad.

Cape Haven era un pueblo que parecía haber sido proyectado por Walt Disney en persona: esculpido en los acantilados, tranquilo y bien conservado. Walk notaba el peso de cada nuevo ladrillo apilado sobre su niñez, sobre los recuerdos a los que estaba obligado a aferrarse desesperadamente para mantenerse a flote.

Disimuladamente, miró las manos de su amigo, la legión de cicatrices que cruzaban sus nudillos: Vincent siempre había sido duro de pelar. Bajaron por la ladera y llegaron a Sunset Road, donde la casa de los King se erguía como una desagradable sombra que oscureciera el más luminoso de los días.

—Ya no hay vecinos.

—Han derruido las casas: los acantilados están erosionándose, igual que en Point Dume. Ayer mismo echaron abajo la última: la de los Fairlawn. Por suerte, tu casa está lo bastante retirada, y hace un par de años construyeron un espigón.

Vincent contempló el lugar, acordonado como si se tratara de la escena de un crimen, lo que en el fondo era. Quedaban algunas viviendas un poco más allá, lo bastante cercanas como para que la calle no estuviera aislada, pero suficientemente lejos como para otorgar a la casa de los King la más espectacular de las vistas.

Vincent bajó del coche y observó con detenimiento las vigas medio podridas, los postigos viejos y estropeados.

—He cortado el césped.

—Gracias.

Walk siguió a Vincent por el serpenteante caminillo. Subieron los escalones entraron al vestíbulo, fresco y a oscuras. El papel pintado, de flores, evocaba los años setenta y un millón de sedosos recuerdos.

—He hecho la cama.

—Gracias.

—Y he llenado la nevera: hay pollo y un poco de...

—Gracias.

—No hace falta que me las des a cada momento.

Había un espejo sobre el hogar, Vincent pasó por delante sin mirarse. Walk se dijo que de pronto caminaba de forma distinta, recelosa, como si se sintiese fuera de lugar y no las tuviese todas consigo. Sabía que al principio lo había pasado mal en la cárcel, mal de verdad, todo lo mal que lo puede pasar un chico guapo rodeado de hombres siniestros. Walk y Gracie King escribieron cartas denunciando su situación al juez, al tribunal supremo y hasta a la mismísima Casa Blanca, pidiendo que por lo menos lo mantuvieran aislado del resto de los presos. De nada les sirvió.

—¿Quieres que me quede un rato?

—No, no, márchate, haz lo que tengas que hacer.

—Luego vuelvo.

Vincent lo acompañó a la puerta y le tendió la mano.

Walk tiró de él y abrazó a su amigo, que por fin estaba de vuelta. Intentó no notar su instintivo estremecimiento, la súbita tensión en el cuerpo de Vincent.

Los dos se volvieron al oír el motor. Walk reconoció el Cadillac Escala de Dickie Darke.

Darke bajó del monovolumen. Tenía unos andares extraños, como si su envergadura gigantesca fuese un traje de la talla equivocada: los hombros encorvados, la vista al suelo. Vestía siempre de negro, todos los días de la semana. Chaqueta negra, camisa negra, pantalones negros. Lo hacía con descuido, pero por afectación.

—King, ¿no? —Su voz era profunda y seria—. Soy Dickie Darke —lo dijo sin sonreír: nunca sonreía.

—Me llegaron tus cartas —dijo Vincent.

—Seguro que encuentras muy cambiado el pueblo.

—Pues sí. Lo único que no ha cambiado es el Árbol de los Deseos. Escondíamos los cigarrillos en un agujero del tronco, ¿te acuerdas, Walk?

Walk se rió.

—Y las botellas de cerveza Sam Adams.

Darke terminó por levantar la vista y le clavó a Walk una de esas miradas que siempre le helaban la sangre. Se volvió hacia la casa y dijo:

—La última en primera línea del mar, y también eres dueño de los terrenos que hay detrás.

Vincent miró a Walk.

—Te doy un millón. Ahora mismo está valorada en ochocientos cincuenta, pues se cae a pedazos... y los precios están bajando.

—No está en venta.

—Dime tú el precio.

Walk sonrió.

—Vamos, Darke, déjalo ya, el pobre acaba de volver a casa.

Darke siguió mirándolos un momento más. Se volvió y se marchó a paso tranquilo, tan enorme que su sombra se proyectaba más allá de lo normal.

Vincent se lo quedó mirando como si percibiera algo que Walk era incapaz de ver.


Duchess tenía un acuerdo con la señorita Dolores, la maestra del jardín de infancia, para que Robin se quedara tres largas horas más cada día hasta que Duchess salía de clase e iba a recogerlo, más que nada porque Walk se había tomado la molestia de pedírselo, pero también porque Robin nunca causaba el menor problema.

Nada más ver a su hermana, Robin reunió sus cosas, cogió la mochila y salió corriendo. Duchess se arrodilló y lo abrazó, se despidió de la señorita Dolores con un gesto de la mano y se fueron los dos.

Ayudó a Robin a ponerse las correas de la mochila en los hombros y se cercioró de que llevaba dentro el libro de lectura y el botellín de agua.

—No te has comido el sándwich. —Su mirada era fulminante.

—Lo siento.

El autobús escolar pasó de largo, frente a las madres con sus todoterrenos, los maestros que charlaban en corrillo en el césped, los niños que jugaban a tirarse un balón de fútbol americano.

—Tienes que comer, Robin.

—Es que...

—¿Qué?

—No pusiste nada dentro —dijo de mala gana.

—Mentira.

Robin se miró las zapatillas.

Duchess abrió la mochila y sacó el sándwich.

—Joder —dijo.

—No pasa nada.

—Sí que pasa. —Posó la mano en el hombro de su hermano—. En casa te hago unos perritos calientes.

Robin sonrió al oírlo.

Fueron pateando una piedra hasta que, hacia el final de East Harney, Robin la envió por un sumidero del alcantarillado.

—¿Los otros niños han dicho algo sobre mamá...? —preguntó él cuando su hermana lo cogió de la mano para cruzar la calle.

—No.

—Ricky Tallow sí que ha dicho algo: dice que su mamá le contó lo de la nuestra.

—¿Y qué le contó?

Agacharon la cabeza para no darse con las ramas de un sauce y atajaron por el camino que iba de Fordham a Dupont.

—Que no lo dejaba ir a nuestra casa porque mamá no está para cuidar de nadie.

—Pero tú sí que puedes ir a su casa.

—Su papá y su mamá siempre se están gritando.

Duchess le atusó el cabello.

—¿Quieres que hable con ella? Igual puedo arreglarlo un poco.

—Sí.

Duchess conocía a Leah Tallow. Trabajaba en el departamento de policía de Cape Haven, formado por ella, Walk y una auxiliar administrativa llamada Valeria, un vejestorio. No se los imaginaba investigando un crimen de verdad.

—Ricky dice que se trasladará al cuarto de su hermano cuando éste vaya a la universidad. Se ve que su hermano tiene un acuario. ¿Podemos tener un acuario también?

—Tienes una máscara de buceo, ¿no? Pues es mejor ir a ver los peces en el mar.

Al llegar a la calle Mayor vieron a un grupo de chicas a las puertas del café de Rosie. El grupo de siempre, bebiendo batidos y ocupando dos de las mesas al sol. Cuchichearon y rieron al verlos pasar. Los dos hermanos entraron en la tienda de alimentación, la señora Adams estaba detrás del mostrador.

Duchess dio con un paquete de salchichas de frankfurt y Robin se hizo con los panecillos. Duchess sacó el monedero y contó tres dólares en billetes: lo único que llevaba encima.

Robin levantó la mirada.

—¿Podemos comprar mostaza?

—No.

—Un poco de kétchup al menos, o van a estar sosos...

Duchess se acercó al mostrador con las salchichas y los panecillos.

—¿Cómo está vuestra madre? —preguntó la señora Adams mirándolos por encima de las gafas.

—Bien.

—No es lo que he oído.

—¿Y entonces por qué coño pregunta?

Robin la tironeó de la mano. La señora Adams seguramente iba a decirle que se fuera, pero Duchess tiró los tres billetes de dólar sobre el mostrador antes de que pudiera hacerlo.

—No digas esas palabras feas —repuso Robin mientras andaban calle Mayor arriba.

—¿Cómo se encuentra vuestra madre?

Duchess se volvió. Era Milton, en la puerta de la carnicería. Se limpió las manos en el delantal manchado de sangre.

Robin se acercó al escaparate y contempló los conejos colgados de ganchos por el cuello.

—Está bien —respondió Duchess.

Milton dio un paso hacia ella. El fuerte olor del carnicero se le metió en la garganta: un olor a sangre y a muerte.

—¿Sabes que te pareces muchísimo a ella?

—Sí, ya me lo ha dicho otras veces.

Reparó en las piltrafas de carne enganchadas en la espesa pelambrera de los brazos de Milton. Él se la quedó mirando un momento, como si se hubiera olvidado de todo, hasta que atisbó el contenido de la bolsa de la compra y frunció el ceño.

Chasqueó los labios con reprobación y dijo:

—Eso de ahí no son salchichas de verdad, sino una cosa de laboratorio. Espera un momento.

Duchess lo vio entrar en la carnicería resollando a cada paso.

Salió un par de minutos después con una bolsa de papel doblada. Tenía impresa la huella de un dedo ensangrentado.

—Son unas morcillas. Le dices a tu madre quién os las ha dado y que venga a verme si quiere aprender a prepararlas bien.

—Hay que freírlas, ¿no? —preguntó Robin.

—En la cárcel puede que sí, pero si quieres disfrutarlas de verdad debes cocerlas en una olla de hierro fundido. El truco está en la presión y...

Duchess le quitó la bolsa de las manos, agarró a Robin y se alejó a paso rápido sin dejar de notar la mirada de Milton a sus espaldas.

Al llegar ante la cafetería de Rosie, respiró hondo y entró con Robin ignorando a las chicas y sus miradas. El interior, que olía a café recién hecho, estaba lleno de veraneantes sentados a las mesas. Hablaban a gritos de sus segundas residencias, de sus planes para el verano.

De pie frente al mostrador, Duchess miró el frasco de cristal lleno de sobrecitos con kétchup, gratuitos si comprabas alguna cosa. Miró a Rosie con el rabillo del ojo: estaba ocupada con la caja registradora.

Cogió un sobrecito de kétchup, sólo uno, para Robin, y se dio la vuelta para marcharse.

—Pensaba que el kétchup sólo te lo dan si compras algo.

Duchess levantó la vista. Era Cassidy Evans, de su clase. Robin las miró intranquilo, alternando el peso del cuerpo entre ambos pies.

Cassidy sonreía con suficiencia. Tenía brillo de labios, el pelo reluciente y una expresión pasivo-agresiva en el semblante... la muy perra.

—No he cogido más que uno.

—Señorita Rosie, ¿verdad que sólo puedes llevarte kétchup si compras alguna cosa? —preguntó Cassidy a viva voz. Su tono era de pura inocencia.

Se hizo el silencio en el local. Todos miraban a Duchess, con tanta insistencia que se sonrojó de pies a cabeza.

Rosie dejó una taza en su sitio y se acercó al mostrador. Duchess quiso volver a meter el sobrecito en el frasco de cristal y se estremeció de horror al ver el frasco caer y hacerse añicos contra el suelo.

Agarró a Robin de la mano y, haciendo caso omiso de los gritos de Rosie y la burlona expresión de Cassidy, lo arrastró hacia la puerta.

Sin decir una palabra, caminaron a paso rápido por las calles medio vacías.

—Tampoco hace falta el kétchup, la verdad —dijo Robin—. Seguro que están igual de buenos.

Mientras andaban por Sunset Road vieron a un par de niños tirándose un balón en la playa, más abajo. Robin se los quedó mirando. Duchess solía jugar con él a los soldaditos, a los coches, o con un palo que hacía las veces de varita mágica. A veces le pedía a gritos a su madre que saliera a jugar con él, pero ella prefería quedarse quieta en la sala de estar, a oscuras, con el televisor en silencio. Había oído mencionar las palabras «trastorno bipolar», «ansiedad», «adicción», sin entenderlas del todo.

—¿Y ahora qué pasa? —le preguntó a su hermana.

Vieron a tres chavales corriendo por la acera. Pasaron por su lado sin detenerse, a toda velocidad.

—Algo en casa de los King —repuso Duchess.

Se pararon a observar la casa situada en la acera de enfrente: el cristal de la ventana principal estaba roto; en el centro había un boquete del tamaño de una piedra pequeña, con los bordes afilados e irregulares.

—¿Y si les decimos que han sido esos chicos?

Duchess vio una sombra agitarse en el interior. Negó con la cabeza, cogió a Robin de la mano y se marcharon.

# 5

Sentado en la última grada, Walk observó el balón en el aire, girando sobre sí mismo y cayendo en la zona de anotación, cuarenta metros más allá, donde se le escurrió de las manos al receptor. El quarterback levantó una mano disculpándolo: otra vez sería.

Walk era fan de los Cougars desde siempre. Vincent había jugado con ellos en su día, también como receptor. Tenía dotes naturales para el juego, lo seleccionaban siempre entre los mejores del estado. Desde aquellos días, el equipo apenas se había comido un rosco: a lo más que había llegado era a ganar un par de partidos seguidos. Pero Walk seguía ocupando su asiento los viernes por la noche, entre grupos de chicas con las caras pintadas que gritaban hasta desgañitarse. Cuando ganaban, iban todos al café de Rosie, jugadores y fans. Allí, un sonriente Walk se sentía en su salsa.

—El chico promete —comentó Vincent.

—Promete, sí.

Llevaban media docena de botellines de cerveza Rolling Rock, pero Vincent no había tocado uno solo. Cuando Walk se había presentado en la casa de los King, nada más acabar su turno, se lo había encontrado enfrascado en el trabajo pese a que apenas había luz: había lijado casi todo el suelo del porche posterior. Tenía ampollas en las manos y el rostro contraído por el esfuerzo.

—Va para profesional —elogió Vincent cuando el quarterback efectuó un nuevo lanzamiento.

El receptor esta vez lo atrapó, con un grito de alegría.

—Tú también ibas para profesional en su momento.

—¿Quieres hacerme preguntas?

—¿Sobre qué?

—Sobre todo.

Walk bebió un sorbo de cerveza.

—No puedo imaginarme cómo es estar allí dentro.

—Sí que puedes, pero prefieres no hacerlo. Tampoco pasa nada. Fuera como fuese, se veía venir.

—Eso no es verdad.

—He ido a ver su tumba... no he dejado flores ni nada por el estilo: no sabía si estaría bien hacerlo.

El juego seguía bajo las intensas luces del estadio. Walk reconoció a Brandon Rock, sentado en una de las gradas inferiores con la gorra de béisbol puesta del revés. Lo veía allí en cada partido.

Vincent siguió su mirada y lo reconoció también.

—Aquel de allí es Brandon, ¿no?

—El mismo.

—Brandon sí que prometía: por entonces era un jugador bueno de verdad.

—Pues sí, pero la rótula se le desencajó y nunca se recuperó del todo. Trabaja en Tallow Construction, como comercial. Cojea al andar. Haría bien en llevar bastón, pero ya sabes cómo es.

—No, ya no lo sé.

—Sigue conduciendo el Mustang de su padre.

—Recuerdo el día en que el viejo fue a recoger el cochazo: medio vecindario salió a ver.

—Tú querías robárselo.

Vincent rió.

—Tomarlo prestado, Walk. Tomarlo prestado nada más.

—A Brandon le chifla ese coche. Para él es algo especial, no sé si me explico. Le trae buenos recuerdos, de cuando la vida le sonreía. Lleva la misma ropa, el mismo peinado... el amigo Brandon sigue viviendo en 1978. No ha cambiado, Vin. Ninguno de nosotros ha cambiado, si lo piensas bien.

Vincent arrancó la etiqueta del botellín de cerveza, pero siguió sin beber.

—¿Y cómo está Martha May? ¿Ella ha cambiado?

Walk enmudeció un segundo al oír el nombre.

—Trabaja como abogada en Bitterwater —respondió finalmente—. Lleva casos de divorcio, pleitos de familia, cosas así.

—Siempre tuve la impresión de que estabas colado por ella. No éramos más que unos chavales, claro, pero había que ver cómo la mirabas.

—Igual que tú a Star, ¿no?

Al receptor volvió a escurrírsele el balón, que fue botando hacia las gradas. Brandon se levantó de un salto, a pesar de su cojera, se hizo con el balón y, en lugar de pasárselo al receptor, se lo lanzó al quarterback, quien lo cogió al vuelo treinta y cinco metros más allá.

—Brandon sigue teniendo buen brazo —observó Walk.

—Supongo que eso empeora las cosas.

—¿Vas a visitar a Star?

—Te dijo que no quería verme en su casa.

Walk frunció el ceño y Vincent sonrió.

—A mí no me engañas, Walk: cuando me dijiste que te parecía que Star necesitaba un poco más de tiempo... joder, ¿es que no ha pasado bastante tiempo ya? Pero, pensándolo bien, Star tiene razón: a veces hay demasiado mar de fondo. Pero, estábamos hablando de ti y de Martha.

—Mira... ella y yo ya no nos hablamos.

—¿Te apetece contármelo?

Walk abrió otra cerveza.

—Aquella noche, después del veredicto... estuvimos juntos. Y la dejé embarazada.

Vincent tenía la vista fija en el césped.

—Y bueno, su padre era pastor de la iglesia y...

—Joder, Walk.

—Pues sí.

—Y ella quería serlo también, siguiendo los santos pasos de su padre.

Walk se aclaró la garganta y prosiguió:

—Su padre la obligó a... abortar, y claro... Éramos un par de críos, pero estas cosas no se olvidan fácilmente. Luego de aquello, el hombre me acuchillaba con la mirada cada vez que me veía, cosa que me daba lo mismo, pero la mirada de Martha en cambio... era como si, cada vez que se topaba conmigo, estuviera viendo su error.

—Y tú la mirabas y veías...

—Lo veía todo: todo todito. Me acordaba de mis padres, juntos durante cincuenta y tres años, con una casa y un hijo. Toda una vida juntos.

—¿Se casó?

Walk se encogió de hombros. Como si no se hubiera hecho la misma pregunta cientos de veces durante los últimos años.

—Nunca es tarde para arreglar las cosas.

—Lo mismo vale para ti, ¿no?

Vincent se levantó.

—En mi caso, llevo treinta de años de retraso.


El bar estaba en San Luis: cuatro casas enclavadas en un ancho tramo de carretera que descendía hacia Altanon Valley entre campos en barbecho.

Star había tomado prestada la vieja camioneta Comanche de Milton, el vecino de enfrente. El aire acondicionado no funcionaba, por lo que Duchess y Robin asomaban la cabeza por la ventanilla como dos perritos, cansados ambos, pero era lo que había, una vez al mes como poco.

Duchess se había llevado su trabajo del instituto y cogía los papeles con fuerza para que no se le cayeran mientras seguía a Star por el estacionamiento, entre dos pick-ups, hasta entrar por una puerta trasera. Star cargaba con la guitarra en su funda cochambrosa. Iba con las piernas al aire, vestida con unos shorts vaqueros recortados casi hasta el culo y una camiseta con marcado escote en el pecho.

—No deberías vestirte así.

—Ya, pero las propinas son mejores.

Duchess musitó una imprecación y Star se volvió.

—Por favor, esta noche pórtate bien, cuida de tu hermano y no te metas en líos.

Duchess condujo a Robin a un reservado del final, hizo que entrara él primero y se sentó a su lado, resguardándolo de un ambiente que no podía serle más ajeno. Star les trajo un par de refrescos mientras Duchess ponía el trabajo del colegio en la mesa y dejaba unos papeles en blanco para su hermano. Abrió el plumier y sacó los rotuladores.

—¿Mamá va a cantar la canción que habla del puente? —preguntó Robin.

—Como siempre.

—Es una canción muy bonita. ¿Vas a subir a cantarla con ella?

—No.

—Mejor, no me gusta cuando ella se exalta.

El humo ascendía de los ceniceros rebosantes. Madera oscura, banderas sobre la barra, la luz tenue, apenas suficiente. Duchess oyó unas risas y vio que su madre daba buena cuenta de unos chupitos de licor en compañía de un par de hombres. Siempre necesitaba echar unos tragos antes de subir al escenario.

Robin llevó la mano al cuenco con cacahuetes de la mesa, Duchess se la apartó.

—A saber quién los ha tocado: seguro que están llenos de meados.

Contempló la página: el espacio correspondiente a su padre en las largas ramas vacías del árbol familiar. El día anterior, Cassidy Evans había salido a la pizarra y explicado su ascendencia. Se mostró orgullosa de la línea elegantemente curva que la vinculaba a la familia Du Pont y su relato resultó tan vívido que Duchess casi podía percibir el olor a la pólvora fabricada por aquellos industriales.

—Te he dibujado.

—¿Dibujado?

Robin alzó el papel y Duchess sonrió al verlo.

—¿Tengo esos dientes de caballo?

Lo pellizcó en el costado y Robin rompió a reír con tanto estrépito que Star los miró desde la barra e hizo un gesto para ordenarles que se estuvieran quietos.

—Cuéntame sobre Billy Blue Radley —pidió Robin.

—Por lo que he leído, no le tenía miedo a nada ni a nadie. Una vez robó un banco y el sheriff estuvo siguiéndolo más de mil kilómetros.

—Seguro que era peligroso.

—Era un hombre que cuidaba de los suyos: sus hombres eran su familia. —Duchess llevó la mano al pecho del pequeño—. Somos sangre de su sangre, somos forajidos.

—Eso tú.

—Eso los dos. Porque somos lo mismo.

—Pero mi papá no es tu papá, son dos personas distintas y...

—Quieto ahí. —Duchess le tomó el rostro entre las manos—. Lo que cuenta es la sangre de los Radley, y en eso somos iguales. Es posible que tu padre y el mío fueran unos inútiles, pero... tú y yo somos lo mismo. Repítemelo, anda.

—Tú y yo somos lo mismo.

Llegó el momento. La luz se atenuó un poco más y Star se sentó en un taburete delante de todos e interpretó una serie de versiones y un par de temas propios. Uno de los hombres con los que acababa de beber en la barra no dejaba de silbar y vociferar comentarios subidos de tono al final de cada canción.

—Gilipollas —dijo Duchess.

—Gilipollas —convino Robin.

—No digas palabrotas.

El tipo al final se levantó del taburete, saludó a Star con un gesto y se agarró la entrepierna con la mano. Y añadió algo más: dijo que Star no era más que una calientapollas; una bollera, lo más probable.

Duchess se levantó, agarró el vaso con refresco y se lo arrojó. El vaso se hizo añicos a los pies del hombre, que se la quedó mirando boquiabierto. Duchess abrió los brazos, le sostuvo la mirada y lo instó a venir a por ella, diciéndole que no le tenía miedo.

—Siéntate, por favor —Robin la tironeó de la mano.

Duchess miró a su hermanito y parpadeó al notar el miedo en su rostro. Se volvió hacia su madre, quien también estaba diciéndole que se sentara.

El hombre seguía fulminándola con la mirada. Duchess le mostró el dedo medio y tomó asiento.

Robin acabó de beberse el refresco en el momento que su madre llamaba a su hermana.

—Duchess, ven al escenario. Para que lo sepan, mi hija es mejor cantante que su madre.

Duchess se encogió en el banco, miró a su madre y negó con la cabeza, por mucho que el público estuviera volviéndose hacia ella, animándola con aplausos. Hubo un tiempo en que sí que cantaba, cuando era pequeña, antes de que supiera cómo funcionaba el mundo. Por entonces cantaba en casa, en la ducha, en el patio, por todas partes.

Star declaró que su hija era una sosa y pasó a entonar la última de sus canciones. Robin dejó los rotuladores en la mesa y contempló a su madre como si no hubiera una persona más formidable en el mundo.

—Ésta me encanta.

—Ya.

Star terminó de cantar, bajó del escenario y recogió su dinero. Metió los billetes —unos cincuenta dólares— en el bolso. En ese momento el hombre volvió a la carga y le tocó el culo.

Duchess se levantó antes de que Robin pudiera suplicarle que no se moviera, fue corriendo por la sala, se arrodilló y recogió una astilla de cristal.

Star empujó al hombre pero éste se levantó, apretó el puño hasta que reparó en las miradas de la gente, que no estaban fijas en él. Se volvió y se encontró con la chica, pequeña pero decidida: sostenía en alto el afilado cristal, le apuntaba a la garganta.

—Yo soy la forajida Duchess Day Radley y tú eres un puto baboso de bar. Voy a cortarte el cuello.

Oyó el débil llanto de su hermano. Star la agarró por la muñeca, que sacudió con fuerza hasta que ella dejó caer el cristal. Otros hombres intervinieron, se pusieron entre ambos y apaciguaron las cosas. Algunos se llevaron unas consumiciones gratis.

Star la empujó hacia la puerta, cogió a Robin y salieron los tres.

El aparcamiento estaba a oscuras mientras se dirigían a la camioneta.

Cuando subieron, Star se encaró con ella, le gritó y la trató de estúpida: aquel tipo podía haberle hecho daño. Ella sabía lo que hacía y no necesitaba que una niña de trece años anduviera cuidándola. Sentada sin moverse, Duchess aguardaba a que acabara de una vez.

Finalmente acabó y metió la llave en el contacto.

—No estás en condiciones de conducir.

—No me pasa nada, estoy bien. —Se miró al espejo retrovisor y se atusó el cabello.

—Así no llevarás a mi hermano en coche.

—Te he dicho que no me pasa nada, estoy bien.

—¿Tan bien como Vincent King?

Duchess vio llegar el manotazo, pero no trató de esquivarlo. Encajó el bofetón en la mejilla como si no tuviera importancia.

Robin lloraba en el asiento trasero.

Rápida como el rayo, Duchess agarró la llave del contacto y se escurrió entre los asientos hasta sentarse junto a él. Le alisó el pelo, enjugó sus lágrimas y le ayudó a ponerse el pijama.

Duchess durmió una hora, se despertó, fue al asiento delantero y le devolvió las llaves a Star. Salieron del estacionamiento y enfilaron el camino de regreso a casa, la madre y la hija sentadas una junto a la otra.

—¿Te acuerdas de que esta semana es el cumpleaños de Robin? —dijo Duchess en voz baja.

Se hizo un breve silencio.

—Claro que me acuerdo —respondió Star finalmente—: es mi principito.

Duchess notó una punzada en el estómago. No tenía dinero. Trabajaba como repartidora de periódicos los fines de semana, lo que suponía pedalear lo suyo y sudar la gota gorda, pero la paga era muy poca.

—Si me das algún dinero yo me encargo de todo.

—Ya veremos.

—Pero...

—Joder, Duchess. He dicho que ya veremos; confía un poco en tu madre.

Duchess se calló que no terminaba de confiar en ella, en vista de las veces que se había olvidado de su propio cumpleaños.

El coche siguió dando tumbos hasta que giraron y entraron en la autovía.

—¿Tenéis hambre? —preguntó Star.

—He dejado preparados unos perritos calientes.

—¿Te has acordado de comprar kétchup? Ya sabes que a Robin le gusta.

Miró a su madre con ojos cansados, Star le acarició la mejilla.

—Tendrías que haber salido a cantar esta noche.

—¿Para un hatajo de borrachuzos? Eso se lo dejo a las profesionales.

Star sacó un cigarrillo del bolso y se lo encajó entre los dientes, luego hurgó en busca del mechero.

—Si pongo la radio, ¿me cantas alguna cosa?

—Robin duerme.

Star rodeó los hombros de su hija con el brazo y acercó su rostro al de ella. La besó en la cabeza mientras el coche seguía avanzando por la autovía.

—En el bar había un hombre que tiene un estudio en el valle. Me ha dado su tarjeta y me ha dicho que lo llame. Puede que esta vez haya suerte.

Duchess bostezó. Los párpados le pesaban, las luces de las farolas estaban volviéndose borrosas.

—Mi duquesa de Cape Haven... ¿Sabías que siempre soñé con tener una hija? Casi podía verla, con un lacito en el pelo.

Duchess lo sabía.

—¿Y tú sabes quién fue Billy Blue Radley?

Star sonrió.

—Tu abuelo a veces me hablaba de él. Yo pensaba que estaba contándome cuentos chinos.

—Billy Blue fue un personaje real. Tenemos la sangre de los Radley, mamá.

Estuvo a punto de volver a preguntarle por su padre, pero lo dejó correr: estaba muy cansada.

—Sabes que te quiero, ¿verdad?

—Claro.

—Hablo en serio, Duchess. Todo lo que hago... todo lo que tengo es para vosotros dos.

Duchess contempló la noche cerrada.

—Ya, pero me gustaría...

—¿Qué?

—Me gustaría que en tu vida hubiera un término medio, no sé si me explico. Como los demás. No siempre tiene que ser todo o nada... o te hundes o nadas como un pez. La mayoría de las personas se las arreglan para vadear las aguas y con eso les basta. Cada vez que te hundes nos arrastras a los dos.

Star se enjugó las lágrimas.

—Lo intento. Voy a hacerlo mejor. Esta mañana me he repetido las promesas que me hice: me las repetiré todos los días. Quiero hacerlo por vosotros.

—¿Hacer qué?

—Quiero hacer las cosas pensando en los demás. Lo que haces por los demás es lo que te convierte en una buena persona.

Era casi medianoche cuando atravesaron el pueblo. Duchess se estremeció al ver el Cadillac Escalade de Dickie Darke aparcado en el camino de acceso.

Entraron por la verja, que estaba abierta. Darke seguramente estaba en el patio, en el porche, a la espera, mirando sin mirar a ninguna parte de aquella forma que intranquilizaba a Duchess: como si pudiera ver algo en las sombras. No le gustaba Darke. Era demasiado callado, un gilipollas enorme que lo observaba todo. Muchas veces lo había visto fuera del instituto, junto a la verja, sentado en su coche y mirándola.

—Oye, ¿tú esta noche no tenías turno de trabajo? —le preguntó a su madre.

Star últimamente limpiaba unas oficinas en Bitterwater.

—Esto... anoche no me presenté. Me han dicho que no hace falta que vuelva. Pero no te preocupes: siempre puedo trabajar como camarera de barra en el local de Darke, supongo que por eso ha venido.

—No me gusta que trabajes allí.

Star sonrió y volvió a enseñarle la tarjeta de visita que le habían dado, como si en esa cartulina estuviera la solución.

—Nuestra suerte está cambiando.

Duchess cogió a su hermano en vilo: era liviano, flaco de piernas y brazos. Empezaba a tener el pelo demasiado largo, pero ella no podía permitirse llevarlo a la peluquería de Joe Rogers, en la calle Mayor, donde llevaban a todos los niños. Se alegraba de que fuera demasiado pequeño para comprenderlo, de que los otros niños también lo fueran; pero pronto crecerían, y eso la preocupaba.

Robin había colgado pósteres de planetas y temas científicos en el cuarto que compartían: estaba llamado a ser el más listo de los dos. En el único libro que había en la estantería, Max aparecía un tanto desvalido y muerto de hambre, pero eso a Robin le gustaba porque a Max al final le daban de comer, lo que era muestra de que alguien cuidaba de él. Duchess había tomado el libro en préstamo en la pequeña biblioteca de Salinas. Cada dos semanas iba y venía con otro libro: tres kilómetros de ida y vuelta en bici.

Oyó que fuera estaban conversando. Darke era el propietario de la casa, a Star no le llegaba para el alquiler. Duchess era lo bastante mayor para saber lo que eso significaba, pero no lo suficiente para entenderlo bien.

Se acordó de los deberes a medias: por la mañana se encontraría metida en la mierda hasta el cuello si no los llevaba hechos. Y no podía permitirse que la castigaran haciéndola quedarse unas horas después de clase porque alguien tenía que ir a recoger a Robin, y de Star no te podías fiar.

Decidió echar una cabezadita hasta el amanecer y ponerse con los deberes al despertar. Abrió un poco las cortinas: la calle dormía. Delante se hallaba la casa de Milton, donde la luz del porche siempre estaba encendida la noche entera, circundada por un revuelo de mariposas nocturnas. Vio que una zorra se escabullía y se sumía con elegancia en las sombras y entonces descubrió a un hombre junto a la casa de Brandon Rock. Miraba su ventana. No podía verla porque ella estaba un poco retirada del cristal. Era alto, no tanto como Darke, pero alto sin lugar a dudas. Tenía el pelo muy corto y los hombros caídos, como si hubiera perdido el orgullo.

Se acostó.

Y entonces, cuando los párpados ya le pesaban, oyó un grito.

Oyó a su madre gritar.

Salió del cuarto con mucho cuidado; tenía práctica, pues era una niña acostumbrada a los terrores de la noche, a una madre que se relacionaba con la peor clase de hombres. Cerró la puerta al salir. Robin iba a seguir dormido y, si se despertaba, después no se acordaría de nada. Nunca se acordaba de nada.

Oyó la voz de Darke, tan firme como siempre.

—Cálmate.

Miró por el resquicio de la puerta la sala de estar convertida en una estampa del infierno. La lámpara a un lado proyectaba una sombra sobre su madre, quien yacía sobre la alfombra. Darke la contemplaba fijamente, como si estuviera ante un animal salvaje al que acabara de sedar. Era enorme, excesivo para la silla y la casita, demasiado corpulento como para poder con él.

Duchess sabía lo que tenía hacer, qué tablones del suelo crujían, y fue por el pasillo hasta la cocina. No iba a telefonear al 911, el número de emergencias, porque se encontraría con una respuesta pregrabada. Mientras llamaba al móvil de Walk oyó un ruido a sus espaldas; se volvió, pero era demasiado tarde: Darke le arrebató el auricular de un plumazo.

Duchess le clavó las uñas en la mano, hincándolas con fuerza hasta que notó que sangraba. Darke la hizo salir de la cocina con la mano firmemente posada en su hombro. Duchess se revolvió y tiró la mesita al suelo. La foto de Robin, tomada el primer día que fue al jardín de infancia, fue a aterrizar ante sus ojos.

Darke la miraba desde arriba.

—No voy a hacerte daño, así que haz el favor de no llamar a la policía.

Su voz era tan grave que resultaba casi inhumana. Duchess había oído cosas sobre él, anécdotas: cierto tipo le había cerrado el paso con el coche y Darke lo había había obligado a bajar y le había pateado la cara hasta dejársela hecha puré sin alterarse lo más mínimo, al punto que los mirones se quedaron petrificados.

Darke la miró fijamente, como solía. Examinó su cara, su cabello, sus ojos, su boca, regodeándose en el detalle hasta hacerla estremecerse

Ella miró hacia arriba y lo fulminó con los ojos, torciendo la nariz respingona al espetarle:

—Soy la forajida Duchess Day Radley y tú eres un cobarde que pega a las mujeres, Dickie Darke.

Retrocedió con rapidez y fue gateando hacia la puerta. La luz de la farola se colaba por el cristal en lo alto, bañándola en un resplandor anaranjado mientras su madre gritaba de rabia y se abalanzaba contra Darke.

No se puso en pie para ayudarla: tenía claro que más valía no hacerlo, pero sí lo hizo cuando notó la silueta al otro lado del cristal.

A sus espaldas, su madre arremetió con los puños por delante. Darke la agarró por las muñecas.

Duchess se decidió con rapidez: el que estaba fuera no podía ser peor que el de dentro. Abrió el pestillo y miró al desconocido a la cara. Se hizo a un lado, y el otro entró, cogió a Darke por el hombro y empezaron a pelear. El desconocido lanzó un puñetazo con fuerza y golpeó a Darke en la sien.

Éste ni se inmutó, pero de pronto reconoció al otro y se quedó inmóvil, mirándolo, sopesando sus opciones con calma. Él era mucho más alto y corpulento, pero el otro parecía enardecido, como si necesitara pelear.

Se sacó del bolsillo las llaves del coche sin prisa y se marchó de la casa. El otro lo siguió al exterior, seguido de Duchess, unos pasos por detrás.

Contempló el Cadillac Escalade alejarse hasta que los faros se perdieron de vista. El desconocido se volvió y la miró. Luego sus ojos fueron a posarse detrás de ella, a donde se hallaba Star, jadeante en el porche.

—Vamos dentro, Duchess.

Duchess no dijo nada, se limitó a seguir a su madre al interior. Volvió la vista atrás un segundo y miró al hombre inmóvil, como si lo hubieran enviado allí para protegerla.

Su camisa se había desgarrado durante la pelea. La luna lo iluminó de repente y Duchess vio el amasijo de cicatrices que lo cubría. Unas cicatrices recientes, abultadas, crueles.

# 6

La fatiga inundaba a Duchess irremisiblemente, sin que ella pudiera hacer otra cosa que sobrellevarla, dar un paso tras otro trabajosamente, respirar de forma entrecortada, con los ojos irritados. Lo oía todo en sordina: los ruidos le llegaban de muy lejos, tanto que a veces ni reaccionaba a ellos.

Notó que Robin le tiraba de la mano: había pasado la noche sumido en sueños y su expresión era animosa.

—¿Estás bien? —preguntó preocupado.

Duchess cargaba con las dos mochilas, la suya y la de él. Un moratón en el antebrazo, que se había hecho al caer, daba cuenta de los sucesos de la noche anterior. No había terminado el trabajo: el árbol de familia. Solía sacar notas mediocres, aunque de algún modo se las arreglaba para que no bajaran. Hacía lo posible por pasar desapercibida, por no meterse en follones: lo último que quería era que Star tuviera que tomar cartas en el asunto. Si había reunión de padres, siempre decía lo mismo:

—Mi madre tiene que trabajar, supongo que se hacen cargo.

Duchess comía a solas, temerosa de que los demás alumnos vieran lo que llevaba: a veces nada más que pan con mantequilla rancia a más no poder, otros días ni eso, pero de todas formas no tenía ganas de sentarse con nadie.

—Esta noche he dormido contigo y no has hecho más que darme patadas —le dijo a Robin.

—Perdona... me pareció oír ruidos. Creo que estaba soñando...

Salió corriendo de pronto y se metió en el jardín del vecino, donde cogió un palo. Después volvió, como lo haría un perro, y caminó apoyándolo en el suelo como si fuera el bastón de un anciano hasta arrancarle una carcajada.

Entonces se abrió la puerta y salió Brandon Rock. Star solía decir que reservaba para su Mustang las atenciones que habría hecho mejor en dispensarle a su ex mujer.

Vestía una antigua chaqueta deportiva de la universidad, tan ajada y ceñida que las mangas no le llegaban a las muñecas. Le clavó la mirada a Robin y le dijo:

—Ni te acerques a mi coche, ¿entendido?

—No se ha acercado en ningún momento —repuso Duchess.

Brandon cruzó por el césped y se encaró con ella.

—¿Tú sabes lo que hay debajo de esa lona? —preguntó retóricamente mientras señalaba el coche cubierto con la lona azul.

Por las noches, Duchess lo veía salir a arroparlo como si se tratara de su primogénito.

—Mi madre dice que es una de esas extensiones de pene.

Vio que las mejillas de Brandon enrojecían.

—Es un Mustang del sesenta y siete, para que lo sepas.

—Del sesenta y siete, ¿eh? ¿Igual que la chaqueta?

—El sesenta y siete fue mi año. Pregúntale a tu madre y te contará: me seleccionaron entre los mejores jugadores de fútbol americano de California. Por entonces me llamaban el Toro Desbocado...

—Pensé que era el Bobo Desnortado.

Robin se acercó a ella y la cogió de la mano. Mientras se marchaban calle arriba, Duchess sentía la mirada de Brandon como un puñal en la espalda.

—¿Por qué está tan enfadado? Ni siquiera me he acercado al Mustang.

—Él es así. En su día quería salir con mamá, pero ella le dijo que no y desde entonces...

—¿Darke estuvo en casa anoche?

El sol brillaba en lo alto, las persianas estaban abiertas y los propietarios de las tiendas se preparaban para el nuevo día.

—Yo no oí nada.

A Duchess le gustaba más Cape Haven en invierno, cuando la realidad sustituía al oropel y el pueblo era como los demás. No le gustaba el verano, largo, bonito y horrible.

Vio a Cassidy Evans y a sus amigas sentadas en el exterior del café de Rosie, bronceadas y con faldas cortas, gesticulando y diciéndose tonterías unas a otras.

—Vamos por Vermont —propuso Robin, y Duchess dejó que se la llevara de la calle Mayor, lejos de las chicas que iban a reírse de ellos—. ¿Y este verano qué vamos a hacer?

—Lo mismo de siempre: andar por ahí, ir a la playa...

—Ah.

Robin no apartaba la vista de la acera.

—Noah se marcha a Disneyland, y Mason a Hawái.

Duchess le puso la mano en el hombro con afecto.

—Ya se me ocurrirá algo divertido que hacer.

Al llegar a Fordham, Robin corrió hacia los árboles. Duchess lo contempló mientras el chiquillo intentaba encaramarse a la rama más baja de un sauce.

—Hola.

Duchess se volvió. Exhausta como estaba, no había visto llegar el coche patrulla de Walk.

Se detuvo y vio a Walk apagar el motor y quitarse las gafas de sol.

—¿Todo en orden?

—Claro. —Parpadeó tratando de no acordarse de Darke y del grito de su madre.

Tras toquetear la radio, Walk tamborileó la puerta con los dedos.

—¿Todo bien anoche?

El cabrón siempre se enteraba de todo.

—Ya te he contestado, ¿no?

Walk sonrió. Su intención nunca era molestarla, sencillamente estaba atento a cómo iban las cosas y hacía lo posible por ayudar. No obstante, ella tenía claro que la mejor intención traía a veces consecuencias nefastas.

—Muy bien —dijo él finalmente.

La mano le temblaba; su índice y su pulgar chocaban entre sí.

Advirtió que Duchess se había dado cuenta y metió la mano en el coche. Ella se preguntó cuántas copas tomaba al día.

—Sabes que puedes contármelo todo, Duchess.

Ella se sentía demasiado agotada para contárselo todo, para contemplar su cara bonachona y soportar sus miradas insistentes. Walk era blando, blando como un flan, como la jalea. Tenía la sonrisa blanda, el cuerpo blando, la mentalidad blandengue, y a ella no le iba lo blandengue.

Fue a buscar a Robin y se marcharon.

Cuando llegaron a la escuela, soltó la mano de su hermano, saludó con un gesto a la señorita Dolores y se dio la vuelta. El final del curso estaba al caer y no era cuestión de meterse en líos, pero aquel trabajo, el famoso árbol de familia, suponía un problema. Ella nunca entregaba con retraso, sin embargo... Sintió un retortijón, se llevó la mano a la barriga y notó un nudo. Tenía un mal pálpito. No era cuestión de subirse a la tarima y explicarle a toda la clase que no sabía quién era su padre, eso no podía hacerlo.

Recorrió los pasillos en dirección a su taquilla. Trató de sonreírle a la chica que había al lado sin que ésta se diera por aludida: era lo que solía pasar desde hacía mucho tiempo. Los demás alumnos seguramente pensaban que era un muermo de chica, siempre con cosas que hacer, con responsabilidades de las que ocuparse: la última persona a la que escoger como amiga.

Entró en clase y se sentó donde siempre, junto a la ventana con vistas al campo. Un grupo de pájaros picoteaba la tierra.

Pensó en Robin. ¿Quién iría a recogerlo si un día la castigaban y tenía que quedarse después de clase? No había nadie más. Nadie. Tragó saliva y notó que le ardían los ojos; sin embargo, no lloró.

La puerta se abrió, pero no era el señor Lewis, sino una mujer mayor que entró a paso lento. Una sustituta. Llevaba unas gafas con cadenita sobre el pecho y, en la mano, un vaso de papel del que ascendía el humo del café.

Cuando les pidió que sacaran los libros de texto y se pusieran a estudiar en silencio, Duchess se dejó caer sobre el pupitre: cansancio y alivio.

* * *

Walk encontró a Darke en la parcela donde había estado la casa de los Fairlawn, que a esas alturas no pasaba de ser un montón de escombros. Había excavadoras y camiones retirándolos para que los trabajadores pudieran moverse por ahí con mayor seguridad.

Darke estaba mirando, y su sola presencia bastaba para que los hombres se apresuraran y trabajaran con más brío. Cuando vio venir a Walk se irguió en toda su estatura.

—Bonito día, ¿verdad? —dijo Walk, nervioso sin poder evitarlo—. Leah me ha contado que llamaste a comisaría, ¿otra vez ha habido problemas en el club?

—No.

No habría cháchara por mucho que se esforzara: a aquel tipo era imposible sacarle cuanto no fuera estricta, dolorosamente, necesario.

Se llevó la mano temblorosa al bolsillo.

—¿Entonces?

Darke señaló una casa situada más allá.

—Ahora soy el propietario.

Observaron la casita. Tenía los postigos descascarillados y los tablones del porche medio podridos. No todo estaba maltrecho: se notaba que algún esfuerzo se hacía por mantenerla pero, en todo caso, su aspecto era una invitación a la demolición y el reemplazo.

—Es la casa de Dee Lane. —Walk advirtió que la mujer estaba mirando por la ventana y la saludó con la mano, pero ella no hizo caso: siguió mirando sin ver, contemplando las aguas del océano, la vista del millón, que la naturaleza mostraba sin recato.

—Está de alquiler, pero no quiere irse. Yo ya he cumplido: le envié todas las notificaciones que hacían falta.

—Hablaré con ella, pero sabes que lleva mucho tiempo viviendo en esa casa. —Se produjo un silencio—. Y que tiene hijas.

Darke volvió la vista al cielo como si esperase que algo fuese a aterrizar en cualquier momento.

Walk aprovechó para examinarlo: traje negro, un reloj bastante normal en la muñeca, tan ancha como su propio tobillo. Se preguntó con qué tipo de pesas haría ejercicio. A lo mejor levantaba coches...

—¿Y qué piensas hacer con la casa?

—Construir.

65

—¿Has solicitado el permiso de obras? —Walk tenía buen cuidado de supervisar las solicitudes de este tipo, a las que siempre ponía objeciones una y otra vez—. He oído que anoche hubo ciertos problemillas en la casa de los Radley.

Darke siguió mirando al frente.

Walk sonrió.

—En un pueblo tan pequeño las noticias vuelan.

—Pronto dejará de ser tan pequeño. ¿Has vuelto a hablar con Vincent King?

—Me dijo que... a ver, el hombre acaba de salir de la cárcel, por lo que...

—Puedes contármelo.

Walk tosió.

—Vincent me dijo que te dijera que puedes irte a tomar por culo.

El rostro de Darke se tornó una máscara de tristeza, o quizá de simple decepción. Hizo crujir los nudillos, que resonaron como el disparo de una pistola. Walk no quería ni pensar en el daño que aquel hombre podía hacer con sus botas de talla cincuenta y uno.

Se apartó y entró en el solar: tierra removida, hombres que manejaban maquinaria con cigarrillos en las comisuras de los labios, entornado los ojos para protegerse del sol.

—Jefe Walker.

Walk se volvió.

—La señorita Lane puede tomarse una semana más —dijo Darke—. Tengo un almacén... si tiene que ir sacando algunas cosas, que las deje junto a la puerta. Haré que las recojan y se las guardaré. Sin cobrarle nada.

—Muy considerado de tu parte.

En el patio de Dee Lane había un pequeño porche y un parterre de flores que dejaba claro que la inquilina estaba orgullosa de su casa, por pequeña que fuera. Hacía veinte años que Walk la conocía, desde que se había ido a vivir a la casa en Fortuna Avenue. Estuvo casada hasta que su marido empezó a follarse a otras y la dejó a cargo de las facturas y con dos hijas que cuidar.

Dee salió a recibirlo en la puerta mosquitera.

—Tendría que matar a ese cabrón.

Era una mujer pequeña, no llegaría al uno sesenta, atractiva a su estilo duro, como si los últimos años hubieran quitado lustre a la persona de antaño. En su enfrentamiento con Darke, la palabra «desigual» ni de lejos alcanzaba a reflejar la realidad.

—Puedo encontrar un lugar para que vayáis a...

—Vete a la mierda, Walk.

—¿Darke dice la verdad, hoy es el día?

—Sí, pero no hay derecho: hace tres años que se convirtió en mi casero, después del traspaso de la hipoteca... un acuerdo al que llegó con el banco. Pero entonces demolieron la casa de Fairview, dejándome en primera línea de mar, y lo siguiente fue que me llegó esto por el correo. —Revolvió entre un montón de papeles y le tendió la carta.

Walk la leyó con atención.

—Lo siento mucho. ¿Puedes hablarlo con alguien?

—Estoy hablándolo contigo.

—Ya, pero me temo que desde el punto de vista legal...

—Darke me dijo que podría seguir viviendo aquí.

Walk releyó la carta, estudió las notificaciones de desahucio.

—Puedo ayudarte a meter tus cosas en cajas. ¿Tus hijas ya lo saben?

Dee cerró los ojos y volvió a abrirlos húmedos de lágrimas. Dijo que no con la cabeza. Olivia tenía dieciséis años, Molly ocho.

—Darke ha dicho que puedes quedarte otra semana.

Ella respiró hondo.

—No sé si lo sabes, pero estuvimos saliendo juntos un tiempo... después de la marcha de Jack.

Walk lo sabía.

—Yo... ¿cómo decirlo? Darke tiene buen aspecto, pero está mal de la puta cabeza. Tiene algo, Walk. No sabría decir el qué. Parece un robot, ni siquiera me tocaba.

Walk frunció el ceño.

—Ya sabes lo que quiero decir.

Él notó que estaba sonrojándose.

—No es que sea una mujer desesperada, ni nada por el estilo, pero si ya has salido cinco o seis veces con un hombre es lo natural. Aunque no en su caso: Dickie Darke no tiene nada de natural.

Al ver unas cajas desparramadas por el jardín delantero, Walk hizo amago de ir a buscarlas, pero Dee le indicó que lo dejara correr.

—No hay más que basura. Esta mañana me puse a meterlo todo en cajas, ¿y sabes de qué me he dado cuenta? —Rompió a llorar; en silencio, sin sollozar. Las lágrimas corrían por sus mejillas—. Les he fallado, Walk.

Él iba a decir algo, pero Dee le hizo un nuevo gesto con la mano, a punto de venirse abajo.

—Les he fallado a mis hijas. No tengo un techo para ellas, no tengo nada en la vida.

Esa noche, mientras Robin y su madre dormían, Duchess escapó por la ventana de la habitación y se marchó en bicicleta por la calle.

Amanecía, asomaba un cielo azul. Habían sacado los cubos de la basura a la calle, se notaba el olor de las barbacoas. Duchess tenía hambre, nunca llegaba a saciarse porque se aseguraba de que Robin comiera bien.

Torció por Mayer y descendió por la suave pendiente sin pedalear; las cintas que adornaban el manillar se agitaban al viento. No llevaba casco, iba vestida con pantalones cortos y una camiseta, calzada con sandalias.

Frenó para girar por Sunset Road.

La casa de los King era su preferida desde siempre por la estampa que ofrecía: medio en ruinas, como una afrenta al entorno opulento.

Vio al hombre.

La puerta del garaje estaba subida y el otro se encontraba en lo alto de una escalera, quitando cuidadosamente unas tejas. Había destejado la mitad del techo. En el suelo había un rollo de tela asfáltica, herramientas varias —martillos, picos, cosas así—, una carretilla llena de pedruscos polvorientos... El hombre tenía una lámpara que daba una luz apenas suficiente.

Duchess había visto fotos de Sissy, a quien ella se parecía mucho: el pelo y los ojos claros, pecosa y con la nariz respingona.

Se acercó a él lentamente, levantando los pies de los pedales, incómoda en el sillín, haciendo equilibrios para no caer, luego empujándose con un pie.

—Anoche estuviste en mi casa.

El hombre se volvió.

—Hola, me llamo Vincent.

—Eso ya lo sé.

—En su día conocí a tu madre.

—Eso también lo sé.

Vincent se forzó a sonreír; probablemente se sentía obligado a hacerlo, como si estuviera aprendiendo a desenvolverse en sociedad otra vez. Duchess no le devolvió la sonrisa.

—¿Tu madre se encuentra bien?

—Ella siempre se encuentra bien.

—¿Y tú qué tal estás?

—Esa pregunta está fuera de lugar: soy una forajida.

—¿Debería tener miedo? Los forajidos siempre son peligrosos, ¿no?

—Wild Bill Hickok mató a dos hombres antes de convertirse en sheriff. Igual un día cambio y me pongo del lado de la ley... o igual no.

Se acercó un poco más con la bici. El hombre estaba sudoroso, tenía la camiseta oscurecida en el pecho y bajo los brazos. Sobre el garaje descansaba un viejo aro de baloncesto sin red. Se preguntó si Vincent King seguiría acordándose de cómo jugar, de cuanto tuviera que ver con el pasado.

——¿La libertad es lo peor que hay? —le preguntó al tal Vincent—. ¿Peor que cualquier otra cosa? Igual sí.

Vincent se bajó de la escalera.

—Tienes una cicatriz en el brazo.

Él se miró el antebrazo: la cicatriz discurría por toda su extensión; no era muy exagerada, pero sí visible.

—Tienes cicatrices por todas partes, ¿te pegaban allí dentro?

—Te pareces a tu madre.

—Las apariencias engañan.

Duchess retrocedió, se tocó el lacito del cabello mientras él seguía mirándola.

—Es un subterfugio: la gente ve una niña y nada más.

Ella movía la bici adelante y atrás.

Él cogió un destornillador y se le acercó lentamente.

—El freno roza un poco, por eso te cuesta pedalear.

Duchess observaba cada uno de sus movimientos.

Él se arrodilló junto a su pierna teniendo cuidado de no tocarla, ajustó el frenó y se apartó.

Duchess movió la bici adelante y atrás, un poquito, pero enseguida notó que la rueda giraba mejor. Se dio media vuelta. La luna aún brillaba detrás del hombre y de la vieja casa.

—No vuelvas a nuestra casa nunca más: no necesitamos ayuda de nadie.

—Entendido.

—No me gustaría tener que hacerte daño.

—Ni a mí.

—El mocoso que te rompió la ventana... se llama Nate Dorman.

—Bueno es saberlo.

Duchess terminó de dar la vuelta y se marchó pedaleando sin prisa, alejándose de él en dirección a su casa.

Llegó a su calle y vio el coche. El capó era tan alargado que sobresalía del caminillo de entrada. Darke había vuelto.

Frenética, pedaleó con fuerza. Luego dejó caer la bici sobre la hierba. No tendría que haber salido. Fue por uno de los lados de la casa y entró por la puerta de la cocina, sin hacer ruido, con el sudor recorriéndole la espalda. Levantó el teléfono de la horquilla de la pared y entonces oyó unas risas: unas risas de su madre.

Los espió desde las sombras, desde donde no podían verla. Vio una botella en la mesita frente al sofá, medio consumida ya, y un ramo de flores rojas como las que vendían en la gasolinera de Pensacola.

Los dejó a su aire y salió al patio, se encaramó por la ventana y se cercioró de que el pestillo de la puerta de su cuarto seguía estando echado. Se quitó los shorts y besó a Robin en la cabeza. Apartó el cobertor y se tumbó al pie de la cama del pequeño: no pensaba dormir hasta que aquel gigante se marchara.

# 7

—Háblame de la niña —pidió Vincent.

Estaban sentados al fondo de la vieja iglesia. La ventana con vidrieras daba al cementerio y, más allá, al océano, tintando a ambos de colores. Se habían pasado por la tumba de Sissy, donde Walk dejó a su amigo un rato a solas. Vincent colocó las flores que llevaba, se arrodilló y leyó la inscripción de la lápida. Estuvo una hora, hasta que Walk volvió y posó la mano en su hombro.

—Si quieres que te diga la verdad, Duchess es muy madura para la edad que tiene.

Nadie lo sabía tan bien como él.

—¿Y Robin?

—Duchess cuida de él: hace lo que su madre tendría que hacer.

—¿Y el padre?

Walk contempló los viejos bancos de la iglesia pintados de blanco. Algunas gotas de pintura habían ido a parar al suelo de piedra. El techo era alto y abovedado, con intrincados ornamentos, lo bastante bonito como para que los veraneantes tomaran fotografías y llenaran la iglesia los domingos.

—En ninguno de los dos casos hay padre. Por aquel entonces Star salía con muchos tíos: siempre estaba fuera por las noches. Yo la veía volver a casa de madrugada.

—Muerta de vergüenza.

—De eso nada. ¿Alguna vez viste que a Star le importara la opinión de los demás?

—A veces pienso que no conozco a Star en absoluto.

—Sí que la conoces: es la misma chica con la que fuiste al baile del instituto.

—Le escribí a Hal, su padre.

—¿Y te respondió?

—Sí.

Pasaron unos minutos. Walk se preguntaba qué le habría respondido Hal, pero a la vez prefería no saberlo. El padre de Star era un hombre duro. Tenía un rancho en Montana: lo sucedido en Cape le resultaba demasiado doloroso como para pensar en volver, ni siquiera de visita. No conocía a sus nietos.

—Me dijo que debería suicidarme.

Walk contempló los motivos religiosos en las paredes, imágenes de castigo y de perdón.

—Pensé en hacerlo. Pero él entonces cambió de idea: la muerte era una salida demasiado fácil. Me envió una foto de ella. —Vincent tragó saliva—. De Sissy.

Walk cerró los ojos. Un rayo de sol se abrió paso e iluminó el púlpito.

—¿Ya has estado en el pueblo?

—Yo ya no conozco este lugar.

—Eso tiene arreglo, ya lo verás.

—Fui a la tienda de Jennings porque tenía que comprar pintura. He visto que Ernie es ahora el propietario.

—¿Te dijo algo desagradable? Si quieres puedo hablar con él.

Ernie se había sumado a la batida aquella noche: fue el primero en ver que Walk levantaba la mano, el primero que fue corriendo hacia allí para luego frenarse en seco ante el hallazgo, agacharse y vomitar al ver a la niñita.

Se alejaron andando por la hierba, entre las lápidas torcidas. Al llegar al borde del acantilado contemplaron las olas romper contra las afiladas rocas treinta metros más abajo.

Walk sintió un ligero mareo.

—Muchas veces pienso en ello, en cómo éramos. Veo a los chavales de Cape, por ejemplo a Duchess, y pienso en ti, en mí, en Star y en Martha. Star me dijo que hay días en los que se siente como si tuviera de nuevo quince años. Podemos volver a tratarnos, los tres. Con el tiempo conseguiremos que las cosas sean como antes. Antes todo era más sencillo, la verdad, todo era...

—Escúchame, Walk. Independientemente de lo que crees saber, o podrías saber, acerca de lo ocurrido durante todos estos años, debes entender que yo ya no soy el de antes.

—¿Cómo es que no me dejaste que te visitara después de lo de tu madre?

Vincent siguió disfrutando de la vista como si no hubiera oído sus palabras.

—Hal me escribía todos los años con ocasión del cumpleaños de Sissy.

—No tendrías que haber...

—A veces nada más que un par de líneas, para recordármelo. Como si me hiciera falta. Otras veces me escribía diez folios seguidos. No todo era rabia y despecho, a veces hablaba sobre cómo cambiaba la vida, qué podía yo hacer, cómo podía dejar que otros vivieran sus vidas sin arruinárselas.

Walk se dio cuenta de que Vincent había pensado muy en serio todas aquellas cosas, haciendo a un lado el instinto de supervivencia.

—Si uno no puede reparar un daño, si a uno le resulta imposible...

Contemplaron el paso de un pesquero, el *Sun Drift*. Walk lo recordaba: azul, con óxido en el casco. Avanzaba en silencio, sin formar olas, cortando el agua con la proa.

—A veces, las cosas son como son. Siempre hay razones, claro, pero explicarlas no cambia nada.

Walk tenía un sinfín de preguntas que hacerle a su amigo sobre los últimos treinta años de su vida, pero las cicatrices de sus muñecas le indicaban que ese período bien podía haber sido mucho peor de lo que se imaginaba. Regresaron caminando en silencio. Vincent insistía en ir por las calles laterales, andaba cabizbajo.

—¿O sea que Star salió con muchos tíos en una época?

Walk se encogió de hombros y, por un instante, creyó detectar una leve nota de celos en la voz de Vincent.

73

Contempló a su amigo alejarse de regreso a Sunset para ponerse a trabajar de nuevo en la vieja casa vacía.

Después de comer, Walk fue en coche al hospital de Vancour Hill. Subió en ascensor hasta el cuarto piso, se sentó en la sala de espera y hojeó unas revistas, contemplando las fotografías de unas viviendas tan minimalistas como sus dueños; estuco blanquísimo, luces indirectas... Procuró mantener la cabeza baja, aunque la otra única persona en la sala era una joven que parecía ocupada en sus propios pensamientos. Cuando lo llamaron por su nombre, se levantó y caminó con rapidez sin dejar traslucir los dolores que sentía, haciendo de tripas corazón, aunque pocas horas antes casi ni podía mantenerse en pie.

—Las pastillas no funcionan —dijo nada más sentarse.

Era una consulta insulsa, apenas personalizada por una fotografía enmarcada cuya imagen no era visible desde donde estaba sentado. La médico se apellidaba Kendrick.

—¿Otra vez le duele la mano? —le preguntó.

—Me duele todo. Por las mañanas necesito media hora para levantarme.

—¿Pero por lo demás sigue haciendo vida normal? ¿Puede andar, sonreír?

Walk sonrió a su pesar, Kendrick le devolvió la sonrisa.

—El problema son las manos, los brazos... cierta rigidez que me viene de pronto, nada más.

—Pero todavía no se lo ha dicho a nadie, ¿me equivoco?

—La gente cree que tengo problemas con la bebida.

—¿Y a usted no le importa?

—Soy policía; se supone que los policías bebemos.

—Pero sabe que tarde o temprano tendrá que contarlo.

—¿Y entonces qué? No pienso pasar el resto de mis días sentado detrás de un escritorio.

—Puede probar con otro trabajo.

—Mire usted: si un día me ve perdiendo el tiempo en un pesquero, por favor péngueme un tiro. Ser policía es... es lo mío. Me gusta el lugar que ocupo, la vida que llevo, y quiero conservar ambas cosas.

Kendrick sonrió con tristeza.

—¿Algo más?

Walk estaba mirando por la ventana. Esa ventana le proporcionaba en aquel momento algo más que una vista: la posibilidad de sopesar las cosas y decidir en qué era necesario insistir. Ciertos problemas cuando meaba, cuando cagaba, bastantes problemas para dormir... Kendrick decía que era normal. Le había hecho unas cuantas sugerencias: ponerse a régimen para perder algo de peso, aumentar la dosis de levodopa, cosas que él ya sabía. No era de esas personas que empiezan a medicarse sin ton ni son: pasaba sus ratos libres en la biblioteca, leyendo sobre el tema; las seis fases de la enfermedad, la hipótesis del doctor Braak, lo que el propio James Parkinson había dicho en su día.

—Joder —dijo, pero enseguida levantó la mano disculpándose—. Perdón por decir palabrotas, no acostumbro a hacerlo.

—Joder —convino Kendrick.

—No puedo dejar mi trabajo; eso no, de ninguna manera: la gente me necesita. —Se preguntó si esto último era cierto—. Tan sólo me pasa en el lado derecho —mintió.

—Hay un grupo de apoyo y...

Le tendió un folleto. Walk hizo ademán de levantarse.

—Léalo, por favor —insistió ella.

Walk aceptó el folleto.


Duchess estaba sentada en la arena, abrazándose las rodillas. Miraba a Robin, quien recogía conchas con el agua por los tobillos. Había encontrado bastantes, fragmentos en su mayor parte; tenía los bolsillos llenos.

A la izquierda había un grupo de alumnos del instituto: chicas en bañador, chicos pasándose una pelota. Hacían ruido, pero a ella no le afectaba: tenía la capacidad de sentirse por completo a solas en una playa llena de gente, en una clase llena de chicos. La había heredado de su madre y no le gustaba: la combatía con todas sus fuerzas. Robin necesitaba estabilidad, no a una hermana adolescente distraída, constantemente cabreada, amargada por la vida de mierda que le había tocado en suerte.

—Otra concha —gritó Robin.

Duchess se levantó y caminó hacia él notando el agua fría en los pies. Los perfiles del escarpado litoral se extendían hasta donde alcanzaba la vista en una y otra dirección. Le ajustó el gorro y le tocó los antebrazos. Tenía la piel ardiendo, pero no había dinero para comprar protector solar.

—No vayas a quemarte.

—No, no.

Duchess se puso a buscar conchas con él. Encontró una galleta de mar perfecta en las límpidas aguas y se la dio a su hermano, que la recibió encantado.

Ricky Tallow apareció por ahí y Robin corrió hacia él. Los dos pequeños se abrazaron con cariño, a Duchess se le escapó una sonrisa.

—Hola, Duchess —dijo Leah Tallow.

Leah no era ni guapa ni fea, y Duchess a veces pensaba que ojalá su madre tuviera unos rasgos así de anodinos, los de una madre normal y corriente, no los de una cantante de bar con el culo y las tetas al aire, no los de un pibón que los hombres miraban insistentemente mientras paseaban por la playa.

—Tendremos que irnos pronto.

Robin se entristeció, pero no dijo nada.

—Si tienes cosas que hacer, podemos llevarlo en el coche. ¿Dónde vivís? Ahora mismo no me acuerdo...

—En Ivy Ranch Road —informó el padre de Ricky, un hombre con el pelo prematuramente gris cuyas ojeras daban la impresión de ser más profundas cada vez que Duchess lo veía.

Leah miró a su marido con reprobación, él desvió la vista y procedió a vaciar una bolsa llena de juguetes de playa.

Robin esperaba apretando los labios. Duchess sabía que su hermano no le pediría quedarse; se lo agradecía, pero también detestaba su resignación.

Ella consideró un momento la oferta de Leah.

—¿Seguro que les va bien? —preguntó al fin.

—Claro que sí. El hermano de Ricky vendrá dentro de un rato: les enseñará a los pequeños a lanzar bien el balón.

Robin miró a Duchess con los ojos muy abiertos.

—Lo dejaremos en vuestra casa antes de la hora de cenar.

Duchess hizo un aparte con Robin. De rodillas en la arena, le rodeó el rostro con las manos.

—Pórtate bien, ¿eh?

—Claro. —Robin miró por encima de su hombro, pues Ricky estaba empezando a excavar un foso—. Me portaré bien, lo prometo.

—No te alejes, sé educado. No les hables de mamá.

Robin asintió con cara seria. Duchess le dio un beso en la frente, le hizo una seña a Leah Tallow y caminó por la arena ardiente para montarse en la bicicleta.

Estaba sudando cuando llegó a Sunset Road. Se bajó de la bicicleta y avanzó empujándola por la calle. Se detuvo al llegar frente a la casa de los King.

Vincent estaba en el porche, lijando la madera con la espalda encorvada. El sudor le resbalaba mentón abajo. Duchess lo observó con detenimiento: tenía buenos músculos, brazos fibrosos, nada que ver con las protuberancias que se veían en la playa. Cruzó la calle y se quedó de pie frente al camino de acceso.

—¿Quieres echarme una mano con estos tablones?

Vincent se había sentado en el suelo y le tendía un papel de lija con su taco.

—¿Y por qué coño iba a querer echarte una mano?

El otro volvió a enfrascarse en su labor. Duchess apoyó la bici contra el vallado y se acercó.

—¿Tienes sed?

—No acepto nada de desconocidos.

Advirtió que Vincent tenía un tatuaje. Asomaba bajo la manga de la camiseta cuando estiraba el brazo. Lo miró trabajar durante diez minutos.

Se acercó un poco más. Vincent se detuvo y volvió a sentarse en el suelo.

—Ese hombre... el de la otra noche. ¿Lo conoces?

—Él cree que me conoce.

—¿Va mucho por tu casa?

—Cada vez más. —Duchess se enjugó el sudor de la frente con el antebrazo.

—Si quieres, se lo cuento a Walk.

—No necesito tu ayuda.

—¿Hay alguna otra persona a la que puedas recurrir?

—Ojo, soy una forajida: así aparece en los registros.

—Si vuelve a pasar, puedes llamarme si quieres.

—Dallas Stoudenmire mató a tres hombres en cinco segundos, yo puedo con uno solo.

Cambió el peso a la otra pierna. Luego se acercó y se sentó en un escalón, a metro y medio de él.

Vincent se dio la vuelta, agachó la cabeza y se puso a lijar otra vez con pulso firme. Duchess cogió el otro taco y empezó a lijar el madero que le quedaba más cerca.

—¿Cómo es que no vendes esta casucha de mierda?

Vincent se arrodilló como si fuera a rezarle al vetusto caserón.

—La gente dice... a ver, los he oído hablar en el café de Rosie y dicen que podrías sacarte un millón de pavos o una barbaridad por el estilo, pero tú te empeñas en vivir aquí.

Vincent volvió la cabeza y contempló la vivienda tan largamente que se diría que estaba viendo algo que ella era incapaz de ver.

—Mi bisabuelo construyó esta casa... —Hizo una pausa como si le costara encontrar las palabras—. Cuando Walk me trajo en coche, me alivió reconocer algunas cosas en Cape Haven, que ha cambiado tanto, y no sólo por culpa de los veraneantes... —Volvió a quedarse callado, pero un momento después continuó—: Yo no era malo antes, no me lo parece. Cuando pienso en el pasado, me acuerdo de una persona que no era del todo mala.

—¿Y ahora?

—La cárcel te oscurece el alma. Y esta casa es... una pequeña llama, podríamos decir; algo que sigue ardiendo y da luz. Si la dejo, si dejo que se apague esta última luz, la oscuridad será total: nunca más volveré a verlo en la vida.

—¿A ver el qué?

—¿Alguna vez has tenido la sensación de que la gente te mira, pero no termina de ver cómo eres?

Duchess se abstuvo de responder. Se tocó el lazo del cabello, remetió el cordón de una zapatilla.

—¿Qué le pasó a Sissy?

Vincent volvió a parar de trabajar y tomó asiento. Hizo visera con una mano para protegerse los ojos del sol al mirar a Duchess.

—¿Tu madre no te lo ha contado?

—Quiero que me lo cuentes tú.

—Aquel día salí a dar una vuelta con el coche de mi hermano.

—¿Y tu hermano dónde estaba?

—Se había ido a la guerra. ¿Has oído hablar de Vietnam?

—Sí.

—Quería impresionar a cierta chica, así que la llevé a dar un paseo con el coche.

Duchess sabía quién era aquella muchacha.

—Después de dejarla en su casa, fui conduciendo por Cabrillo y torcí por la curva que hay junto al rótulo que da la bienvenida al pueblo... Sabes dónde está, ¿verdad?

—Sí.

Vincent hablaba en voz baja.

—Ni me di cuenta de que le había dado con el coche, ni siquiera reduje la velocidad.

—Y ¿cómo es que andaba sola por allí?

—Estaba buscando a su hermana. Tu abuelo a veces trabajaba por la noche en la fábrica aquella, en Tallow Construction. ¿Sigue estando en el mismo lugar?

Duchess se encogió de hombros.

—Supongo.

—Tu abuelo dormía durante el día y Star se encargaba de cuidarla.

—Pero Star no estaba.

—Aquel día la llamé y estuvimos tomando cervezas con Walk y Martha May. ¿Conoces a Martha May?

—No.

—No me di cuenta del paso del tiempo. Star había dejado a Sissy mirando la tele.

La voz de Vincent de pronto carecía de inflexiones; Duchess se preguntó cuánto quedaría de él.

—Y ¿cómo supieron que habías sido tú?

—Yo creo que Walk ya tenía madera de polizonte: se presentó en mi casa esa misma noche y vio los desperfectos en el coche.

Trabajaron un poco más en silencio. Duchess apretaba los dientes y lijaba la madera con tanta fuerza que el hombro empezó a dolerle.

—Tienes que andarte con cuidado —dijo él—. Conozco a los hombres de su tipo. Me refiero a Darke: he visto a otros como él.

Con sólo mirarlo a los ojos te das cuenta de que algo no funciona como debería.

—No tengo miedo, soy dura de pelar.

—Eso ya lo sé.

—Tú qué vas a saber.

—Cuidas de tu hermano pequeño, ésa es una gran responsabilidad.

—Cierro con el pestillo la puerta de nuestro cuarto para que no vea nada. Si oye alguna cosa, piensa que fue un mal sueño.

—¿No es peligroso encerrarlo por dentro?

—Peor es lo que hay fuera.

Duchess lo observó atentamente. Estaba abstraído, como si sopesara algo de importancia. Finalmente la miró a los ojos.

—¿Así que eres una forajida?

—Sí.

—En ese caso espera un minuto, tengo algo para ti.

Lo observó entrar en la casa mientras se preguntaba por el significado de las palabras «absolución», «indulto» y «perdón». Hasta donde ella podía ver, aquel hombre, que había cumplido su condena, seguía teniendo el aspecto de un condenado a muerte.

# 8

—A veces sospecho que ella me odia.

Walk buscó los ojos de Star, pero ella eludió su mirada. Aquella mañana mostraba una calma que él sabía fugaz.

—No es más que una adolescente.

—¿De verdad crees que ése es el problema, Walk? Al menos tú no me vengas con esas gilipolleces.

Al pasar ante la casa de Brandon Rock, Walk notó que las cortinas se movían. Segundos después, Brandon salió por la puerta y caminó por su jardín delantero haciendo lo posible por disimular la cojera. Walk aminoró el paso y Star lanzó un suspiro.

—Hola —dijo Brandon sonriéndole a Star.

—Anoche volviste a despertar a medio vecindario, Brandon. Mejor será que arregles ese motor o Duchess se encargará de hacerlo por ti.

—Es un coche del sesenta y siete y...

—Ya sé qué coche es: el coche de tu padre, el mismo que llevas veinte años reparando. Incluso hablaste del puto cacharro en el periódico del pueblo.

Había sido en un artículo de lo más tonto en la sección dedicada a personajes locales, perdido en las páginas interiores junto a los anuncios por palabras. Brandon se extendía sobre pistones a lo largo de media página y al lado podía verse una fotografía suya, medio tumbado sobre el capó, con su peinado ochentero y haciendo morritos a la cámara. Duchess se había dedicado a «editar» la foto con un rotulador y luego la había fijado con cinta adhesiva en la verja de la casa de Brandon.

—Lo tendré a punto para el Cuatro de Julio —aseguró Brandon—. Y bueno, se me ha ocurrido que igual te apetecería salir a dar una vuelta conmigo. Podemos ir a Clearwater Cove y hacer un pícnic. Yo llevaría algún bollito, porque sé qué te gustan, y un poco de pollo con piña, ¿qué te parece? Ahora que me acuerdo, incluso tengo un cazo para hacer fondue. —Llevaba la mancuerna en la mano derecha y no dejaba de flexionar el brazo haciendo que se le saltaran las venas.

—No tengo intención de salir contigo, Brandon. Llevas pidiéndomelo desde la época del instituto, empiezo a cansarme.

—Para que lo sepas, Star: un día de estos voy a pasar de ti por completo.

—¿Me lo pones por escrito?

Cogió a Walk del brazo y siguieron su camino.

—Brandon sigue pensando que estamos en el instituto —observó.

—Y sigue sin aceptar que prefirieses a Vincent.

Al llegar al final de Ivy Ranch Road, Walk miró atrás y vio a Brandon Rock plantado en el mismo lugar. No les quitaba los ojos de encima.

Continuaron paseando. Se trataba de un ritual que repetían cada semana desde hacía casi diez años. Walk se presentaba todos los lunes por la mañana para que Star saliera de casa y hablara con alguien. No era mucho, pero creía que se trataba de una rutina beneficiosa para ella. Ya que no podía permitirse ir al psicólogo, al menos podía hablar con él.

—En fin, ¿y él cómo está?

—Está bien.

Star entornó los ojos.

—¿Qué clase de respuesta es ésa, Walk? Cuéntame algo, ¿quieres?

—Me he enterado de lo que sucedió la otra noche.

—Se portó como todo un caballero andante, ya, pero el hecho es que yo tenía la situación controlada: no me hace falta que el puto Vincent King acuda a defenderme.

—Vincent siempre estaba defendiéndonos. ¿Te acuerdas de cuando al hijo de los Johnson se le metió en la cabeza que yo le había robado la bici?

Star se echó a reír.

—Como si tú fueras capaz de robar algo.

—Ya, pero el nene era un grandullón.

—No lo bastante para enfrentarse a Vincent. Eso me gustaba de él, que fuera de armas tomar. Sólo nosotros veíamos algo más. Sissy lo quería con locura: si estábamos en el sofá, venía y se sentaba entre los dos. Y Vincent le hacía caso, ¿sabes? Se llevaba sus dibujos a casa y los guardaba.

—Me acuerdo.

—Tú te acuerdas de todo, Walk.

—¿Por qué dejas que Darke entre en tu casa? No es trigo limpio.

—No es lo que piensas: peleamos, pero yo fui la que empezó. Es agua pasada. Esta noche iré a trabajar al club.

Al llegar a la esquina de Sunset, Walk se rezagó un par de pasos, pero Star no lo notó: tenía la vista puesta en la casa de los King. Walk la siguió hacia la playa. Pasaron unos cuantos automóviles seguidos por un todoterreno. Era el de Ed Tallow; Walk lo reconoció y lo saludó con la mano mientras pasaba, pero Ed sólo tenía ojos para Star.

Walk se aflojó el nudo de la corbata. Star se quitó las sandalias y echó a correr por la arena caliente hacia el agua haciendo todo lo posible para no quemarse las plantas de los pies. Él la siguió y los zapatos fueron llenándosele de arena. Ella entró en el mar y se detuvo con el agua por los tobillos, riendo al ver que Walk venía andando torpemente con los zapatones puestos.

Pasearon por la orilla.

—Soy consciente de que no estoy haciendo las cosas bien, Walk.

—No se trata de que...

—Tengo claro que estoy jodiendo lo único para lo que se supone que valgo.

—Duchess te quiere con locura. Tiene sus cosas, claro, pero cuida de ti, y también de Robin...

—Robin nunca causa problemas: es un niño... Es lo mejor que tengo en la vida. Está hecho un principito.

Se sentaron en la arena.

—Treinta años, Walk. Y ¡toma!, de pronto está de vuelta en el pueblo. Me he acordado de él durante todos estos años; he pensado mucho en él, demasiado. Y sé que tú has seguido queriéndolo. Siempre querías hablar de él, como si fuésemos los mismos de antes.

Hacía calor. Walk notó que el sudor resbalaba por su espalda.

—Y tú te emborrachas o te colocas y casi te mueres una y otra vez, y luego paseamos y charlamos, y más o menos todo sigue igual.

—Naciste con la maldición de ser un tipo honesto, Walk: cargas con un enorme peso sin siquiera darte cuenta. A quien Duchess admira es a ti, no a mí.

—No, eso no...

—Porque le recuerdas que hay gente buena. Eres como un padre para ella: una persona que no miente, ni engaña ni anda jodiendo a los demás. Jamás lo reconocería, pero te necesita. Así que no puedes fallarle: eso sería como apagar la luz en su vida.

—Todo irá bien, saldrás adelante: tú puedes ser esa persona que ella necesita.

Star hundió la mano en la arena, sacó un puñado y dejó que se escurriera entre sus dedos.

—¿Y eso cómo lo hago? ¿Cómo me las arreglo para dejar de ser lo que soy?

—Ve a verlo, habla con él.

—¿Para perdonarlo?

—No estoy hablando de eso.

—Era en él en quien pensaba cada vez que tropezaba o me hundía. No soy lo bastante fuerte para manejar esta situación: todo lo que supone su reaparición en mi vida, y no tan sólo en mi vida.

—Es mejor que Dickie Darke.

—Joder, Walk, eres como un niño: todo se reduce a mejor y peor, a lo bueno y lo malo. Ninguno de nosotros es bueno o malo: no pasamos de ser el conjunto de las cosas, mejores y peores, que hemos hecho. Vincent King es un asesino. Mató a mi hermana. —La voz se le quebró—. Tendría que haberme ido de aquí, como hizo Martha. Tendría que haberme marchado de Cape Haven para siempre.

—Yo he hecho lo posible por ayudar, por ayudarte a ti y a los niños.

Star apretó su mano.

—Y nunca voy a olvidarlo. Te quiero por lo que has hecho por nosotros. Eres el mejor amigo que he tenido en la vida. Pero todo está escrito, Walk, todo forma parte del mismo plan: hay unas fuerzas cósmicas, hay causas y efectos.

—¿De verdad crees en esas cosas?

—El universo encuentra maneras de equilibrar el bien y el mal. —Star se levantó y se sacudió la arena con las manos—. Cuando te pregunte, dile que hace mucho tiempo que lo he olvidado, y no vuelvas a hablarme de él, Walk. En cuanto a Duchess y Robin... son lo único que me importa y voy a hacer cuanto esté en mi mano para demostrárselo.

Walk la contempló mientras se alejaba y luego se volvió hacia el océano. Había oído aquellas palabras muchas veces, esperaba con toda su alma que esta vez fueran verdad.


A medianoche se oyó un rumor sordo y los faros de un coche que pasaba barrieron la habitación, el armario sin puertas, la cómoda con el cajón roto.

Duchess no tenía pósteres en las paredes, sólo algunos trabajos artísticos y manualidades popias de sus trece años. La desgastada moqueta dejaba al descubierto los tablones del suelo. Su pequeña cama, en la que pasaba horas de suplicio, estaba junto a la de su hermano.

Miró a Robin, que dormía como un tronco. Había apartado a un lado el cobertor: en el cuarto hacía tanto calor que tenía el pelo húmedo. Ella salió y se aseguró de cerrar bien la puerta a su espalda. Bajó a la puerta de la calle y abrió la cadenita.

Star yacía sobre la hierba seca.

Duchess caminó hacia ella con cautela.

Calle arriba, el destello de unas luces de freno: el Escalade al enfilar la curva.

Duchess dio la vuelta al cuerpo de su madre. Tenía la falda subida de un modo indecoroso.

—Star.

Una marca junto al ojo, el labio más lleno que de costumbre, la piel conteniendo apenas la sangre.

—Star, despierta.

Vio que las cortinas se agitaban en la casa de enfrente y distinguió la silueta del carnicero, espiando como siempre. A un lado, el brillo de la luz de seguridad de Brandon Rock proyectándose sobre el Mustang cubierto por la lona.

—Vamos... —Palmeó la mejilla de su madre.

Necesitó sus buenos diez minutos para levantarla y otros diez para meterla en casa. Star vomitó en el recibidor con unas arcadas secas, rotundas, como si estuviera expulsando lo más negro de su alma.

Duchess la acostó asegurándose de ponerla boca abajo: sabía que era lo mejor. Le quitó los zapatos de tacón y abrió dos dedos la ventana para atenuar el olor a humo de cigarrillo, a alcohol y perfume dulzón. Algunas madrugadas su madre la despertaba cuando volvía tambaleándose de trabajar en la barra del local de Darke, pero ésa era la primera vez que le habían pegado.

Fue a la cocina y llenó el cubo de agua. Limpió el vómito para que Robin no lo viera. A continuación se aseó y se puso los vaqueros y las zapatillas.

Volvió a su dormitorio y se encontró a su hermano sentado en la cama con la mirada perdida. Lo acostó diciéndole que volviera a dormirse. Cerró la puerta con el pestillo y salió por la ventana.

Cape Haven dormía. Recorrió en bicicleta las calles; con cuidado, alejándose de la calle Mayor y de Sunset, donde Walk muchas veces montaba guardia. Pensó en él y en Star, y en el influjo del alcohol y las drogas, que empequeñecían el mundo.

Kilómetro y medio más allá torció por Cabrillo. Media hora después, las pantorrillas le dolían.

El club nocturno Eight apareció ante sus ojos. Como todos los niños del pueblo, sabía perfectamente dónde estaba. Cada pocos años, cuando las elecciones municipales estaban al caer y el candidato a la alcaldía quería asegurarse los votos de las buenas conciencias, se barajaba la idea de cerrarlo.

Era lunes por la noche, lo bastante tarde como para que el estacionamiento estuviera vacío y en sombras: ni un solo coche en la gravilla, los letreros de neón apagados.

Un grupo de arbolillos se meció bajo la brisa a modo de saludo. Más allá de Cabrillo se alzaban las rocas informes del acantilado. Por la noche, el agua oscurecida hacía pensar en el límite del mundo, al menos del mundo de Duchess. No se veía un solo barco, ni un coche; estaba a solas. Dejó caer la bici y cruzó por el aparcamiento. Trató de abrir las grandes puertas de madera, pero estaban cerradas con llave, como ya sabía. Las ventanas tenían los cristales pintados de negro; la pintura estaba desconchándose aquí y allá. Un rótulo prometía dos copas por el precio de una hasta las siete de la tarde. Se preguntó qué clase de hombre visitaba el establecimiento cuando el sol iluminaba de lleno el pecado.

Sobre su cabeza, tubos de neón: el contorno de un culo y unas piernas, a oscuras en ese instante. Encontró una piedra en el suelo y la tiró contra uno de los cristales, pero no pasó nada. Lo intentó de nuevo. Jadeaba cuando por fin lo rompió. Un estrépito ensordecedor dio paso a un silencio sepulcral. Al cabo de un segundo, la alarma se disparó a todo volumen. Duchess se apresuró. En la bolsa llevaba cerillas. Se coló por el boquete de bordes afilados y contuvo un grito al rozar con el brazo y hacerse un corte. Avanzó con determinación hasta llegar a un cuarto débilmente iluminado. Había espejos de luces y taburetes, artículos de maquillaje y unos disfraces y atavíos que ella nunca había visto. Olía a sudor enmascarado por algún producto de limpieza.

Distinguió un montón de taquillas, demasiadas, con una foto en cada puerta. Contempló las caras, los morritos, los cabellos echados hacia atrás. Junto a las fotos había nombres que eran promesas de inocencia y de pureza. Siguió andando, acariciando las plumas y corsés con una mano al pasar.

En el bar, los vasos estaban alineados ante el gran espejo en la pared. Cogió una botella de Courvoisier y la vació sobre el cuero de uno de los reservados. Sacó las cerillas, prendió fuego a la fosforera y la dejó caer. Miró las llamas en ascenso, azuladas, hipnóticas.

Se las quedó mirando tanto tiempo que no reparó en que el calor le enrojecía las mejillas y sentía una opresión en el pecho. Comenzó a toser. Retrocedió como pudo mientras el fuego serpenteaba e iba creciendo. Se tocó el brazo y notó la sangre en los dedos. Las llamas se extendían por doquier hasta alcanzar las lámparas .

Ya casi estaba fuera cuando se acordó.

Volvió corriendo entre la espesa humareda, tapándose la nariz con el cuello de la camiseta mientras abría una puerta tras otra hasta encontrar el despacho: un escritorio de caoba con tapa de cuero verde, otra barra de bar, más pequeña, con vasos de cristal tallado y una caja con puros. Fue hasta el fondo y dio con una serie de pantallas, abrió el armarito que había debajo, expulsó la cinta de grabación de las cámaras de seguridad y la metió en la bolsa.

Corrió afuera con la cabeza gacha, perseguida por las lenguas de fuego.

Jadeante, salió al aire de la noche y se montó en la bicicleta. Su camiseta tenía estrellas y una media luna con un rostro sonriente. Oyó el chisporroteo y el estruendo del destrozo a sus espaldas y finalmente advirtió que respondían a la alarma.

Pedaleó con todas sus fuerzas por Cabrillo, bajando y luego subiendo la pendiente. Agachó la cabeza al cruzarse con un coche, salió de la carretera, torció y avanzó entre los árboles hasta entrar en Cape Haven. Atravesó Sunset y viró por Fortuna, donde se detuvo junto a un montón de basura: una vieja mesita, cajas, bolsas con desperdicios, todo a la espera de que llegara el camión para llevárselo. Dejó caer la bici y corrió a meter la cinta de la grabación en una bolsa de basura.

Había borrado toda huella: no tenía un pelo de tonta.

Llegó a su calle, entró en el jardín de su casa cuidando de no hacer ruido. Dejó la bici contra la pared y se encaramó por la ventana. La vivienda seguía en silencio. Una vez en el cuarto de baño, se desvistió. No hizo caso del corte en el brazo, se dedicó a lavarse la ropa.

Cuando terminó se metió en la bañera, abrió el agua de la ducha, se enjabonó y se lavó. Frente al espejo, se arrancó un cristal de dos centímetros del brazo y se quedó mirando la sangre que brotó al momento. La contempló pensando en toda la historia que contenía, en sus ancestros forajidos, de quienes había heredado el valor.

En la casa no había armarito con medicamentos ni botiquín de primeros auxilios, pero encontró un paquete de tiritas para niños comprado un año atrás. Escogió la de mayor tamaño, se la puso y la vio teñirse de rojo.

Se tumbó al pie de la cama de su hermano, enroscada como una gata, a la espera de que llegara el sueño... un sueño que no llegó.

Con la primera luz del alba, la ardiente noche quedaba atrás. «¿Y ahora qué pasaría?», se preguntó.

Nada bueno.

Se maldijo con rabia.

# 9

Walk encontró a Vincent al borde del acantilado.

La valla había sido derribada y el tenía la punta de los pies en el vacío, al extremo de que una simple ráfaga de viento podía precipitarlo treinta metros abajo. Vestido con vaqueros y una vieja camiseta, sus ojos lucían velados por la fatiga. Walk sabía cómo se sentía: a él lo habían despertado poco después de la una, cuando llamaron avisando del incendio en el club de Darke. Se había puesto el uniforme y había conducido kilómetro y medio bajo un cielo iluminado de rojo: cualquiera habría dicho que ya era Cuatro de Julio. Tras seguir la luz, el ruido y el calor, había dejado el coche patrulla bloqueando los dos carriles de la calle, confiando en que, cuando se acumularan los coches, la mayoría de los conductores tendría el buen sentido de dar media vuelta.

Darke había permanecido apartado de los curiosos mientras el humo ascendía y teñía el cielo de gris. Su rostro no expresaba emoción alguna.

—¿Y si das un paso atrás y te alejas un poco del borde, Vin? Me pones un poco nervioso, ¿sabes?

Caminaron juntos hasta llegar a la sombra proyectada por la vivienda.

—¿Qué hacías ahí? ¿Rezar o algo por el estilo? Tuve miedo de que te tirases.

—¿Hay alguna diferencia entre rezar y pedir un deseo?

Walk se quitó el sombrero.

—Se pide un deseo para conseguir lo que uno quiere y se reza para conseguir lo que uno necesita.

—Pues en mi caso es lo mismo.

Se sentaron en los escalones del porche trasero. Unos tableros nuevos estaban apoyados contra la fachada; iba a hacer falta una vida entera para restaurar aquella casa.

—¿Conoces a ese tipo, Dickie Darke?

—La verdad es que ya no conozco a nadie, Walk.

Walk no insistió, esperó.

—Lo vi en casa de Star. El tipo estaba puteándola a ella y a su hijita, así que intervine. Ya que nadie hace nada...

Walk encajó el golpe.

—Star dice que son amigos: no va a presentar denuncia.

—«Amigos.»

Walk volvió a percibir aquella minúscula nota de celos: Vincent seguía prendado de ella.

—Verás, anoche se produjo un incendio en el local del tal Darke.

Vincent no dijo nada.

—Es propietario de un club en Cabrillo que le da un montón de dinero —aclaró—, y ha mencionado tu nombre, por lo que estoy obligado a...

—Lo entiendo, Walk. No te preocupes.

Walk pasó la mano por la barandilla de madera.

—Siendo como es ese tipo, supongo que muchos se la tienen jurada —añadió Vincent.

—Tengo bastante claro con quién tengo que hablar.

Vincent se volvió.

—Hemos recibido la llamada de un hombre que pasaba con su coche y asegura que vio a una niña en bicicleta.

—A ver, ¿no podrías dejarla en paz, olvidarte del asunto? Sé que no tengo derecho a meterme en esto, pero... la hijita de Star no es más que una niña.

—Ya. Por lo demás, entre tú y yo, la persona que lo hizo tuvo la precaución de llevarse la cinta de la cámara de videovigilancia, así que mientras guarde silencio...

—Claro.

Así quedó la cosa. Vincent no dijo nada más y él no insistió: ya había cumplido al hablar con Vincent; él siempre cumplía.

Se marchó y encontró a la niña y su hermanito en Sayer, yendo por el camino más largo, lejos de la calle Mayor. Robin iba delante, a veces cruzaba por uno de los jardines y luego miraba atrás para cerciorarse de que no estaba solo. Duchess andaba a su modo peculiar, pendiente del entorno, como si esperase encontrarse con problemas en cualquier momento. En un momento dado debió de sentirse observada y volvió los ojos a donde estaba él, que percibió en su mirada una ecuanimidad parecida a la que había percibido en Vincent.

Walk apagó el motor y se bajó del coche mientras el sol ascendía detrás de una casa de madera. Las manos no le temblaban esa mañana gracias a la nueva dosis de levodopa. Era un alivio, pero no iba a durar.

—Buenos días, Duchess.

También ella tenía los ojos cansados. Cargaba con su mochila y la de su hermano y vestía vaqueros, unas viejas zapatillas y una camiseta con un pequeño roto en la manga. Su cabello, alborotado, era rubio como el de su madre; llevaba el mismo lazo de siempre. Era una chica tan guapa que los chicos tendrían que hacer cola... si no estuvieran al corriente, claro, y en aquel pueblo todos estaban al corriente.

—¿Sabes lo que ha ocurrido en el club de Darke?

La observó en busca de algún detalle que la delatara, pero no lo encontró, y se alegró: lo que quería era que la chica jugara bien sus cartas y le diera las respuestas que él necesitaba.

—Anoche hubo un incendio en el club y alguien vio a una niña en bici más o menos a la misma hora, ¿sabes?

—Yo no sé nada.

—¿No fuiste tú?

—Esta noche no me he movido de casa, puedes preguntárselo a mi madre.

Walk se puso las manos sobre la panza.

—Mira, a lo largo de los años he hecho la vista gorda un montón de veces y luego siempre me lo he recriminado. ¡La de veces que te he pillado robando...!

—Comida —dijo ella con tristeza.

—Esto es otra cosa: estamos hablando de un montón de dinero en daños. Y si llega a haber alguien dentro, ahora estaríamos llorando alguna muerte. No siempre voy a poder protegerte.

Un coche pasó mientras hablaban. Lo conducía un vecino, un hombre entrado en años que los miró con curiosidad y un instante después apartó la vista: la hija de Star metida en líos como de costumbre.

—Conozco a Darke y sé de lo que es capaz.

Duchess se restregó los ojos con las palmas de las manos. Estaba demasiado cansada para hablar, tenía el cuerpo dolorido.

—Tú no sabes una mierda, Walk. No te enteras de nada. —Lo dijo sin levantar la voz, pero sus palabras hicieron mella en él—. ¿Por qué no vas a dar un paseo por la calle Mayor? Igual te cruzas con algún veraneante que necesite que le eches una mano con su perrito.

Walk no supo qué responder. Posó la vista en el césped y toqueteó la placa en su pecho. Si un día lo despedían, se lo tendría más que merecido.

Duchess se dio la vuelta y siguió su camino sin volver la vista atrás. Walk se dijo que era una suerte que Robin la mantuviera tan ocupada; en caso contrario, esa niña lo llevaría de cabeza.


Al llegar a la verja de la escuela, Duchess vio estacionado el Escalade negro con aquellas ventanas tintadas que lo aislaban del mundo. Estaba ahí simplemente, nadie parecía prestarle atención. Los autobuses escolares amarillos hacían pensar en una hilera de flores.

Duchess sabía lo que iba a pasar: Star siempre hablaba de equilibrios, de causas y efectos. Se despidió de su hermanito con un gesto de la mano y lo observó entrar por las puertas pintadas de rojo.

El fuego seguía presente en el aire, aquellas ascuas en suspensión que le chamuscaban los brazos y se le pegaban a la nariz. Se preguntó quién podría haberla visto a esa hora, una hora tan tardía en la que los buenos ciudadanos dormían el sueño de los justos en sus hogares... en teoría. Mala suerte, qué se le iba a hacer. A la vez, no dejaba de estar contenta del resultado: que se jodiera el cabrón de Dickie Darke.

Cruzó la calle y se plantó ante la ventanilla del coche. Estaba fuera del perímetro del instituto y de la seguridad que ofrecían los maestros y demás adultos, siempre atentos a los desconocidos que pudieran rondar por ahí.

La ventanilla descendió. Los ojos de Darke estaban hinchados, tumefactos, como si hubieran sacado su cuerpo del mar... con la salvedad de que lo que tenía dentro no era agua salada, sino la codicia, el ansia de ganar dinero.

Duchess procuró calmarse. Las rodillas le temblaban bajo la tela vaquera, pero le dirigió a Darke una mirada retadora.

—Sube —dijo él sin levantar la voz, sin mostrarse airado.

—Que te den.

Un grupo de alumnos de su clase pasó de largo sin verla. Rebosaban de animación porque era la última semana del curso. Duchess a veces se preguntaba qué se sentiría ser como los demás, alguien normal y corriente, del montón.

—Apaga el motor y saca la llave.

Él lo hizo.

Duchess fue al otro lado.

—Voy a dejar la puerta abierta —advirtió.

Darke apretó el volante con sus gruesos dedos; tenía los nudillos enormes.

—Los dos sabemos lo que pasó.

Duchess miró al cielo.

—Sí, lo sabemos.

—¿Tienes idea de lo que es el principio de causalidad?

Se le veía triste; un tío enorme, duro y triste, un ser que no era de este mundo.

En la alfombrilla había una solitaria colilla aplastada, requemada hasta el filtro, de la marca que fumaba Star.

—Tú no eres como tu madre —dijo él.

Duchess estaba mirando un pájaro que se sostenía perfectamente inmóvil en el aire.

Darke pasó las manos por el volante.

—Tu madre aún está a tiempo de evitar un problema. Me debe dinero del alquiler, pero yo necesito que me hagan un favor.

—Mi madre no es una puta.

—¿Es que tengo cara de ser un chulo?

—Más bien tienes cara de ser un hijo de puta.

Tras esa respuesta se hizo el silencio.

—Lo que tú digas —repuso él finalmente—. Cualquier cosa es mejor que tener la cara del hombre que soy en realidad. —Lo dijo en un tono casi completamente neutro, de un modo que dejó helada a Duchess.

—Anoche te llevaste algo —dijo.

—Ya tienes bastantes cosas, más que de sobra.

—¿Y eso quién lo decide?

Duchess se lo quedó mirando.

—Tu madre está en condiciones de arreglar este asunto. Tienes que pedírselo, sólo así quedaremos mínimamente a mano.

—Vete a la mierda, Darke.

—Necesito la cinta de las cámaras de seguridad, Duchess.

—¿Por qué?

—¿Sabes lo que es Trenton Seven?

—Una compañía de seguros: he visto las vallas publicitarias.

—Se niegan a pagar, en vista de que la cinta ha desaparecido. Creen que he tenido algo que ver con el incendio.

—Has tenido algo que ver, es un hecho.

Darke respiró hondo, con fuerza.

Duchess apretó los dientes.

—No quiero tener que ir a por ti. Hablo en serio, créeme.

Duchess le creía.

—¿Vas a hacerlo?

—Sí.

Darke abrió la guantera para sacar las gafas de sol. Se demoró un momento, lo justo para que ella viera la pistola en el interior... con el cañón apuntándola.

—Te doy un día. Cuéntale a tu madre lo que has hecho y dile que ella puede arreglarlo; y que, si no lo arregla, lo haré yo, a mi manera. Y luego me devuelves la cinta.

—¿Se la darás a Walk?

—No.

—Los de la compañía de seguros querrán hablar con la policía.

—Quizá. Pero tienes que tomar una decisión, Duchess.

—¿Qué decisión? —La voz le tembló un poco, quizá él se dio cuenta.

—¿Qué prefieres? ¿Que la policía vaya a por ti o que lo haga yo?

—He oído que una vez mataste a un tipo a golpes.

—No llegó a morir.

—¿Por qué lo hiciste?

—Cuestión de negocios.

—Ya. Pues igual me da por quedarme esa cinta.

Darke le clavó la mirada.

—Deja a mi madre en paz y a lo mejor te devuelvo la cinta... el día que me venga bien.

Bajó del coche, se dio la vuelta y enfiló hacia la escuela mientras Darke la miraba, la examinaba, con detenimiento, de arriba abajo, como si estuviese memorizándola. «¿Qué será lo que ve ese tipo?», se preguntó ella. Cruzó la verja de la escuela junto con los demás chicos, cuyas vidas eran tan plácidas que le resultaban casi increíbles.

El día avanzó como a rastras. Duchess no dejaba de mirar el reloj en la pared, de mirar la ventana, indiferente a lo que pudiera decir el profesor. A la hora del recreo, se comió su bocadillo a solas. Luego se acercó a la alambrada, miró a Robin al otro lado y se sintió por completo impotente, más que nunca en la vida: Darke podía hacerles mucho daño, un daño irreparable. Pensó que tenía que recuperar la cinta como fuese. Darke le había dicho que no se la entregaría a Walk, y le creía. A su modo de ver, había dos clases de personas en el mundo: las que llamaban a la policía y las que no.

Sonó el timbre y todo el mundo empezó a desfilar hacia las aulas, a excepción de un grupito que jugaba a la pelota: la pandilla de Cassidy Evans. Duchess se marchó disimuladamente por uno de los lados del edificio y, sin ser vista, echó a andar entre los Ford, los Volvo, los Nissan aparcados en el estacionamiento. Le caería una buena reprimenda por hacer novillos, claro, pero le diría a su madre que se encontraba mal, que tenía la regla. El instituto hacía la vista gorda en esos casos.

Anduvo con rapidez, notando las miradas de la gente. No fue por la calle Mayor, por si Walk estaba asomado a la ventana de la comisaría. Hacía calor, un calor de narices que casi le impedía respirar. Sudaba por todos los poros, tenía la camiseta empapada.

Llegó a Fortuna Avenue y se plantó ante el viejo caserón. Por una vez en la vida se alegraba de haberla cagado, de no haber tenido tiempo de destruir la cinta.

Pero luego miró bien y notó que la basura no estaba: el camión ya había pasado.

La cinta ya no estaba allí.

Miró calle arriba y calle abajo, respirando con dificultad, como si la última de sus esperanzas se hubiera desvanecido para siempre.

Pasó la tarde en la playa, sentada en la arena, contemplando las olas. De tanto en tanto se llevaba la mano al estómago: sentía un dolor intenso y constante que la acompañó cuando fue a recoger a Robin.

Durante todo el camino a casa su hermano no dejó de hablar sobre su inminente cumpleaños: iba a cumplir los seis, lo que no era moco de pavo. Quería que le dieran una copia de la llave de la casa. Duchess sonrió y le acarició el pelo pensando en cosas que ojalá nunca se le ocurrieran a él. Star no estaba en casa. Duchess preparó unos huevos revueltos que comieron mirando la tele. Cuando anocheció, acostó a su hermanito y le leyó un cuento.

—¿Podemos comer huevos verdes un día?

—Claro que sí.

—¿Con jamón?

Duchess lo besó en la frente y apagó la luz de la mesita. Luego cerró los ojos un instante y volvió a abrirlos en la oscuridad. Caminó por la casa, encendió una lámpara, oyó una música que llegaba del exterior.

Salió y vio a Star sentada en el porche (al banco le hacía falta una mano de pintura), tocando su guitarra vieja a la luz de la luna: tocando su canción, la de ambas. Cerró los ojos y la letra volvió a llegarle a lo más hondo.

Tenía que decirle a su madre lo que había hecho: le había prendido fuego al puente que las mantenía a salvo de las aguas turbulentas. Ahora mismo se hallaban en un bajío, pero el agua torrencial terminaría por llegar, implacable, hasta arrastrarlas sin remisión y hundirlas de un modo tan definitivo que la luna nunca volvería a iluminarlas.

Duchess se acercó, descalza, sin notar la madera astillada en las plantas de los pies.

Su madre rasgueaba unos acordes melodiosos.

—Canta conmigo, Duchess.

—No.

Se sentó al lado de su madre y apoyó la cabeza en su hombro. Daba igual que fuese una forajida dura de pelar, seguía necesitando a su madre.

Star tenía lágrimas en las mejillas.

—¿Por qué lloras? —le preguntó ella.

—Lo siento.

—No tienes por qué.

—He llamado a aquel tipo del bar... el que estaba metido en el negocio de la música. Me ha propuesto quedar para tomar una copa.

—¿Y has ido?

Star asintió con la cabeza.

—¿Y?

—No le interesaba mi música, sino...

—¿Y anoche, qué pasó? —Duchess no acostumbraba a preguntar, pero esta vez necesitaba saberlo.

—Mira, hay personas que tienen mal beber. —Star desvió la mirada.

—¿Fue Brandon Rock quien te pegó?

—Fue un accidente.

—No soportó que le dijeras que no.

Star negó con la cabeza.

Duchess contempló los altos árboles, que se mecían en el cielo nocturno.

—Y Darke no ha hecho nada esta vez.

—Lo último que recuerdo es que me subió en el coche.

Entender lo sucedido dejó a Duchess sin habla. Pensaba en Darke, en que iría a por ella. Apretó los dientes y se armó de valor: «A todo cerdo le llega su San Martín.»

—¿Te acuerdas de que mañana es el cumpleaños de Robin?

Star la miró con tristeza, no hundida, pero casi, con el labio todavía un poco hinchado, el ojo morado. Ella conocía esa mirada, lo que no atenuó el dolor: no había regalo para Robin, su madre no se había acordado.

—He hecho algo malo, mamá.

—Todos hacemos cosas malas.

—Y no sé cómo arreglarlo.

Star cerró los ojos y volvió a rasguear la guitarra y a cantar mientras su hija apoyaba de nuevo la cabeza en su hombro.

Duchess se esforzó en cantar con ella, pero se le quebró la voz.

—Yo te protegeré: para eso estamos las madres.

Duchess no lloraba nunca, pero poco le faltó.

# 10

Walk estaba solo cuando se cayó de un modo ridículo y humillante. Triste consuelo. Un minuto iba andando tan tranquilo y al siguiente estaba tumbado de espaldas, despatarrado y mirando al cielo. La pierna izquierda le había fallado de repente. Aparcó en el estacionamiento del hospital de Vancour Hill, pero no entró: se quedó sentado en el coche patrulla. La doctora Kendrick le había advertido de que podía tener problemas para mantener el equilibrio, pero jamás se había imaginado tan repentina falta de control sobre el propio cuerpo. Resultaba angustiosa.

La radio sonaba bajito: estática puntuada por palabras, «2-11 en Bronson», «11-54 en San Luis». En la alfombrilla del lado del copiloto había un envoltorio de hamburguesa y un vaso de papel para café: los restos del almuerzo comprado en el bar de Rosie. La camisa le apretaba la panza, que se palmeó suavemente. Fuera de la caída, la jornada estaba resultando tranquila. Al pasar por delante de la casa de Vincent había visto que los arreglos avanzaban a buen ritmo: había desmontado los postigos y los había lijado a conciencia, preparándolos para la pintura. Pensó en el futuro, en su enfermedad, que de pronto notó en los huesos, en la sangre, en la mente: unas sinapsis lentas; la correspondencia no se perdía, pero sufría retrasos.

Poco después de la medianoche, lo despertó la radio.

«Ivy Ranch Road.»

Se pasó la lengua por los labios resecos.

Lo estaban llamando.

Se estiró para coger el micrófono, encendió el motor, conectó las luces y condujo de vuelta a Cape Haven iluminando las calles. Quien había llamado a comisaría no había dado explicaciones, sólo había dicho que se requería su presencia. Rezó por que no fuera nada grave, por que fuera una nueva borrachera de Star o algo así.

Dejó atrás Addison y entró en la parte más tranquila de la calle Mayor: no había una sola luz encendida.

Aminoró al llegar a Ivy Ranch Road, donde no vio más que casas dormidas. Volvió a respirar con normalidad.

Aparcó frente a la casa de Star. Todo parecía tranquilo hasta que vio abierta la puerta de la calle. Él volvió a tener una sensación rara en el estómago, notó que le faltaba el aire. Bajó del coche y llevó la mano a la pistola; ya ni se acordaba de la última vez que lo había hecho.

Echó una ojeada a la casa de Rock y a la de Milton, al otro lado de la calle, pero no vio la menor señal de actividad. Se oyó el ulular de una lechuza y el ruido de la tapa de un cubo de basura al caer al suelo: los mapaches seguramente estaban haciendo de las suyas. Cruzó el porche y empujó la puerta.

Vio una mesita con una agenda de teléfonos en el recibidor, unas zapatillas tendidas a secar en una cuerda algo pringosa, unas fotos en la pared, unos cuantos dibujos de Robin que Duchess había clavado con tachuelas.

Se topó con sus propios ojos, tan abiertos como temerosos, en un espejo rajado. Empuñó la pistola con fuerza, la amartilló. Pensó en preguntar si había alguien en casa, no dijo nada.

Avanzó por el pasillo: dos dormitorios con sendas puertas abiertas. Vio ropas tiradas por el suelo, una mesita de tocador volcada.

Se asomó al cuarto de baño. El grifo estaba medio abierto y el agua había terminado por salirse del lavamanos hasta encharcar el suelo. Lo cerró mojándose los zapatos.

Entró en la cocina. La inexorable manecilla del reloj era lo único que se movía. Miró alrededor, tomándose su tiempo, observando el desorden habitual: un cuchillo de untar, los platos en el fregadero hasta que Duchess se ocupara de lavarlos.

Al principio no vio a Vincent, sentado a la pequeña mesa con las manos en alto como si quisiera decirle que no representaba ningún peligro.

—Mejor que vayas a la sala de estar —dijo.

Walk reparó en su frente sudorosa, advirtió que estaba encañonando a su amigo de la niñez, pero no bajó el arma: la adrenalina podía más que él.

—¿Qué has hecho?

—Llegas demasiado tarde para cambiar las cosas, Walk. Pero ve y haz las llamadas que tengas que hacer. Yo me quedo, no voy a moverme de aquí.

La pistola temblaba en su mano.

—Harías bien en esposarme. Es lo que se supone que hay que hacer en estos casos. Lo mejor es que hagas las cosas como tiene que ser. Si me las tiras, me esposo yo mismo.

Con la boca reseca a más no poder, Walk se las arregló para balbucir:

—Yo... no...

—Páseme las esposas, jefe Walker.

Jefe. Jefe de policía Walker. Porque él era un policía. Echó mano a las esposas prendidas al cinto y las tiró sobre la mesa.

Entró en la sala de estar, el sudor le empañaba los ojos.

Se encontró de frente con la escena.

—¡Mierda! Star... —Corrió hacia ella y se arrodilló a su lado—. Por Dios... ¡Star!

Estaba tumbada boca arriba. Al principio Walk se dijo que debía de haber mezclado la bebida con alguna otra cosa: no sería la primera vez. Pero se fijó bien y se llevó la mano a la frente. Maldijo.

Había mucha sangre. Por puro reflejo, llevó la mano a la radio y la aferró con los dedos viscosos. Llamó.

«Dios mío, pensó mientras inspeccionaba la ropa de Star tratando de entender lo sucedido. Terminó por encontrar la herida, la carne desgarrada a la altura del corazón.

Apartó los cabellos de su rostro pálido y yerto. Trató de tomarle el pulso sin encontrarlo. Probó a darle respiración artificial.

Miró alrededor: una lámpara caída, una fotografía en la moqueta, una librería volcada.

Unas manchas de sangre que subían por la pared.

—¡Duchess! —gritó.

Siguió intentando reanimarla, sudoroso, con el cuerpo adolorido.

Los camilleros aparecieron acompañados por unos agentes. Lo apartaron de su lado con delicadeza: estaba muerta, no cabía duda. Oyó unos gritos procedentes de la cocina. Vincent estaba en el suelo, luego salió corriendo.

Walk estaba completamente anonadado, le pareció que el mundo giraba al revés cuando finalmente salió a la calle, donde los vecinos empezaban a reunirse. Lo veía todo en tonos de rojo y azul cuando tomó asiento en el porche respirando a bocanadas. Se frotó la cabeza, los ojos, se golpeó el pecho una y otra vez para asegurarse de que todo aquello era real.

Atraparon a Vincent antes de que pudiera llegar al coche. Salió de la casa a la carrera, pero —jadeante, extenuado por el peso de los años mal llevados— no tardó en caer de rodillas.

Un equipo de investigadores asumió el mando dejando a Walk en segundo plano. Acordonaron la zona y obligaron a los curiosos a retroceder. Llegaron las furgonetas de la televisión, las luces y los periodistas. Un monovolumen de la policía científica aparcó en la misma acera. Sus ocupantes eran eficientes, estaban acostumbrados a esa clase de situaciones. De repente, Walk oyó unos ruidos en el interior.

Se levantó, aún atontado, y se abrió paso entre la gente. Sorteó la cinta que acordonaba la entrada. Una vez en la casa, se encontró con Boyd, de la policía estatal, y con dos agentes del condado de Sutler.

—¿Qué está pasando?

Uno de los agentes se volvió con los ojos chispeantes de rabia.

—El chaval...

Walk dio un paso atrás y chocó contra la pared. Notó que las piernas le fallaban: temía lo que podía encontrarse.

Boyd hizo una seña para que abrieran paso.

Y entonces Walk lo vio salir, entornando los ojos, con una manta sobre los pequeños hombros.

—¿Está bien? —preguntó.

Boyd lo miró detenidamente.

—La puerta del dormitorio tenía la cadenita echada, me parece que estaba dormido.

Walk se arrodilló junto al niño, que sólo tenía ojos para él.

—Robin, ¿dónde está tu hermana?

Duchess recorría en bicicleta un trayecto de cuatro kilómetros atravesando unas calles a oscuras que llevaban a la carretera. Se llevó algún que otro susto, pues los coches venían de frente, deslumbrándola con los faros o haciendo sonar la bocina. Podía haber ido por las calles bonitas, pero eso suponía sumar un kilómetro más, y estaba cansada.

Por fin vio la estación de servicio Chevron en Pensacola, con su rótulo color azul sobre unas columnas grises. Dejó la bici apoyada en un contenedor de carbón y caminó por el aparcamiento. Un viejo sedán estaba mal estacionado y su conductor se veía obligado a estirar la manguera al máximo.

Robin cumpliría seis años al día siguiente y ella no iba a permitir que se quedara sin regalo.

Tenía once dólares, hurtados del bolso de Star... La odiaba la mayoría de las veces, de vez en cuando la quería, en todo momento la necesitaba desesperadamente.

Un policía estaba de pie junto a la máquina expendedora de cafés en la tienda de la gasolinera. Llevaba corbata y pantalones oscuros, el bigote perfectamente recortado, la placa brillante en el pecho. La miró sin que ella se diera por enterada. Su radio crepitó. Tiró un par de dólares al mostrador y se encaminó a la puerta.

Duchess recorrió los pasillos pasando por delante de las neveras altísimas con rótulos que proclamaban CERVEZA, REFRESCOS, BEBIDAS ENERGÉTICAS.

No había pasteles de cumpleaños, por lo que tuvo que conformarse con un paquete de magdalenas con glaseado rosado. Robin se cabrearía, pero ni se le ocurriría mostrarse desagradecido —la procesión iría por dentro—. Con el paquete en la mano, fue a buscar las velas. Le quedaban seis dólares.

Tras el mostrador había un chaval de unos diecinueve años quizá, con acné y piercings para dar y regalar.

—¿Tenéis juguetes?

El muchacho señaló un estante ocupado por la más lamentable colección de plásticos que ella había visto en su vida; sin embargo, no le quedó más remedio que examinar cuidadosamente un juego de magia, un conejo de peluche, un paquete de diademas de colores vistosos y un muñeco que se parecía descaradamente al Capitán América. Este último tenía su gracia... pero costaba siete dólares.

Lo cogió, precavida, y volvió a los estantes de la bollería. Por desgracia, lo que había escogido era lo único que valía la pena. Maldijo a su madre otra vez y se quedó inmóvil bajo la hilera de luces amarillentas, sintiéndose derrotada. Pensó en robar las velas, pero el chico del mostrador no le quitaba el ojo de encima, como si pudiera leer su torturado debate interior. Apretó el cartón de la caja lo justo para hacerle una abolladura.

Una vez delante del mostrador, le mostró el envoltorio estropeado al muchacho y se puso a discutir con él exigiéndole que le rebajara un dólar. El chico se negó en un principio, pero la cola era cada vez más larga, por lo que terminó por aceptar su dinero con cara de enfado. Ella ató la bolsa al manillar y emprendió el regreso a casa pedaleando con lentitud cuando otro coche de la policía pasó por su lado con las luces encendidas y la sirena rompiendo el silencio en la cálida noche.

Más tarde, una vez enterada de lo sucedido, Duchess volvería a pensar en aquel recorrido en bicicleta, el último antes de que todo se fuera a pique. Ojalá hubiera ido por el camino más largo: por el litoral, disfrutando de las aguas sin fin, de las canciones que ascendían desde la playa, del nítido resplandor de cada una de las farolas de la calle Mayor. Ojalá hubiera respirado el aire de la noche hasta llenarse los pulmones en aquel postrer momento de normalidad, pues si las cosas eran malas entonces —y lo eran, en general—, todo se había vuelto peor tras llegar a su calle y ver que los vecinos abrían paso a su bicicleta como si estuvieran a sus órdenes, como si fuera todopoderosa.

Ante los coches de la policía, el instinto le indicó que diera media vuelta de inmediato. Una hora antes, luego de salir por un costado de la casa empujando la bici por el manillar, había hecho una pequeña visita al jardín de Brandon Rock. Encontró una piedra lo bastante afilada, se adentró por el caminillo, levantó la lona del Mustang y rayó con saña la portezuela y el guardabarros, tan profundamente que el plateado inferior quedó a la vista. Rock le había pegado a su madre, ¿no? Pues que se jodiera.

Pero esos coches eran demasiados, el ruido era excesivo, y encima estaba Walk, que no dejaba de mirarla.

Dejó caer la bicicleta y la bolsa y corrió hacia la casa. Un agente hizo amago de bloquearle el paso y ella le lanzó una patada; cuando se apartó, ella se dio cuenta de que todo aquello no tenía nada de normal.

Sorteó la cinta de la policía y a otro agente más, maldiciendo en voz alta, recurriendo a las peores palabras de su vocabulario.

Al encontrar a su hermano se calmó un poco. Walk seguía mirándola sin decir palabra, pero sus ojos eran más que elocuentes: no iban a dejarla entrar en la sala de estar por mucho que gesticulara y amenazara con clavarles las uñas, por mucho que los mirase con odio, por muy gravemente que los insultara, por penoso que fuera el llanto de su hermano.

Walk la llevó como pudo al jardín trasero, a resguardo de las miradas. La hizo sentarse en el suelo y ella lo llamó hijo de puta. A su lado, Robin lloraba como si no hubiera un mañana.

Había hombres desconocidos por todas partes; uniformados, trajeados.

Cuando pensaban que se había tranquilizado, se levantó por sorpresa y salió corriendo a toda velocidad. Sorteó a uno y otro, consiguió llegar a la puerta y entró en un hogar que había quedado reducido a una sola escena.

Y entonces vio a su madre.

No opuso resistencia cuando sintió que la abrazaban por detrás, dejó de patalear y de maldecir, se resignó y dejó que Walk se la llevase en brazos como la niña que era.

—Tú y Robin os quedáis en mi casa esta noche.

Caminaron hasta el coche de Walk, Duchess cogiendo de la mano a su hermano bajo las miradas fijas de los vecinos, bajo el foco y la cámara del canal de televisión local. Ella no tenía fuerzas para mirar a nadie a la cara; reconoció a Milton de pie en la ventana de su casa, pero volvió la cabeza sin ver que el otro retrocedía y se ocultaba en las sombras.

Recogió la bolsa en el jardín y miró dentro: ahí estaban las magdalenas, el muñeco y las velas.

Se quedaron sentados largo rato en el coche, Robin gimiendo y llorando desconsolado, ella acariciándole el pelo, hasta que el paso de las horas pudo con el chiquillo, que se sumió en un sueño inquieto.

Walk finalmente arrancó y, mientras el coche recorría la calle lentamente, Duchess contempló la luz brillante que brotaba de su casa y la penumbra que la esperaba más adelante en el camino.

# SEGUNDA PARTE

## El cielo inmenso

# 11

Walk conducía asomando un codo al sol ardiente mientras las llanuras sin fin daban paso a estepas y praderas. Al este discurría el río que serpenteaba por cuatro estados antes de verter sus aguas en el Pacífico.

No había encendido la radio, así que el silencio se prolongaba kilómetro tras kilómetro, sólo interrumpido por el chirriar de los grillos y el cruce ocasional con alguna camioneta vetusta cuyo conductor viajaba con el pecho al aire. Algunos asomaban la cabeza por la ventanilla, otros insistían en mirar al frente como si tuvieran algo que ocultar. Walk conducía a velocidad prudencial pues llevaba un largo rato sin dormir. Se había ofrecido a acompañarlos en avión; sin embargo, al crío le daba miedo volar y él no insistió porque tampoco era su medio de transporte favorito. Se lanzaron a la carretera e hicieron noche en un motel, pero él no quiso cerrar la puerta que separaba las habitaciones y pagó el precio.

Los chicos iban sentados en el asiento posterior, mirando el paisaje como si les resultara totalmente ajeno. Robin no había contado nada sobre lo sucedido aquella noche; ni a su hermana, ni a Walk ni a los policías especializados que se presentaron en el pueblo y lo llevaron a una habitación con paredes de color pastel y murales protagonizados por animales de cara sonriente, que le dieron bolígrafos y papel y estuvieron hablando entre ellos y mirándolo como si no pudieran hacer nada por él, como si estuviese hecho de trocitos frágiles que era imposible reunir. Su hermana asistió a todo aquello sin dejar traslucir la menor emoción, con los brazos cruzados y la nariz arrugada para indicar que no daba el menor crédito a todas aquellas gilipolleces.

—¿Estáis cómodos ahí detrás?

No respondieron.

Cruzaron pueblos dejando atrás casas viejas, torres de agua y andamios herrumbrosos, siguiendo durante más de setenta kilómetros unas vías de tren cuyas traviesas estaban cubiertas de hierbas parduzcas, como si el último convoy hubiera salido de la estación hacía una eternidad.

Walk aminoró la velocidad al pasar junto a una capilla metodista de blancos tablones y tejas de un verde claro; la aguja en lo alto parecía una flecha que apuntara a un lugar mejor.

—¿Tenéis hambre?

Sabía que no iban a responder. El viaje era largo, de mil quinientos kilómetros, y para entonces atravesaban la ardiente extensión de Nevada, la interminable Ruta 80, flanqueada de tierra tan reseca como el mismo aire. Pasaron siglos hasta que el mundo cambió del anaranjado al verde, cuando Idaho se les vino encima. Le seguirían Yellowstone y Wyoming. Durante un rato, Duchess estuvo mirándolo todo con cierto interés.

Llegados a Twin River Mills, aparcaron frente a una cafetería.

Se sentaron en un viejo reservado y Walk pidió hamburguesas y batidos. Comieron contemplando la gasolinera situada al otro lado. Robin se quedó como paralizado cuando apareció una familia joven trasladándose a su nuevo hogar. Los seguía el camión de la mudanza. La madre, sonriente, le limpiaba unos churretones de chocolate de la cara a la más pequeñina con una toallita húmeda.

Walk le puso la mano en el hombro y él volvió a concentrarse en el batido.

—Todo saldrá bien.

—¿Y cómo lo sabes? —replicó Duchess de inmediato, como si hubiera estado esperando a decir la suya.

—De niño conocí a vuestro abuelo. Lo recuerdo como un buen hombre. Por lo que sé, ahora es propietario de un rancho de cuarenta hectáreas y, quién sabe, igual os gusta el lugar, el aire limpio y demás. —Hablaba sin pensar. «Ojalá fuera capaz de callarme», se dijo—. Esas tierras son muy fértiles —agregó empeorándolo todo.

Duchess puso los ojos en blanco.

—¿Hablaste con Vincent King? —preguntó ella sin volverse a mirarlo.

Walk se limpió los labios con la servilleta.

—Yo, eh... digamos que serviré de apoyo a la policía estatal.

Habían apartado a Walk del caso a la mañana siguiente. El protagonismo correspondió a gente atareada que entraba y salía de furgonetas con abundante equipamiento tecnológico; él simplemente salvaguardaba la escena, hablaba con los vecinos, mantenía la calle cerrada al tráfico rodado. Dos días después se trasladaron a la casa de los King y de nuevo encomendaron a Walk la vigilancia del lugar: consideraban que la policía local de Cape Haven no daba la talla y él no se lo discutió.

—Lo condenarán a muerte.

Robin miró a su hermana con una intensidad que contrastaba con el evidente cansancio de sus ojos: los últimos rescoldos de un fuego a punto de apagarse.

—¡Duchess!

—Es lo que harán: un hombre como él no tiene remedio. ¡Dispararle a una mujer desarmada! ¿Tú crees en el ojo por ojo, Walk?

—No lo sé.

Duchess hundió una patata frita en el kétchup mientras negaba con la cabeza como si Walk le hubiera fallado. No tenía reparo en hablar de Vincent, el hombre que había matado a su madre y destrozado su familia.

—Cómete la hamburguesa —le dijo a Robin, que obedeció—, y también la ensalada...

—Pero...

Duchess se lo quedó mirando.

Robin cogió un trozo de lechuga y mordisqueó el borde.

Una hora después, Walk vio el letrero de la prisión de Dearman. El alambre de espino discurría a lo largo de casi medio kilómetro, confinando a gente y apartándola de sus vidas rebeldes.

Había un guardia en una de las torres; ojos atentos asomando bajo el sombrero de ala ancha, una mano en el rifle. Walk vio por el retrovisor la nube de polvo que se levantaba al paso del coche: ellos eran la causa de toda aquella turbulencia. Robin dormía con el rostro contraído, como si sus sueños fueran tan inquietantes como la vigilia.

—Eso de ahí atrás es una cárcel —dijo Duchess.

—Pues sí.

—Como la cárcel en la que metieron a Vincent King.

—Sí.

—¿Ahí dentro van a pegarle?

—La cárcel nunca es agradable.

—Igual lo violan.

—No digas esas cosas.

—Vete a la mierda, Walk.

Entendía que Duchess estuviera llena de odio, pero le preocupaba lo que el odio podía hacerle: las ascuas de aquella rabia podían convertirse en pavorosas llamas al menor soplo de viento.

—Por mí, que le peguen hasta hartarse, hasta hacerle daño de verdad. Voy a decirte una cosa: cada noche lo veo, ¿sabes? Estoy tumbada en la cama y veo su cara. Espero que le peguen hasta que no quede nada de él.

Walk se echó hacia atrás en el asiento. Le dolían los huesos, le temblaban las manos. Aquella mañana se había sentido tan débil que pensó que no podría continuar y Duchess se vería obligada a salir y buscar ayuda. Se acordó de cómo había empezado la cosa: con un dolor en el hombro, un simple dolor en el hombro.

—Tengo miedo de olvidarme de Cape Haven. —Duchess parecía estar hablándoles a los paisajes por los que cruzaban.

—Puedo escribirte, puedo enviarte fotos...

—Ya no es nuestra casa; y el lugar al que vamos tampoco lo es: ese hombre nos ha dejado sin nada.

—Verás como todo... —Walk se detuvo a media frase con un nudo en la garganta.

Duchess se volvió y contempló el penal de Dearman hasta que se perdió completamente de vista. Entonces cerró los ojos a Walk y al mundo cambiante.

• • •

En la hora más tórrida del día, el calor ascendía en oleadas visibles en la lejanía. Los dos chicos estaban dormidos, Duchess con los ojos hinchados de tanto reprimir el llanto. Walk la miró por el retrovisor: bajo los shorts asomaban unos muslitos pálidos, unas rodillas despellejadas.

Tras ciento cincuenta kilómetros de descenso, lo árido —saciada su sed por los vientos procedentes del mar, al oeste— había dado paso a lo exuberante. Montana apareció apenas anunciada por un sencillo letrero de bienvenida en azul, rojo y amarillo. Walk bostezó, se frotó el cuello y se rascó la barba de tres días que oscurecía sus mejillas. Llevaba días comiendo francamente mal: había perdido un par de kilos como mínimo.

Una hora después viró y avanzó en paralelo al río Missouri con Helena a la espalda. El cielo era un lienzo tan descomunal que ni la obra magnífica de Dios consiguió salvar a Walk de la melancolía aquella tarde. La carretera dio paso a un camino y el rancho apareció ante sus ojos como si fuera consustancial al entorno, pintado en el paisaje con sutiles pinceladas: tres establos de un rojo arcilla con techos blancos, dos silos circundados de cedros. La casa era amplia, rodeada por un porche con sillas y un columpio, todo de bella madera nudosa. Walk reparó en que Duchess lo miraba todo y que le costaba mantener la boca cerrada y no hacer preguntas.

—Ahí tienes el rancho de tu abuelo —le dijo.

—¿Y hay algún lugar aquí cerca donde viva gente?

—Copper Falls está a unos pocos kilómetros. Tienen un cine.

—Lo había averiguado la noche previa.

Los eucaliptos que crecían a uno y otro lado del camino los cobijaban bajo su sombra. El vallado blanco necesitaba una mano de pintura. Walk tomó la curva y vio a Hal de pie, mirándolos sin sonreír y sin saludar, inmóvil.

Duchess estiró la cabeza hacia el hombro de Walk mientras se soltaba el cinturón.

Se detuvieron. Walk bajó del coche, Duchess se quedó dentro.

—Hal —saludó. Fue hacia él y le tendió la mano.

Hal se la estrechó con firmeza. Tenía la mano áspera y callosa.

115

Pese a su edad, sus ojos azules brillaban, pero siguió sin sonreír hasta que su nieta bajó del coche y se quedó, ella también, inmóvil. Era la viva imagen de su madre.

Walk los observó estudiarse entre sí. Estuvo a punto de llamar a Duchess, pero Hal le hizo un gesto con la cabeza: «Ya vendrá cuando esté lista.»

—Un largo viaje. Robin está durmiendo. No sabía cuándo despertarlo.

—Ya se despertará bastante pronto mañana. La granja tiene sus horarios.

Siguió a Hal al interior de la casa.

El anciano era alto y musculoso. Había algo terminante en su forma de andar, con la cabeza alta y el mentón erguido, como si dijera: «Ésta es mi tierra.» A sus espaldas, Duchess miraba a un lado y a otro, contemplando la vasta extensión de aquel mundo: una nueva vida que empezaba a crecer. Se agachó y tocó la hierba, se acercó a una de las cuadras y escudriñó la fresca oscuridad. El olor era fuerte, a animales y a mierda, pero ella no se apartó.

Hal trajo unas cervezas. Estaban tan frías que Walk no pudo negarse, pese a que iba de uniforme. Se sentaron en las sillas de madera dura.

—Ha pasado mucho tiempo —comentó Walk.

—Desde luego.

La silueta de ambos se recortaba contra el paisaje de Montana, unos espacios tan abiertos que casi dejaban sin respiración. Hal llevaba una camisa a cuadros con las mangas arrolladas en los antebrazos musculosos:

—Menudo lío —«Lío» no era la palabra más apropiada, pero se acercaba tanto como cualquier otra—. ¿Ella lo vio todo?

Walk buscó los ojos del anciano, pero éste siguió con la vista perdida en el paisaje.

—Eso creo. Más tarde: sorteó a los policías y se coló en la sala de estar.

Hal hizo crujir sus nudillos. Tenía cicatrices en las manos, la voz cascada.

—¿Y el niño?

—Él estaba encerrado en el cuarto. Es posible que oyera algo: gritos, disparos, pero se niega a hablar de eso. Una especialista habló con él un par de veces. Sería buena idea que continuara con alguien de por aquí: va a necesitarlo; yo mismo podría buscarle un terapeuta. Es posible que termine por recordar, aunque quizá fuera mejor que no lo hiciera.

Hal bebió un largo trago de su botella hasta dejarla mediada. Llevaba un reloj bastante sencillo en la gruesa muñeca, quemada por el sol tras tantos años trabajando a la intemperie.

—No los he visto en... Duchess era un bebé cuando vi a mi hija por última vez. En cuanto a Robin...

—Son buenos chicos. —Esas palabras sonaron vacías, aunque no lo fuesen. ¡Como si pudiera haber otra clase de niños en el mundo!

—Quería ir al entierro, pero había hecho una promesa. —No dio más explicaciones.

—Fue todo muy rápido —repuso Walk—. En cuanto... en cuanto devolvieron el cuerpo se organizó un pequeño servicio en Little Brook. Ahora descansa junto a su hermana.

Duchess se había pasado la ceremonia entera y el entierro cogiendo de la mano a Robin, sin permitirse llorar ni una vez. Simplemente miraba el ataúd: el gran igualador de todas las personas.

En ese momento salió de la cuadra seguida por un pollo. Se dio la vuelta y lo miró con curiosidad.

—Se parece mucho a su madre.

—Sí.

—He preparado una habitación para que puedan dormir ahí, juntos. Una cosa, al chico... ¿le gusta el béisbol?

Walk sonrió. No lo sabía.

—Le he comprado un guante y una pelota. —Vieron que Duchess había vuelto al coche y escudriñaba el interior para ver cómo estaba su hermano. A continuación, buscó con la mirada al pollo y volvió a dirigirse al establo. Hal se aclaró la garganta—. ¿Y Vincent King? Joder, llevaba mucho tiempo sin pronunciar ese nombre; espero no tener que hacerlo nunca más.

—Sigue sin decir palabra sobre lo sucedido. Lo encontré dentro de la casa, más precisamente en la cocina. Fue él quien llamó y dio el aviso. Por mi parte, no termino de verlo claro.

Lo dijo con convicción, pero se preguntó si Hal se daría cuenta de que el caso le venía tan grande que la policía estatal apenas se molestaba en mantenerlo informado.

—Pero continúa detenido, ¿no?

—Formalmente no lo han acusado de nada, simplemente está bajo custodia por quebrantar los términos de su libertad condicional: tenía prohibido salir por las noches.

—Pero estamos hablando de Vincent King...

—Mira, no sé lo que Vincent hizo exactamente, no tengo ni idea de lo que pasó.

—Pues yo no necesito saber más de lo que sé... —dijo Hal. Las profundas arrugas de su rostro relataban una historia que se remontaba a treinta años atrás. De nuevo hizo crujir sus nudillos—. En todo caso, he empezado a ir a la iglesia y, el otro día, el pastor nos hizo ver que el final es en realidad un principio. Todos estos años me habrían resultado más fáciles si hubiera creído que Sissy estaba en un lugar mejor que un pequeño cajón de madera; y me esfuerzo en creerlo, todos los domingos lo intento.

—Lo siento.

—No fue tu culpa...

—No me refiero sólo a Sissy. Hablo de tu mujer. No tuve ocasión de decírtelo entonces.

Los periodistas no habían visto nunca a Maggie Day, la madre de Star, hasta el día del juicio. Entró en el juzgado como un torbellino. Seguía teniendo sus ojos, su pelo: atrajo todas las miradas, aunque también tenía un aire de belleza y glamur perdidos.

—Ella lo pasó muy mal con lo de Vincent: no entendía que condenaran a un niño como si fuera un adulto hecho y derecho. Le dolía en el alma, la hacía sufrir más todavía. —Hal liquidó la cerveza de otro trago—. Cuando Star la encontró aquella noche... Mira, teníamos una pintura, una reproducción de *El último viaje del «Temerario»*. ¿Conoces ese cuadro?

—Sí, sí, de un barco.

—Pues Star encontró a Maggie Day sentada debajo con la cabeza echada hacia atrás. Se habría dicho que formaba parte de aquel cielo embrujado.

—Lo siento.

—Ella sólo quería estar con Sissy. —Lo dijo con sencillez, como si el suicidio de una persona pudiera tener algo de sencillo—. Vincent King es el cáncer de mi familia.

Walk se llevó el frío cristal de la botella a la frente.

—Escúchame, Hal. Había un hombre... un hombre llamado Dickie Darke. Star y él... bueno, ya sabes. Y Darke la maltrataba. —Miró al anciano, que tenía los labios fruncidos—. Y no sé si Duchess tuvo algo que ver, pero resulta que alguien prendió fuego a su local, un garito de striptease.

Hal contempló a su nieta, cuya figura minúscula se recortaba contra el paisaje inmenso.

—En fin, yo no creo que Darke los busque después de lo que ha pasado.

—¿Crees que podría aparecer por aquí?

—Me parece que no, pero Duchess cree que sí.

—¿Te lo ha dicho?

—Duchess casi nunca dice nada: se limitó a preguntarme si Darke podría encontrarlos aquí, tan al norte. No me dijo a qué venía la pregunta, pero se me ocurre que Darke podría haber tenido algo que ver con lo de Star.

—¿Y si fue así?

Walk respiró hondo mirando el coche donde Robin, posiblemente el único testigo, seguía dormido.

—Ese Darke no podrá encontrarnos: no estoy registrado en ninguna parte, mi número no aparece en la guía. El rancho... está a nombre del banco. Pasé unos años malos, ¿sabes? El caso es que puedo mantenerlos a salvo, a ella y al niño. De eso estoy seguro: es lo único de lo que estoy seguro.

Walk se levantó y caminó fuera del porche mirando a su alrededor. Contempló la casa, el cercado de estacas. Más allá había una extensión de agua más grande que una charca, aunque menor que una laguna. La luz declinante y los árboles oscurecidos le recordaron su propio rostro fatigado.

—No quiero quedarme aquí —oyó decir a Duchess.

Se volvió.

—Ni siquiera sé quién coño es ese vejestorio —añadió ella.

—Pues no hay otro lugar al que podáis ir: es esto o los servicios sociales... Hazlo por Robin. —Le entraron ganas de cogerla de la mano, de contarle mentiras piadosas.

—No vengas a visitarnos, Walk. Escríbenos, en todo caso. Y en cuanto a Robin, la loquera dijo que lo que tenía que hacer era olvidar. Aunque sea temporalmente. Lo que ha pasado es muy duro para él: demasiado para un niño.

Walk estuvo a punto de recordarle que ella también era una niña, pero prefirió hincar una rodilla en tierra y acariciarle el pelo a Robin. El chico apartó la vista y se puso a observar la vieja casa a espaldas del policía. Walk se puso en pie y volvió la cara hacia Duchess pensando en qué más podría decirle.

—Soy una forajida... —dijo ella.

Walk respiró hondo, abrumado por una repentina sensación de lástima.

—Y tú, un agente del orden.

Walk asintió con la cabeza.

—Sí.

—Pues lárgate de una puta vez.

Subió al coche y se alejó.

Más allá de los eucaliptos, cerca ya de la extensión de agua, aminoró la velocidad, se volvió en el asiento y vio a Duchess con la mano apoyada en el hombro de su hermano. Caminaban juntos, lenta y cautelosamente, en dirección al anciano.

# 12

Aquella primera noche en el rancho, Duchess no probó bocado. En cambio, se aseguró de que Robin se comiera todo el plato, un estofado. Incluso le dio las últimas cucharadas mientras él la miraba con evidentes ganas de llorar.

Hal se quedó de pie, sin saber muy bien qué hacer, simplemente observando. Terminó por acercarse al fregadero y contemplar sus tierras por la ventana. Duchess lo encontraba enorme, ancho e imponente; Robin pensaría que era un gigante.

Duchess llevó los platos al fregadero.

—Necesitas comer algo —dijo él.

—¿Qué sabrás tú lo que yo necesito?

Vació el contenido de su plato en la basura y se llevó a Robin de la mano al porche.

Atardecía. Un resplandor anaranjado se extendía sobre las ondulaciones del terreno y se reflejaba en el agua. A lo lejos se veía un grupo de alces recortándose contra la luz menguante.

—Ve a jugar un poco, anda —dijo ella empujándolo.

Robin se alejó y caminó por la suave ladera. Encontró un palo y se puso a arrastrarlo por la tierra; en la otra mano, bien sujeto, llevaba al Capitán América: no lo soltaba desde la mañana en que despertó en casa de Walk.

Duchess lo había interrogado sobre lo sucedido aquella noche, aprovechando que Walk seguía dormido. ¿Había oído algo por casualidad? Robin no respondió; era como si su memoria se hubiera sumido en una oscuridad total.

Duchess continuaba sin aceptar la muerte de su madre. Había asistido al funeral y observado la nueva tumba abierta junto a la de Sissy en el acantilado de Little Brook como una zombi. Tenía ganas de llorar, pero temía que, de hacerlo, el dolor se instalaría en su pecho y le impediría respirar justo cuando más fuerzas necesitaba. No quería fallarle a su hermano. Ahora estaban solos, la forajida y su hermano.

—Tengo una pelota para el chico.

Duchess no se volvió, hizo como si no lo hubiera oído: se negaba a pensar en Hal como en un familiar, en alguien de su misma sangre. Nunca había estado cuando lo necesitaban, tantas y tantas veces. Escupió al suelo.

—Sé que ha sido difícil.

—Tú no sabes una mierda.

Dejó que sus palabras resonaran en el aire del crepúsculo mientras la oscuridad corría hacia ellos a tal velocidad que se habría dicho que el color había desaparecido en un abrir y cerrar de ojos.

—No quiero oír palabrotas en mi casa.

—«Mi casa» —repitió ella—. Walk dijo que también era nuestra casa.

Hal puso cara de pena y ella se alegró.

—Mañana todo será distinto de muchas maneras; puede que algunas cosas os gusten, pero habrá otras que no.

—Tú no tienes idea de lo que nos gusta y lo que no.

Hal estaba sentado en la hamaca. La invitó con un gesto a acomodarse junto a él, pero ella no se movió. Las cadenas, fijadas al techo, chirriaban como si alguien estuviera arrancándole el alma al viejo caserón. Su madre le había hablado mucho de las almas, que iban de lo vegetativo a lo racional. Se preguntó qué podía tener de racional la forma más primitiva de vida.

Hal encendió un puro y ella quiso alejarse para no respirar el humo, pero siguió allí, inmóvil, como si sus sandalias estuvieran clavadas al suelo. El instinto la empujaba a preguntarle por su madre, por su tía, por Vincent King; a preguntarle por esa tierra tan rara con ese cielo tan inmenso. Supuso que a Hal le gustaría;

que estaría deseando conversar con ella para ir creando un vínculo. Escupió al suelo otra vez.

Bastante antes de la hora en que acostumbraban a acostarse, Hal los hizo subir al piso de arriba. A Duchess le costó subir la maleta, pero no dejó que su abuelo la ayudara.

Ayudó a Robin a ponerse el pijama y se cepilló los dientes en el pequeño cuarto de baño adyacente al espartano dormitorio.

—Quiero irme a casa —dijo Robin.

—Lo sé.

—Tengo miedo.

—Eres un príncipe.

Duchess arrastró la mesita de noche por el suelo de madera estropeado y enseguida, no sin esfuerzo, unió las dos camas.

—Rezad vuestras oraciones antes de dormiros —dijo Hal desde la puerta.

—Y una mierda —contestó ella.

Lo contempló con la esperanza de verlo torcer el gesto, pero Hal no lo hizo; siguió inmóvil en el umbral con la boca perfectamente cerrada. Duchess estudió su cara buscando algún parecido con ella misma, con su hermano, con su madre. Quizá descubrió un poco de los tres, quizá no vio sino a un desconocido entrado en años.

Después de que Hal se marchara, a Robin le faltó tiempo para meterse en la cama de ella. Duchess lo estrechó hasta que se quedó dormido.

Poco después —o eso le pareció—, un zumbido insistente irrumpió en sus sueños. Extendió el brazo y le propinó un manotazo al despertador. Todavía sobresaltada, se sentó en la cama y durante unos segundos crueles quiso llamar a su madre a gritos.

Robin seguía dormido a su lado. Lo arropó y oyó a Hal trasteando por la planta baja, sus pesadas botas resonando en el suelo, el silbido del calentador de agua.

Volvió a acostarse y trató de dormir, pero la luz del rellano se coló en la habitación: Hal acababa de abrir la puerta tras subir las escaleras.

—Robin. —Su hermano se revolvió en la cama al oír la voz del anciano—. Hay que darle de comer a los animales, ¿vienes conmigo para echarme una mano?

Robin se incorporó en la cama mientras Duchess procuraba adivinar lo que estaba pensando. Había reparado en la curiosidad con que observaba las gallinas, las vacas, los caballos. Él bajó de la cama y se la quedó mirando hasta que ella lo cogió de la mano y lo acompañó al baño.

En la cocina los esperaban sendos tazones con gachas de avena. Duchess vació el suyo en la basura, buscó el azúcar y espolvoreó unas cucharadas sobre las gachas de Robin. El pequeño se puso a comer sin decir palabra.

Hal apareció en la puerta. A su espalda, una ligera neblina ascendía de la tierra como si el fuego ardiera bajo la superficie.

—¿Listos para el trabajo? —preguntó retóricamente.

Robin terminó de beberse el zumo de naranja y bajó de la silla de un salto. Hal le tendió la mano y él la tomó. Duchess se asomó por la ventana y los vio caminar hacia el establo. El anciano le decía algo que ella no podía oír mientras Robin lo miraba todo como si los seis años anteriores no contaran.

Se puso la chaqueta, se anudó los cordones de las zapatillas y salió al aire de la mañana. El corazón le latía con fuerza ante la promesa de algo nuevo.

Más allá, el sol ascendía tras la montaña.


Walk condujo durante toda la noche. Los distintos estados, con sus paisajes, se sucedían idénticos en la oscuridad; sólo se veían los letreros que indicaban los kilómetros, instándolo a tomarse un descanso («El cansancio mata»). Una vez en casa, descolgó el teléfono, cerró las cortinas y se echó en la cama, pero no consiguió dormirse: estuvo pensando en Star, en Duchess y en Robin.

Desayunó dos ibuprofenos y un vaso de agua. Se duchó, pero no se afeitó.

A las ocho se presentó en el trabajo. Encontró a un periodista esperándolo en el aparcamiento: Kip Daniels, del *Sutler Country Tribune*. Iba acompañado por unos pocos vecinos y veraneantes. Durante el corto trayecto a comisaría, Walk ya había oído que el estado de California iba a acusar formalmente a Vincent King del asesinato de Star Radley. No se lo había creído: en la radio siempre se inventaban noticias.

—No tengo nada nuevo que decir, lo siento.

—¿Se sabe algo más sobre el arma del crimen? —preguntó Kip.

—No.

—¿Y sobre la acusación formal?

—No se crea todo lo que oye.

Vincent estaba otra vez encerrado en Fairmont. El hecho de que se negara a hablar, sumado a su presencia en la escena del crimen, hacía que el rompecabezas pareciera bastante simple. No había ningún otro sospechoso. Boyd y sus hombres, que ocupaban un despacho del fondo, seguían interrogando a algunos vecinos para demostrar que hacían algo, pero cada vez hacían menos.

Cuando Walk entró, Leah Tallow estaba sentada detrás del mostrador del vestíbulo y las luces del teléfono parpadeaban con frenesí.

—Qué mañana de locos, ¿has oído la noticia?

Walk se dispuso a responder, pero Leah atendió otra llamada y él se quedó callado.

Leah le había pedido ayuda a Valeria Reyes, diez años mayor que Walk. Estaba sentada a un escritorio y comía nueces dejando las cáscaras en montoncitos perfectamente ordenados junto al teléfono, al que había quitado el sonido para paliar la confusión.

—Hola, Walk. La mañana está siendo movidita: nos han traído al carnicero.

Walk se rascó la barba del mentón.

—¿Dónde está?

—En la sala de reuniones.

—¿Y para qué lo han traído?

—¿Tú crees que a mí me cuentan algo? —Valeria se metió otra nuez en la boca y se atragantó ligeramente, de modo que bebió un sorbo de café—. Yo en tu lugar dormiría un poco; y hasta me afeitaría.

Walk miró alrededor. Todo parecía normal. La hermana de Leah era dueña de la floristería de la calle Mayor y cada semana les llevaba un ramo de flores: hortensias azules, astromelias, eucalipto... A veces, a Walk la comisaría se le figuraba el plató de una serie policiaca de televisión en la que había actores interpretando sus papeles y personas haciendo de extras, nada más.

—¿Y Boyd? —preguntó.

Valeria se encogió de hombros.

—Me ha ordenado que nadie hable con el carnicero hasta su vuelta.

Walk encontró a Milton en la salita, situada al fondo de la comisaría, que habrían usado de haber tenido que tomar declaración a alguien alguna vez. El carnicero se levantó apretándose el pecho con las manos, masajeándoselo como si tuviera que reavivar su corazón. Aunque no llevaba puesto el mandil, a Walk le pareció oler sangre, como si ésta apelmazara todos y cada uno de los abundantes pelos que cubrían el cuerpo de Milton.

Walk hundió las manos en los bolsillos, cosa que hacía cada vez más a menudo porque la medicación había dejado de funcionar nuevamente.

—No sé por qué me han dicho que me quede aquí: tengo cosas que hacer —se quejó Milton—. Y al fin y al cabo, yo fui a hablar con ellos, y no al revés.

—¿Para decirles qué?

Milton contempló sus zapatos, se soltó el cuello de la camisa y se desabrochó los gemelos: se había vestido para la ocasión.

—Me acordé de algo.

—¿De qué? Si se puede saber.

—Me gusta mucho observar; observar el océano, el cielo... Tengo un telescopio Celestron informatizado, un día tendrías que ir a mi casa y...

Walk lo hizo callar levantando la mano: estaba demasiado exhausto para escuchar aquello.

—En fin, que aquella noche, antes de que se oyera el disparo... me pareció oír gritos. Estaba asando un conejo y tenía la ventana abierta. A ti también te gusta el conejo, ¿no?

—Tenías la ventana abierta y te pareció oír unos gritos...

Milton puso los ojos en blanco.

—Sí, oí unos gritos, una discusión.

—¿Y no te habías acordado hasta ahora?

—Es posible que me quedara un poco traumatizado... y que ahora esté recuperándome de la impresión.

Walk se lo quedó mirando.

—¿Esa noche viste a Darke?

Milton tardó un poco en negar con la cabeza; un par de segundos, no más, pero Walk se dio cuenta: el nombre de Dickie Darke había aparecido en relación con lo sucedido, pero quien lo había mencionado había sido el propio Walk. Duchess no había dicho una sola palabra sobre él. Walk se preguntaba si tendría miedo.

—Oye, y Brandon Rock... —Milton hinchó el pecho—. Esta madrugada apareció a cualquier hora con el coche. Yo tengo por costumbre levantarme temprano, pero es que ese tío...

—Hablaré con él.

—¿Sabes que otra persona se ha dado de baja del grupo de vigilancia? Parece que el barrio ya no le importa a nadie.

—¿Cuántos quedáis?

Milton frunció la nariz.

—Yo y Etta Constance, nada más. Pero Etta no puede vigilar mucho con un solo ojo. No tiene vista periférica, según me han explicado. —Hizo un gesto apuntando alternativamente con ambas manos.

—Pues yo, sabiendo que estáis los dos de guardia duermo mejor.

—Yo lo apunto y lo documento todo. Guardo mis anotaciones en una gran maleta bajo la cama.

Walk no quería ni pensar en el tipo de anotaciones que conservaba.

—El otro día, en una serie de la tele, el policía salía a patrullar con uno de los vecinos. ¿Qué te parece la idea, Walk? Siempre podría llevar un cochinillo... por si nos entra hambre...

Walk oyó un ruido, se volvió y vio a Boyd, cuyo corpachón tapaba completamente la puerta. Fornido y con el pelo cortado a cepillo, era un ex militar reconvertido en policía.

Walk lo siguió afuera y Boyd lo condujo a su propio despacho. Una vez allí, se dejó caer pesadamente en su silla.

—¿Te importaría decirme qué pasa? —preguntó Walk.

Boyd se arrellanó en el asiento y se desperezó; al entrelazar los dedos tras la nuca sus hombros parecieron todavía más anchos.

—Acabo de volver de la oficina del fiscal del distrito: vamos a acusar formalmente a Vincent King del asesinato de Star Radley.

Walk ya lo daba por sentado, pero se estremeció al oírlo de labios de Boyd.

—El carnicero nos ha asegurado que vio a Vincent discutiendo con Dickie Darke delante de la casa de los Radley pocos días antes del asesinato. Le pareció que Vincent lo amenazaba: probablemente un asunto de celos.

—¿Y qué dice Darke?

—Lo corrobora. Es un tiarrón enorme, el tal Darke. Se presentó con su abogado. Al parecer veía con frecuencia a la víctima, pero sólo como amigos. De hecho, dijo que pasó aquella noche con la tal Dee Lane.

—Ya. En lo que se refiere a Milton, el carnicero, debo decir que lleva años llamándonos cada dos por tres, ¿sabes? Su mayor afición es vigilar, en general. Y se entusiasma: ve cosas que no hay.

Boyd se pasó la lengua por los dientes y frunció los labios. Siempre estaba moviéndose, como si temiera echar barriga y perder pelo si se quedaba quieto. Apestaba a colonia. Walk estaba tentado de abrir la ventana.

—Mira, Vincent King no sólo estaba allí cuando llegamos, sino que hemos encontrado sus huellas en la misma escena del crimen, su ADN en el cadáver... ¿Sabes que el cuerpo tenía tres costillas fracturadas y la mano izquierda hinchada? King no se ha molestado en negar nada, simplemente no habla. Esto está más claro que el agua, Walker.

—No le encontraron restos de pólvora —recordó Walk—, y tampoco se ha encontrado el arma. No hay pruebas de que haya disparado ni arma del crimen... —remachó.

Boyd se frotó el mentón.

—Tú mismo encontraste el grifo abierto: el tipo se había lavado las manos. En cuanto a la pistola, pues bueno... la hemos estado buscando por todas partes, terminará por aparecer. El tío la mata, tira el arma por ahí, vuelve y llama a comisaría.

—No tiene sentido.

—Nos ha llegado el informe de balística: la bala provenía de una Magnum del calibre .357, estamos hablando de un revólver tremendo. Buscamos en las bases de datos y descubrimos que el padre de Vincent King registró un arma a mediados de los años setenta.

Walk se lo quedó mirando: no le gustaba el derrotero que estaba tomando la conversación. Se acordaba de ese revólver: a los King les llegaron un par de amenazas lo bastante serias como para que el padre tuviera un arma en casa.

—Y adivina, adivinanza, ¿de qué calibre era la pistolita de marras?

Walk se las arregló para no pestañear, pero notó un retortijón en el estómago.

—El fiscal del distrito nos exige mucho: lo quiere todo atado y bien atado. Pero estoy confiado: tenemos la motivación y el acceso al arma del crimen. Pediremos la pena de muerte.

Walk negó con la cabeza.

—Tengo que hablar con más gente. Quisiera comprobar la coartada de Dickie Darke y volver a hablar con Milton. No estoy seguro de que...

—Déjalo ya, Walker: el caso está más que cerrado. Quiero traspasárselo al fiscal hacia el final de esta semana ¡y a otra cosa! Y ya no nos verás más el pelo.

—Pero insisto, yo creo que...

—Escucha, tú estás la mar de bien aquí; y mi primo, que trabaja en Alson Cove, también está encantado de la vida: el trabajo es fácil, hay poco ajetreo... no tiene nada de malo, ¿eh? Pero, vamos a ver, ¿cuándo fue la última vez que llevaste un caso de verdad? Uno de verdad, no un delito de andar por casa. Cuéntame, anda.

La verdad, Walk sólo se ocupaba de faltas leves e infracciones de tráfico.

Boyd le puso la mano en el hombro y apretó con fuerza.

—No vayas a jodernos, hombre.

Walk tragó saliva: sentía que todo se aceleraba vertiginosamente.

—¿Y si consigo que Vincent se declare culpable?

Boyd simplemente lo miró a los ojos: no hacía falta que dijera nada.

Vincent King tenía que pagar con la muerte lo que había hecho.

# 13

Las nubes se precipitaban montaña abajo en cascada, enmarcando la casa del rancho como si fuera parte de una pintura. Duchess estaba trabajando; tenía las piernas doloridas, la piel de las manos despellejada bajo los guantes.

Daba igual cuál fuera el trabajo que él le encomendara —abonar los campos, podar las largas enredaderas de la fachada la casa, limpiar de ramas el serpenteante camino—, Duchess lo llevaba a cabo con sordo resquemor: a Hal le había dado por jugar a convertirse en su abuelo ahora que su madre estaba criando malvas.

El funeral había discurrido de una forma vergonzosamente tranquila. Walk había buscado y encontrado una vieja corbata para Robin: la misma que él había llevado en el funeral de su madre, y ella no le había soltado la mano a su hermanito mientras el sacerdote intentaba que se olvidaran de sus vidas rotas hablando de la necesidad que Dios tenía de otro ángel en el cielo, como si nada supiera de la atormentada vida que había abandonado este mundo.

—Vamos a comer. —El anciano la sacó de sus recuerdos.

—No tengo hambre.

—Tienes que comer.

Duchess le dio la espalda, empuñó el cepillo y volvió a barrer enérgicamente el deteriorado camino de acceso.

Transcurridos diez minutos, finalmente dejó caer el cepillo y se encaminó a la casa sin apresurarse. Subió al porche y miró por la ventana el interior de la casa: Hal estaba de espaldas y Robin se comía un emparedado con la cabeza apenas asomando por encima de la mesa. Al lado tenía un vaso con leche.

Entró por la puerta trasera en la cocina con las mejillas encendidas. Se acercó a la mesa, agarró el vaso de Robin y tiró la leche al fregadero. Lo lavó y fue a buscar zumo de naranja a la nevera.

—No me importa beber leche con la comida, tampoco pasa nada —dijo Robin.

—Sí que pasa: bébete el zumo de naranja, como hacías en...

—Duchess —intervino Hal.

—¡Tú cállate! —Se volvió hacia él—. Ni se te ocurra volver a pronunciar mi puto nombre: tú no sabes nada de mí o de mi hermano.

Robin rompió a llorar.

—Ya está bien —dijo Hal en tono conciliador.

—No me digas qué está bien y qué no. —Duchess estaba sin aliento y temblaba. La rabia que anidaba en su interior amenazaba con escapar a su control.

—He dicho que...

—¡Vete a cagar!

Hal terminó por levantarse y dio un golpe sobre la mesa tirando un plato al suelo de piedra. Duchess se encogió y parpadeó al oírlo. Se dio la vuelta y salió corriendo por la puerta. Dejó atrás las aguas y el camino, corriendo con todas sus fuerzas por la extensa pradera.

No se detuvo hasta que no pudo más. Entonces cayó sobre una rodilla y jadeó tragando bocanadas de aire denso y caliente. Maldijo a Hal y le dio una patada al grueso tronco de un roble haciéndose daño en el pie.

Les gritó a todo pulmón a los árboles y los pájaros remontaron el vuelo y motearon las nubes.

Se acordó de su casa. El día después del funeral, Walk metió sus escasas pertenencias en unas cajas de cartón. La cuenta bancaria de su madre estaba en cero, en su bolso sólo había treinta dólares... no les dejaba nada.

Anduvo más de un kilómetro hasta que los troncos de los abetos comenzaron a ser más finos. Estaba sucia y sudorosa, tenía el cabello pringoso y enredado. Aminoró el paso y caminó por el medio de una carretera contando los fragmentos de línea divisoria.

A los lados había hierba y árboles, a lo lejos se veía un río y, por encima de su cabeza, en movimiento constante, el cielo azul que todo lo perdonaba. Duchess a veces esperaba ver algo más: una pista, un indicio, algo que marchitase o languideciese, o que no llegara a desarrollarse, algo que le indicara que el mundo era un lugar distinto ahora que su madre estaba muerta.

Un rótulo daba la bienvenida al pueblo: COPPER FALLS, MONTANA. Vio una hilera de tiendas con fachadas de ladrillo demasiado nuevo para un lugar como aquél; techos planos, toldos descoloridos, banderas fláccidas, carteles ajados por el sol, olvidados desde hacía largo tiempo; Bush contra Kerry, barras y estrellas. Vio un café restaurante («Bienvenidos, cazadores»), un pequeño supermercado, una farmacia, una lavandería, una panadería cuyos productos le hicieron la boca agua. Un hombre estaba sentado fuera, leyendo el periódico, y en el interior había parejas de gente mayor sentadas a las mesas, comiendo pastelillos y bebiendo café. Pasó frente a una barbería al viejo estilo, con su cilindro multicolor y servicio de afeitado. A su lado había un salón de belleza con varias mujeres sentadas en las butacas; por la puerta abierta escapaba un aire caliente.

Al final de la calle se alzaba una montaña que abarcaba el horizonte, imponente como un gran desafío, como el aviso de que en el mundo había muchas cosas realmente grandes.

Pasó junto a un muchacho tan negro como flaco. Estaba de pie en la acera con una chaqueta en el brazo, a pesar de los casi treinta grados, y la miraba con insistencia. Llevaba pajarita y pantalones de vestir férreamente sujetos con unos tirantes que dejaban al descubierto sus blancos calcetines.

El chaval no apartaba la vista, por mucho que Duchess lo mirara indignada.

—¿Se puede saber qué coño miras?

—A un ángel...

Duchess observó su pajarita y negó con la cabeza.

—Me llamo Thomas Noble.

Seguía con los ojos puestos en ella, la boca abierta.

—Deja de mirarme como un pasmarote. —Lo empujó haciéndolo caer de culo.

El chaval la observó a través de los gruesos cristales de las gafas.

—Me has tocado, con eso me basta y sobra.

—Joder, ¿es que en este pueblo estáis mal de la cabeza?

Se marchó calle arriba notando la mirada del chico en el cogote.

Terminó por sentarse en un banco para acabar contemplando el ir y venir de la gente, tan lento que los párpados empezaron a pesarle.

Una señora se detuvo a su lado. Tendría unos sesenta años y era tan elegante que Duchess no pudo evitar mirarla de reojo. Tacones altos, lápiz de labios, olor a perfume; el cabello perfectamente ondulado, como si acabara de salir de la peluquería.

Dejó el bolso (Chanel) en el banco y se sentó.

—¡Vaya un verano! —Hablaba con un acento desconocido para Duchess—. No hago más que pedirle a mi Bill que arregle el aire acondicionado ¿y crees que me hace caso?

—Lo que creo es que no me importa una mierda, y es posible que a Bill tampoco.

La mujer se echó a reír, encajó un cigarrillo en una boquilla y lo encendió.

—Se diría que lo conoces, o es posible que tu padre sea como él: el clásico tipo que se pone a trabajar con relativo entusiasmo pero se aburre en un abrir y cerrar de ojos. Con los hombres no hay manera, preciosa.

Duchess soltó un resoplido con la esperanza de que su actitud bastara para ahuyentarla.

La señorona rebuscó dentro de su inmenso bolso y sacó un envoltorio de papel. Extrajo un par de dónuts y le ofreció uno a Duchess.

Duchess trató de ignorarla, pero la mujer meneó un poco el dónut, como si quisiera ganarse la confianza de un animalillo receloso.

—¿Has probado los dónuts de Cherry? —insistió.

Siguió moviendo la mano hasta que Duchess cogió el dónut espolvoreándose los vaqueros de azúcar glas. Lo mordió con cierta prevención.

—¿Alguna vez has probado uno mejor?

—No está tan mal.

La señorona volvió a echarse a reír, divertida por su respuesta.

—Yo puedo zamparme una docena entera. ¿Alguna vez has probado a comerte un dónut sin relamerte los labios?

—¿Y por qué coño iba a intentar algo así?

—Prueba, anda: es más difícil de lo que parece.

—Igual lo es para una vieja.

—Vieja, pero con un hombre que me hace compañía por las noches.

—¿Y Bill cuántos años tiene?

—Setenta y cinco. —Soltó otra risotada.

Duchess dio otro bocado. Notó el azúcar en los labios, pero no se relamió. Vio que la otra también se frenaba, no sin dificultad; como quien tiene ganas de rascarse... hasta que terminó por hacerlo. Duchess la señaló con el dedo y la señorona soltó una risotada tan estruendosa que Duchess tuvo que esforzarse para no sonreír.

—Me llamo Dolly, por cierto; como Dolly Parton, pero no tan pechugona.

Duchess se mantuvo deliberadamente en silencio. Notó que Dolly la miraba un instante y luego apartaba la vista.

—Yo soy una forajida. Seguramente es mejor que no la vean hablando conmigo.

—Eres arrogante. Ojalá hubiera más gente como tú.

—En la tumba de Clay Allison pone: «Nunca mató a un hombre que no se lo tuviera más que merecido», eso sí que es ser arrogante.

—Cierto. Pero aunque seas forajida tendrás un nombre, ¿no?

—Duchess Day Radley.

La miró con compasión.

—Conozco a tu abuelo, y siento mucho lo de tu madre.

Duchess sintió de pronto una opresión en el pecho; le costaba respirar. Fijó la vista en la calle, luego en sus propias zapatillas. Los ojos le ardían.

Dolly aplastó la punta del cigarrillo, al que no había dado una sola calada.

—No te lo has fumado.

Dolly sonrió. Su dentadura era perfecta, de un blanco cegador.

—Fumar es fatal para la salud, pregúntaselo a mi Bill.

—¿Y entonces por qué lo haces?

—Mi padre me pilló fumando una vez y me sacudió de lo lindo, pero seguí haciéndolo a escondidas, y eso que ni siquiera me gustaba el sabor. Igual piensas que soy una vieja chiflada.

—Pues sí.

Duchess notó que una mano se posaba en su hombro: Robin estaba de pie a su lado, sonriendo de oreja a oreja, con los rizos pegajosos por el sudor y las uñas sucias de tierra.

—Me llamo Robin —le dijo a la señora.

—Encantada de conocerte, Robin. Yo me llamo Dolly.

—¿Como Dolly Parton?

—Pero con menos tetamen —aclaró Duchess.

—A mamá le gustaba mucho Dolly Parton: cantaba una y otra vez esa canción sobre la vida de una trabajadora.

—Lo que tiene su gracia porque siempre estaban echándola del curro.

Dolly estrechó la mano de Robin y le dijo que en la vida había visto un niño tan guapo.

Duchess reparó en que Hal estaba al otro lado de la calle con la espalda apoyada en el capó de su viejo todoterreno.

—Espero que nos veamos muy pronto.

Le dio un dónut a Robin, se levantó, saludó con la cabeza a Hal y echó a andar calle abajo.

—El abuelito se ha asustado —dijo el pequeño—. No des más problemas, por favor.

—Yo soy una forajida, para que lo sepas: los problemas me persiguen.

Robin la miró con ojos tristes.

—Prueba a comerte el dónut sin relamerte los labios.

Robin miró el dónut.

—Es muy fácil —dijo.

—Inténtalo, anda.

El niño dio un mordisco y al momento se pasó la lengua por los labios.

—Acabas de hacerlo.

—No es verdad.

Volvieron andando por la acera. El cielo estaba cubriéndose, las nubes avanzaban a toda prisa.

—La echo de menos, ¿sabes?

Duchess le apretó la mano. No acababa de saber si ella se sentía igual.


Treinta años ocupando la misma celda con el retrete y la pila de acero, los garabatos y las marcas de uñas en las paredes, la puerta deslizante metálica que se abría y cerraba a horas fijas todos los días.

Walk estaba frente a la penitenciaría de Fairmont.

El sol, igual de inclemente todos los meses del año, le daba de lleno. Reparó en la cámara de vigilancia, contempló a los hombres que iban y venían por el patio: aquellas vallas metálicas los convertían en piezas de rompecabezas que no encajaban en ningún lugar.

—No me acostumbro a los colores: todo se ve demasiado limpio.

Cuddy se echó a reír.

—Eres la alegría de la huerta, Walk. Ya te echaba de menos.

Encendió un pitillo y le ofreció otro a Walk, quien dijo que no con un gesto.

—¿Alguna vez has fumado?

—Ni por probar, oye.

Contemplaron a los reclusos lanzar pelotas al aro con el pecho al aire, sudorosos.

Uno de ellos cayó, se puso en pie y fue a enfrentarse a su contrincante, pero reparó en Cuddy y al momento se contuvo. El partido siguió, feroz, a vida o muerte.

—Esta situación me ha afectado —dijo Cuddy.

Walk se volvió hacia él, pero Cuddy siguió con la vista puesta en el partido.

—Yo siempre había creído que al menos algunos de éstos no se merecían estar aquí, que habría que darles una segunda oportunidad, pero ahora mismo me parece que el mal no conoce grados: una vez has cruzado la línea roja, no hay vuelta atrás.

—La mayoría estamos en riesgo de cruzarla en cualquier momento.

—Tú no, Walk.

—Tú dame tiempo y verás.

—Vincent la cruzó ya a los quince años. Mi padre estaba trabajando la noche que lo trajeron. Recuerdo que los periodistas se arremolinaban junto a la entrada y que el veredicto se leyó a última hora, pillando a todos desprevenidos.

Walk también se acordaba.

—Mi padre solía decir que ésa fue la peor noche de su vida. Puedes suponer lo que vio: eso de ingresar a un chaval... los hombres se desgañitaban al verlo, sacaban los brazos por los barrotes, le decían de todo. Un par de presos se portaron bien, incluso fueron de ayuda, pero en su mayoría... qué te voy a contar. Lo recibieron a grito pelado para meterle el miedo en el cuerpo.

Walk se aferró a la valla de alambre; el aire al otro lado era igual de irrespirable.

Cuddy aplastó la punta del cigarrillo, pero conservó la colilla en la mano. Continuó:

—Yo entré a trabajar cuando tenía diecinueve años, cuatro más que Vincent. Me tocó precisamente su galería, en el tercer piso. Recuerdo que me parecía un chaval normal y corriente, como todos: podría haber sido uno de mi colegio, o un hermano menor, lo que fuese. Me cayó bien desde el primer minuto.

Walk sonrió.

—Cuando volví a casa por vacaciones me acordaba mucho de él. Recuerdo un día en particular, cuando fui al cine con una chica que me gustaba.

—¿Sí?

—Estuve pensando en su vida y en la mía: tampoco eran tan distintas, con la salvedad de que él había cometido un error, uno solo, y con eso bastó. Cegó la vida de una niña... ¡por Dios! Las de dos niños, si lo contamos a él mismo. Si al final vuelve aquí, a la nada, su caso será aún más trágico: una vida completamente echada a perder.

Walk había estado dando vueltas a esas mismas ideas.

—Me alegré de que intervinieras y lo detuvieses. Final de un capítulo, principio de uno nuevo. Vincent perdió su oportunidad, y aún tenía tiempo de rehacer su vida Walk, tampoco somos tan viejos, ¿no?

—Estoy de acuerdo.

Walk pensaba en la enfermedad que estaba carcomiéndolo por dentro, convirtiéndolo en quien no estaba preparado para ser.

—Había gente que se quejaba, que decía que era mi favorito, que le dejaba pasar más tiempo en el patio, esa clase de estupideces. Y era verdad: hacía lo posible por echarle un cable, por darle un respiro... en la medida de mis posibilidades. Se supone que no debe preocuparnos saber si una persona se siente culpable o no; tenemos que hacer nuestro trabajo y basta, ¿no es cierto?

—Es cierto.

—Y yo nunca lo he preguntado; ni una sola vez en treinta años.

—Él no lo hizo, Cuddy.

El alcaide respiraba con pesadez, como si hubiera estado aguantándose las ganas de formular aquella pregunta precisa durante largo tiempo. Se volvió y abrió la verja.

—Os he buscado un lugar para que podáis hablar.

—Gracias.

A Walk no le hacía gracia la perspectiva de conversar a través de los teléfonos: pensaba que a Vincent le costaría menos mentir o quedarse callado con un plexiglás de por medio.

Cuddy lo condujo a un despacho donde sólo había una mesa y dos sillas metálicas: el lugar indicado para que un abogado se reuniera con su cliente y le dijera lo que tenía que declarar, para hablar de apelaciones y esperanzas, de otro tribunal al que recurrir... por enésima vez.

Vincent apareció en la puerta escoltado por dos guardias. Cuddy le quitó las esposas, miró a Walk un momento y los dejó a solas.

—¿Se puede saber qué pretendes? —preguntó Walk.

Vincent se sentó frente a él y cruzó las piernas.

—Has perdido peso, Walk.

Casi un kilo más. Desayunaba y no volvía a probar bocado en todo el día, no tomaba más que café. Notaba un dolor en el estómago, no muy fuerte, pero sí molesto, constante, como si su cuerpo de nuevo estuviera volviéndose contra él. Las nuevas pastillas hacían su trabajo, lo ayudaban a llevar una vida más o menos normal, a levantarse y caminar, y a dar por descontadas ambas cosas.

—¿Quieres decirme qué pretendes?

—Te envié una carta.

—Me llegó. Decías: «Lo siento.»

—Y hablaba en serio.

—¿Y lo demás también lo decías en serio?

—También.

—No voy a poner la casa a la venta. Quizá después del juicio, cuando sepamos lo que depara el futuro.

Vincent parecía dolido, como si Walk le hubiera fallado. Había dejado bien claro en su carta, escrita con letra clara y elegante, que había que vender la casa, aceptar la propuesta, el millón de dólares que le ofrecía Dickie Darke. Walk la había leído dos veces.

—Ya tengo el cheque, sólo necesito que te encargues del papeleo.

Walk negó con la cabeza.

—Mejor esperar un poco, ya veremos qué...

—Estás hecho una mierda —dijo Vincent.

—Estoy bien.

Volvieron a guardar silencio.

—Duchess y Robin... —Vincent dijo los nombres en voz baja, como si no fuera digno de pronunciarlos.

—No estás pensando claramente, Vincent. Podemos hablarlo, pero creo que deberías de tomarte un tiempo para pensarlo.

—Tiempo no me falta, desde luego.

Walk sacó un paquete de chicles del bolsillo y le ofreció uno.

—Está prohibido —le recordó Vincent.

—Ya. —Lo miró tratando de hallar una explicación. No veía remordimientos ni sentimientos de culpa. Se le había ocurrido la absurda idea de que Vincent echaba de menos estar encerrado, pero no tenía sentido: no le pegaba nada. Vincent sólo le aguantó la mirada un instante, enseguida apartó la cara—. Por mi parte lo tengo claro, Vin —dijo al fin.

—¿El qué?

—Que tú no lo hiciste.

—Uno es culpable mucho antes de cometer el crimen. Puede que no se dé cuenta, pero es así. Pensamos que teníamos elección; recordamos lo sucedido, nos imaginamos actuando de otra manera, hallando una salida, pero en realidad no había más que hacer.

—No vas a hablar porque sabes que yo echaría abajo tus argumentos, ¿verdad? Nunca has sabido mentir...

—Eso no...

—Si lo hiciste tú, ¿dónde está el arma?

Vincent tragó saliva.

—Necesito que busques a alguien que me defienda.

Walk resopló, sonrió y pasó la mano por la superficie de la mesa.

—De acuerdo. Conozco a un par de buenos abogados, veteranos de mil batallas.

—Quiero a Martha May.

Walk retiró la mano de la mesa.

—¿Perdón?

—Quiero que me defienda Martha May. Ella y nadie más.

—Pero May sólo lleva casos de derecho familiar.

—No me interesa ningún otro abogado.

Walk guardó silencio unos segundos.

—¿A qué estás jugando, si se puede saber?

Vincent mantenía los ojos bajos.

—¿Qué coño te pasa? He estado esperándote treinta años. —Dio un manotazo en la mesa—. Vamos a ver, Vincent, no fuiste el único en sufrir, ¿sabes? Tu vida no fue la única que quedó aparcada.

—¿Crees que nuestras vidas han sido más o menos iguales?

—No digo eso, pero sí que fue duro para todos. Piensa en Star.

Vincent se levantó.

—Espera un momento.

—¿Qué pasa, Walk? ¿Tienes algo más que decirme?

—Boyd y el fiscal del distrito van a pedir la pena de muerte.

El eco de esta última palabra resonó con fuerza.

—Dile a Martha que venga a verme.

—Por el amor de Dios, Vincent, ¡quieren la pena capital! Piensa bien lo que vas a hacer.

Vincent golpeó la puerta con los nudillos y le hizo una seña al guardia.

—Nos vemos, Walk.

Aquella media sonrisa otra vez: la misma sonrisa de hacía treinta años, la que impedía que Walk se planteara siquiera darle la espalda a su amigo.

# 14

Aquel domingo durmieron hasta las ocho de la mañana. Duchess fue la primera en despertar. Su hermano se apretaba contra ella. Tenía el rostro bronceado por el sol: siempre se bronceaba muy rápido.

Duchess bajó de la cama y fue al cuarto de baño. Su rostro en el espejo le llamó la atención: había perdido peso, y eso que ya era delgada de por sí. Tenía las mejillas hundidas y las clavículas le sobresalían. Últimamente, Robin le insistía en que tenía que comer bien, pero lo cierto es que cada día se parecía más a su madre.

Salió al pasillo y se topó con un vestido estampado de flores; margaritas, quizá. Al lado, en otra percha, había una bonita camisa de algodón y unos pantalones oscuros de vestir de la talla 4-5, todavía con las etiquetas de la tienda.

Bajó por las escaleras lentamente: todavía tenía que acostumbrarse a los ruidos de la vieja casa. Se detuvo en el umbral de la cocina y miró a Hal. Zapatos lustrados, corbata, camisa con el cuello almidonado... Ella estaba segura de no haber hecho el menor ruido, pero el anciano se volvió al momento.

—Te he dejado un vestido en la puerta: los domingos toca ir a la iglesia de Canyon View. No podemos faltar.

—No hables por mi hermano y por mí.

—A los niños les gusta ir a la iglesia. Al final del servicio les dan pastel. Ayer se lo comenté a Robin y le encantó la idea.

Robin: un pequeño Judas. Por una porción de pastel era capaz de todo.

—Ve tú a la iglesia, nosotros nos quedamos.

—No puedo dejaros solos.

—Bien que lo hiciste durante trece años seguidos.

Hal encajó el golpe en silencio.

—Ni siquiera has comprado la talla correcta: Robin gasta una seis y has comprado una cuatro-cinco. Ni siquiera sabes cuántos años tiene tu nieto.

Hal tragó saliva.

—Lo siento.

Duchess se acercó y se sirvió café.

—En fin, ¿qué te hace pensar que Dios existe?

Hal señaló la ventana. Ella se volvió y miró hacia fuera.

—Yo no veo nada.

—Sí que lo ves, Duchess: lo ves perfectamente.

—Pues no.

Hal levantó la mirada, tenso, como si estuviera preparado para oír lo que Duchess iba a decirle.

—Lo que veo es el cascarón de un hombre que se las ha arreglado para echar su vida a la basura, que no tiene ni amigos ni familia y que se morirá un día cualquiera sin que a nadie le importe una mierda. —Sonrió con aire inocente—. Lo más seguro es que caiga muerto en el campo, en esa puta tierra suya tan especial, pintada con los colores de Dios. Y luego se quedará allí tirado hasta que la piel se le ponga verde, hasta que una camioneta pase cerca y el conductor vea cien cuervos arremolinados sobre el trigo. A esas alturas los pájaros lo habrán hecho picadillo, y tampoco importará mucho porque lo meterán bajo tierra en un plis plas, teniendo en cuenta que no habrá nadie que lo llore.

Advirtió que a Hal le temblaba la mano al coger la taza de café. Tenía ganas de seguir explayándose, de hablar de su tía, quizá: su tía preciosa y adorada de cuya tumba nadie estaba dispuesto a ocuparse; Star porque no tenía fuerzas para hacerlo, Hal porque ni siquiera aparecía por ahí. De no haber sido por ella y por su costumbre de pasear por la ladera y recoger flores silvestres, Sissy se hubiera podrido a solas. Pero en ese momento levantó la vista y reparó en que su hermano estaba en la puerta.

Robin se encaramó a la silla situada frente a Hal.

—He soñado con pasteles.

Hal se quedó mirando a Duchess.

—Vendrás a la iglesia, ¿verdad? —dijo Robin con cara de súplica—. Por favor, por favor... no hace falta que vayas por Dios, hazlo por el pastel.

Duchess subió por las escaleras, cogió el vestido colgado en la puerta del dormitorio, fue al cuarto de baño y abrió el armarito. Revolvió entre las cajas de tiritas, el jabón y el champú, hasta encontrar unas tijeras... y puso manos a la obra.

Recortó los bajos del vestido hasta que las margaritas no le llegaron más que a la mitad de los pálidos muslos (tenía las rodillas despellejadas y un montón de arañazos en las piernas). Un par de tajos bastaron para dejar la espalda y parte del estómago al descubierto. De haber tenido un pecho merecedor de tal nombre, se habría recortado un escote. Terminada la operación procedió a revolverse todo lo que pudo el pelo. Luego volvió a la habitación, se quitó las sandalias de una patada y cogió las viejas zapatillas de debajo de la cama.

Cuando bajó, Hal y Robin ya estaban fuera. Ambos habían lavado el todoterreno la víspera: lo habían enjabonado bajo el sol poniente, restregando la carrocería con una badana mojada.

—Ay, Dios —dijo Robin al verla.

Hal dio un respingo, la miró de arriba abajo, comprendió y se subió al vehículo.

Pasaron junto a otro rancho, por cuyos terrenos discurría una hilera de torres de alta tensión —en su día pintadas de blanco, hoy rojizas por el óxido— que lanzaban un zumbido sordo y constante, afortunadamente disimulado por el ruido del motor. Al este, una ancha tubería emergía de la tierra como un gusano que asoma al llegar las primeras lluvias del año; se extendía quinientos metros más allá hasta enterrarse de nuevo.

Al cabo de diez minutos pasaron junto a un rótulo solitario: MONTANA, UN ESTADO LLENO DE TESOROS.

—¿Ahí ponía «tesoros»?

Duchess palmeó la rodilla de su hermano. Todas las noches leían juntos un cuento durante diez minutos. Robin era un niño listo, mucho más que ella y que Star. Le preocupaba que no saliera adelante, que todo lo que había vivido pudiera frenarlo como unas lianas enroscadas en los tobillos.

—Por aquí hay un montón de minerales. —Hal se volvió un segundo y miró a Robin arqueando las cejas—. Entre ellos oro y plata.

Robin intentó emitir un silbido pero, igual que siempre, no lo consiguió.

Al oeste se extendía el condado de Flathead, tan distante que Duchess no acertó a divisar ningún bisonte. Sí que vio las praderas interminables por las que deambulaban centenares de reses, o eso le pareció.

—Y además, el agua que fluye por el resto del país tiene su origen aquí.

Robin se sorprendió, pero renunció a silbar.

Tomaron una curva y un letrero les indicó que se encontraban ante la iglesia baptista de Canyon View, «la vista del cañón». Sin embargo, a Duchess le pareció que allí no había otra vista que el mismo territorio marrón e interminable de siempre.

La iglesia de madera, de estilo autóctono, estaba pintada de blanco; entre las dos aguas del techo se alzaba la torre del campanario, tan baja que habría sido fácil acertarle con una buena pedrada.

—¿Cómo te las arreglaste para encontrar una iglesia tan horrenda?

El pequeño aparcamiento albergaba unos cuantos coches y camionetas. Duchess bajó a la tierra bañada por el sol y miró alrededor. Unas turbinas eólicas se extendían setenta kilómetros en lontananza, girando sin cesar.

Una anciana se acercó caminando con dificultad, pero sonriendo de oreja a oreja. Su arrugada piel estaba moteada de manchas y lunares, como si su cuerpo estuviera respondiendo ya a la llamada de la sepultura, pero su mente fuese demasiado obstinada para renunciar a la vida.

—Buenos días, Agnes —la saludó Hal—. Te presento a Duchess y a Robin.

Agnes les tendió una mano esquelética, que Robin estrechó con sumo cuidado, como si temiera que pudiera soltarse del brazo y luego se viera obligado a arreglar el desaguisado.

—Huy, qué vestido tan bonito —elogió la anciana.

—Es un harapo, en realidad, y creo que me viene un poco corto, pero Hal dice que al sacerdote seguro que le gustará.

Agnes se las arregló para que la confusión no le borrara del todo la sonrisa en el rostro.

Duchess condujo a Robin hacia la iglesia. A un lado de la puerta había un grupo de niños repeinados y sonrientes.

—¿Puedo ir con ellos?

—Me dan mala espina. Igual tratan de robarte el alma —opinó Duchess.

Robin levantó la vista para ver si su hermana estaba sonriendo, pero Duchess tenía una expresión seria.

—¿Y cómo lo harían?

—Confundiéndote con ideas sin pies ni cabeza.

Atusó los cabellos del pequeño y lo empujó hacia los otros. Sorprendido, Robin se volvió hacia ella. Duchess asintió con la cabeza.

—Tu hermana lleva un vestido horroroso —dijo una niña pequeña.

Duchess se acercó y los chavales la miraron con detenimiento, sólo la pequeña había vuelto la cara y saludaba con la mano a una voluminosa mujer maquillada con sombra de ojos violeta.

—¿Esa señora es tu mamá? —preguntó Duchess preparándose para soltar una pulla.

La niñita asintió con la cabeza.

Robin miró a su hermana con ojos suplicantes.

—Tenemos que entrar en la iglesia —dijo ella mordiéndose la lengua.

Robin suspiró aliviado.

Tomaron asiento en el último banco.

Dolly entró contoneándose con sus tacones altos y su olor a perfume. Reconoció a Duchess y le guiñó un ojo.

Sentado entre su hermana y Hal, Robin se volvió hacia su abuelo y se puso a hacerle preguntas sobre Dios, unas preguntas a las que nadie del mundo de los vivos podía responder.

El pastor tomó la palabra y les habló de lugares remotos, de la guerra y del hambre, de la falta de bondad en el mundo. Duchess no prestó atención hasta que oyó mencionar la muerte y el nuevo comienzo: el momento álgido de un plan tan misterioso que haríamos bien en no tratar de entenderlo o cuestionarlo. Miró a Robin, cuya expresión embelesada le indicó en qué estaba pensando.

Cuando agacharon la cabeza para rezar, el rostro de Star acudió a su mente con tanta claridad y una expresión de placidez tal que le entraron ganas de llorar. Notó que las lágrimas anegaban sus ojos y apretó los párpados con fuerza, y cuando el viejo pastor volvió a hablar, siguió con la cabeza gacha, insistiendo en aferrarse a aquella última imagen de la que no quería desprenderse.

Notó una mano en el hombro que se esforzaba en brindarle consuelo justo cuando menos lo necesitaba.

—Vete a la mierda —murmuró—. ¡Que os den por saco a todos!

Se levantó y salió de la iglesia corriendo y en un santiamén se encontró muy lejos. Cayó al suelo sin oír apenas los gritos escandalizados procedentes de la iglesia.

Se sentó entre las altas hierbas e intentó sosegar la respiración. No advirtió la llegada de Dolly hasta que ésta tomó asiento a su lado.

—Me gusta tu vestido.

Duchess arrancó un manojo de hierba y lo tiró a la brisa.

—No voy a preguntarte si estás bien.

—Mejor que no lo hagas.

Duchess la contempló un instante. Llevaba los labios pintados, tenía los ojos grises y el pelo rizado. Iba vestida con una falda color crema y una blusa escotada azul marino, llevaba un pañuelo de seda al cuello. Era una mujer hecha y derecha, y Duchess se sintió más niña que nunca.

—Enseñas mucha teta para estar una iglesia.

—Si me quito el sujetador, los echo a todos pasillo abajo.

Duchess no le rió el chiste.

—Ahí dentro no dicen más que idioteces.

Dolly prendió un cigarrillo y el olor del humo sustituyó durante un segundo el de su perfume.

—Yo te entiendo, Duchess.

—¿Y qué entiendes, si se puede saber?

—Yo antes también estaba llena de odio. —El cigarrillo tembló ligeramente bajo la brisa.

Duchess arrancó otro puñado de hierbas.

—Tú a mí no me conoces de nada.

—Todavía eres muy joven; yo no entendí lo que me pasaba hasta que me hice mayor.

—¿Entendiste el qué?

—Que no era la única en el mundo.

Duchess se puso en pie de un salto.

—Ya sé que no soy la única en el mundo: tengo a mi hermano. Y no me hace falta nadie más, ni Hal, ni tú ni Dios.

Situada a treinta kilómetros al interior desde Cape Haven, Bitterwater era un conjunto de construcciones de hormigón y acero erigidas sin orden ni concierto: un ejemplo de planificación urbana negligente. En todo caso, los escaparates de tiendas y negocios estaban empapelados con carteles que anunciaban bares, actuaciones musicales, copas a buen precio...

Walk pasó delante de varias fábricas, almacenes con contenedores apilados y enormes tiendas de materiales de construcción hasta encontrar el lugar que andaba buscando: el bufete de Martha May, ubicado en un minúsculo centro comercial de las afueras, entre una tintorería y un garito de comida mexicana con una oferta de tacos a ochenta y nueve céntimos.

Aparcó el coche patrulla y caminó por el estacionamiento.

Clínica Dental Bitterwater, Material Electrónico Spirit, Heladería Red Dairy, un salón de belleza donde una mujer asiática con una mascarilla cubriéndole boca y nariz le pintaba las uñas a una madre de aspecto cansado que mecía el cochecito del bebé con el pie.

El cielo iba poniéndose cada vez más gris. Se plantó en la puerta de May. A un lado, el neón parpadeaba anunciando: TACOS. Empujó la puerta y entró. Encontró el vestíbulo atiborrado de gente, sobre todo mujeres con niños. Sus miradas reflejaban historias parecidamente tristes. Detrás del mostrador había una secretaria próxima a los setenta años con el pelo teñido de azul y gafas de montura rosa. Sostenía el auricular del teléfono entre la oreja y el hombro al tiempo que mascaba chicle, tecleaba en el ordenador y le guiñaba el ojo a una niñita que parecía empeñada en derrumbar el edificio a gritos.

Walk salió por donde había entrado.

Estuvo sentado en el coche hasta las seis, contando las personas que salían a la calle. Por fin vio salir a la secretaria: subió a un Ford Bronco oxidado y tardó un minuto de reloj en arrancar el motor. Una vez se hubo perdido de vista, él volvió a cruzar el aparcamiento. En el garito mexicano empezaba a haber ambiente: unos oficinistas exhaustos bebían cervezas a sorbitos junto a la ventana.

Trató de entrar, pero la puerta estaba cerrada. Llamó con los nudillos un par de veces y oyó una voz familiar al otro lado del cristal esmerilado.

—Está cerrado, lo siento. Vuelva mañana.

—Martha, soy Walk.

Transcurrido un minuto oyó que se abría la cerradura. Martha May apareció en el umbral.

Se miraron un segundo en silencio. May, de facciones delicadas y cabello castaño, iba vestida con un conjunto gris decididamente formal. Walk disimuló una sonrisa al ver que llevaba zapatillas Converse.

Tuvo el impulso de darle un abrazo, pero ella se apartó, sin sonreír. Lo condujo hasta su despacho, que resultó ser más elegante de lo esperado: libros de derecho de pared a pared, escritorio de madera de roble, una planta en una maceta. Ella tomó asiento tras el escritorio y lo invitó a hacer lo mismo con una seña.

—Ha pasado mucho tiempo.

—Y que lo digas.

—Te ofrecería un café, pero estoy lo que se dice reventada.

—Me alegro de volver a verte, Martha.

Una sonrisa, por fin: una sonrisa que hizo la acostumbrada mella en él.

—Siento muchísimo lo de Star. Tenía previsto ir al entierro, pero coincidió con una vista que no pude aplazar.

—Recibimos las flores.

—Esos dos pobres niños, por Dios...

En el escritorio había varias carpetas apiladas cuidadosamente, pero el montón era altísimo. Hablaron unos minutos sobre

Star, sobre lo traumático de su muerte, sobre la forma en que Boyd se había hecho cargo del asunto. Walk le dio a entender que él también estaba llevando el caso. Había algo forzado en la conversación, como ocurre siempre que dos personas que se vieron desnudas en el pasado vuelven a encontrarse.

—¿Y Vincent?

—Él no fue quien lo hizo.

Martha fue a la ventana y contempló la autovía situada tras el edificio. Walk oyó el rumor de los coches, algún bocinazo, el rugido de una motocicleta...

—Las cosas te han ido bien, Martha.

Ella ladeó la cabeza.

—Mira por dónde me sales ahora. En todo caso, gracias, Walk: tu aprobación significa mucho para mí.

—No quería decir...

—Estoy demasiado agotada para charlas intrascendentes, ¿qué tal si me dices de una vez lo que quieres?

Notó la boca reseca: lo último que quería era pedir la clase de favor que no tenía forma de devolver.

—Vincent quiere que lo defiendas.

Martha abrió mucho los ojos.

—¿Yo?

—Sé que suena raro, pero quiere que seas su abogada.

A ella se le escapó la risa.

—¿Sabes lo que estás pidiéndome, Walk? Lo pregunto porque, la verdad, no pareces tener ni idea. —Respiró hondo y procuró calmarse.

En la pared había un diploma de la Universidad del Suroeste, así como un tablero de corcho con tarjetas y fotos de mujeres sonrientes con sus hijos.

—El derecho criminal no es mi especialidad.

—Lo sé, y se lo dije.

—Pues mi respuesta es no.

—Muy bien, yo ya he cumplido.

Ella sonrió de pronto.

—Sigues siendo el recadero de Vincent King.

—Haré lo que sea para impedir que maten a un inocente.

—¿Piden la pena de muerte?

—Sí.

Martha se dejó caer en el asiento y puso las zapatillas encima del escritorio.

—Puedo recomendarle a alguien.

—Y yo también; de hecho lo he intentado ya.

Martha metió la mano en un cuenco y pescó un M&M.

—¿Y por qué demonios quiere que sea yo quien lleve su caso?

—Se ha tirado treinta años a la sombra y tú y yo somos los únicos que le quedamos.

—Yo ni siquiera lo conozco, ni siquiera a ti te conozco a estas alturas, Walk.

—No he cambiado tanto.

—Eso es justo lo que me temía.

Walk soltó una risa.

—¿Te apetece que salgamos a cenar algo? —Lo dijo en un susurro y las mejillas se le encendieron—. Si tienes ochenta y nueve centavos, sé de una cantina mexicana estupenda.

—¿Puedo decirte una cosa, Walk?

—Faltaría más.

—Mi trabajo me ha costado dejar Cape Haven atrás, y no tengo intención de volver.

Por toda respuesta, Walk se levantó, sonrió y se marchó por la puerta.

# 15

Walk contempló el lento despertar de la calle Mayor.

Milton estaba manchado de sangre, cortando carne con artística pericia: falda, entrecot, solomillo. Walk compraba los filetes en su carnicería a un precio con el que los veraneantes no podían ni soñar.

Acababa de hablar con Hal por teléfono: lo llamaba una vez por semana para enterarse de cómo iban las cosas y preguntarle en especial por Robin, que era el único que posiblemente había oído alguna cosa aquella noche. Hal le había contado que había encontrado una psicóloga que visitaba en su propia casa, a unos treinta kilómetros del rancho. Ambos se cuidaban mucho de no mencionar nombres de personas ni de lugares.

—¿Quieres un café? —le preguntó Leah desde el umbral.

Walk negó con la cabeza.

—¿Estás bien, Leah?

—Cansada, nada más.

Algunos días llegaba con los ojos enrojecidos y los párpados hinchados: saltaba a la vista que había estado llorando. Walk se figuraba que era por culpa de Ed, quien nunca dejaba de echar el ojo a otras mujeres. No cabía duda de que los hombres estaban mal programados de nacimiento, de que eran unos putos imbéciles.

—Necesito revisar cuanto antes los informes de la gente del despacho del fondo.

Lo había estado engañando durante años, un cambio de sistema, nuevas formas. No era ningún secreto que a Walk le gustaban las cosas tal como eran. Cada vez que se presentaba una solicitud para derribar una casa vieja y reemplazarla, él salía con alguna objeción.

Boyd y sus agentes se habían marchado dejando una estela de envoltorios de hamburguesas y vasos de papel, y la promesa de mantenerlo informado.

—Antes quiero preguntarte una cosa, Walk. ¿Te parece que podría hacer unos cuantos turnos extra? Ya sé que hago mis horas todos los días, pero pensaba que a lo mejor te iría bien que me quedara un rato más por las tardes.

—¿Pasa algo, Leah?

—Ya sabes: el mayor se marcha a la universidad dentro de nada y el pequeño quiere que le compre un nuevo videojuego.

—Claro. Yo lo arreglo, no te preocupes.

El presupuesto que tenían era limitado, pero Walk acostumbraba a estirarlo como un chicle en consideración a Leah. Ed, su marido, era el dueño de Tallow Construction, donde ella se había pasado años trabajando como administrativa a tiempo parcial, pero últimamente el mercado inmobiliario había cambiado mucho. Probablemente les estuviera yendo mal, aunque él sospechaba que había más: Leah pasaba cada vez más tiempo en la comisaría, en la playa, donde fuese, menos en casa con su esposo.

Leah le llevó los informes, el atestado —al abrirlo sobre la mesa, sintió como si Star lo mirara—, el expediente de Vincent. Se había pasado la noche anterior recordando los hechos acaecidos treinta años atrás, así que leyó primero las transcripciones de los interrogatorios en el caso de la muerte de Sissy Radley. Después, siguió con los de la riña carcelaria que había desembocado en la muerte de un tal Baxter Logan, condenado a cadena perpetua por el secuestro y asesinato de una joven agente inmobiliaria llamada Annie Clavers; un tipo que nadie en el mundo echaría en falta. Mientras leía, la voz de Vincent resonó con nitidez en su mente:

«Yo lo hice, sí. Fuimos el uno a por el otro y yo le solté un leñazo que lo hizo caer en redondo. No recuerdo más detalles, sólo que ya no volvió a levantarse. ¿Qué más quiere que le diga, Cuddy? Más bien dígame dónde tengo que firmar y yo firmo lo que sea.»

Tres páginas después, Cuddy recapitulaba y trataba de reconducir la declaración de una forma sutil:

«¿Diría que golpeó a Logan en defensa propia? Es lo que se desprende de cuanto nos ha dicho hasta ahora...»

Pero Walk insistía:

«No fue en defensa propia, fue una bronca como tantas otras. No sé quién empezó y tampoco importa.»

El fiscal del estado había pedido veinte años más de cárcel por homicidio y el juez se los había concedido. Vincent no recurrió.

Walk echó mano al teléfono y llamó a Cuddy, quien respondió cinco minutos después.

—Estoy revisando el expediente de Vincent King.

Cuddy resopló como si estuviera resfriado.

—Pensaba que Boyd ya se había ocupado de eso.

—Puede que lo haya hecho, pero...

—¿Y bien?

—En el informe sobre la muerte de Baxter Logan faltan datos de la autopsia.

—Eso es lo único que tenemos, Walk, lo siento. Recuerdo que Logan se mató al golpearse la cabeza contra el suelo de piedra, pero fue hace veinticuatro años: los informes de entonces no eran tan detallados.

—¿Y cómo está Vincent?

Oyó que su corpulento interlocutor se arrellanaba en el asiento de cuero, que rechinó.

—No habla con nadie, ni siquiera conmigo.

—¿Se ha visto en las noticias?

La gente de la zona exigía al fiscal del distrito que presentara los cargos de una vez.

—No tiene tele.

Walk frunció el ceño.

—Yo creía que...

—No tiene porque no quiere, no porque yo no se la haya ofrecido un montón de veces.

—Y entonces, ¿cómo pasa el tiempo ahí encerrado?

Al otro lado del auricular se hizo un silencio.

—¿Cuddy?

—Ha pegado una foto de Sissy Radley en la pared, es lo único que hay en su celda.

Walk cerró los ojos mientras Cuddy le prometía que seguirían en contacto. Volvió al informe. La autopsia la había realizado un tal doctor David Yuto. Constaban su dirección y su número de teléfono. Lo llamó y le dejó un mensaje en el contestador. Habían transcurrido veinticuatro años, dudaba que el tal Yuto siguiera en activo y, si era el caso, ¿qué le preguntaría? Estaba haciendo lo posible por comportarse como un detective, por investigar un caso lo mejor posible. A pesar de la advertencia de Boyd, estaba empeñado en seguir adelante; eso sí, sin saber qué dirección seguir.

Valeria Reyes entró y se sentó frente a él sin decir palabra, limitándose a mirar por la ventana.

Él pasó una página y volvió a ver el rostro de Star, enmarcado por sus cabellos. Parecía como si le estuviera pidiendo ayuda.

—Tienes que arreglar un poco este despacho —dijo Valeria mirando aquí y allá.

—Quiero hablar con Darke en persona.

—¿Ah, sí? ¿Crees que lo harás mejor que la policía estatal?

—A ver, yo conozco a Darke desde...

—Da lo mismo, Walk. Lo que pasa es que te has obsesionado con Vincent King, como si pensaras que sigue siendo el chico al que se llevaron del pueblo hace treinta años. Pero ese chico ya no existe: dejó de existir el día que entró en Fairmont por primera vez.

—Te equivocas.

—Hablo en serio, Walk. Sé que tú no has cambiado, pero todos los demás sí.

Walk volvió la cara hacia la ventana y vio azules y blancos brillantes, ventanas relucientes y banderas desvaídas.

—En fin, ¿qué has encontrado allí? —preguntó Valeria.

—Parece que entraron a robar: la casa estaba patas arriba.

—Pero no faltaba nada: todo indica que se trató de una pelea que se salió de madre.

—Milton miente.

—¿Y qué motivo tiene para mentir?

—Supongamos por un momento que entraron a robar. Es posible que Star los sorprendiera con las manos en la masa y...
—conjeturó él de manera atropellada.

—Supongamos, pero estás pasando por alto el pequeño detalle de que tú mismo encontraste a un hombre sentado en la cocina con la camisa manchada de sangre; un hombre que, además, había dejado sus huellas dactilares por todas partes... y que tenía un motivo para...

—De eso nada —replicó él al punto.

—Ya, tus intuiciones son las que valen.

—Vincent se niega a decir palabra: no explica por qué fue a ver a Star, qué hora era, cómo consiguió entrar... Para colmo, él mismo fue quien nos llamó ¡desde el teléfono de la casa!

—Estaba fuera de sí, no sabía lo que hacía. Piensa en la pobre Star... ¿cuántas costillas le rompió? Tienes las fotos delante de las narices.

Volvió a mirarlas: morados, hinchazones, cicatrices. El agresor había actuado a conciencia, con un odio tan intenso que a Walk le costaba imaginárselo.

—Y el ojo hinchado...

—El tipo entra en la casa, no sabemos bien cómo, pues no hay indicios de allanamiento. Digamos que ella lo invita, pero luego algo pasa, él la golpea, le dispara y la mata. Después huye, se deshace del arma o la esconde, vuelve y nos llama, y después se sienta a esperarnos en una silla de la cocina. Y mientras tanto el crío está encerrado en su cuarto. Menos mal... puede que haya oído alguna cosa.

Se levantó y abrió la ventana: la mañana prometía ser perfecta. Nunca había aguantado más de dos horas sentado al escritorio.

—Tengo que hablar con Darke —repitió—. Tenía una historia con Star y es un tipo violento.

—Tiene una buena coartada.

—Por eso he hecho venir a Dee.

—Boyd dijo que te olvidaras del caso: no te metas en una investigación de la policía estatal.

Walk respiró hondo. Nada estaba claro, como no fuera el hecho de que él conocía a Vincent. Y conocía a Vincent King, daba igual lo que opinara Valeria. Treinta años no eran nada, joder: él seguía conociendo a su amigo.

—No estaría de más que te afeitaras, Walk.

—Y tú también, ya puestos.

Ella se echó a reír. En ese momento entró Leah y anunció que Dee Lane estaba esperando.

Walk salió al vestíbulo y la encontró junto al mostrador. La condujo a la salita del fondo. Con su mesita, sus cuatro sillas, el ancho jarrón rebosante de rosas blancas y las vistas a la calle Mayor, más parecía la pensión de la abuela que una sala para interrogatorios.

Dee tenía mejor aspecto que la última vez. Llevaba un vestido veraniego, el cabello bien arreglado y un ligero maquillaje, lo justo para suavizar sus facciones. Nada más verlo, le entregó una bolsa de papel.

—Un trozo de tarta de melocotón, sé que te encanta.

—Gracias.

Walk no tenía grabadora, cuaderno ni bolígrafo.

—Ya hablé con los policías estatales.

—Tan sólo quiero repasar un par de cosas. ¿Te apetece un café?

Dee dejó caer un poco los hombros.

—Gracias, Walk.

Él salió un momento y le pidió a Leah que lo preparase. Cuando volvió, Dee estaba de pie frente a la ventana.

—Cómo ha cambiado la calle Mayor —observó—. Hay tiendas nuevas por todas partes, caras nuevas allí donde mires. Y todo esto ha sucedido sin que apenas nos diéramos cuenta. ¿Sabes que han pedido otro permiso de obras para construir nuevas casas?

—Van a quedarse con las ganas.

Dee se dio la vuelta y volvió a sentarse. Cruzó las piernas.

—Crees que me he dejado convencer muy fácilmente por Darke.

—Sencillamente no entiendo que...

—Se presentó en mi casa con un ramo de flores, me pidió perdón y una cosa llevó a la otra.

—Cuéntame cómo empezó lo vuestro.

—Un día fue al banco para abrir una cuenta corriente. Me pareció... «guapo» no es la palabra, no en su caso. Hablaba poco, pero se notaba que era un hombre hecho y derecho, duro de pelar. No sé qué más decirte. Volvió unas cuantas veces y siempre se las arreglaba para que fuera yo quien lo atendiese. Un día lo invité a salir y aceptó. Es lo normal en estos casos, ¿no?

—Hace poco me aseguraste que él no tenía nada de normal.

—Estaba cabreada por lo de la casa: fue una especie de venganza. Quiero que sepas otra cosa.

—¿Qué?

—Que siempre se portó bien con mis hijas. Las cuidaba, las columpiaba en el jardín, ya sabes... Parecía que le gustaba estar con ellas. Una vez, al volver del trabajo, lo encontré viendo una peli de Walt Disney con Molly sentada en el regazo. No hay muchos que se lleven tan bien con los hijos de otro hombre.

Leah les trajo el café y se marchó. Cuando cogió la taza, a Walk le temblaba tanto la mano que volvió a dejarla en el platillo.

—¿Estás bien, Walk? Pareces cansado... y, si me lo permites, un afeitado no te vendría mal.

—Según declaraste, Darke estuvo contigo toda la noche, ¿no?

—Le pedí que se marchara pronto, antes de que las niñas se despertaran.

Walk se despatarró en el asiento, abrumado por la fatiga. Sentía los ojos resecos, le dolían los músculos...

—Ya sé que preferirías oír otra cosa, por Star y sobre todo por Vincent King, pero es la verdad. Darke... a veces se porta como un capullo, no te digo que no, pero no es la persona que piensas, o la que te gustaría que fuese.

—¿Y qué persona me gustaría que fuese?

—La que convertiría en inocente a Vincent King.


Una vez terminado el trabajo en el establo, Duchess entró en la cuadra, donde el olor a mierda era un poco menos fuerte. Había dos caballos, uno negro y otro gris, más pequeño. No tenían nombre, o al menos eso había dicho Hal cuando Robin se lo preguntó. Su hermano se quedó atónito.

—Pero si todos tenemos un nombre... —musitó.

A Duchess le tocaba retirar el estiércol y la paja húmeda todos los días y meterlo todo en bolsas. Luego iba a buscar una paca y esparcía la paja nueva con cuidado de que no cayera en las áreas mojadas, que había que dejar secar. Les ponía agua a los caballos (a los que daba de comer dos veces al día exactamente a la misma hora para que no les dieran cólicos, sobre todo a la yegua gris), los llevaba a las caballerizas y cerraba las puertas de madera. A veces se quedaba mirándolos agitarse y patear como si ya supieran que iba a amarrarlos. Le gustaban los caballos, como a todos los forajidos.

Oyó un disparo y se sobresaltó tanto que cayó de rodillas. Vio al alce levantar una pata e inclinar la cabeza, pero terminó huyendo con el resto de los suyos, tan rápido que para cuando Duchess se levantó ya no había ninguno.

Corrió a la casa con el corazón desbocado, pensando que podía tratarse de Darke.

Se tranquilizó un poco al ver que Hal estaba en el porche, pero la angustia no desapareció de su cara.

—Tu hermano está arriba, metido en el armario.

Corrió escaleras arriba y entró en la habitación. Robin estaba en el armario, sentado en el suelo y tapándose la cabeza con una manta.

—Robin.

No le puso la mano en el hombro ni lo abrazó, se metió debajo de la manta con él.

—Robin... —susurró—. Todo está bien, no pasa nada.

—Acabo de oírlo. —Lo dijo en voz tan queda que Duchess acercó la oreja.

—¿Qué es lo que has oído?

—El disparo, igual que el de la otra vez.


Aquella tarde, Hal los llevó al granero y les pidió que lo esperaran a la puerta. Un momento después Duchess se acercó al portón entreabierto, escudriñó el interior y lo vio levantar una estera del suelo.

—El abuelo ha dicho que lo esperemos aquí fuera.

Duchess hizo una seña instándolo a guardar silencio.

Hal levantó una trampilla y bajó a algún sitio. Al poco tiempo reapareció con una pistola en una mano y una cajita de latón en la otra.

Duchess volvió junto a su hermano.

—Es una Springfield 1911: un arma ligera y precisa. Todo granjero debe tener una pistola. Ese disparo que habéis oído antes era de unos cazadores. Es importante que os vayáis acostumbrando, no quiero que os asustéis cada vez.

Hincó una rodilla en el suelo y les tendió la pistola. Robin dio un paso atrás y se escondió detrás de su hermana.

—Está descargada y tiene el seguro puesto.

Al cabo de un momento, Duchess se acercó y la empuñó. Estaba más fría de lo que hubiera imaginado y, aunque Hal había asegurado que era ligera, pesaba lo suyo.

La estudió con atención mientras Robin se decidía a acercarse. Al final lo hizo y tocó la culata con el dedo.

—¿Quieres probar a disparar, Duchess? —propuso Hal.

Ella contempló el arma pensando en su madre, en el boquete de su pecho, en Vincent King.

—Sí.

Salieron al campo, donde las plantas sólo le llegaban al tobillo a Duchess, y fueron hasta el primero de los cedros, que hacían pensar en altísimas escaleras que ascendían al cielo.

En un tronco más grueso que ellos tres juntos había una serie de marcas y hoyuelos. Duchess miró alrededor y vio montones de hojas muertas cubriendo la tierra, ramas caídas verdes por el musgo, charcas que reflejaban las copas en lo alto.

Hal los hizo retroceder cincuenta pasos, sacó cuatro balas de la cajita y las puso en el cargador procurando que vieran bien cómo lo hacía. Luego les enseñó a quitar y poner el seguro, a empuñar el arma correctamente con ambas manos, a utilizar la mirilla para apuntar, a respirar de forma acompasada y tranquila. A continuación, les entregó unas orejeras de protección a cada uno.

Al primer disparo de Hal, Robin se sobresaltó tanto que Duchess se acercó y le puso una mano en el hombro. Lo mismo pasó en el segundo disparo, pero no tanto en el tercero y el cuarto.

Llegó el turno de Duchess, quien procedió a cargar la pistola siguiendo las indicaciones de Hal. Manipuló las balas con mucho cuidado, tal y como él le decía, pero no por ello dejó de acelerársele el corazón. Los recuerdos se sucedían, transportándola al pasado: las luces de las patrullas, la furgoneta de los informativos, los agentes, los cordones policiales, Walk, su hermano...

No acertó uno solo de sus seis primeros disparos: no sujetaba el arma firmemente, no apoyaba bien los pies en tierra, pero al menos Robin parecía cada vez menos asustado.

Cargó la pistola otra vez. Hal la vigilaba de cerca, aunque dejando que se las arreglase sola. Los recuerdos se esfumaron: ya no oía otra cosa que los sordos ruidos del bosque.

Por fin acertó en el árbol, haciendo saltar astillas.

Y acertó los dos siguientes disparos, entre el júbilo y los aplausos de su hermano.

—Tienes buena puntería —comentó Hal satisfecho.

Duchess apartó la cara para disimular su leve sonrisa.

Siguió disparando, agotando las balas de la caja, hasta conseguir acertar una y otra vez en el centro del tronco. Hal entonces la hizo retroceder veinte pasos, y ella volvió a empezar por el principio. Aprendió a disparar con una rodilla en el suelo, luego echada boca abajo, evitando siempre dejarse llevar por la emoción o la adrenalina: los rasgos humanos que dan al traste con la precisión.

Volvieron andando y, cuando estuvieron cerca de la casa, Robin echó a correr para ver cómo estaban sus gallinas. Por las mañanas recogía los huevos: era su único trabajo y no podía estar más contento con él.

Duchess contempló las tierras de su abuelo. El sol estaba descendiendo, todavía no lo bastante para dividir los colores, pero el calor empezaba a atenuarse. El verano exhalaba sus últimos suspiros y Hal le había dicho que el otoño era espectacular.

La yegua gris se acercó y Duchess la acarició con cariño.

—A mí no me saluda —dijo Hal—: le gustas, y no hay mucha gente que le guste.

Duchess no respondió: no quería iniciar una conversación, poner en riesgo aquel fuego interior que la empujaba a seguir adelante un día tras otro.

Aquella noche, mientras cenaba a solas en el porche, oyó a Hal reír a carcajadas por algo que Robin acababa de decir. El estómago se le contrajo: se estaba formando un vínculo entre ellos.

En momentos como ése le volvía a la cabeza todo lo que habían sufrido en Cape Haven. Y el viejo se reía, después de todo lo que ellos habían tenido que pasar.

Entró a hurtadillas en la cocina, abrió un armario y cogió la botella de Jim Beam que estaba en el estante superior.

Fue con ella a orillas del pequeño lago, desenroscó el tapón y bebió. Sintió el fuego en la garganta, pero ni siquiera pestañeó. Pensó en Vincent King, bebió otro trago, se acordó de Darke, otro trago más. Continuó bebiendo hasta que el dolor se atenuó, hasta que sus músculos dejaron de estar agarrotados y el mundo comenzó a dar vueltas. Los problemas fueron esfumándose, los contornos se tornaron menos precisos. Tumbada de espaldas, cerró los ojos sintiendo la presencia de su madre.

Al cabo de una hora se puso a vomitar.

Al cabo de dos, Hal finalmente dio con ella.

Duchess vio sus ojos, aquellos acuosos ojos azules, como entre una nebulosa cuando él la tomó en brazos con cuidado.

—Te odio —le espetó ella en un susurro.

Hal la besó en la frente mientras ella apretaba la mejilla contra su pecho y dejaba que la oscuridad la engullera.

# 16

En el supuesto de que las viviendas tuvieran alma, la de la casa de Star era tan negra como una noche de diciembre. Walk había imaginado que Darke pasaría a la acción tan pronto como quedara formalmente desocupada, que la arreglaría un poco con la idea de alquilarla o la demolería para construir una nueva. Pero allí seguía, intacta, con una plancha de contrachapado a modo de puerta, una ventana rota cubierta con tablones y las hierbas del jardín crecidas y amarillentas.

—Sé que la echas de menos, Walk. Yo también, a ella y a los niños. —A Walk no le hizo falta darse la vuelta, con el olor a sangre bastaba y sobraba—. ¿Se sabe algo más de Vincent King? Es raro que todavía no hayan presentado la acusación formal: los periódicos pronostican que quedará claro que es culpable y lo condenarán a muerte.

Walk se puso tenso: lo último que había sabido era que el fiscal del distrito le había pedido a Boyd que volvieran a buscar el arma del crimen. Al fin y al cabo, Vincent estaba en prisión por haber quebrantado los términos de la libertad condicional. No había por qué apresurarse: el tiempo jugaba a favor de la fiscalía.

—Por cierto, la barba te sienta bien. La tienes bastante espesa. Igual me dejo barba yo también. Tendría su gracia que los dos llevásemos barba, ¿a que sí, Walk?

—Claro que sí, Milton.

El carnicero llevaba pantalones de chándal y una camiseta de tirantes que dejaba a la vista el pelo hirsuto que le descendía desde los hombros hasta las manos.

—Esto que ha pasado aquí... te mete el miedo en el cuerpo, ¿eh? ¡Sangre por todas partes! No pasa nada cuando se trata de un animal, pese a lo que puedan afirmar los veganos, que de todos modos comen carne blanca si se las cortas bien fina...

Walk se rascó la cabeza.

—Pero cuando pienso en la pobre Star allí tirada... —Se sujetó el estómago con las manos—. En todo caso, tú no te preocupes, que no le quito el ojo a la casa. Si veo que entran chavales o quien sea te llamo de inmediato: código diez cincuenta y cuatro, ¿no es cierto?

—Eso significa «Animales sueltos en la carretera».

Milton se dio la vuelta y volvió sobre sus pasos arrastrando los pies, seguido por su característico olor.

Walk se encaminó a la casa de Brandon Rock y llamó con los nudillos a la puerta del garaje, que se abrió revelando un interior profusamente iluminado. Una canción de Van Halen sonaba a todo volumen, olía a sudor y a colonia. Brandon llevaba pantalones de licra y una camiseta ceñida que subrayaba los músculos. La parte inferior estaba recortada de modo que le dejaba el ombligo al aire.

—¿Qué hay, Walk? Algo me dice que acabas de hablar con esa especie de abominable hombre de las nieves, ¿me equivoco?

—¿Ya has conseguido arreglar el motor del coche?

—¿El yeti te ha venido con sus quejas y lloriqueos de siempre? Se me ocurrió pedir un pequeño permiso de obras porque tengo la idea de abrir la parte posterior del garaje y construir un dojo de kárate, y adivina quién interpuso una denuncia. —Abrió una botella de agua y se echó por la cabeza la mitad del contenido—. Mejor me refresco un poco, me lo he ganado.

—Repara el coche de una vez, Brandon.

—¿Te acuerdas del colegio, Walk? Durante un tiempo estuve saliendo con Julia Martin y ella me contó que Milton acostumbraba a seguirla hasta su casa. El tío le daba asco, asco y miedo.

—De eso hace treinta años.

Brandon salió al umbral y contempló la antigua vivienda de los Radley.

—Ojalá hubiera estado en casa esa noche, a lo mejor hubiera podido hacer algo, vete tú a saber.

Walk había leído la transcripción de su declaración, sumamente breve. Los investigadores habían hablado con todos los vecinos.

—Entonces, tú esa noche estabas fuera.

—Como le dije a la agente de la policía estatal, Ed Tallow me pidió que lo acompañara a cenar con unos clientes que tienen proyectado construir en las afueras. ¿Estás al corriente de eso? Son japoneses, y ya sabes que a los japoneses les va la fiesta.

—Claro.

Brandon flexionó el brazo derecho.

—Tengo que mantenerlo fuerte —explicó—. Cuando me operen de la rodilla, empezaré a ensayar lanzamientos otra vez.

Walk se abstuvo de hacer comentarios.

Brandon le dio un puñetazo flojito en el brazo, volvió a meterse en el garaje y cerró la puerta. La luz se extinguió de golpe y el ruido que llegaba del interior quedó amortiguado.

Walk entró en el patio delantero de Star intentando ahuyentar el recuerdo de lo sucedido aquella noche. Notó que el cuerpo le temblaba, lo que achacó a los nefastos recuerdos y a nada más.

Caminó por un lado de la casa y abrió la verja lateral, que nadie en Cape Haven cerraba nunca, y se detuvo en seco al oír un ruido procedente del interior. Se apretó contra la pared, miró por la ventana y vio la luz de una linterna.

Fue al porche y empuñó la pistola con intención de entrar.

Dio un paso atrás: el recién aparecido lo contemplaba desde las alturas.

—Joder, Darke. Me has asustado.

Walk enfundó el arma y Darke se sentó en el banco del porche.

Walk tomó asiento a su lado sin aguardar a que lo invitara.

—¿Se puede saber qué haces aquí?

—Es mi casa.

—Ya lo sé.

Walk estaba más que acostumbrado al calor, pero no por ello dejó de enjugarse el sudor de la frente.

—Tengo entendido que la policía estatal te hizo algunas preguntas. He leído el informe, pero tenía ganas de hablar contigo en persona. Acabas de ahorrarme la molestia de llamarte.

—¿Y los niños? ¿Cómo están?

—Están... —Walk trató de dar con la palabra adecuada.

—Me habría gustado hablar con la chica.

Walk se lo quedó mirando. De pronto sentía el cuerpo tenso.

—¿Por qué?

—Para decirle que lo siento.

—¿Que sientes qué exactamente?

—Ha perdido a su madre. Por suerte es muy dura de pelar, ¿no? —Dickie Darke hablaba despacio, como si escogiera cada palabra con sumo cuidado.

Un rayo de luna los iluminó a través de los árboles.

—¿Adónde han ido?

—Lejos de aquí.

Las gigantescas manos reposaban sobre los gigantescos muslos. Walk se preguntó qué se sentiría al ser así: la turba se abría a su paso, la gente lo miraba.

—Háblame de ella.

—¿De Duchess?

Darke asintió con la cabeza.

—Tiene trece años, ¿verdad?

Walk se aclaró la garganta.

—Durante los últimos años hemos recibido alguna que otra llamada avisando de que un coche negro llevaba largo rato aparcado junto la valla de la escuela, pero nadie tomó la matrícula.

—Yo tengo un coche negro, jefe Walker.

—Ya lo sé. ¿Alguna vez te has parado a pensar en las cosas que has hecho?

—Claro.

—¿Y en las que seguramente tendrás que hacer?

—No sé si te entiendo bien. —Darke levantó la vista hacia la luna.

—Corren rumores sobre ti, Dickie.

—Me lo imagino.

—Hay gente que dice que eres un hombre violento.

—Y lo soy: puedes confirmárselo a todos de mi parte.

Walk notó la garganta reseca. El coloso seguía con la vista perdida en el cielo.

—A veces te veo en la iglesia, Walk —comentó.

—Pues yo a ti no te he visto nunca.

—Porque no entro. ¿Qué pides cuando rezas?

Walk llevó la mano a la pistola.

—Un final adecuado y justo.

—La esperanza y la religión no tienen por qué ir juntas. Y la vida es frágil. A veces nos aferramos a ella con demasiada fuerza, aunque sepamos que la perderemos un día u otro. —Darke se levantó y su sombra enorme se proyectó sobre Walk.

—Si hablas con la muchacha, dile que he estado pensando en ella.

—Todavía tengo preguntas que hacerte.

—Se lo he contado todo a la policía estatal. Si necesitas saber algo más, ponte en contacto con mi abogado.

—¿Y Vincent? ¿Te has enterado de lo de su casa? Está pensando en venderla. ¿Sabes por qué ha cambiado de idea?

—No hay nada como una tragedia para aclarar las ideas. Estoy en conversaciones con el banco, voy a conseguir el dinero.

Se dio la vuelta y se fue. Walk se levantó, acercó el rostro a la ventana y echó mano a la linterna.

La cocina estaba poco menos que demolida: habían desmontado los paneles del techo y perforado boquetes en las paredes. No había duda de que Darke estaba buscando algo.


En Montana el verano se desangraba más rápido que en Cape Haven; al principio con un pequeño goteo, después a borbotones, con un diluvio de mañanas plomizas y crepúsculos melancólicos.

Duchess recibió una postal de Walk: una foto hecha desde la autovía de Cabrillo. En el reverso había una anotación hecha con mano tan poco firme que le costó leerla.

*Me acuerdo de los dos.*
WALK

La clavo en la pared de detrás de su cama.

Seguía sin hablarle apenas a Hal: le bastaba con murmurarle a la yegua gris. Con ella conversaba de todo aquello que usualmente evitaba siquiera pensar: de Darke y de Vincent, de la vez que tuvo que meterle los dedos a su madre en la boca para inducirle el vómito, de cuando ella y Robin estuvieron practicando la postura de recuperación junto al cerezo de Little Brook.

Algunas noches se sentaba en las escaleras y escuchaba a Hal hablar por teléfono con Walk: «Robin está adaptándose, los animales le encantan. Duerme y come bien. La psicóloga de la que te hablé dice que está mejorando. Va media hora cada semana y no se queja.» Luego, el péndulo se movía hacia el lado contrario: «En cuanto a Duchess... bueno... sigue aquí, Walk. Hace sus tareas. Hay días en que la pierdo de vista: cruza el campo de cebada y desaparece. La primera vez me asusté mucho: salí corriendo, subí al coche y luego de buscarla por todas partes la encontré de rodillas a un lado del campo del trigo, en una zona que en su día desbrocé con la idea de construir un granero que al final quedó en nada. Y Duchess estaba allí, de rodillas. Sólo la vi desde lejos, pero creo que estaba rezando.»

Ella se había asegurado de no volver a aquel sitio. Dio con otro mejor: un claro en medio de una tupida arboleda donde Hal no iba a encontrarla de ninguna de las maneras.

Pensaba en la noche en que su madre murió y le parecía que debía de haber estado en shock desde entonces, porque ahora el duelo la atenazaba y le robaba las fuerzas.

El dolor era tal que, a veces, en lo profundo del bosque, a media hora de la casa y de las mejillas sonrosadas de su hermano —que a esas alturas del día debía de estar ayudando a arar la tierra—, echaba la cabeza atrás y gritaba al cielo. Entonces, la yegua gris dejaba de pastar y levantaba la cabeza, estirando su cuello largo y hermoso, y Duchess le hacía una seña con la mano, instándola a seguir con lo suyo.

Por las noches, Robin y ella conversaban en la penumbra.

—Aquellos policías... —le dijo su hermano una vez.

—¿Qué pasa con ellos?

—Pensaron que estaba mintiéndoles.

—Los policías tienen esa forma de mirar, ya se sabe.

—Pero Walk no mira de esa forma.

Duchess no se lo discutió, aunque no se olvidaba de que Walk, por mucho que los hubiera visitado y ayudado, les hubiera llenado la nevera de comida y los hubiera invitado al cine, seguía siendo un policía.

—¿Cómo te ha ido con la psicóloga? —le preguntó ella, igual que todas las semanas.

—Es muy simpática. Siempre insiste en que la llame por su nombre: Clara. Tiene cuatro gatos y dos perros, imagínate.

—Debe de ser porque no ha encontrado al hombre que le conviene. ¿Le hablas de aquella noche?

—Pues no. No puedo... lo intento, pero no me acuerdo de nada. De nada de nada. Sólo recuerdo que estuviste leyéndome un cuento y que desperté en el coche de Walk.

Duchess se puso de lado apoyándose en un codo; Robin estaba boca arriba, un brazo detrás de la cabeza.

—Si alguna vez te acuerdas de algo, me lo cuentas antes que a nadie, ¿eh? Ya decidiré lo que haremos. No te puedes fiar de los policías, ni de Hal: sólo nos tenemos el uno al otro.

Por las tardes, Duchess disparaba con la pistola. Hal y Robin la acompañaban al punto situado frente al ancho árbol, y el chiquillo, que ya no le tenía miedo a los disparos, iba delante, abriéndoles paso.

Pese a las muchas groserías que le hacía y las pullas que le lanzaba —le decía que no lo quería, que nunca jamás lo llamaría abuelo, que se marcharía llevándose a su hermano un segundo después de alcanzar la mayoría de edad y lo dejaría morir solo—, Hal resistía sin dar señales de ofenderse. No sólo le enseñó a disparar, sino también a conducir.

La vieja camioneta avanzaba dando tumbos y Hal se aferraba al asiento con todas sus fuerzas. Robin iba detrás, sentado en su elevador y protegido con casco y coderas de ciclista, pues Hal tenía miedo de que su hermana terminara por chocar. Pero Duchess tardó poco en aprender a manejarse con las marchas y los pedales. Al cabo de una semana ya era capaz de detener el vehículo sin que Hal se diera contra el salpicadero maldiciéndose por no haberse abrochado el cinturón de seguridad.

Luego volvían andando a casa, Robin de la mano de ambos. Hal la felicitaba por sus progresos y ella le espetaba que era un profesor malísimo y que la camioneta era una mierda, pero en el fondo quería que continuaran las prácticas: conducir le gustaba mucho.

Algunas mañanas sorprendía al viejo mirando a Robin comer, jugar con las gallinas o subirse al escarificador, y percibía un brillo en sus ojos que era mitad amor y mitad arrepentimiento. En esos momentos se esforzaba por odiarlo, pero cada vez le costaba más.

Seguía guardando su ropa dentro de una maleta y si a Hal le daba por hacer la colada, le gritaba:

—¡Que no toques nuestras cosas, joder!

Más de una vez había encontrado las prendas de ambos colgadas en el ropero, pero al momento volvía a meterlas en la maleta. Si Hal se equivocaba y le compraba a Robin pasta de dientes, o champú o cereales del desayuno de una marca que no le gustaba, enseguida se ponía a gritarle. Gritaba tanto que a menudo estaba ronca. Robin, en general, se limitaba a mirar con los ojos muy abiertos, pero a veces pedía paz, y ella entonces se la concedía: echaba a andar por los campos y maldecía el sol poniente como si fuera una loca de atar.

Ya no pensaba en Vincent King y en Dickie Darke con tanta frecuencia: de algún modo había pasado página respecto de esos oscuros capítulos de su vida, aunque sabía de algún modo que ambos iban a reaparecer, y que volverían a torcer la trama de su historia.

Por encima de todo se sentía agotada, no por el trabajo o la falta de sueño, sino por el horrible odio que albergaba en su interior.

# 17

—Necesito llevar una pistola al colegio.

—No. —Esa mañana, Hal parecía nervioso por primera vez.

Robin también estaba nervioso, no dejaba de hacer preguntas sobre la escuela: ¿dónde se encontraría con ella después?, ¿qué pasaría si ella no se presentaba?

Ningún autobús escolar llegaba hasta el rancho, por lo que Hal se comprometió a llevarlos y a ir por ellos. Refunfuñaba sobre el tiempo que iba a perder cada día hasta que Duchess le espetó que quizá sería mejor hacer autostop y que los recogiera un camionero violador, o quizá ella podía prostituirse para sacarse el dinero para un taxi.

—¿Tú crees que les caeré bien a los demás niños?

—Eres un príncipe, Robin.

—Claro —convino Hal—. Y si se meten contigo, tendrán que vérselas con tu hermana.

—Y aun así no me dejas llevarme la pistola. —Duchess terminó de comerse los cereales y echó un vistazo a la mochila de Robin para cerciorarse de que no salía sin el plumier y la botella de agua.

Hal la dejó conducir hasta el punto donde los eucaliptos sombreaban el camino. Duchess dejó el motor en marcha y se bajó por su lado, mientras Hal hacía otro tanto por el suyo. Se cruzaron por delante del capó. Hal asintió con la cabeza y Duchess le devolvió el gesto.

—Cuidaos el uno al otro —les pidió Hal sin apartar la vista de la carretera.

—¿Lo dices por si los mayores nos quitan el dinero del almuerzo? —preguntó Robin alzando el mentón y con los ojos muy abiertos.

—Que lo intenten: soy Duchess Day Radley, la forajida, y les meteré un balazo entre los ojos.

—Si tan empeñada estás en ser una forajida, más te vale aprender a montar la yegua gris.

—¿Y tú qué sabrás? No necesito aprender a montar porque lo llevo en la sangre.

—En su día leí alguna que otra cosa sobre Billy Blue Radley.

Duchess lo miró con repentino interés, en vez del acostumbrado ceño fruncido.

—Cuando quieras te hablo de él.

—Vale —dijo ella sin comprometerse.

Robin se puso tenso cuando llegaron a la esquina donde estaba aparcado el autobús escolar. Había padres por todas partes, monovolúmenes, mucho ruido. Duchess reparó en un Ford con los neumáticos embarrados y en un Mercedes demasiado flamante y reluciente. Se acordó de Darke y de su Cadillac Escalade, de su amenaza, cada vez más lejana.

—¿Queréis que os acompañe hasta la puerta? —dijo Hal sentado al volante.

—No. Supondrían que eres nuestro padre y no quiero que se rían de nosotros.

Ambos bajaron del vehículo, Duchess cargando la mochila de su hermano. Lo cogió de la mano.

—Volveré a las tres —les recordó Hal por la ventanilla.

—No salimos hasta las tres y cuarto —aclaró Robin.

—Igualmente estaré a las tres.

Se abrieron paso entre los grupos de niños que, bronceados por el sol del verano, intercambiaban saludos e historias exageradas a voz en grito. Duchess oyó fragmentos de ellas, y todas giraban sobre lo mismo: vacaciones, playas, parques temáticos... Algunos la miraban y ella no apartaba la vista.

Llevó a Robin a su aula y entró. Las madres se arremolinaban en torno a sus hijos, se arrodillaban, los besaban, les atusaban los cabellos. Un niño pequeño lloraba a gritos.

—Vaya cobardica —comentó Duchess—. Si quiere hacerse amigo tuyo, tú ni caso.

La maestra, una joven risueña, iba de un niño a otro y se ponía en cuclillas una y otra vez para estrechar sus manitas. Duchess condujo a Robin a los percheros y encontró su nombre bajo la fotografía del animal que le había tocado en suerte.

—¿Qué animal es?

Duchess entornó los ojos.

—Una rata.

—Un ratón —corrigió la maestra apareciendo a su lado.

Duchess se encogió de hombros.

—Es lo mismo.

La maestra se puso en cuclillas y estrechó la mano de Robin con delicadeza.

—Soy la señorita Child. Algo me dice que tú eres Robin. Tenía muchas ganas de conocerte.

Duchess instó a su hermano a responder.

—Yo también —dijo el pequeño.

—Y tú seguramente eres Duchess.

—La forajida Duchess Day Radley.

Le apretó la mano a la maestra con todas sus fuerzas.

—Espero que tenga un día estupendo, señorita Duchess —respondió la señorita Child arrastrando las palabras como si estuvieran en el Oeste—. Tu hermano y yo vamos a pasarlo bien. ¿A que sí, Robin?

—Sí.

La maestra se marchó y se acercó al niño que lloraba.

Duchess se agachó y miró a su hermano a los ojos, le cogió el mentón y le dijo:

—Si alguien intenta joderte, me buscas. Sales al pasillo y me llamas. Estaré cerca.

—Vale.

—¿Vale?

—Sí —dijo él en un tono algo más firme—, vale.

Duchess se levantó para irse.

—Duchess... —la llamó Robin. Ella se volvió—. Ojalá mamá estuviera aquí.

Duchess recorrió los pasillos. Los rezagados iban entrando en sus aulas. Unos chicos sudorosos y enrojecidos llevaban un balón de fútbol americano. Duchess encontró su aula y escogió un pupitre junto a la ventana del fondo, lo bastante lejos de la tarima como para que no la hicieran salir a la pizarra.

—Te has sentado en mi silla.

Era un chico alto y desgarbado, llevaba una camisa que le iba pequeña y unos pantalones cortos subidos hasta el ombligo.

—¿Te has puesto los pantaloncitos de tu hermana? Déjame en paz, capullo.

El chico se ruborizó, se dio la vuelta y fue a sentarse en la otra punta del aula.

Junto a Duchess se había sentado un chico negro, tan flaco que Duchess supuso que tenía la solitaria o algún otro parásito. Tenía la mano retorcida de tal modo que ni siquiera parecía una mano. Advirtió que Duchess estaba mirándolo y se la metió en el bolsillo con rapidez.

Después sonrió.

Duchess desvió la vista.

—Soy Thomas Noble, ¿te acuerdas de mí? —La maestra entró en clase—. ¿Tú cómo te llamas? —preguntó él.

—Silencio. Estoy aquí para aprender.

—Vaya nombre tan curioso.

Duchess deseó que estallara en llamas.

—Te vi en el pueblo el otro día: eres el ángel con los cabellos de oro.

—Si tuvieras dos dedos de frente te darías cuenta de que me parezco tanto a un ángel como un huevo a una castaña. Y ahora cierra la puta bocaza y mira la pizarra.


Walk estaba sentado en su coche. Por la ventanilla abierta entraba el olor a comida mexicana.

Era tarde, los haces de las farolas y la luz de la luna iban reemplazando al sol mientras el cielo se oscurecía sobre Bitterwater.

Había vuelto a ver a Vincent después de tres horas de espera en la sala de visitas sin más compañía que la CNN y un ventilador achacoso y luego había hablado con él durante catorce minutos durante los que no había dejado de insistir, hasta llegar a la súplica, en que aceptara que lo defendiese el letrado de oficio, un especialista en derecho criminal que por lo menos tendría alguna oportunidad, pero Vincent volvió a plantarse: o Martha May o nadie. Él le explicó que Martha no quería saber nada de ninguno de los dos ni de Cape Haven, entonces Vincent se sumió en el mutismo y terminó por llamar al guardia. Walk se quedó mirándolo mientras se lo llevaban.

Las luces aún estaban encendidas en el despacho de Martha, por mucho que fuera tarde y la secretaria se hubiera ido un par de horas antes. En un momento dado, Walk se bajó del coche, pero se sintió mareado, así que volvió a subir y cerró los ojos largo rato. Llamó a la doctora Kendrick, le dejó un mensaje en el contestador y se puso a leer el prospecto que venía con la medicación: los efectos secundarios eran tan numerosos que ocupaban dos páginas enteras.

Finalmente, Martha salió del bufete. Walk bajó del automóvil y echó a andar lentamente por el aparcamiento, que abandonaban los clientes del restaurante mexicano. Sólo quedaba el Prius gris de Martha, con su adhesivo del Fondo Mundial para la Naturaleza. Se acordó de que a Martha siempre le habían gustado los animales. Cuando cumplió los quince años fueron con Vincent y Star al zoológico interactivo de Clearwater Cove. Estaba atestado de niños revoltosos, pero ella se pasó toda la visita sonriendo.

—Martha —la llamó.

Ella lo vio, metió la cartera en el maletero y se quedó inmóvil, con la mano en la cadera, como preparándose para cualquier cosa.

—Me paso años sin verte y de pronto apareces dos veces en un mes.

—Quiero invitarte a cenar.

Lo dijo con tal aplomo que él mismo se sorprendió. Por no hablar de Martha, que esbozó una sonrisa.

Paredes pintadas de amarillo, arcos de verde, mesitas con manteles a cuadros. Un ventilador que giraba con lentitud esparciendo el olor del chili con carne sobre la barra destartalada del fondo. Se sentaron a una mesa junto a la ventana, con vistas al aparcamiento. Martha pidió por los dos: tacos y cervezas. No había perdido la sonrisa encantadora de la juventud; se la dedicó al camarero y éste se dio prisa en servirlos.

Walk bebió un sorbo de cerveza fría y notó que los músculos se le relajaban un poco. Se arrellanó en el asiento. De fondo sonaba una suave música mexicana.

Bebieron en silencio. Martha acabó su cerveza y pidió otra.

—Volveré a casa en taxi.

—Yo no he dicho nada.

—Lo que me faltaba... ¡beber con un poli!

A Walk se le escapó la risa. El camarero trajo los platos. Comieron. Estaba bueno, mejor de lo que Walk esperaba; sin embargo se limitó a picotear, apenas probó bocado.

Martha vació medio botellín de salsa picante en su plato.

—Algo de pólvora nunca viene mal, ¿verdad? ¿Te pongo un poco?

—Mejor no, gracias; de otro modo tendremos que conversar en los servicios.

—Vaya, ¿has visto los baños de este local?

—Seguro que pronto voy a verlos.

—Me gusta esa barba que te has dejado.

Walk desvió la mirada.

—Perdóname por lo de la otra noche —dijo ella—. Había tenido un día complicado y lo último que esperaba era verte aparecer.

—Soy yo el que tendría que disculparse.

—Y que lo digas.

Walk soltó una risa.

—Y bien, ¿quieres ir al grano de una vez o prefieres esperar a que me tome otra cerveza?

—Prefiero esperar.

Esta vez fue ella la que se rió. Walk llevaba largo tiempo sin oír un sonido tan agradable.

Respiró hondo y se lo contó todo, desde la puesta en libertad de Vince hasta la muerte de Star, desde la intromisión de Dickie Darke a la situación en que habían quedado Duchess y Robin. Le habló de la intervención de la policía estatal, que lo había dejado al margen de la investigación, y algunos detalles del caso que no habían sido divulgados: las costillas rotas, el ojo hinchado, la ausencia del arma del delito, la negativa de Vincent a hablar. Martha le cogió la mano cuando le habló del funeral.

—Joder —dijo cuando él hubo terminado—. Vaya un desastre. Qué tremendo vuelco dio la vida de Star... y pensar que yo creía que seríamos amigas para siempre.

—No te culpo por no querer mirar atrás.

—¿Eso es lo que piensas?

—Lo siento. No quería decir que...

—Sí que he mirado atrás, y de sobra. Lo que no quiero es volver atrás.

—Ya.

—¿Y Vincent sigue insistiendo en que lo defienda yo?

—Confía en ti. Tan sólo ha tenido otro abogado, Felix Coke, y ya sabes cómo acabó la cosa.

—Walk, tú conoces el tipo de casos que llevo, ¿verdad? Violencia doméstica, adopciones, algún divorcio que otro... Hago lo necesario para pagar las facturas cada mes y dedico el tiempo que me queda a ayudar a personas que lo necesitan. Ahora mismo estoy ocupada con un montón de mujeres desesperadas por recuperar a sus hijos.

—Vincent te necesita.

—Lo que necesita es un abogado penalista.

Walk hizo amago de coger la cerveza, notó el temblor en la mano y dejó la botella en su sitio.

—¿Estás bien, Walk?

—Estoy cansado. Voy corto de sueño.

—Cargas con demasiada responsabilidad.

—Por favor, Martha. Di que sí. Sé que parece un disparate que a estas alturas de la vida te venga pidiendo favores... No me resulta fácil, créeme.

—Te creo.

—Pero no puedo abandonar a Vincent a su suerte. Sólo te pido que estés a su lado durante la lectura de los cargos, luego ya veremos. Haremos que entre en razón. Yo... mira, estoy seguro de que no fue él. Soy consciente de que parece la afirmación de un hombre desesperado, pero no por eso me equivoco. Tengo que estudiarlo bien, necesito tiempo para analizarlo todo con detalle.

»He pensado en ti durante años, cada día. Pienso en todos nosotros y en lo que vivimos juntos. Ya sé que no puedo arreglar según qué cosas ni volver al pasado; sin embargo, puedo ayudar a Vincent... si cuento contigo.

Se reclinó en el asiento, exhausto.

—¿Qué día se le leerán los cargos?

—Mañana.

—¡Por Dios, Walk!

# 18

El juzgado de Las Lomas estaba más lleno que de costumbre. Era un martes de septiembre y el aire acondicionado se había averiado. Sin dejar de abanicarse con una de las carpetas, el juez Rhodes se aflojó el nudo de la corbata.

Walk estaba sentado en primera fila, igual que treinta años atrás.

—No hay ninguna esperanza de que le concedan la condicional, ¡están pidiendo la pena de muerte! —le recordó Martha.

Se habían encontrado a las puertas del juzgado con tiempo para comprar un café al otro lado de la calle. Martha iba muy elegante, con traje chaqueta, tacones y un ligero maquillaje. Walk se sintió un tonto por haber pensado que tenía alguna posibilidad de volver con ella.

Miró alrededor: abogados y sus clientes, trajes azul marino y uniformes color naranja, declaraciones y acuerdos, promesas insuficientes. El juez Rhodes reprimió un bostezo.

La sala se sumió en el silencio cuando hicieron entrar a Vincent: la gente había ido atraída por aquel caso sonado, ansiosa de sangre.

El juez Rhodes se enderezó en el asiento y volvió a abotonarse el cuello de la camisa. Los periodistas se apiñaban en la parte posterior de la sala; no se permitían cámaras, por lo que debían contentarse con blocs y bolígrafos. Martha se separó de Walk para ir a sentarse al banquillo, junto a Vincent.

La fiscal del distrito, Elise Deschamps, de pie y con semblante severo, procedió a leer el listado de cargos. Walk hizo lo posible por escudriñar el rostro de su amigo, pero desde su banco no lo veía bien.

Cuando Deschamps terminó, Vincent también se puso en pie. Walk advirtió que todos los ojos estaban puestos en el hombre que había matado a una niña... y que treinta años después había vuelto para asesinar a la hermana.

Vincent dijo su nombre completo.

El juez Rhodes le repitió los cargos y agregó que la fiscalía estatal estaba dispuesta a aceptar la cadena perpetua sin posibilidad de liberación si se declaraba culpable.

Walk suspiró: la fiscalía quería llegar a un acuerdo.

Cuando el juez le preguntó cómo se declaraba, Vincent se volvió y miró a Walk a los ojos.

—No culpable —dijo.

Se oyeron cuchicheos en la sala hasta que Rhodes impuso el orden. Martha miró al juez con ojos suplicantes, éste se volvió hacia Vincent y dijo:

—Señor King, su letrada está preocupada porque no parece usted entender bien lo que significa esta acusación ni lo que entraña la propuesta de la fiscalía.

—Sí que lo entiendo.

Un alguacil se lo llevó de la sala sin que él volviera la vista atrás.

Walk salió al sol de la mañana, a la bonita plaza de Las Lomas, coronada por la alta estatua de una mujer de rodillas con la cabeza enmarcada por el imponente edificio del juzgado.

El juicio tendría lugar en la primavera.

Mientras conducía hacia la casa de Martha, el sudor frío se sumó a los temblores. Vio sus ojos inyectados de sangre en el retrovisor. Le había crecido mucho la barba y había tenido que hacerse un nuevo agujero en el cinturón. El uniforme le venía grande, las hombreras le caían sobre los brazos.

Aparcó frente a una licorería de las afueras de Bitterwater y compró media docena de cervezas.

Martha vivía en una casita en Billington Road, bastante fuera de la población. La verja pintada de blanco de la entrada daba paso a un caminito flanqueado por hileras de flores, el césped lucía tupido y completamente verde, había cestos con flores colgados de ganchos ornamentales: era el tipo de casa que, de haberla visitado cualquier otro día, le habría provocado una sonrisa.

En el interior había papeles por todas partes, cada rincón de la casa hablaba de trabajo, de defender a los más necesitados.

Se acomodó en el porche y, cuando Martha salió con un cuenco lleno de nachos mexicanos, ya se había bebido dos cervezas. Se comió uno y el fuerte sabor hizo que se le escapara la risa.

—Mira que eres bruta.

—Sobre gustos no hay nada escrito.

Se sentaron juntos y bebieron.

Walk terminó por tranquilizarse al atardecer. Sólo se había permitido dos cervezas, ni una más. Le habría gustado emborracharse, gritar y maldecir, hacer que Vincent entrara en razón como fuese.

Martha bebía vino a sorbitos.

—Tienes que conseguir que se declare culpable.

Walk se frotó el cuello, tenso como siempre últimamente.

—El de Vincent es un caso perdido y lo sabes —añadió ella.

—Lo sé.

—Sólo hay una explicación de su actitud.

Walk levantó la vista.

—Quiere morir.

—¿Y yo qué puedo hacer?

—Seguir aquí sentado y beber conmigo mientras nos lamentamos por lo mal que está todo.

—Es tentador, ¿y si no?

—Ocuparte de investigar el caso.

—Es lo que estoy haciendo.

Martha suspiró.

—Una investigación va más allá de llamar a las puertas de los vecinos por si se produce el milagro y resulta que uno de ellos vio alguna cosa: tienes que implicarte más, encontrar la forma de dar con el culpable. Y si no encuentras ninguna, pues te la inventas; con un par, Walk: ha llegado el momento de echarle cojones al asunto.

• • •

El viento azotaba la autovía y levantaba el polvo del suelo.

Era primera hora de la noche y en el estacionamiento no había más que un par de camionetas aparcadas, pero la música se oía desde allí. Se detuvo un segundo en la puerta del local, contempló la ancha calle Mayor de San Luis y pensó en la última visita que Star hizo a ese lugar arrastrando a sus dos hijos.

El interior: luz mortecina, fuerte olor a tabaco y cerveza rancia. Los reservados estaban vacíos, allí no había más que un par de tipos sentados a la barra y media docena más en torno al escenario construido con cajones de madera pintados. Un viejo cantaba un tema al estilo bluegrass sobre la nostalgia del hogar y los espectadores seguían el ritmo golpeándose los muslos mientras bebían.

Duchess le había descrito al hombre en una conversación en que hablaron largo y tendido sobre los últimos meses y años, tanto que al final la cabeza le daba vueltas: Duchess se había expresado en un tono monocorde que desgarraba el alma, como si nunca hubiera sido una niña.

Enseguida dio con el tipo: corte a cepillo y barba tupida, los brazos musculosos propios de quien trabaja en el campo. Se llamaba Bud Morris. Walk caminó hacia él y el otro puso la cara de fastidio de quien está acostumbrado a tener problemas con la ley.

—¿Puedo hablar con usted un momento?

Bud lo miró de arriba abajo y se echó a reír.

Walk llevaba un vaso de agua con gas en la mano. A pesar de su formación como policía, no le gustaban las confrontaciones. «Deja que la policía estatal se ocupe de este tipejo», dijo una voz en su interior. Aferró el vaso con fuerza y dejó pasar al tal Bud en dirección a los servicios, pero un segundo después fue tras él. Mientras el otro orinaba, él respiró hondo, desenfundó la pistola y le colocó la boca del cañón en la nuca.

Notó que le subía la adrenalina: las manos y las rodillas le temblaban.

—Joder. —Bud acababa de mearse en los vaqueros.

Sudando, Walk apretó aún más el cañón en su nuca.

—Por Dios, hombre. ¿Se puede saber qué coño te pasa?

Walk bajó el arma.

—Para que lo sepas, esto podría haberlo hecho en el bar: hacer que te mearas en los pantalones para que tus amigotes se echaran unas risas.

Bud lo fulminó con la mirada, pero al momento bajó los ojos, dándose por vencido. Oyeron a la gente aplaudir y silbar cuando el viejo cantante tocó los primeros acordes de *Man of Constant Sorrow*.

—Star Radley —dijo Walk.

Bud lo miró sin entender hasta que de pronto cayó en la cuenta. Las nubes del alcohol se evaporaron de golpe.

—He oído que tuviste un problema con ella y con su hija. Star estaba en el escenario y se te fue un poco la mano... porque tienes la mano muy larga.

Bud negó con la cabeza.

—Tonterías.

Walk dudó: sólo a alguien desesperado por encontrar una explicación se le ocurría encañonar a alguien en los servicios de un bar.

—Salí con ella un par de veces.

—¿Y?

—Y no funcionó, eso es todo.

Walk hizo ademán de volver a levantar la pistola y Bud dio un paso atrás.

—Lo juro, ¡no pasó nada de nada!

—La trataste mal, ¿verdad?

—No, de eso nada, en ningún momento. Me porté bien con ella. Joder, si hasta la llevé a ese restaurante que hay en Bleaker, donde te clavan veinte dólares por un filete... Había reservado una habitación en un motel, uno de los buenos, ¿eh?

—Pero ella te dijo que no.

Bud se miró los vaqueros empapados de orines y luego observó la pistola en la mano de Walk.

—No sólo me dijo que no. No soy de los que se sulfuran si una tía les dice que no. Hay pavas por todas partes, oye. Si una te dice que no, pues vas a por otra. A mí me funciona, no me quejo. Pero esa Star... me hizo creer que estaba colada por mí y luego nada de nada. Ojo, no sólo me dijo que no: me dijo que conmigo nunca en la vida. Fue lo que dijo, con esas palabras: «Contigo, nunca en la vida.» ¿Qué coño es eso de «nunca en la vida»? Me pareció que hacía lo posible por fingir que era lo que no era, como si estuviera interpretando un papel. Pura fachada, vaya.

—¿Pura fachada?

—Estoy seguro de que hacía lo mismo con todos. El vecino, por ejemplo. Un día que fui a su casa a recogerla, el tipo se me plantó delante y me dijo que me olvidara de Star, que era perder el tiempo.

—¿De qué vecino hablas?

—Del de la puerta de al lado: un menda que parece salido de los años setenta.

—¿Dónde estabas el 14 de junio?

Bud sonrió al acordarse.

—Eso lo tengo claro: esa noche actuaba Elvis Cudmore en este garito, y aquí estuve toda la noche, pregúnteselo a quien quiera.

Walk dio media vuelta, se abrió paso entre la gente y salió al aire de la noche. El corazón le latía con fuerza.

Cruzó por el estacionamiento, se agachó junto a uno de los contenedores de basura y vomitó.

# 19

Duchess estaba sentada bajo un roble, comiéndose su almuerzo sin quitarle los ojos de encima a su hermano.

La primera semana había transcurrido sin grandes novedades. Por su parte, seguía sin hablar con nadie. Thomas Noble lo intentaba una y otra vez, pero ella lo ahuyentaba secamente.

Robin iba al parvulario, que estaba separado del resto de la escuela por una valla de un metro de altura.

Todos los días se reunía con un niño y una niña, siempre los mismos, y jugaban con una cocinita de juguete. Robin y la niña se afanaban en preparar platos (principalmente con tierra) que el otro niño después fingía ir sirviendo a unos clientes imaginarios.

Duchess advirtió que una sombra le tapaba el sol y al mirar hacia arriba vio a Thomas.

—Se me ha ocurrido que podemos compartir esta magnífica sombra. —El chico llevaba la bolsa con el almuerzo en su mano buena.

Duchess suspiró.

Él se sentó y se aclaró la garganta.

—He estado observándote, ¿sabes?

—Bueno, pues muchas gracias por ser un baboso. —Duchess se alejó un palmo.

—He estado pensando... si te gustaría...

—Ni loca.

—Mi padre dice que mi madre le respondió lo mismo la primera vez, pero que al mismo tiempo le decía que sí con los ojos, por lo que no se dio por vencido e insistió.

—Así hablan los violadores.

Thomas desdobló una gran servilleta y la extendió sobre el césped. Después colocó encima una bolsa de patatas fritas, un bollo relleno de crema, unos pastelillos de chocolate y mantequilla de cacahuete, una bolsa de malvaviscos y una lata de refresco.

—Es increíble que casi nadie se haya fijado en este rincón.

—Lo que es increíble es que no tengas diabetes.

Thomas comió en silencio, masticando sin hacer ruido y empujándose la montura de las gafas hacia arriba con el índice. No quería sacar la mano mala del bolsillo, así que tuvo que usar los dientes para abrir la bolsa de malvaviscos. Duchess sintió lástima.

—Usa la otra mano —dijo—, no tienes por qué esconderla de mí.

—Es que tengo simbraquidactilia, sucede cuando...

—Me da igual.

Thomas engulló un malvavisco.

Robin se acercó corriendo al vallado y le enseñó un plato granate con un terrón en el centro.

—Un perrito caliente —murmuró sonriente.

—Qué niño más mono —dijo Thomas Noble.

—¿Eres un pervertido?

—No... claro que no. Yo sólo... —Mejor guardó silencio.

Un bosque se extendía a sus espaldas, al otro lado de un cercado hecho con largos maderos que el sol había blanqueado.

—He oído que eres de California. Está precioso en esta época del año. Tengo un primo que vive en Sequoia.

—En el parque nacional...

Thomas se puso a comer otra vez, pero enseguida volvió a la carga:

—Una pregunta, ¿te gusta ir al cine?

—No.

—¿Y el patinaje sobre hielo? Yo no lo hago nada mal...

—No.

Thomas encogió los hombros y se quitó la chaqueta.

—Me gusta ese lazo que llevas en el pelo. En casa tengo una foto que me hicieron de pequeño con un lacito igual.

—Te va el monólogo interior, ya lo veo.

—Mi madre siempre quiso tener una niña, ¿sabes? Por eso me vestía así de pequeño...

—Pero luego te llenaste de testosterona y te cagaste en sus sueños.

Thomas le ofreció un pastelillo, pero ella fingió no darse cuenta.

Vieron pasar a unos chicos. Uno de ellos hizo un comentario y los demás se echaron a reír. Thomas Noble hundió la mano aún más en el bolsillo.

Duchess dio un pequeño respingo al ver que uno de esos chicos de pronto le arrebataba el plato a Robin. Su hermano trató de recuperarlo, pero el otro, mucho más alto, mantuvo el plato fuera de su alcance. Terminó por tirarlo al suelo y Robin se agachó para recogerlo, pero entonces el grandullón lo empujó y él cayó de bruces en la hierba.

Ella se levantó de un salto mientras Robin rompía a llorar y caminó hacia él.

De reojo vio a un grupo de chicas hablando y toqueteándose el cabello entre risas. Parecían de una especie distinta.

Cruzó la valla. No había ninguna maestra a la vista. Ayudó a su hermanito a levantarse, le sacudió el polvo de los pantalones y le enjugó las lágrimas.

—¿Estás bien?

—Quiero irme a casa... —gimoteó Robin.

Lo atrajo hacia sí hasta que se calmó.

—Pronto volveremos a casa, te lo prometo. Ya he pensado cómo hacerlo: cuando llegue el momento conseguiré trabajo y nos iremos de aquí, ¿entendido?

—Me refiero a la casa del abuelo...

El niño y la niña —sus amigos— estaban a unos pasos. La niña se acercó. Llevaba trenzas y vestía un peto de tela vaquera con una flor bordada en el bolsillo. Le dio unas palmaditas en la espalda a Robin y le dijo:

—No hagas caso de Tyler, es malo con todo el mundo.

—Es verdad —la secundó el niño.

—¿Nos haces otros perritos calientes para la cena?

Duchess sonrió y dejó que su hermano se fuera. Lo miró jugar: lo pasado, pasado; ya ni se acordaba de lo sucedido.

Se volvió y vio que Tyler seguía junto a la valla, entretenido en golpear la madera con un palo.

—Oye, tú.

Tyler se volvió hacia ella y Duchess captó lo que había en su mirada.

—¿Qué pasa?

Se acercó con el sol brillando a su espalda, agarró al otro por el cuello de la camisa y lo atrajo hacia ella.


«Si vuelves a tocar a mi hermano, te corto la p... cabeza», repitió Duke, el director del instituto, con las manos entrelazadas sobre la barriga y cara de preocupación.

—Yo no he dicho eso —respondió Duchess levantando el mentón—. En ningún momento he dicho la «p... cabeza».

Hal sonrió.

—¿Qué fue lo que le dijiste?

—La puta cabeza.

Duke hizo un mohín, como si le resultara insoportable oír aquella palabra.

—Bueno, pues ahora tenemos un problema.

A Duchess le llegaba su aliento oloroso a café. También olía mucho a colonia, pero el sudor se adivinaba debajo.

—No veo por qué, la verdad —dijo Hal.

Tenía las manos enrojecidas y la piel cuarteada, y olía a bosque y a aire libre, a campo, a la tierra de los Radley.

—Porque ha amenazado a un compañero. Con cortarle la cabeza, nada menos.

—Mi nieta es una forajida.

Duchess estuvo a punto de sonreír.

—Creo que no termina usted de tomarse este incidente en serio, y es muy serio.

Hal se levantó de la silla.

—Me la llevo, hoy no vuelve a clase. Hablaré con ella para que esto no se repita, ¿le parece?

A Duchess le entraron ganas de plantarse, de montar un follón para que no se salieran con la suya, pero se acordó de Robin, quien ya había hecho un par de amigos en la escuela.

—Si el dichoso Tyler vuelve a tocar a Robin, no puedo asegurar que no le corte la...

Hal carraspeó con fuerza.

—No volveré a decir esa palabra.

Duke, el director, se quedó con ganas de decir algo más cuando Duchess se levantó y siguió a Hal al pasillo.

Volvieron por la autovía sin decir palabra, Duchess en el asiento del copiloto, hasta que llegaron al cruce donde había que torcer a la izquierda para ir a la casa; en vez de hacerlo, Hal viró hacia el este.

La carretera se extendía bajo un cielo que refulgía con destellos plateados a medida que el sol se escondía. Pasaron frente a una vaquería cuyos establos estaban pintados de color verde claro, atravesaron un pueblo que parecía ser poco más que una calle central con media docena de callejuelas a uno y otro lado, fueron por caminos secundarios hasta encontrarse ante unos pinos enormes, altos como rascacielos. A un lado, las aguas de un río que enfilaba hacia una garganta centelleaban como la mica. Una montaña imponente lo presidía todo, nevada en sus cumbres y con unos caminillos sinuosos que ascendían por la ladera.

Mientras se dirigían arriba, Duchess se volvió una y otra vez para contemplar las arboledas que iban dejando atrás y el agua que serpenteaba entre ellas.

Se detuvieron para ceder el paso a una camioneta que venía en dirección contraria y el conductor los saludó llevando los dedos al ala del sombrero.

Aparcaron junto a un peñasco de roca arenosa y polvorienta. Los bosques de pinos se extendían por la ladera en una y otra dirección.

Hal bajó del vehículo y Duchess lo imitó.

Lo siguió mientras se adentraba entre los árboles. No era fácil avanzar por aquella espesura, pero Hal se movía como si estuviera familiarizado con el sendero y todos sus desvíos.

De pronto, Montana se desplegó ante sus ojos: kilómetros y kilómetros de naturaleza y de sombras, de agua y tierra. Entre el olor de los pinos, Duchess vio que unos hombres calzados con altas botas de vadeo estaban pescando en las límpidas aguas kilómetro y pico más allá. A su lado, Hal encendió un puro.

—En estos arroyos hay truchas. —Señaló a los pescadores, unos puntitos en un vasto lienzo—. A setenta kilómetros hay un cañón tan profundo que la gente dice que una piedra tarda minutos en llegar al fondo. Escoge cualquiera de estos caminos y lo más probable es que no vuelvas a encontrarte con otro ser humano: estamos hablando de casi medio millón de hectáreas de pura naturaleza.

—¿Por eso te refugiaste en este lugar, para esconderte de todo el mundo? —Duchess pateó un guijarro y lo miró caer.

—¿Quieres que hagamos una tregua?

—De eso nada.

Hal sonrió al oírlo.

—Tu hermano me ha contado que te gusta cantar.

—A mí no me gusta nada.

Un poco de ceniza del cigarro fue a caer al suelo.

—Los nativos llamaban a este lugar «el espinazo del mundo». Hay unas aguas de una tonalidad verde azulada que no has visto en la vida. Son aguas de deshielo, tan transparentes que no ocultan nada. Eso tiene su qué, ¿no te parece?

Duchess se mantuvo en silencio.

—Y reflejan tan fielmente el cielo que mirándolas parece que el mundo estuviera del revés. Cuando Robin crezca un poco, pienso traerlo; ya sabes, con una tienda de campaña. Incluso podríamos hacer un recorrido en barca, si le apetece pescar. Y me gustaría que vinieras con nosotros.

—Déjalo de una vez, anda.

—¿El qué?

—Deja de hablar del mañana como si fuera algo real, como si fueses a estar aquí, como si nosotros fuésemos a estar aquí.

Duchess se esforzaba en no gritar: no quería trastocar la paz que allí reinaba.

A un lado había unos matorrales de hojas lisas con unas bayas de color morado oscuro. Hal cogió una y se la comió.

—Arándanos.

Le ofreció uno a Duchess, pero ella no lo cogió; se hizo con uno por su cuenta. Estaba riquísimo, más dulce de lo que pensaba. Se comió unos cuantos y se metió un par de puñados en los bolsillos, para Robin.

—A los osos también les gustan.

Hal se agachó para coger más y Duchess notó que llevaba la pistola con la que habían estado haciendo prácticas de tiro.

Respiró hondo y le dijo a su abuelo:

—Nunca fuiste a vernos.

Hal se detuvo, se enderezó y se volvió hacia ella.

—Nunca fuiste, y mira que conocías a mi madre. Sabías cómo era y qué clase de vida nos esperaba. Sabías que era poco menos que incapaz de cuidar de sí misma. Eres mayor que yo... fuerte y duro de pelar, pero cuando necesitábamos...

No llegó a terminar la frase, se toqueteó la cinta en el pelo y procuró rehacerse porque no quería que Hal notara cuánto le dolía:

—Cuando me señalas la belleza de todo esto piensas que estoy viendo lo mismo que tú, pero no es así para nada. Este tono de morado, por ejemplo... —Señaló la mata de arándanos— ... a mí me recuerda los moratones en las costillas de mi madre, y las aguas verdeazules me recuerdan sus ojos, tan claros que dejaban ver que ya no tenía alma. Tú respiras el aire y piensas que es fresco y limpio, pero yo soy incapaz de respirar sin sentir una puñalada aquí. —Se golpeó el pecho—. Estoy sola en la vida. Voy a cuidar de mi hermano y tú vas a dejarnos en paz, porque en realidad no te importamos. Y puedes decir lo que quieras, lo que te parezca que va a alegrarme el día, pero que te den, Hal. Montana entera puede irse a la mierda, con sus millones de hectáreas, sus montones de animales y sus... sus...

La voz le falló.

El silencio los envolvió, un silencio que de pronto abarcaba los pinos, el cielo y las nubes, poniendo fin a la posibilidad de empezar de nuevo, reduciéndolos a la nada que eran ambos, dos seres minúsculos en aquel vasto entorno de belleza infinita. Hal seguía con el cigarro en una mano, pero sin fumar, con los arándanos en la otra, pero sin comerlos.

Duchess ansiaba haber hecho trizas el futuro que el viejo había imaginado para ellos, en aquel momento era lo que más ansiaba en el mundo.

Se dio la vuelta y cerró los ojos, obligándose a reprimir las lágrimas: no iba a llorar por nada del mundo.

# 20

El verano tocaba a su fin y Walk sentía que Cape Haven estaba perdiendo su encanto.

El proceso había comenzado la mañana siguiente a la muerte de Star, cuando los periodistas ocuparon Ivy Ranch Road y las cintas amarillas de la policía acordonaron la casa de los Radley. Entonces, Walk notó que las calles parecían más frías, las vistas más apagadas. Las madres se cuidaban de acompañar a sus hijos a todas partes, cerraban bien las puertas, se mostraban desconfiadas. Walk hizo lo posible por capear el temporal, pues la gente lo miraba de otra manera: como el policía amigo del asesino. Dedicó los plácidos atardeceres veraniegos a recorrer las calles de Cape Haven llamando a una vivienda tras otra, desde las mansiones de Calen Place hasta las pequeñas casas de madera de las calles más altas. Llamó a un sinfín de puertas, sombrero en mano, barba bien recortada. Sonreía con nerviosismo, casi con desesperación. Preguntó, rogó, conminó e indagó, puso a prueba la memoria de todo el mundo. Pero nadie había visto nada aquella noche, ningún coche ni camioneta desconocidos, nada que se saliera de la impecable normalidad del verano.

Miró todas las cintas grabadas por las cámaras de seguridad de las tiendas de la calle Mayor. Eran de mala calidad, por lo que no podía pasarlas rápido. Se vio obligado a mirar los vídeos en tiempo real, diez horas seguidas, del crepúsculo al alba. Sólo conseguía mantener los ojos abiertos porque cerrarlos suponía un tormento mayor.

Investigó a Darke, discretamente, pues no podía ni pensar en interrogarlo sin que su abogado tomara cartas en el asunto y, de rebote, también Boyd y los policías estatales. Hizo un par de llamadas, habló con un policía de Sutler y comprobó los datos del sistema electrónico de peajes en autovías con la esperanza de dar con una mentira flagrante, pero no encontró nada.

Martha seguía sin comprometerse a representar a Vincent formalmente, por mucho que él la llamara casi cada noche para informarla de lo que había averiguado. Nada o casi nada, en general. Un domingo por la mañana la llevó en coche a Fairmont. Sentados frente a Vincent, se pusieron a hablar de los viejos tiempos; no obstante, cuando llegó el momento de hablar de cómo montar la defensa Vincent le hizo una señal al guardia.

El silencio se podía cortar con un cuchillo durante los ciento cincuenta kilómetros del trayecto de regreso. Martha lo invitó a casa y de nuevo estuvieron bebiendo cervezas sentados en el porche. Ella preparó algo de comer, un guiso tan picante que a Walk se le encendieron las mejillas. Martha se echó a reír y él metió la lengua en la cerveza.

Hablaron un poco sobre los últimos años. Martha le contó que había decidido establecer el bufete allí donde más falta hacía una abogada como ella. Bitterwater tenía un nivel de vida medio bajo y un alto nivel de delincuencia. Hablaba de su trabajo con tal orgullo que Walk sonreía al oírla. Le enseñó fotos de familias que había conseguido mantener juntas y cartas de niños a los que había protegido de padres maltratadores.

No hablaron acerca del momento preciso en que se habían alejado el uno del otro. Tampoco de religión, pues Walk ya no sabía qué pensaba Martha al respecto, después de todo lo que habían vivido y teniendo en cuenta que sus padres eran bien conocidos por su fe. No importaba, Martha y él tenían ahora una misión que cumplir, cosa que él no olvidaba nunca, ni siquiera cuando se acercó para besarla en la mejilla, ni cuando ella rozó su pierna contra la de él.

En un momento dado, Martha reparó en que le temblaban las manos, advirtió que agitaba la cabeza ligeramente al tratar de acordarse de algo, y entonces lo miró con renovada atención, como si supiera lo que estaba pasando. En cuanto lo notó, Walk le dio las buenas noches y emprendió el regreso en coche a Cape Haven, su pueblo, el lugar al que pertenecía.

Temprano en la mañana, se acercó a Ivy Ranch Road andando: tenía demasiadas obligaciones para perder el tiempo. Brandon lo recibió en la puerta con el torso al aire y unos pantalones de deporte. A sus espaldas podía verse, enmarcada, su antigua camiseta de quarterback. Tenía una mesa de billar y una máquina tragaperras, imprescindibles en la vida de un soltero empeñado en vivir a su aire después de haberse pasado diez años uncido al yugo matrimonial.

—¿Otra vez vienes por el puto loco de enfrente? —Brandon fijó la vista en la casa de Milton—. ¿A que no adivinas qué he encontrado en mi jardín, Walk? ¡Una puta cabeza, nada menos!

—¿Una cabeza?

—La cabeza de una oveja o algo por el estilo; de un ciervo, yo que sé. A lo mejor es una advertencia, ¿no?

—Hablaré con él. Pero una cosa, Brandon: oigo tu coche petardear desde mi casa...

—Y yo voy a decirte otra cosa —repuso Brandon poniéndose de puntillas para ganar algo de altura—. Las noches son más tranquilas ahora que Star ya no irrumpe por aquí a cualquier hora. Ya sé que fue una tragedia... pero es posible que Milton duerma mejor, independientemente del ruido de mi coche, ahora que ya no se queda esperando a que Star vuelva.

—¿Qué me estás diciendo?

Brandon se apoyó en el marco de la puerta. Tenía un tatuaje en el pecho: un trillado símbolo japonés.

—A veces me despertaba en plena noche y lo descubría mirando por la ventana.

—Le gusta observar las estrellas. —Brandon soltó una risilla.

—Tú lo has dicho... ¡sobre todo a una estrella en particular! Pregúntaselo, Walk.

—Milton dice que te has meado en su jardín.

—Y una mierda.

—Pues lo que sea; a mí, de hecho, me da igual. Lo que no quiero es que me deis la lata ninguno de los dos.

—Pareces cansado, Walk. ¿Te hidratas como tiene que ser?

—Escucha, Brandon. Luego hablaré con Milton, ¿pero qué tal si dejáis de pelearos como dos críos? Estos días ando muy ocupado y no tengo tiempo para vuestras chorradas.

—Lo que necesitas es hacer ejercicio, hombre, para liberarte del estrés. Ven a verme una noche de éstas y nos ponemos con unos circuitos, a saco. No sé si lo sabes, pero en su día intenté patentar uno de estos programas con vistas a...

Walk lo dejó hablando solo, cruzó la calle y llamó a la puerta de Milton.

—Walk. —La sonrisa del carnicero era tan ancha que a Walk le dio pena.

—¿Puedo pasar?

—¿A mi casa?

Walk reprimió un suspiro.

—Sí, por favor. —Milton se hizo a un lado y Walk entró.

—¿Quieres comer algo?

—No, gracias.

—¿Estás de régimen? Se te ve más delgado. ¿Qué tal una cervecita?

—Eso sí, Milton.

El otro sonrió con entusiasmo, acaso excesivo, y fue a la cocina mientras Walk permanecía en la sala de estar. La estancia estaba atiborrada de cosas: parecía que Milton tuviera el síndrome de Diógenes, guardaba hasta los números atrasados de la guía de la televisión. Tenía un montón de posavasos ilustrados con nombres de estados que, hasta donde sabía, Milton jamás había visitado. Probablemente hacía que se los enviasen por correo desde uno u otro lugar porque aquellas tonterías hacían pensar en una existencia vivida con plenitud, con viajes y amigos por todas partes. En lo alto del televisor había una foto enmarcada: un ciervo de cola negra con la mirada vacía.

—Ésa la compré en Cottrell. Bonita, ¿eh?

—Y que lo digas, Milton.

—No me quedan cervezas, pero tengo licor de café. Lleva tiempo en la alacena y no veo la fecha de caducidad, pero el licor nunca se pasa, ¿verdad?

Walk aceptó el vaso y lo dejó en la mesita. Apartó unos cuantos cachivaches, se sentó y le hizo un gesto a Milton para que tomara asiento a su lado.

—Quería hablar contigo sobre aquella noche.

Milton se revolvió en el sofá e hizo amago de cruzar las piernas sin llegar a cruzarlas del todo. Walk bebió un sorbo de licor de café y estuvo a punto de escupirlo.

—Por lo que tengo entendido, has estado hablando con el pueblo entero sobre lo sucedido esa noche, pero yo ya se lo conté todo al otro... al policía de verdad.

Walk encajó el golpe que Milton no había asestado con intención.

—A ver. Dices que oíste una pelea.

—Sí.

—Y que habías visto a Vincent y a Darke peleándose pocas noches antes de que asesinaran a Star.

Milton torció el gesto al oír el nombre de Star. Walk sabía que solía sacarle los cubos de la basura de casa cuando ella se olvidaba de hacerlo, que tenía detalles con ella y la ayudaba en pequeñas cosas cuando lo necesitaba.

—¿Y por qué se pelearon?

—Yo diría que Vincent tenía celos del otro. Me acuerdo de Vincent y de Star en los tiempos del colegio, Walk. Todo indicaba que terminarían por casarse, que tendrían hijos y demás. Sospecho que Vincent no dejó de pensar en ello mientras estaba en el talego, de soñar con un futuro basado en el pasado.

Walk miró alrededor: paredes cubiertas con paneles de madera, una pesada alfombra de lana en el suelo, gruesas piedras redondeadas en torno al fuego del hogar, una decoración de estilo ranchero que en los años setenta hacía furor en los barrios residenciales de las afueras. El aire olía a ambientador aplicado recientemente —y había aerosoles por todas partes—, pero el olor a sangre seguía siendo perceptible.

Milton carraspeó.

—Hay cosas que no pueden ser —opinó—: no es posible borrar partes del pasado, quedarnos sólo con lo bueno. ¿Me explico?

—Tú nos llamaste un montón de veces: poco menos que cada vez que un hombre visitaba a Star, incluso si se trataba de Darke. Decías estar intranquilo.

Milton se mordió el labio inferior.

—Es una de mis funciones en el grupo de vigilancia, aunque es posible que exagerase un poco. Darke es buena gente, pero claro, con esa pinta que tiene... es de entender que la gente murmure. Me hago cargo: sé lo que se siente. ¿O crees que no oigo lo que los chavales dicen de mí? Que si soy un calvorota, que si soy un perdedor, que si parezco un espantapájaros, que si me gano la vida envasando carne... en eso se equivocan porque yo no envaso la carne.

El reloj Sunburst dio la hora con diez minutos de retraso. Milton volvió el rostro y Walk vio que tenía manchas de sudor bajo las axilas.

—Oye, Walk. ¿Qué te parece si un día de estos volvemos a salir por Mendocino?

Walk sonrió.

—Fue un placer, no te digo que no, pero yo tengo más de pescador que de cazador: lo que de verdad me gusta es navegar sobre las olas.

—Eso no es lo mío: nunca aprendí a nadar. Hice un cursillo, pero siempre estaba nadando con la boca abierta, como si quisiera engullir toda el agua de la piscina. Será que me gusta el cloro.

Walk no supo qué decir.

—Tampoco pasa nada, tengo otros amigos a los que sí les gusta la caza...

Le pareció que Milton quería contarle algo.

—¿Ah, sí? —Walk mordió el cebo.

—Una vez salí de caza con él.

—¿Con quién?

Milton sonrió enseñando muchos dientes.

—Con Darke. Me llevó en su Cadillac Escalade. Has visto el cochazo que tiene, ¿no? Y oye, se le da muy bien disparar: abatió dos ciervos de cola negra.

—¿En serio?

—Yo creo que con él te equivocas, Walk. Darke es...

—¿Diferente?

—Un buen amigo. —Lo dijo con firmeza, mirando a Walk a los ojos—. Me dijo que me acompañaría en la próxima salida. Será en febrero; aún falta, pero estoy seguro de que no me fallará.

Se trataba de una clara indirecta, pero Walk estaba demasiado agotado para albergar sentimientos de culpa.

—La primavera pasada lo invité a acompañarme a una salida que iba a durar una semana entera. Le compré una redecilla de camuflaje y unas polainas de caza de las que vienen impermeabilizadas con cera.

Walk contempló los estantes abarrotados de libros, sobre caza en su mayor parte.

—Tú a Darke no lo conoces. Ándate con cuidado, Milton.

—Lo mismo digo, Walk. Porque tienes aspecto de estar enfermo.

—También quería decirte que he vuelto a hablar con Brandon. Leah me contó que llamaste a comisaría otra vez.

Milton se puso rígido.

—Bueno, pues no me sirvió de mucho: Brandon lo hace porque sabe que tengo que levantarme temprano. La noche pasada me acerqué a la ventana y lo vi allí sentado, dándole revoluciones al motor. Al verme sonrió. Yo ya no soy un crío, Walk; no estamos en el instituto. Ya sabes que cuando éramos niños no paraba de meterse conmigo. Un día llegó a hundirme la cabeza en el retrete. No tengo por qué aguantar estas cosas. Cualquier día voy y...

—¿Y le dejas una cabeza de oveja en el patio?

Milton se lo quedó mirando con los ojos repentinamente desorbitados, el vello hirsuto asomando por el cuello de la camisa.

—No sé de qué me estás hablando.

—Me has dicho que Brandon orinó en tu patio.

—Sí, señor.

—¿Cómo sabes que fue él?

—Porque lo pillé con las manos en la masa: abrí las cortinas y lo vi con mis propios ojos.

—Vaya.

—Por eso envié un aviso en código, un diez noventa y ocho.

—Eso es una fuga de la cárcel.

—Y otra cosa: no sé si lo sabes, pero tiene un barco amarrado en Harbor Bay, recién reparado y renovado. Igual está pensando en venderse el coche y pasar sus días en el mar.

—Mira, me ha dicho que está dispuesto a hacer las paces si tú también lo estás. Dice que eres un buen vecino y que lamenta lo sucedido.

—¿Eso ha dicho? —Walk sabía que Milton era incapaz de detectar una mentira que él le dijera—. Así que sácate esas gilipolleces de la cabeza.

—No es por mi culpa, Walk.

Walk se lo quedó mirando fijamente. En sus ojos había un brillo de súplica.

—Igual un día de éstos le hago llegar algo de carne. Tampoco le voy a dar un corte de los buenos, claro, al menos por el momento. Un filete de aguja o algo por el estilo, ¿qué te parece la idea?

—Gracias, Milton, eres muy amable.

Milton lo siguió a la puerta.

Walk se detuvo en el porche y miró alrededor, al otro lado de la calle.

—La echo de menos —dijo Milton—. Siento muchísimo que...

—¿Qué?

—Siento muchísimo que ya no esté con nosotros.

—Por eso mismo estamos obligados a detener al hombre que lo hizo: se lo debemos a ella y a sus hijos.

—A ese hombre ya lo has detenido, Walk.

Milton rehuyó su mirada y se puso a contemplar el cielo de la noche. Y allí permaneció, con las manos en los bolsillos, ajeno a Walk, al pueblo donde vivía, a la sangre derramada.

# 21

Estaban sentados en el porche otra vez. Soplaba un viento cálido. Walk había intentado conciliar el sueño a pesar de que todavía era temprano. Tenía la vista clavada en el techo cuando llamaron a la puerta.

—No me digas que sigues viviendo en la casa de tus padres, Walk —dijo Martha—. Eres un caso perdido.

Le había traído algo para cenar, un chile con carne que metió en el viejo horno donde calentaba la comida para llevar.

—Algo me dice que esto va a quemarme la lengua.

—Tranquilo, Walk. He puesto poco picante, apenas se nota. Es un chile con carne para flojitos como tú.

Walk se llevó el tenedor a la boca y sintió lava ardiente en la boca.

—¿Hablas en serio? Esto es de locos. Estás como una cabra, la verdad.

Martha se echó a reír.

—Pues cómete el pan de maíz. Te hace falta, a juzgar por tu aspecto. ¿Te estás cuidando, Walk?

Él sonrió y dijo:

—¿Alguna vez echas de menos Cape Haven?

—Todos los días.

—Le he dicho a Leah que estamos viéndonos otra vez.

—¿Viéndonos?

—No en ese sentido, yo...

A Martha se le escapó la risa. Walk se ruborizó.

—Leah Tallow. ¿Sigue casada con Ed?

—Sí.

—Lo que habrá tenido que aguantar, la pobre. Si recuerdo bien, en el colegio Ed estaba colado por Star.

—Como todos, ¿no?

—Tallow Construction: de vez en cuando veo sus letreros en los solares en obras. Hace un tiempo tuve una clienta... a su marido lo despidieron de Tallow y empezó a darle a la bebida.

—Son tiempos de vacas flacas. Ya mejorará la situación.

—Sobre todo si empiezan a construir esas casas nuevas.

Walk se levantó y le sirvió un poco más de vino a Martha.

—He vuelto a hablar con Milton.

—El carnicero. Lo recuerdo del instituto. ¿Sigue apestando a sangre?

—La verdad es que sí. Dice estar seguro de que oyó una discusión y está dispuesto a declarar que vio a Vincent y a Darke peleándose frente a la puerta de casa de Star. Por un asunto de celos, o eso supone.

Había llegado a un acuerdo con Martha, no sin cierta reticencia inicial por parte de ella: Walk se encargaría de investigar el caso King y de darle toda la información que encontrase, mientras que ella estudiaría los pros y los contras, buscaría un hilo conductor y le indicaría a Walk qué datos podrían ser útiles en una vista judicial. Pero había sido muy clara en un punto: en ninguna circunstancia iba a representarlo en el juicio. Elaborarían una defensa lo más sólida posible y la dejarían en manos de un abogado litigante. Si al final Vincent se negaba a ser representado, ella al menos lo habría intentado.

—¿Has tenido ocasión de mirar todos esos papeles? —preguntó Walk.

—Sí, claro. ¿Qué otra cosa iba a hacer? No es que necesite dormir o hacer otras cosas.

Walk sonrió mientras ella salía por la puerta lateral en dirección a su coche, del que volvió con el maletín en la mano. Él retiró los platos y Martha desplegó sobre la mesa varios papeles que examinaron bajo el cielo nocturno, a la luz de cinco velas de citronela. Declaraciones impositivas, extractos bancarios, rendimientos empresariales... todo cuanto Walk había podido conseguir sobre Dickie Darke remontándose veinte años atrás en el tiempo.

—La documentación está en regla, Walk, no hay nada raro. Darke gana un dinero considerable al año, doscientos cincuenta mil o algo así. Pero no veo nada que resulte sospechoso, y mira que lo he comprobado todo, desde el principio, cuando compró una casita en la Lavenham Avenue de Portland.

—Oregón —musitó él casi para sí mismo.

—Supongo que él es de allí. Remodeló la casa y la vendió con un beneficio de treinta mil dólares que declaró como corresponde. Probablemente no fue gran cosa. Repitió la operación con otra casa situada a una manzana de distancia y esa vez se sacó cuarenta y cinco mil, y luego nada.

—¿Nada?

—Encontraría otra fuente de ingresos, digo yo. Nada en cuatro años. Y de pronto empezó a invertir a lo grande, yendo de una población a otra por toda la costa del Pacífico, cualquier lugar del que pudiera sacar un dólar, tal cual.

—¿Siempre en el negocio inmobiliario?

—Casi siempre. Que si una casa en Eugene, que si otra en Gold Beach. En el verano del noventa y cinco se presentó en Cape Haven, compró el viejo bar que había en Cabrillo y se pasó un año entero intentando conseguir la licencia.

Walk se acordó de la noche en que abrió sus puertas. Sin mucho alboroto, sin fiesta de inauguración, sólo luz en la oscuridad.

—El primer año obtuvo un beneficio de medio millón de dólares —Martha bebió un sorbo de vino—. El segundo año, de un millón. El local era una mina de oro, Walk. Y estamos hablando de lo declarado oficialmente... En un establecimiento de ese tipo se mueve muchísimo efectivo, ¿verdad? Puedo estar equivocada, pero el hecho es que ganó dinero, dinero suficiente.

—El suficiente para comprar la casa de los King. Si es que se la vendían, claro.

—No obstante, sí hizo unos cuantos pagos, unos pagos estratosféricos.

—¿A quién?

—A la persona que puso dinero a medias con él, sospecho, no a un banco.

—¿A un prestamista? ¿Un usurero?

—Podría ser. Su historial crediticio es muy vago, hay mucho movimiento entre cuentas. Es poco probable que un banco le hubiera prestado. Y con el tiempo compró la casa en Fortuna Avenue.

—La casa de Dee Lane.

—Y la casa en Ivy Ranch Road.

—La casa de los Radley.

—Casas pequeñas, sólo para alquilar. También invirtió en Cedar Heights, un proyecto de construcción.

Walk había visto anuncios en el periódico local.

—Lo siento, Walk. No veo nada raro por ninguna parte.

Walk suspiró.

—Ese club del que era propietario... se llamaba Eight, ¿verdad? —preguntó Martha.

—Eso mismo.

—Una chica que trabajaba en el club vino a verme al despacho: tenía problemas con su novio. Creo recordar que mencionó a Darke.

—¿Puedo hablar con ella?

—Se lo preguntaré, si quieres

—Tenemos que saber más sobre esos pagos que hizo Darke.

—Lo único que tengo es un número de cuenta.

—Algo es algo.

—O no. He mirado todo lo que has encontrado. No hay nada, nada en absoluto. Y necesitas una prueba irrefutable. De lo contrario, no tienes nada que hacer.

Walk se puso de pie en el momento en que su teléfono empezó a sonar. Era Milton. Hablaba de forma entrecortada, había salido a dar su paseo de cada noche para quemar algunas calorías cárnicas. Conversaron durante un minuto.

Martha estaba terminando de juntar sus papeles.

—¿Todo en orden? —preguntó.

—Milton lleva el grupo de vigilancia local.

Ella arqueó una ceja.

—De hecho, es el único miembro que queda del grupo después de la muerte de Etta. Dice que hay un diez noventa y uno en Sunset. Mejor me acerco a ver.

—¿Un diez noventa y uno?

Walk suspiró.

—Un caballo desbocado.

Condujo en dirección a Sunset sin conectar las luces del coche.

Un sedán estaba aparcado frente a la casa de los King, un automóvil tan normal y corriente que a Walk le pareció de la policía. Aparcó detrás e hizo centellear las luces una vez. Luego salió y caminó hasta la puerta del conductor.

Dos hombres en el interior. Ninguno hizo el amago de bajar la ventanilla. Walk contempló la calle desierta, las parcelas vacías, las aguas de Cape Haven iluminadas por la luna. Un coche de fuera llamaba la atención allí. Dio con los nudillos en el cristal. El conductor se volvió, tomándose su tiempo. Un hombre de unos cincuenta años, de pelo castaño, apuesto.

—¿Puedo ayudarlos en algo? —Walk sonrió.

El sujeto miró a su compañero, mayor que él, de unos sesenta y cinco años quizá, con barba y gafas.

—¿Hemos hecho algo malo?

—No, que yo sepa.

—Pues váyase a la mierda, hombre.

Walk tragó saliva sintiendo que la adrenalina se disparaba en su interior.

—¿Y si no lo hago?

El de la barba respondió con una sonrisa apenas perceptible, como si Walk debiera saber algo que evidentemente no sabía.

—Estamos buscando a Richard Darke.

—Darke no vive aquí. —Walk no llegó a desenfundar el arma, pero puso la mano en la culata.

—¿Tiene idea de dónde podemos encontrarlo?

Walk pensó en Darke, en aquellas transferencias bancarias, en la clase de hombres con los que seguramente hacía negocios.

—No sé dónde vive.

—Si lo ve, dígale que no vamos a irnos —dijo el de mayor edad sin mirar a Walk.

El otro encendió el motor.

—Van a tener que bajarse del coche.

El conductor miró a Walk y a la casa de los King.

—Darke es bueno haciendo malabares... hasta que se le caiga la primera bola, claro.

—He dicho que van a tener que...

El conductor cerró la ventanilla y arrancó el coche.

Walk pensó en perseguirlos, en enviar un mensaje por radio, pero se quedó mirándolos desaparecer Sunset abajo con la mano todavía posada en la culata del arma.


Duchess cogió a Robin de la mano. Terminaron de abrir las puertas y echaron a caminar hacia los dos caballos que estaban pastando juntos.

—¿No puedes comer con nosotros dos, aunque sea una sola vez?

Duchess le puso el bozal al caballo negro con cuidado, acariciándole el hocico con la palma de la mano.

—No.

Después le ajustó el bozal a la yegua gris, más pequeña, pero cuando trató de acariciarla ésta apartó la cara. A Duchess le gustaba ese animal.

Amarró los bozales y llevó a los caballos al redil sin apresurar el paso, teniendo buen cuidado de que Robin no se acercara demasiado. El niño los siguió atolondradamente y cerró las puertas, tal y como ella le había enseñado.

Duchess dio las buenas noches a los animales y al salir vio a Robin en un claro de hierba en la orilla del riachuelo. El pequeño sabía que no tenía que acercarse demasiado al agua, a pesar de que sabía nadar bien. Durante casi un año entero, Duchess había ido a la piscina de Oakmont con él todos los sábados —un trayecto que obligaba a coger tres autobuses—, porque en Oakmont impartían cursillos infantiles gratuitos.

Cuando ella se acercó, Robin retrocedió.

—Estás mosqueado conmigo.

—Sí. —Su hermano cerró el puño manteniéndolo sobre el regazo. Los pantalones cortos dejaban al descubierto sus piernas flacas, sus rodillas surcadas de arañazos—. No tendrías que haberle dicho eso a Tyler.

—Tyler no tendría que haberte puesto la mano encima.

Caía la tarde y el calor diurno dejaba paso al frío de la noche.

—Bien... —dijo ella.

—No... ¡no está bien! —Robin descargó el puño contra la hierba—. A mí me gusta estar aquí, me gusta estar con el abuelo y me gustan los animales. Me gusta la nueva escuela y la señorita Child. No me hace falta...

—¿Qué es lo que no te hace falta? —Duchess lo dijo sin levantar la voz, pero en tono desafiante. Un mes antes habría sido suficiente para que Robin no se atreviese a responder.

—Tú. Tengo al abuelo, ¿sabes? Es un adulto y puede cuidar de los dos. No quiero que me prepares la comida...

Rompió a llorar en silencio. Duchess lo contempló largamente, hecho un ovillo, con la barbilla pegada al pecho y abrazándose las rodillas. Lo que ella quería, lo que ella necesitaba, era que Robin estuviera bien; era lo que más necesitaba en el mundo. El pequeño seguía yendo a la psicóloga una vez por semana, pero al regresar ya no le contaba lo que hablaban. «No tengo por qué decírtelo», respondía. «Es privado.»

Su hermano levantó la vista y musitó:

—Tú eres una forajida, ya lo sé, pero yo no lo soy: yo sólo quiero ser un niño normal y corriente.

Ella dio un paso hacia él, se sentó y se ensució los vaqueros de tierra.

—Tú eres un príncipe, no lo olvides. Mamá siempre lo decía, y no se equivocaba.

—Sólo quiero que me dejes en paz.

Duchess hizo ademán de alborotarle el cabello, pero el pequeño esquivó su mano, se levantó y echó a correr hacia la casa. Y ella, durante un segundo, pensó que también rompería a llorar y dejaría que los últimos meses y años pudrieran su cuerpo, que lo disolvieran en la tierra, que despegaran la piel de los huesos y licuaran su sangre en el agua.

Le llegó el rumor de una camioneta y enseguida se puso tensa, pero resultó que era Dolly. Bajó del vehículo dejando las luces largas encendidas, sus haces proyectándose sobre el agua.

—¿Te importa si me siento un momento contigo?

Dolly iba de vez en cuando. Esa vez llevaba un vestido color crema y zapatos de tacón con las suelas rojas. Era una de esas mujeres que no tienen ropa de trabajo en el armario.

—No te vi en la iglesia el domingo pasado —dijo Duchess.

—Bill estaba enfermo. —La punta de su cigarrillo titiló un segundo.

—Vaya.

—Lleva mucho tiempo enfermo. Tiene días mejores y días peores.

—Claro.

—Eché de menos tu vestido.

Duchess había hecho un nuevo recorte en la tela para dejar el ombligo al descubierto.

—Puedes ir a verme cuando quieras, que lo sepas. Cuando tengas ganas de hablar con otra mujer. Yo no tengo hermanas ni madre, me hice mayor yo solita.

—Y te ha ido bien.

—Porque sé fingir, Duchess. Y soy una experta. De verdad, si un día quieres ir de visita, Hal sabe dónde vivo.

—Intento hablar lo menos posible con Hal.

—¿Y cómo es eso?

—Si lo hubiera conocido antes... quiero decir, si mi madre...

El agua lamió la orilla con suavidad.

—Hal fue a veros.

Duchess se volvió hacia ella.

—Fue en coche hasta Cape Haven. —Dolly lo dijo en voz baja, como si estuviera yéndose de la lengua—. Creo que es mejor que lo sepas.

—¿Cuándo?

—Todos los años, y siempre el mismo día: el dos de junio.

—Mi cumpleaños.

Dolly sonrió de forma apenas perceptible.

—Tu abuelo siempre te llevaba un regalo. Solía pedirme que lo ayudase a comprar algo que pudiera gustarte. Y luego, después de que Robin naciera, hacía el viaje dos veces al año. Y estamos hablando de un hombre que nunca se toma un día libre porque no puede permitírselo.

Duchess se volvió a contemplar la vieja granja.

—¿Y él cómo se enteró? Star me dijo que nunca hablaba con él.

—Y era cierto. Tu madre sí que era testaruda. Me recuerda a alguien que yo me sé.

—Déjalo, anda.

—Hal conservaba un contacto en el pueblo, un policía. De vez en cuando lo llamaba.

Duchess cerró los ojos: «Walk.»

—Nunca recibí esos regalos.

—Ya lo sé. Los traía de vuelta cada año. Pero eso no lo detuvo, siguió intentándolo una y otra vez. No estaba dispuesto a verte sin el consentimiento de tu madre.

—Mi madre lo culpaba de todo lo que pasó.

Dolly posó la mano en su hombro.

Duchess estaba al corriente de lo que le ocurrió a su abuela, una mujer de espíritu tan libre que gracias a ella Duchess llevaba el apellido Day antes que Radley. Star tenía entonces diecisiete años y estaba intentando entrar en la universidad. Un día llegó a casa más pronto que de costumbre y vio la nota:

«Lo siento. Te quiero. Llama a tu padre y no entres en la cocina.»

Pero Star nunca obedecía.

Dolly se levantó.

—Traigo un pastel para Robin. Una tarta Selva Negra. Me temo que se va a decepcionar un poco cuando vea que no tiene nada que ver con una selva de verdad.

Duchess la siguió hasta la camioneta y Dolly le dio el pastel.

—Tu abuelo está mayor.

—Ya lo sé.

—¿Alguna vez has cometido un error, Duchess?

Duchess se acordó de Cape Haven: de las peleas, de cuando rayó la carrocería del Mustang de Brandon, del incendio...

—No, nunca.

Dolly la sujetó por la muñeca con fuerza. Olía a un perfume dulce. Duchess trató de soltarse pero Dolly no la dejó.

—No eches tu vida a perder, Duchess.

Un momento después, contempló la camioneta perdiéndose en la lejanía.

Unas gotas de lluvia cayeron sobre sus hombros.

El chubasco pronto arreció, cayendo con fuerza: gruesos goterones que hacían saltar el lodo alrededor, salpicándole las piernas. Pero ella se quedó allí y alzó la cara hacia lluvia que nunca bastaba para limpiarla del todo.

Cuando llegó a casa, Hal estaba en el porche con una toalla en la mano. La envolvió en ella sin que Duchess se resistiera, la sentó en una banqueta y le pasó un tazón de chocolate caliente lo bastante humeante como para disipar sus protestas al momento. La lluvia caía con una fuerza capaz de ahogar el grito de aquella voz interior que le decía que se resistiera, que luchara, que pateara.

—Robin está durmiendo. Eso que te ha dicho no iba en serio —Hal se sentó en la banqueta, a una distancia prudencial.

—Sí que iba en serio.

—Antes te he visto en el campo. Montana siempre es hermosa, también bajo la lluvia.

—Dolly ha traído un pastel —Duchess recogió el plato del suelo y se lo dio.

El teléfono sonó en el interior, algo que rara vez sucedía. El anciano entró y habló por el aparato, unas pocas palabras que ella no llegó a discernir.

—¿Quién era?

—Walker.

—¿Ha mencionado a Darke?

—Tan sólo llamaba para comprobar que todo está en orden.

—Darke vendrá.

—No tenemos forma de saberlo.

—No lo entiendes.

—Explícamelo.

—Me prometió que vendría a por mí.

—¿Por qué?

Duchess no respondió.

Bebieron y respiraron el olor de la lluvia y la tierra.

—Aquí tengo más sueños, y no me gusta.

Hal se volvió hacia ella.

—Mis sueños son jodidos.

Hal hizo como que no oía la palabrota.

—Cuéntame.

—No.

—Cuéntaselo a la yegua gris. Puede oírte desde aquí. Tú háblale y ya está, Duchess.

—Y ya está —repitió ella en voz baja.

La lluvia seguía cayendo. Hal cerró los ojos y ella lo comprendió de pronto: toda una vida pagando un error, la esperanza de una segunda oportunidad, la lastimera ansia de redención.

—Subo los montes alrededor de la granja y veo tonos verdes y pizarra, las hojas muertas en la cuneta me recuerdan que es otoño y que las estaciones cambian sin importar quién haya muerto. Me siento como en el cielo, y Montana es apenas una nota al pie: campos como retales cosidos por tractores que parecen hormigas, hombres que agachan la cerviz y se sumen en la rutina de todos los días.

»El mar es infinito, pero yo puedo ver sus límites. Y también veo la tierra, que gira imperceptiblemente. Veo las nubes aferrándose al cielo, la puesta del sol en el desierto, el destellar de los metales. Pronto todo es oscuridad, estrellas y luna. El mundo se convierte en nada: es tan pequeño que me basta levantar el dedo para esconderlo. Soy el Dios en el que no creo, soy suficientemente grande como para detener a los malos.

No iba a permitirse llorar.

Hal estaba mirándola con atención.

—Si ese hombre viene, yo lo detendré.

—¿Por qué?

—Para protegerte a ti y a Robin.

—Me basto para protegernos a los dos.

—Sigues siendo una niña.

—No soy una niña, soy una forajida.

Hal la rodeó con el brazo y ella sintió que se derretía ante su cálido contacto... y se odió por ello.

## 22

El apartamento estaba encima de una tienda de saldos. Habían cubierto con tablones una de las ventanas y las demás estaban tan mugrientas que Walk dudaba de que la luz llegara al interior. Aunque todavía era temprano, el olor a comida china escapaba a través de un conducto de ventilación que había junto a la puerta de la calle. La chica se llamaba Julieta Fuentes y había trabajado en varios clubes como bailarina. Martha le había dejado un mensaje tras otro en el móvil pero, cansada de no recibir respuesta, terminó por darle su dirección a Walk. Tenía problemas con un ex y Martha estaba preocupada por ella.

La puerta estaba abierta. Walk entró y subió la angosta escalera por cuyas paredes el moho se extendía en enormes manchas hasta el techo. Llamó a la puerta con el puño y aguardó unos segundos. Nada. Volvió a llamar, aporreándola esta vez.

Julieta resultó ser una mujer menuda con cabello oscuro y anchas caderas: una belleza cuya aparición casi lo obligó a dar un paso atrás.

Ella lo fulminó con la mirada, y cuando él le enseñó la placa fue incluso peor.

—Mi hijo está durmiendo.

—Lo siento, Martha May me ha dado su dirección.

Al oírlo, Julieta se ablandó lo suficiente para retroceder en el minúsculo recibidor y abrir un poco la puerta.

Walk también dio un paso atrás y descendió un escalón, con lo que sus ojos quedaron a la altura de los pechos de la mujer. Soltó una tosecita y se ruborizó de tal modo que Julieta volvió a fulminarlo con la mirada.

—Dígame de una vez qué quiere.

—Usted trabajaba en el Eight.

—Quitándome la ropa por dinero, sí. ¿Desde cuándo es delito?

Walk quería aflojarse el cuello de la camisa, que de pronto le constreñía la circulación y acumulaba todavía más sangre en sus mejillas.

—Tan sólo quería hacerle un par de preguntas sobre Dickie Darke.

Julieta Fuentes seguía mirándolo con cara de pocos amigos.

Él se aclaró la garganta.

—Martha dice que tiene problemas con cierto individuo, ¿estamos hablando del padre de...?

—Yo no me acuesto con todos, señor policía: no todas las bailarinas somos putas, ¿sabe?

Walk miró alrededor como si esperara la llegada de refuerzos.

—Lo siento. Yo... Verá, quiero saber más sobre Dickie Darke.

—Él no lo hizo.

—¿Qué cosa?

—Lo que sea que piensa que Dickie hizo.

—¿Le ha pedido que diga eso?

La mujer se ajustó el batín, abrió un poco la puerta y aguzó el oído.

—Mi hijo duerme hasta tarde, se pasa las noches despierto.

—Como su madre.

Ella por fin esbozó una sonrisa.

—Mire, la gente ve a un gigante como Darke y enseguida supone que es un tío chungo. A ver, el hombre tiene agallas, yo misma lo he visto: una vez un desgraciado trató de meterme mano y Dickie lo agarró por el cuello y lo levantó del suelo, como en las películas.

—Pero no es un hombre violento.

Julieta le dio un golpe bastante fuerte en el brazo.

—Está pensando como un puto poli.

—¿Y cómo quiere que piense?

La mujer reflexionó un momento.

—Quizá como un padre que protege a su hija.

—¿Darke era así?

Julieta suspiró como si, en efecto, estuviera tratando con un poli gilipollas.

—Darke ni nos miraba cuando bailábamos. Ni nos miraba, ni trataba de ligar con nosotras ni nos exigía que le hiciéramos mamadas. Y eso no es habitual, créame. Y si había lío, al momento venía a poner orden: cuidaba de que no nos pasara nada. Hable con cualquier otra chica del Eight y verá que ninguna le dice nada malo de él.

—Y con el padre de su hijo... ¿Darke también intervino y puso orden?

Julieta no respondió, pero sus ojos le dijeron a Walk cuanto necesitaba saber.

—¿Puede contarme alguna cosa más? Es posible que Darke esté metido en algún lío.

—¿Qué clase de lío?

—Dos sujetos andan buscándolo, uno es un tipo con barba y gafas...

Por la expresión en el rostro de Julieta, Walk supo que los conocía.

—Lo único que busco son respuestas. Por favor.

—A esos dos los conozco. Venían al club el segundo viernes de cada mes y se marchaban con un sobre lleno de billetes, un sobre de los gordos, lo que tampoco tiene nada de raro: en casi todos los clubes donde he trabajado siempre hay tíos que pasan a cobrar.

—Y Darke siempre pagaba.

La chica se echó a reír.

—Con esa gente no te queda otra: o pagas por las buenas o pagas por las malas. Y Darke lo sabe.

—Y el hecho de que ahora lo estén buscando...

—A esos dos les importa una mierda que el Eight se incendiara. No es su problema, ellos quieren su dinero.

—No creo que pueda pagarles.

En los ojos de Julieta apareció un brillo de inquietud.

—Más le vale huir de aquí —dijo.

—Estoy seguro de que Darke sabe cuidar de sí mismo.

—Usted no lo entiende, a pesar de las apariencias...

—Cuénteme.

—En el local trabajaba otra chica, Isabella... ésa sí que era una puta. Pensaba que Darke tenía dinero y trató de ligárselo, pero Dickie pasó de ella.

—¿Le dio alguna explicación?

—Le dijo que no tenía interés en relacionarse con ella en ese plan porque ya tenía a otra chica, pero eso fue todo. Nunca conocimos a la otra chica.

—Así que estaba viéndose con otra. ¿Se acuerda de algo más? Por mínimo que sea, aunque no le parezca importante.

—Dios... ustedes los polis siempre exigiendo, ¿no?

—Es importante. Por favor. Cualquier cosa que recuerde.

—Usted lo que quiere es empapelar a Dickie, pero le digo que nos trataba bien. Nos cuidaba, sobre todo a mí y a otra chica: éramos sus favoritas.

—¿Y por qué ustedes?

—Porque teníamos hijos. Darke nos protegía, podía ser muy considerado. Una noche que no me presenté a trabajar vino hasta aquí a buscarme porque se quedó preocupado.

—¿Y la otra chica?

—Layla. También la trataba muy bien. A veces incluso salía con ella, la invitaba al parque de atracciones o donde fuese. Dickie es buena gente.

—¿Dónde puedo localizar a Layla?

—Se marchó al oeste, no sé bien adónde. Con su hijita.

—Tenía una hija.

—Sí, tenía su foto en la taquilla. Una monada de niña.

Una voz llegó del interior: el niño llamaba a su madre.

—¿Ya hemos terminado?

—Sí.

—Buena cacería, agente.


Una hora de autovía para llegar a casa de Darke. Por el camino llamó a Martha: el antiguo novio de Julieta se llamaba Max Cortinez y hacía dos meses le habían pegado tal paliza en la puerta de un bar de Bitterwater que por poco no acabó en la tumba. Walk le pidió que le leyera el atestado policial.

A Max le habían pateado la cabeza tantas veces y con tal brutalidad que perdió todos los dientes menos uno. Con unas botas grandes y pesadas. Por lo demás, la policía de Bitterwater no había querido invertir ni un minuto de su tiempo en investigar lo sucedido a un sujeto como Max. Walk probó a llamarlo directamente, pero lo único que consiguió fue que Cortinez, cuando por fin respondió, lo enviara a tomar por culo.

Walk miró el reflejo de su rostro en el retrovisor: la barba algo más crecida, la cara algo más chupada, el lento descenso a un lugar más oscuro. Y no sólo su cuerpo lo traicionaba: él mismo había dejado de cuestionarse a la hora de quebrantar las normas que había defendido toda su vida. Acabaría mal, eso estaba cantado.

Cedar Heights, una urbanización aún por terminar con una caseta hecha de ladrillos demasiado nuevos en la entrada, un sitio con vastos terrenos, tan enorme como carente de gracia. Incluso los bosques circundantes tenían un aire prefabricado. Eso sí, resultaba patente que Darke había invertido dinero en aquel proyecto.

Se detuvo ante la barrera de acceso y un hombre vestido con un polo elegante, pero con una barba descuidada y apestando a marihuana salió de la caseta. Su mirada dejaba claro que vivía sumido en la confusión permanente.

—Buenos días.

—Vengo a ver a Dickie Darke.

Su interlocutor miró al cielo, se rascó la barba y se dio golpecitos en la sien con el índice como si estuviera tratando de dar con una respuesta.

—Me parece que no está en casa. No lo he visto.

—Está esperándome.

El tipo llamó y esperó sesenta largos segundos para decirle:

—No responde.

—Mejor paso y llamo a su puerta.

Volvió a rascarse la barba.

Walk apoyó el codo en la ventanilla mientras el otro terminaba de decidirse.

216

—¿Cómo se llama usted?

—Moses Dupris.

Walk no pudo reprimir un parpadeo de extrañeza.

Al lado de Dupris había una fuente, sin agua y verdosa, a la que faltaban algunas baldosas.

—Diré que me encaré con usted y lo obligué, ¿qué le parece la idea, Moses? Diré que amenacé con armar un escándalo, con llamar a las puertas de los vecinos y demás.

—Bueno, vecinos, lo que se dice vecinos, no hay muchos.

—¿En qué casa vive él?

Moses se la señaló.

—Darke, estooo... el señor Darke por el momento ocupa la vivienda piloto, la casa de muestra. Ahí delante, no tiene pérdida.

Walk dejó atrás la caseta y siguió por el camino que avanzaba curvándose alrededor de una decena de casas. Un par estaban acabadas, pero la mayoría tenían andamios y las ventanas cubiertas con tablones, se hallaban a medio pintar y rodeadas de montones de cascotes. Emplazada junto a una arboleda, la casa piloto era bastante bonita: estucada, con columnas y ventanas de guillotina. Para Walk, sin embargo, todo parecía de plástico. Pensó en Cape Haven y en la manía que algunos tenían de convertirlo en un lugar como éste. La gente compraba parcelas en la costa con la ilusión de que un día les concedieran un permiso de obras. Él esperaba morirse mucho antes de que el dinero arrasara con todo.

Al acercarse, advirtió que la casa ya empezaba a mostrar signos de deterioro: una profunda grieta recorría la fachada hasta un canalón de desagüe medio roto. El césped estaba descuidado, alto, y las malas hierbas crecían aquí y allá.

La puerta era grande, pero no encontró el timbre, por lo que la aporreó al estilo de los policías de la televisión: golpes fuertes, con urgencia. Se quedó allí unos segundos mientras los pájaros cantaban alrededor.

Recorrió la fachada principal. Las ventanas tenían las cortinas echadas, no se veía nada del interior. A un lado había una verja de hierro forjado sólida y pesada que, sin embargo, se abrió al primer intento. Daba a una piscina con zona para barbacoas. Bajo una parte techada podían verse sillas y un gran televisor. Se detuvo en seco al ver que la puerta de atrás de la casa estaba abierta.

—¡Darke! —llamó.

Entró. El corazón le latía con violencia. Pensó en empuñar el arma, pero las manos no le respondieron: así de mal estaban las cosas últimamente.

Un ventilador daba vueltas en el techo. Todo estaba perfectamente ordenado. Abrió una alacena: latas de comida perfectamente alineadas y con el etiquetado a la vista.

Siguió por el interior. Ahora ya comenzaba a sudar. Dejó atrás el comedor y un despacho y entró en la sala de estar, donde el televisor estaba encendido, aunque sin sonido. En ESPN, el locutor Karl Ravech, sentado frente a una estantería llena de libros, parecía estar hablando de béisbol, algo sobre Jose Bautista y los Atlanta Braves.

El interior estaba decorado con buen gusto, cada elemento había sido seleccionado con el objetivo de proyectar una imagen de perfección: un cuenco con frutas de plástico, flores de plástico en una mesita, fotografías enmarcadas de una familia modélica con modélicas sonrisas de plástico.

Se imaginó cómo sería la vida de Darke en ese lugar, intentando no desordenarlo con lo grande y torpe que era.

Subió por la escalera de madera cubierta por una gruesa moqueta de color crema, pasó frente a un espejo y se vio a sí mismo con la mano posada en la culata de la pistola, como un chaval que juega a indios y vaqueros empeñado en dar caza a Vincent y su hacha de plástico.

Buscó en los cuartos de invitados, tres, antes de llegar a la habitación principal. Todo inmaculado.

—¿Qué está haciendo aquí?

Se volvió con el corazón martilleando en el pecho.

Darke estaba en lo alto de las escaleras, vestido con pantalones cortos y chaleco. Llevaba puestos unos auriculares y tenía una mirada fría, dura.

—He venido a ver cómo estaba.

El otro siguió mirándolo, imperturbable.

—Unos hombres han estado preguntando por usted y algo me dice que es mejor que no lo encuentren. —Darke bajó las escaleras y condujo a Walk hasta un lujoso estudio—. Suéltelo de una vez —dijo.

Walk se sentó en el mullido sofá de cuero, Darke se quedó de pie y el abismo que los separaba aumentó.

—Julieta Fuentes —dijo Walk, y lo miró con atención. Reparó en el sudor que descendía por su cuello y sus musculados hombros—. ¿Se acuerda de Julieta?

—Nunca me olvido de las personas que han trabajado para mí.

—¿Se acuerda de un novio que tenía, Max Cortinez?

No hubo respuesta.

Walk se levantó y fue hasta la ventana. El jardín era pequeño pero estaba bien cuidado. Había árboles, parterres y una especie de talla decorativa hecha con un tronco de árbol.

—Mire, no lo culpo por lo que le hizo a Max. Maltrataba a Julieta y usted emparejó las cosas.

Darke seguía sin decir nada, pero su expresión fue cambiando: ahora reflejaba tristeza, arrepentimiento quizá.

—De hecho, se comportó usted noblemente. Le hizo un favor a Julieta, dejó claro que ella le importaba.

—Julieta ganaba más dinero para la casa que todas las demás.

De pronto todo encajaba: por eso la había defendido. Darke sencillamente había estado protegiendo su inversión. Dickie Darke, cuyo único objetivo en el mundo era ganar dinero.

Walk sentía la garganta reseca, pero siguió hurgando en la herida:

—Pero metió la pata, Darke. Porque se pasó de la raya. Con Max se le fue la mano: no lo mató de milagro. ¿Es eso lo que sucedió con Star?

Darke lo miró con decepción.

—Está haciendo las preguntas equivocadas a la persona equivocada.

Walk dio un paso hacia él con la adrenalina a tope.

—No lo creo.

—Usted no quiere saber qué clase de hombre es Vincent King, prefiere pensar en el muchacho que fue.

Walk avanzó otro paso.

Darke alzó el mentón.

—Todo esto lo supera, le viene muy grande. Sé lo que se siente, créame.

—¿Qué es lo que se siente?

—Uno a veces quiere seguir a su aire, vivir la vida a su manera, pero hay gente que se lo impide.

—¿Y Star cómo se lo impedía?

—¿Y cómo está la hijita de Star? Espero que le haya dicho que he estado pensando en ella.

Walk apretó los dientes. En otro momento quizá hubiera respondido lanzándose sobre su gigantesco interlocutor; en otro momento o quizá en otra vida. De pronto le costaba respirar hasta tal punto que la estancia comenzó a oscurecerse.

—Mejor me marcho.

Fue hacia la cocina seguido por Darke. Notó que la cabeza le daba vueltas y tuvo que apoyarse en un mueble para seguir andando. La medicación de las narices, la puta enfermedad que lo estaba dejando para el arrastre.

Al llegar a la salida reparó en un maletín que estaba en un rincón.

—¿Se marcha de viaje, Darke?

—Cuestión de negocios.

—¿A algún lugar bonito? —Walk se volvió hacia él.

—A un lugar que preferiría no visitar, la verdad.

Se produjo un momento de silencio. Walk se dio la vuelta y salió. Subió al coche y puso rumbo a Cape Haven. Nada más cruzar el límite municipal, se detuvo en el arcén y marcó un número de Montana.

# 23

La lluvia duró tantos días que Duchess se acostumbró a sentarse junto a la ventana a contemplar el cielo, como solía hacer el anciano. No dejó de advertir que Hal la miraba con insistencia y que también miraba hacia el camino de acceso cada dos por tres, como quien espera visita.

Robin enfermó de gripe y estuvo en cama una semana entera. Duchess le llevaba bebidas calientes y lo mimaba, pero entre ellos se había levantado un muro que le helaba el corazón y que estaba decidida a echar abajo.

La fiebre se agravó a la tercera noche. El pequeño llamó a su madre a gritos, de pie sobre el colchón, con el pelo apelmazado por el sudor y los ojos desorbitados. Berreó y chilló con un sentimiento que parecía nacer en lo más hondo, un sentimiento que Duchess conocía bien. Hal se asustó y le preguntó si convenía llamar a un médico, o una ambulancia, pero Duchess no le respondió. En cambio, mojó un paño y desvistió a Robin.

Cuidó de su hermano toda la noche sin que Hal se moviera ni un instante de la puerta. En silencio, simplemente acompañándolos. Por la mañana, la fiebre bajó finalmente y Robin tomó un poco de sopa. Hal lo llevó en brazos al porche y lo sentó en el columpio para que contemplara la lluvia y respirara el aire fresco.

—Me gusta cómo suena al caer en el lago —observó Robin.

—Sí.

—Perdóname por lo que dije el otro día.

Duchess se volvió hacia él y se arrodilló sobre el basto entablado de madera. La tela de los vaqueros estaba desgarrada en las rodillas de tanto trabajar en la granja.

—No tienes que pedirme perdón por nada —le dijo.

Hal tenía un reproductor de vídeo. El domingo vieron una película de Rita Hayworth. Duchess nunca había visto a una mujer tan elegante y exquisita. Más tarde, curioseando en el desván encontró un montón de viejas películas del Oeste. Se sentó junto al anciano y estuvieron mirándolas toda la noche, hasta que Robin mejoró por completo. Ese día jugó a ser otra y se dedicó a perseguir a una cuadrilla de bandoleros mexicanos entre los trigales mientras Hal la contemplaba desde el porche negando con la cabeza al ver las locuras que hacía. A Duchess le dio por llamarlo Tuco, le dijo que era el feo y que ella era la mala. El bueno aplaudía con sus manitas, los rizos mojados de lluvia y el impermeable amarillo salpicado de gotitas.

Algunos días, Duchess hacía prácticas de tiro. A cien pasos de distancia, acertaba un balazo en el centro del tronco del árbol. Y se hacía llamar Sundance.

La primera vez que montó la yegua gris se sintió más cerca que nunca de Butch Cassidy. Era sangre de su sangre, y ella ya no se sentía tan fuera de lugar: comenzaba a echar raíces en las tierras de Montana. Puso la mano sobre el lomo de la yegua y sintió el calor de su cuerpo, la acarició con afecto y le habló al oído: ella jamás le pegaría una patada, ¿quizá la yegua podía devolverle el favor y abstenerse de tirar a una vaquera por los suelos? Aferrada con firmeza al pomo de la silla, se sacudió el agua de lluvia del pelo mientras Hal guiaba al animal por el establo, haciéndolo trotar sin prisas. Duchess se esforzó por sofocar la ancha sonrisa que insistía en dibujarse en su rostro. Pasó otra semana y la grisácea opacidad del cielo empezó a resquebrajarse, la lluvia fue amainando y el azul se fue abriendo paso en el firmamento hasta que la luz del sol bendijo la tierra por primera vez en un mes. Duchess se hallaba a cierta distancia de la casa en ese momento. Vio que Hal, junto a la rastra de arar, y Robin, a unos pasos del gallinero, se volvían al cielo a la vez y sonreían. Hal la saludó agitando la mano, Robin hizo otro tanto. Y entonces, no sin esfuerzo, Duchess levantó la suya y los saludó también. El triángulo es la forma más sólida de todas, lo había aprendido en clase de matemáticas.

Los días de otoño transcurrían entre hojas con mil tonalidades de marrón.

Un sábado, Hal los llevó al Parque Nacional de los Glaciares. Caminaron hasta las cascadas de Running Eagle, donde la luz se reflejaba en los álamos de una forma que dejó a Duchess con la boca abierta. Avanzaban sobre una alfombra de hojas muertas, algunas tan grandes que, puestas de pie, a Robin le habrían llegado al hombro. Él recogió tal cantidad entre sus manos que apenas podía ver lo que tenía delante.

Hal los condujo a un claro desde el que contemplaron los dorados álamos de Virginia mecidos por el viento.

—Mirad qué bonito —dijo.

—Muy bonito —repuso Robin.

Duchess simplemente se quedó mirando, a veces no parecía en absoluto una forajida.

Se detuvieron ante unas rocas bajo el estrépito de una cascada. A su lado se encontraban los cuatro miembros de una familia, todos tan parecidos que Duchess tuvo que obligarse a no mirarlos con asombro. Pensó que no tardarían en divorciarse, que esos dos angelitos pronto aprenderían lo que era la vida y se acostumbrarían a los portazos, a las lágrimas de rabia. Se le escapó una sonrisa al pensarlo.

Los domingos, Duchess asistía a la iglesia baptista de Canyon View con su vestido de costumbre. Hal la miraba con el ceño fruncido, los otros jovencitos con insistencia, pero los fieles más entrados en años —matrimonios que saludaban inclinando la cabeza, viudas respetables— estaban encandilados con ella sin excepción, y nadie tanto como Dolly, que todos los domingos hacía lo posible para sentarse a su lado.

El sombrío otoño obligaba a encender velas y faroles. Robin se sentaba junto a tres hermanos con los que se llevaba muy bien, pese a que eran mayores. Cada dos por tres, la madre los instaba a callarse y Robin los miraba con silencioso asombro: no debía haber nada mejor en el mundo que dejar de ser un niño pequeño.

—Él vendrá.

—¿Quién? —preguntó Hal.

—Darke. Más te vale tenerlo claro porque vendrá a por mí.

—Nada de eso.

—Yo soy Josey Wales y ese tipo es un soldado de la Unión en busca de una recompensa: mi sangre. Vendrá.

—Aún no me has dicho por qué crees que vendrá.

—Porque está convencido de que le hice una cabronada.

—¿Y se la hiciste?

—Sí.

El anciano pastor llamó a la comunión. Ante la mirada de Duchess, los fieles fueron poniéndose en fila con tales ansias de purgar sus pecados que no sólo estaban dispuestos a beberse aquel vino barato, sino a compartir la misma copa llena de saliva.

—¿Quieres ir? —le preguntó Hal como hacía cada semana.

—¿Te parece que quiero pillar un herpes, Hal?

El anciano desvió la vista, lo que para Duchess supuso una pequeña victoria. Robin se sumó a la cola junto con los niños mayores. Llevaba una vieja corbata con el emblema del estado de Misisipi que había encontrado en el desván y un sombrero panamá que le quedaba por lo menos siete tallas grande.

Al pasar al lado de su abuelo y su hermana, Robin se volvió.

—John, Ralph y Danny van a comulgar. Me gustaría ir con ellos, pero no quiero coger un herpes.

Hal miró a Duchess con reprobación.

Se quedaron para los pasteles. Duchess comió una porción de pastel de chocolate y otra de tarta de limón, y ya le había echado el ojo a un bizcocho de pera y dátiles, pero una ancianita se le adelantó. A estas alturas, había ganado un poco de peso: ya no se la veía tan delgada y severa.

Cuando volvieron a la granja, se encontraron una vieja bicicleta hecha polvo tirada junto al porche.

—Es la bici de Thomas Noble —dijo Robin con la nariz pegada al cristal de la ventanilla.

Thomas estaba de pie en el primer escalón con la mano deforme metida en el bolsillo de sus pantalones de pana verde. Iba muy elegante, con una camisa y una chaqueta también verdes, a juego con los pantalones.

—Por Dios... ¡pero si parece un moco andante!

Bajaron del coche.

Duchess avanzó unos pasos, se detuvo con una mano en la cadera y lo miró con cierto desdén.

—¿Se puede saber qué haces aquí, Thomas Noble? —preguntó.

El muchacho tragó saliva. Miró su vestido y tragó saliva de nuevo.

—Deja de comerme con los ojos... o Hal te pega un tiro. ¿Verdad que sí, Hal?

—Por descontado —convino el anciano y, acto seguido, entró en la casa con Robin, a quien le había prometido que lo dejaría conducir la segadora una vez se hubiera quitado la ropa de domingo.

—He venido porque... el trabajo de matemáticas... necesito que alguien me ayude y...

—No me vengas con gilipolleces.

—He pensado que me gustaría pasar el rato contigo. Al fin y al cabo vivo ahí mismo, somos vecinos —dijo señalando con la mano buena.

—Nadie vive cerca de aquí, ¿cuántos kilómetros de carretera te has chupado?

Thomas se rascó la cabeza.

—Más o menos seis kilómetros. Mi madre dice que el ejercicio viene bien.

—Estás tan flaco que da pena verte, tu madre podría ocuparse de que comieras mejor.

El muchacho sonrió con sencillez.

—Yo no voy a prepararte nada de comer ni a traerte bebida. No estamos en los años cincuenta, que lo sepas.

—Lo sé.

—Vale. Tengo que arrancar las malas hierbas que hay junto al lago. Lo siento, pero tengo trabajo. Haber avisado antes, es de sentido común.

Entró en la casa y cuando volvió a salir, vestida con los viejos vaqueros y la camisa, se encontró con que Thomas Noble seguía allí, mudo, cabizbajo, con la vista fija en sus zapatillas.

—Supongo que algo puedes hacer. No estaría de más que alguien me echara una mano.

—Sí —se apresuró a responder.

Thomas la siguió por la orilla del lago, se arrodilló a su lado y fue arrancando los hierbajos que ella le señalaba. Duchess llevó la mano al bolsillo y sacó un cigarro que había robado del cajón donde Hal guardaba sus cosas.

—No irás a fumar eso, ¿verdad? Cogerás cáncer.

Duchess respondió enseñándole el dedo medio. Después, arrancó la punta del cigarro de un mordisco y la escupió en el suelo.

—Jesse John Raymond tenía un cigarro en los labios cuando acabó con ese cobarde de Pat Buchanan —sujetó el cigarro entre los dientes—. ¿Tienes fuego?

—¿Tengo pinta de llevar un mechero encima?

—No, desde luego. En fin, podría mascarlo, como Billy Ross Clanton.

—Me parece que ése es otro tipo de tabaco.

—Tú no tienes idea de nada, Thomas Noble.

Duchess seccionó un buen pedazo de cigarro con los dientes y comenzó a masticarlo lentamente. Tuvo que hacer un gran esfuerzo por no vomitar.

Thomas Noble carraspeó y la miró entrecerrando los ojos.

—Verás... la razón por la que he venido... —dijo—. Va a haber un baile, el baile de gala del invierno. Aún falta, pero...

—Espero que no estés pensando en pedirme que vaya contigo, y menos ahora que tengo la boca llena de tabaco.

Thomas negó con la cabeza y volvió a concentrarse en el trabajo.

—Por si no lo habías adivinado, te comento que no tengo intención de casarme —dijo ella—, y menos contigo... con esa mano que tienes.

—No es hereditaria: es una anomalía. El doctor Ramirez...

—Puedes enviarme sus conclusiones, pero este año no tendré tiempo para mirarlas.

Thomas siguió arrancando hierbajos, pero enseguida se detuvo y volvió a mirarla con los ojos entornados:

—Te haré los deberes de matemáticas durante un mes entero.

—De acuerdo.

—¿Entonces es que sí?

—No, no voy a ir contigo, que quede claro, pero puedes hacerme los deberes de matemáticas.

—¿Es porque soy negro?

—No, es porque eres un capullo y un cobardica. A mí me gustan los valientes.

—Pero...

—Yo soy una forajida, joder. ¿Cuándo vas a darte cuenta? Ni me pongo vestiditos ni salgo con chicos. Tengo cosas más importantes en las que pensar.

—¿Cómo qué?

—Hay un tipo que anda buscándome —dijo ella, y Thomas la miró con atención—. Un pavo que se llama Dickie Darke. Conduce un Cadillac Escalade negro y quiere matarme. Así que, si quieres ser de utilidad, lo mejor es que tengas los ojos bien abiertos por si aparece.

—¿Cómo es que quiere matarte?

—Porque cree que le hice una putada.

—Cuéntaselo a la policía, o a tu abuelo.

—No puedo contárselo a nadie: si se enteran de lo que hice se me cae el pelo. Son capaces de separarme de Robin.

—Estaré atento.

—¿Alguna vez has hecho algo valiente en tu vida?

Thomas volvió a rascarse la cabeza.

—Una vez me columpié en el neumático que cuelga sobre el arroyo de Cally.

—Eso no es ser valiente.

—Tú prueba a hacerlo con una sola mano y verás.

A Duchess casi se le escapó una sonrisa.

—Mi madre me trajo al mundo sin anestesia, y la valentía se transmite, ¿a que sí?

—Joder con Thomas Noble. ¿Cuánto pesaste al nacer, medio kilo? Seguro que saliste disparado con un estornudo.

Thomas arrancó otra de las malas hierbas, sus ojos siempre entornados.

—¿Dónde has puesto las gafas?

—Tampoco me hacen falta.

—¡Oye! Estás arrancando las putas campanillas, y resulta que las campanillas me gustan mucho.

De inmediato, Thomas depositó las flores recién arrancadas en su lugar junto a la orilla.

—No todos podemos ser valientes, ¿sabes? Yo no soy como tú. Ya has visto que los chicos se ríen de mí, en grupo, y son más altos y más fuertes que yo, con unos músculos que dan miedo.

—No se trata de lo grande que seas, sino de lo que aparentas.

Thomas lo pensó un momento.

—¿Tengo que fingir que sé pelear?

—Exacto. Así evitas tener que pelear de verdad.

—¿Lo de fingir vale también para ese hombre que anda buscándote?

—No. Tú anda con los ojos bien abiertos y avísame de inmediato si lo ves.

—De acuerdo. Pero quizá harías mejor en tener cuidado con ese chaval al que amenazaste, Tyler: su hermano mayor te la tiene jurada.

Duchess hizo un gesto de desdén.

—Que se vaya a la mierda, él y toda su familia. Y ahora termina de arrancar esa mata de ahí y vete a casa de una vez o vas a llegar en plena noche. ¡Imagínate si un camión te aplasta la otra mano!

Thomas se levantó de mala gana.

Duchess lo contempló mientras echaba a andar con la bici en dirección a la puerta. Esperó a que se perdiera de vista para escupir el tabaco, estremeciéndose de asco y tratando de limpiarse la lengua con los dedos.

# 24

Era la fiesta del condado de Iver.

La calle Mayor estaba atestada, un muchacho intentaba echar el lazo a una ternera de paja y maldecía cuando fallaba, unas niñas lanzaban los saquitos con grano contra el tablero tratando de acertar en el agujero. Había un puesto de perritos calientes y una rampa para patinadores hecha de cualquier manera con un tablón apoyado sobre un gran tiesto volcado. Hal acompañó a Robin a que le pintaran la cara. Sentada en la acera, Duchess contempló el paso de las carrozas, cada una adornada con el nombre de un patrocinador: Aseguradora Mount Call, Banco Trailwest... unas chiquillas con tiaras en la cabeza saludaban a las cámaras de los asistentes.

Vio a Thomas caminando con su madre, la señora Noble, una mujer alta y de físico imponente. La gente se volvía al verla pasar. La acompañaba un anciano bajo y delgado, un hombre blanco

Thomas se acercó a saludar.

—¿Tu madre se dedica a la beneficencia, qué hace con ese vejestorio?

Thomas Noble supo enseguida de quién estaba hablando.

—Ese señor es mi padre.

Duchess frunció el ceño.

—Pues a saber qué vio tu madre en él. ¿Fue por dinero o porque le van las cosas raras?

Thomas tironeó de su brazo.

—Tengo que decirte una cosa, es urgente.

Duchess se levantó de mala gana y fue con él a un lugar algo más tranquilo. A saber qué era urgente para Thomas, podía ser cualquier cosa. Igual sospechaba que su madre estaba liada con el cartero o creía que su mano atrofiada estaba cobrando fuerza y pronto podría estrujar latas de cerveza. Eso de estrujar latas con la mano era una especie de obsesión para él.

—Espero que no vayas a contarme que tu mamá está follándose al cartero. —Su relación con Thomas Noble se había transformado en una de esas amistades de un solo sentido: él le confiaba sus secretos y ella los utilizaba en su contra sin piedad.

Thomas se quitó el sombrero de ala ancha y se abanicó con él mientras avanzaban hacia la sombra de un arce.

—Tiene que ver con ese muchacho, Tyler. Su hermano mayor anda buscándote, ya te lo dije. Y está por aquí.

—¿Y eso es tan urgente?

—No sé si me entiendes. El hermano es muy fuerte. Lo mejor es que te marches.

—¿Y por dónde anda?

Thomas tragó saliva.

—No seas siempre tan cobarde, Thomas Noble. Dime dónde está y le fabrico una cara nueva.

Thomas la guió negando con la cabeza y enjugándose el sudor de la frente con la mano temblorosa. La voz ya había empezado a correrse entre los chicos, que fueron agrupándose en el callejón que había detrás del café de Cherry.

Allí estaba Tyler, el chaval que había empujado a Robin. A su lado había otro chico, más alto, más gordo, más feo. Llevaba unas bermudas que le llegaban por debajo de las rodillas; sus piernas blanquecinas eran gruesas como troncos. Sus zapatillas Converse estaban tan ajadas como descoloridas. Tenía el pelo oscuro cortado a tazón y acné en las mejillas.

Tyler señaló a la recién llegada y el grandullón salió disparado hacia ella.

—¿Y tú quién coño eres? —espetó Duchess mientras se ajustaba la cinta en el cabello.

—Yo soy Gaylon.

—Mierda, debió de ser jodido crecer con ese nombre.

—Te metiste con mi hermano.

Duchess hizo un gesto de fastidio.

—Amenazaste con hacerle daño a mi hermano —insistió.

—En realidad, lo amenacé con arrancarle la puta cabeza —aclaró.

Ya había una decena de chavales arremolinados en torno a ellos, como si pudieran oler la sangre.

—Vas a pedirle perdón ahora mismo.

—Cierra la puta bocaza, gordinflón.

Se oyeron unas exclamaciones y los chavales se apartaron un poco. Thomas Noble ya no estaba a su lado.

Gaylon dio un paso hacia ella y cerró su puño enorme.

Y Duchess oyó de pronto un aullido, mitad grito de guerra, mitad chillido de niña, y vio que el corro de niños de pronto se abría para dar paso a Thomas Noble, quien llegaba corriendo. Se había soltado los faldones de la camisa y, por razones que ella no acertaba a entender, se había remetido las perneras de los pantalones en los calcetines.

Se movía a una velocidad endiablada, lanzaba golpes al aire como un boxeador y, con su rápido juego de pies, fue bailando alrededor de Gaylon mientras éste meneaba la cabeza a un lado y a otro. Duchess se tapó la cara con las manos y, por entre los dedos, vio que Gaylon lo tumbaba de un solo puñetazo.

En ese momento la puerta trasera del café se abrió de repente. Era Cherry, que salía con una bolsa llena de basura. Todos los chicos desaparecieron como por arte de magia, incluidos Tyler y su hermano.

Duchess se acercó a Thomas para evaluar los daños.

—He ganado, ¿no? —dijo él mientras ella lo ayudaba a ponerse en pie.

—Lo importante es participar.

Thomas se sobó un ojo con cautela.

—Se me pondrá negro —vaticinó.

—Ya lo tenías negro de fábrica —recordó ella.

—Dejémoslo en amoratado, pues.

—Ven conmigo, a ver si encuentro un poco de hielo.

Lo tomó de la mano buena y echó a andar con él. A pesar del dolor, Thomas se las compuso para sonreír.

—He sido valiente, ¿verdad?

—Más estúpido que valiente.

Pero cuando llegaron a la calle Mayor, Duchess vio el Cadillac Escalade negro.

Se puso pálida.

Darke los había encontrado.

Se soltó de la mano de Thomas y caminó oculta tras los camiones aparcados, entre calcomanías de SWAN MOUNTAIN o MONTANA ELK, NOVENO DISTRITO. Imaginó a Darke tratando de mezclarse con la gente del lugar aunque sus ojos sin alma sin duda lo delatarían.

Vio la camioneta de Hal, que tenía las ventanillas abiertas, abrió la puerta y se coló en el asiento del copiloto. Thomas Noble por poco se cae hacia atrás cuando vio que ella sacaba la pistola de la guantera.

Ella se metió el revólver en la cintura de los vaqueros.

A Thomas no le quedaban ganas de pelea.

Volvieron por la acera. El sol proyectaba sus rayos sobre la calle iluminando a padres e hijos que sonreían sin imaginar lo que podría ocurrir. Pasaron por delante del café de Cherry, dejaron atrás la barbería. Miraban al interior de cada escaparate, la mano de Duchess siempre en el cinturón.

El metal del arma ya no estaba frío: ardía, esperando.

El Cadillac Escalade estaba aparcado al otro lado de la calle. Darke debía de estar sentado en el interior, mirándola como sólo él miraba.

Puso un pie en la calle, dispuesta a cruzar. El miedo la atenazaba, pero hizo lo posible por encubrirlo con una sonrisa. Que Darke la viera sonreír, sí. Se alegraba de que por fin hubiera venido porque quería acabar de una vez: iba a matar a aquel hombre, por Robin, y no pensaba pedirle permiso a nadie.

—¿Se puede saber qué haces? —Thomas la agarró por el brazo.

Duchess se soltó con brusquedad y lo fulminó con la mirada.

—Tú quédate donde estás.

—¡No puedes enfrentarte a él!

Parecía que Thomas Noble estaba a punto de llorar, que tenía ganas de dar media vuelta y salir corriendo, pero el hombre que comenzaba a asomar en su interior intentaba desplazar al niño asustadizo de siempre.

Duchess rodeó la parte posterior del Escalade.

Se detuvo en la acera, junto al coche, y le pasó una mano por la carrocería, que brillaba tanto que ella veía su imagen reflejada.

—¡Duchess, por favor...! —gritó él sin que ella hiciera caso.

Duchess sacó la pistola del tejano. Con la mano libre, intentó abrir la puerta.

El coche estaba cerrado.

Acercó la cara al cristal y vio que estaba vacío.

Se dio la vuelta. El desfile continuaba, todo redobles de tambor y cintas de colores. Los chicos integraban la banda de música, las chicas sonreían y hacían girar sus bastones.

Ella se abrió paso entre un grupo de niños sin hacer caso de sus insultos, Thomas seguía a su lado. Le parecía ver a Darke por todas partes: su sonrisa, sus ojos fríos. Ella sabía de qué cosas eran capaces los hombres, sabía cómo eran en realidad.

Iba a torcer por una calle cuando de pronto vio a Robin.

Echó a correr sin molestarse en disimular. Le dio un codazo a un niño sin querer e hizo saltar por los aires su Coca-Cola, tiró al suelo a una anciana de un empujón. Se oyeron gritos escandalizados. Cuando llegó a su lado, él se volvió, la miró y sonrió.

Duchess se arrodilló y cogió a su hermano en brazos.

—¿Qué pasa? —preguntó Hal.

Entonces, una mujer se fijó en lo que Duchess llevaba en la mano.

—¡Un arma!

Hal la rodeó con sus brazos mientras el pánico se desataba a su alrededor.

La llamada llegó después de la cena. Hal le relató a Walk lo sucedido. Cuando el caos por fin se disipó, el Cadillac Escalade había desaparecido. Duchess no había anotado la matrícula, bien podía ser el Escalade de otra persona, pero el incidente subrayaba la necesidad de andarse con cuidado.

En cuanto Walk colgó, el teléfono volvió a sonar.

—No te dejan en paz —comentó Martha.

Walk había prometido prepararle una cena, pero se había olvidado, así que terminaron pidiendo comida preparada. Ella no se lo tomó a mal. Entre risas, comentó que por lo menos comería algo aceptable. Walk la dejó ocupada con sus papeles y salió de la casa un momento.

—Cuddy —dijo al teléfono.

Llevaba cierto tiempo sin hablar con Cuddy, se alegraba de oír la voz del hombretón al otro extremo de la línea.

—¿Cómo le va a nuestro amigo?

—Conseguí que volvieran a darle su antigua celda. El camello que la ocupaba protestó por tener que cambiarse, pero qué le vamos a hacer. Desde que está en su celda de siempre, parece más tranquilo.

—Gracias.

—¿Alguna novedad sobre el caso? Traté de sonsacar a Vincent otra vez, pero no piensa decir una palabra, al contrario de tantos otros que te vienen con el rollo de que son inocentes y que todo es una injusticia. Jurarías que has encerrado a los niños del coro de la iglesia.

Walk se echó a reír.

—¿O sea que no ha hablado con nadie más?

—Pues no. Se diría que nunca ha salido de la cárcel. A los dos días ya estaba con la rutina de siempre. Comienzo a pensar que echaba en falta la vida en el talego.

Siguieron charlando un rato sobre esto y aquello hasta que Walk oyó que Martha lo llamaba.

Se levantó, dejó la cerveza en el porche y fue a la sala de estar.

Pero Martha no dijo nada, sólo se enderezó en el asiento y volvió a inclinarse sobre el montón de carpetas. Se acomodó las gafas y se concentró en uno de los documentos. No hacía mucho que había descubierto la vinculación entre Darke y una empresa registrada en Portland.

—¿Has encontrado algo?

—Puede ser. Tráeme algo que picotear, anda. Unos chiles picantes, por ejemplo. Me ayudan a pensar. ¿Tienes habaneros?

Walk negó con la cabeza.

—¿Del tipo malagueta?

—Ni siquiera sé lo que es eso.

—Coño, Walk. Aunque sea un puto chile poblano. Necesito un poco de fuego, por Dios. A ver si la próxima vez me tienes algo preparado.

Merecidamente escarmentado, fue a la pequeña cocina y preparó café mientras observaba la calle por la ventana. Llevaban cuatro horas seguidas, desde la cena hasta bien entrada la noche, y a estas alturas ya bostezaban y tenían los ojos enrojecidos, pero preferían seguir trabajando antes que ir a acostarse y no pegar ojo. Martha ahora estaba casi tan obsesionada con el caso como él mismo, que parecía incapaz de pensar en otra cosa.

Le pasó un tazón con café y un molinillo de pimienta.

Martha reprimió una sonrisa y le mostró el dedo medio.

La miró dar vueltas por el salón. Llevaba en la mano un expediente con las declaraciones fiscales de cierta compañía y un documento de registro. La maraña documental era tal que había consultado a un abogado amigo especializado en impuestos.

—Fortuna Avenue... —murmuró Martha.

—Casas en segunda línea de mar.

—Todas las casas, menos dos, pertenecen a la misma sociedad. ¿Cuándo llegó el primer informe, el que avisaba de que los acantilados se estaban erosionando? —Mordisqueó el tapón del bolígrafo.

Walk rebuscó en un grueso montón de papeles.

—En mayo de 1995.

Ella sonrió y levantó el documento que había estado estudiando.

—Esa sociedad adquirió la primera de las casas en septiembre de 1995 y luego fue comprando una vivienda tras otra, casi a razón de una por año. Ocho en total, con financiación en cadena: cada una de las casas se hipotecó para comprar la siguiente. Me corrijo: fue el método que siguieron con las seis primeras propiedades... hasta que subieron los tipos de interés.

—¿Y entonces...?

Martha volvió a pasearse por la sala. Fue a la alacena, le echó un dedo de whisky a su café e hizo otro tanto con el de Walk.

—Esa empresa compró todas las casas en segunda línea. Los funcionarios del estado habían calculado que el acantilado terminaría por desmoronarse en diez años, ¿me equivoco?

—Año más, año menos, pero entonces construyeron el espigón, de manera que la casa de los King ahora está a salvo.

—Las casas situadas en segunda línea no tienen mucho valor. Suelen ser casitas familiares. Las compraron a bajo precio y no parecían encarecerse mucho con el paso de los años, pese a que cada vez había más turistas.

—¿Hasta que...?

—Hasta que comenzaron a echar abajo las casas que estaban en primera línea, una a una: esas casas eran lo único que impedía a la compañía sacarse... ¿cuánto?

—Cinco millones de dólares como poco.

—Pero había otro obstáculo: Vincent King y la casa de su familia, una casa junto a la que no estaba permitido edificar. Y no iban a conceder ningún permiso de obras mientras la casa de los King siguiera en pie.

—Esa compañía... ¿cómo se llama?

—MAD Trust.

—¿Qué clase de nombre es ése?

—Es un nombre, da igual. Pero adivina quién es el único gerente.

Le entregó el documento a Walk y él lo sujetó con firmerza, haciendo lo posible para que no temblara.

Ahí estaba, en el primer párrafo, impreso en negritas.

Richard Darke.

# 25

Aquella noche, Duchess se despertó bañada en sudor frío. Había formas extrañas allí, en la semioscuridad de su habitación: el ropero tenía la forma desalmada de Darke. Cuando por fin consiguió serenarse fue a ver cómo estaba Robin y, a continuación, salió del cuarto en silencio y bajó por las escaleras. Iba con una bata ligera que Hal había dejado a la vista para que la cogiera. Se había hecho costumbre. Ella seguía sin aceptar nada de él de forma directa, ya fuera comida, bebida o ayuda con los caballos, por mucho que tuviera deberes de la escuela y el día estuviese llegando a su fin. Hal sencillamente le dejaba a la vista cosas que ella cogía cuando él no estaba. La maravillaba la paciencia de su abuelo.

Bebió un poco de agua directamente del grifo.

Iba a volver al dormitorio cuando de pronto oyó un ruido en el porche.

Podía ser la hamaca, cuyas cadenas siempre hacían ruido por mucho aceite que Hal les pusiera. Duchess se agachó, el corazón galopando en su pecho.

Buscó a tientas el cajón y encontró un cuchillo de buen tamaño que empuñó con fuerza. Fue a hurtadillas hacia la puerta y, cuando vio la luz de la luna sobre sus pies descalzos, comprendió que estaba abierta unos centímetros.

—¿No puedes dormir?

—¡Joder! Estaba a punto de matarte...

—Eso que llevas es un cuchillo para el pan —constató Hal.

El viejo se sentó en la hamaca, reducido de pronto al resplandor de su cigarro en la oscuridad. Al acercarse, Duchess vio la escopeta a sus pies.

—Así que me crees —dijo ella.

—Igual me ha dado por cazar un oso.

—Tendría que haber apuntado la matrícula, joder. Cogí el arma y me olvidé de todo lo demás, como la niñata estúpida que soy. —Sus labios apretados parecían escupir las palabras.

—Decidiste proteger a tu familia, no hay mucha gente así de valiente.

Duchess negó con la cabeza.

—¿Lo sabe Dolly?

Después de que Hal le hubiera quitado delicadamente el revólver, Dolly había aparecido de la nada y se la había llevado a la seguridad de la cafetería.

—Dolly es una mujer con carácter —dijo él—. Se me ocurrió que no estaría de más contar con otro par de ojos. Siempre pregunta por ti, cada vez que la veo. Sospecho que le recuerdas a sí misma de joven.

—¿Por qué?

—Dolly es una mujer que aguanta lo que le echen, quizá la más dura que puedas conocer. En su momento lo pasó mal, pero nunca habla de eso con nadie. Sin embargo, Bill sí que habla. Una vez estuve bebiendo con él. El padre de Dolly tenía mala leche, era un individuo de cuidado. Una vez la sorprendió fumando y...

—Y le pegó una tunda.

—No, la quemó con la brasa del cigarrillo. Todavía tiene las marcas en los brazos. Le dijo que así se le pasarían las ganas de fumar para siempre.

Duchess tragó saliva.

—¿Y qué fue de él?

—Dolly creció y se hizo mujer... y resultó que el hombre tenía la mano muy larga. Fue a la cárcel.

—Oh.

Hal tosió.

—Dolly vestía de una manera muy distinta por entonces. He visto fotos. Se ponía ropa holgada, de hombre, pero el tío seguía teniendo la mano muy larga.

—Algunas personas son malas.

—Sí.

—James Reyes fue un famoso pistolero y asesino a sueldo. Iba a la iglesia los domingos, no bebía ni fumaba, pero se rumoreaba que había matado a cincuenta hombres. Al final lo lincharon. ¿Sabes cuáles fueron sus últimas palabras?

—No, dímelo tú.

—«Adelante con la cuerda», eso fue lo que dijo.

—Hicieron bien colgándolo: si los buenos se lavan las manos, ¿de verdad son buenos?

El cielo estrellado anunciaba nevadas. Hal les había dicho que el invierno aún no había ni empezado, y que cuando llegase se olvidarían de los colores del otoño.

Hal le hizo sitio en la hamaca a Duchess, pero ella no se sentó.

Permanecieron largo rato en silencio, Hal terminó de fumarse el cigarro y encendió otro.

—Acabarás por coger un cáncer.

—No te digo que no.

—Tampoco es que me importe.

—Claro que no.

La oscuridad le impedía ver los ojos de Hal, pero sabía que seguía vigilándolo todo: los árboles, el agua y toda esa nada que poco a poco iba convirtiéndose en algo para ella.

Hal se levantó y fue la cocina. Al cabo de un momento se oyó el silbido del calentador de agua eléctrico.

Duchess se sentó en un extremo del banco y contempló la escopeta.

Su abuelo volvió con dos tazones con cacao caliente y dejó uno de ellos en el porche, a su alcance. La tenue luz de la cocina iluminó los malvaviscos que Hal había añadido al tazón de Duchess.

El anciano bebió un sorbito de whisky, sólo un dedo.

—Hace mucho tiempo hubo una tormenta... una de esas que no se olvidan. Estuve aquí sentado contemplando los relámpagos que caían sobre nuestras tierras, me puse a pensar en el demonio y de pronto vi su cara en el cielo, descargando un rayo tras otro con su lengua de serpiente... y el viejo establo se incendió.

Duchess ya se había fijado en una zona reseca en la que nada crecía, sólo la silueta requemada de lo que había habido allí antes.

—La madre de la yegua gris estaba en el establo.

Duchess se alegró de que la oscuridad no le permitiera a su abuelo ver su expresión de pánico.

—No pude sacarla a tiempo.

Ella respiró hondo al oírlo: conocía muy bien la maldición de la memoria.

—En Cape Haven también eran frecuentes las tormentas —susurró.

—Muchas veces me acuerdo de Cape Haven. Me pasé años rezando por tu madre, por ti y por Robin.

—Pero tú no crees en Dios.

—Tú tampoco, pero he visto que a veces vas al claro y te pones de rodillas.

—Es un buen lugar para pensar.

—Todos necesitamos un lugar así. Cuando quiero pensar a solas voy a la despensa, con las armas. Me siento ahí, me olvido del mundo y me concentro en lo que importa de verdad. —Miró a Duchess—. Le escribí muchas veces, ¿sabes?

—¿A quién?

—A Vincent King. Le escribí una carta tras otra durante años. Y escribir no es lo mío.

—¿Y por qué lo hiciste?

Hal soltó una bocanada de humo hacia la luna.

—Buena pregunta.

Duchess se frotó los ojos.

—Mejor que te acuestes.

—Me acuesto cuando quiero, no cuando tú digas.

Hal dejó el vaso en el suelo.

—Al principio no tenía intención de escribirle, pero después de lo que sucedió con tu madre y tu abuela... supongo que necesitaba expresar lo que sentía. Y bueno, Vincent King bien podía enterarse de todo, ¿no? Quizá pensara que se había arruinado la vida, y yo quería que supiera lo que había sido de nosotros. Porque a lo mejor imaginaba que yo vivía feliz aquí, jubilado en esta hermosa tierra. Le hablé del trabajo duro, de las deudas con los bancos, de las facturas, de cómo era vivir con un peso sobre los hombros.

—¿Te respondió?

—Sí. Al principio me escribía hundido: era pura tristeza. Sé que fue un accidente... lo sé perfectamente, pero eso no es lo principal.

Duchess cogió el tazón de cacao, pescó un malvavisco con la cuchara y se lo llevó a la boca. La pilló por sorpresa lo dulce que era, como si ya no estuviera acostumbrada a esos pequeños placeres.

—Fui a las audiencias de la junta de libertad condicional, una y otra vez. Asistí a todas las audiencias. Vincent podría haber cumplido menos años: habría terminado por salir siendo joven aún, con toda una vida por delante.

—¿Y qué pasó, por qué no salió antes? Walk nunca me lo contó. Siempre pensé que se habría metido en algún puto lío ahí dentro, que habría hecho algo muy jodido.

—No. Cuddy, el director de la cárcel, habló ante la junta en cada ocasión, pero Vincent se negó a ir acompañado de un abogado. Walk también estuvo ahí siempre. Nos vimos, claro, pero nunca le dije nada porque Vincent era su mejor amigo, como yo sabía bien. Eran como hermanos. Cuando Vincent hacía alguna de las suyas, Walk siempre lo apoyaba.

Duchess trató de visualizar a Walk de adolescente, el mejor amigo de Vincent King. Le resultó imposible. Tan sólo conseguía verlo con el uniforme, lo recordaba así desde que tenía uso de razón. Walk era el policía, y Vincent el malo.

—Al final de cada comparecencia le hacían la misma pregunta: «Si sale usted en libertad, ¿es probable que vuelva a quebrantar la ley?»

—¿Y Vincent que respondía?

—Me miraba a los ojos un instante, siempre, y respondía que sí, que eso era seguro. «Soy un peligro público», decía.

Duchess pensó que tal vez en aquellos momentos Vincent creía estar obrando con nobleza, decidido a cumplir la condena entera a modo de expiación. Pero ahora, sabiendo lo que sabía de él, le parecía que se había limitado a decir la pura verdad... porque era un monstruo.

—El dolor, el dolor... perdí a mi hijita, a tu madre, a mi mujer, perdí todo lo bueno que alguna vez hubo en mi vida. Lo he vivido, sé lo que es eso. Pensé que no iba a poder seguir adelante.

—¿Y cómo te las arreglaste?

—Vine aquí, volví a respirar aire puro. Montana es buena para eso. Es posible que un día te des cuenta.

—Star siempre decía que hay una relación entre el sufrimiento y el pecado.

Hal sonrió como si estuviera oyendo a su hija decir esas mismas palabras.

—¿Cómo era Sissy?

Hal aplastó la colilla.

—Cuando alguien muere, todos dicen que el muerto era un santo, pero tratándose de un niño... un niño no tiene malicia. Sissy era pequeña, bonita. Era una niña perfecta, como lo fue tu madre, como lo es Robin.

Hal se cuidó mucho de meterla a ella en el mismo saco.

—A Sissy le gustaba pintar. Lloraba al oír los fuegos artificiales del Cuatro de Julio. Le encantaban las zanahorias, pero nada que fuera verde. Estaba muy unida a tu madre.

—Me parezco a ella físicamente. He visto esa foto. Yo, Star y Sissy.

—Sí que te pareces: eres tan guapa como ella.

Duchess tragó saliva.

—Star decía que no era fácil vivir contigo, y que después de lo que pasó fue incluso peor. Que eras un borracho, que no fuiste al funeral de mi abuela...

—Aprendemos al hacernos mayores, Duchess. Empezamos por el final.

—Ojalá lo pensaras de verdad, pero sé que no, sé que estás lleno de mierda. —Hizo la observación sin levantar la voz, sin mala intención tampoco—. Todo eso que me contó mi madre ¿es verdad?

—Me he equivocado muchísimas veces en la vida.

—Y seguro que hay más. ¿Por qué no volviste? ¿Por qué ella no nos dejaba verte? ¿Qué fue lo que hiciste?

Hal tragó saliva.

—Unos años después, yo... me enteré de que Vincent podía salir en libertad condicional a los cinco años. A pesar de lo que había hecho, de lo que le había hecho a mi Sissy.

Duchess podía percibir su dolor todavía ahí: había pasado toda una vida y su dolor seguía con él.

—Bebí más de la cuenta, supongo. En el bar, un tipo vino a hablar conmigo. Tenía un hermano que cumplía condena en Fairmont, lo mismo que Vincent. Me hizo una propuesta: podía conseguir que lo liquidaran, que se hiciera justicia de una buena vez. Ni siquiera pedía mucho dinero. Yo... si pudiera volver atrás en el tiempo, le diría que ni hablar, o eso quiero pensar.

—Entonces, cuando Vincent mató a aquel preso en Fairmont... lo hizo en defensa propia.

—Exactamente.

Duchess respiró hondo. Las palabras de Hal la habían dejado sin respuesta.

—Tu madre se enteró... y eso fue todo. De golpe y para siempre. Una noche hace mil años hice un estupidez, una sola, y aquí estamos.

Duchess bebió un sorbo de cacao y se acordó de su madre. Trató de encontrar un recuerdo que pudiera iluminar la noche, pero tan sólo vio el blanco de los ojos de Star.

—¿Por eso vas a la iglesia?

—Tan sólo quiero un poco de consuelo. Por lo que he hecho y lo que podría hacer.

Duchess terminó de beber el cacao y se levantó. Se sentía exhausta. Pensó en Darke, que iría a por ellos sin duda. Miró al anciano y su escopeta.

Antes de entrar se volvió y dijo:

—Sólo una cosa. ¿Por qué crees que Vincent se comportó así durante las vistas para la condicional?

Hal levantó la mirada y Duchess creyó ver a Robin en sus ojos.

—Cuando se lo llevaban de la sala, Walk y Cuddy siempre se miraban como si no encontraran pies ni cabeza a todo aquello. Pero Vincent me escribió. Trató de explicarse.

Duchess tenía los ojos clavados en él.

—Después de aquella noche, después de lo que hizo, Vincent sabía que ninguno de nosotros volvería a ser libre de verdad.

Walk y Martha estaban frente a la vieja casa de los Radley. A la luz de la luna, Walk apenas podía adivinar los rasgos de Martha, el perfil de su cara, la pequeña nariz, la melena hasta los hombros. Olió su perfume. Encendieron las linternas.

Walk tenía el informe donde constaba la hora en que Vincent había llamado y la hora estimada de la muerte según el forense, lo que les permitía acotar las posibilidades. Duchess había ido en bicicleta a la estación de servicio en Pensacola. Walk sabía que había hecho el trayecto por las calles principales, a pesar del riesgo, lo que suponía un total de cuarenta y cinco minutos. De manera que Vincent había contado con quince minutos para desprenderse del arma. Tenían que partir de la base de que él era el asesino, un supuesto que esa noche le había impedido pegar ojo.

—Seguiremos todas las direcciones que pudo tomar.

Martha tenía un cronómetro. No podían descartar que Vincent hubiera corrido tanto al ir como al volver, por mucho que él no recordara haberlo visto jadeante o sudoroso. De hecho, no recordaba muchos detalles de aquella noche, salvo el rostro de Star: una imagen nítida que él sabía que iba a acompañarlo el resto de sus días. La pérdida de memoria empezaba a hacer mella en él. Últimamente tomaba notas de casi todo, y a veces fingía estar escribiendo cuando lo que en realidad hacía era refrescarse la memoria: lo acontecido durante la jornada, la hora en que se había tomado las pastillas. Lo apuntaba todo.

Fueron al jardín trasero de la casa de Star. Cruzaron la cerca medio caída, que Walk recordaba haber visto siempre así, y se adentraron en el bosquecillo que separaba Ivy Ranch Road de Newton Avenue. Fueron metódicos, examinando cada sendero del jardín, cada árbol y arbusto, cada macizo de flores. Miraron en los desagües. Sabían que los hombres de Boyd habían revisado con sus perros todos aquellos lugares, pero Walk esperaba dar con algo que les hubiera pasado inadvertido, algo que tan sólo un lugareño sería capaz de advertir. Cerró los ojos y trató de ponerse en la piel de Vincent.

Recorrieron siete itinerarios diferentes, algunos muy similares entre sí. No encontraron nada en absoluto.

—Vincent no tenía el revólver. Si lo hubiera tenido, ya lo habríamos encontrado. O, mejor dicho, Boyd y su gente habrían dado con él hace tiempo.

—Es un agujero grande en el caso, muy grande —opinó ella—. El fiscal se pondrá furioso.

Volvieron andando a la casa de los Radley y se detuvieron en la acera. Martha de pronto le cogió la mano. Él estaba a punto de tirar la toalla: nada estaba saliendo bien. Ni siquiera conseguía hablar con Darke, a cuyo móvil había estado llamando una y otra vez, saturando de mensajes su buzón de voz.

Pero su instinto le decía que Darke había matado a Star y le había cargado el muerto a Vincent King para quedarse con la casa que iba a salvar su imperio y hacerlo rico. La hipótesis no terminaba de explicarlo todo, pero era la única que tenía, y al menos se consolaba pensando en que Hal era prácticamente un fantasma y que la niña y su hermanito estaban a salvo en la remota Montana.

Al llegar al final de Newton, Martha lo condujo por el jardín de un vecino y saltaron una valla baja cubierta por unos densos arbustos.

—Veo que te acuerdas de todos los atajos —dijo él.

—Éste me lo enseñó Star.

Veinte minutos después llegaron al viejo Árbol de los Deseos. Las estrellas refulgían sobre el océano y la torre de Little Brook parecía un faro abandonado.

—No puedo creer que este árbol todavía siga en pie. ¿Te acuerdas de lo que solíamos hacer debajo?

Walk soltó una risa.

—Me acuerdo de todo.

—Siempre tenías problemas para desabrocharme el sujetador.

—Una vez lo conseguí.

—De eso nada: yo me lo había desabrochado antes para que te llevaras una alegría.

Martha se sentó y tiró del brazo de Walk para que se sentara a su lado. El uno junto al otro, apoyaron las espaldas contra el ancho roble y contemplaron las estrellas en lo alto.

—Nunca te pedí perdón —dijo ella.

—¿Por qué?

—Por haberte dejado.

—Hace muchísimo tiempo de todo eso, no éramos más que unos críos.

—No, Walk, en eso te equivocas. No, según el juez. ¿A veces piensas en eso?

—¿En qué?

—En mi embarazo, en el bebé.

—Todos los días pienso en ello.

—Mi padre no pudo con ello. No era mala persona, pero me obligó... pensó que lo hacía por mi propio bien.

—Pero contraviniendo la ley de Dios.

Martha guardó silencio. Las luces de un barco iban de lado a lado, al compás de la marea.

—Nunca te casaste —dijo ella.

—Claro que no.

Martha rió por lo bajo.

—No teníamos más que quince años.

—Sí, pero yo sabía qué era lo que había pasado.

—Por eso te quería tanto: porque creías en el amor, sabías distinguir entre lo que estaba bien y lo que estaba mal. Nunca le dijiste nada a nadie, nunca contaste lo que había hecho mi padre. Por mucho que yo te hubiera dado la espalda y que Star se hubiera ido a otro colegio y te hubieras quedado solo con... eso. Con la monstruosidad que hizo Vincent.

Walk tragó saliva.

—Quería que todos fueseis felices, era lo único que quería.

Martha volvió a reír sin asomo de condescendencia.

—Volví a verte —recordó Walk—. Como un año después, si no recuerdo mal. En el centro comercial de Clearwater Cove. Fui con mi madre y te vi haciendo cola para entrar en el cine.

Martha de pronto se acordó.

—Es verdad. Estaba saliendo con David Rowen, un chico cualquiera. No significó nada.

—Sí, eso lo tengo claro. No lo digo por eso. Recuerdo que te miré y... y tuve la impresión de que eras feliz, Martha. Y pensé en que aquel chico no sabía nada de lo sucedido. No tenía idea de lo que habíamos pasado. Y pensé que eso era bueno: podíais estar juntos sin ese recuerdo entre vosotros. No tenías por qué contárselo, podías... ser tú misma.

Martha estaba sollozando.

Walk la cogió de la mano.

## 26

Con la llegada del invierno las tierras de los Radley se helaron y la nieve pintó de blanco el cielo. Tumbado boca arriba, Robin contemplaba fascinado la nieve durante tanto tiempo que Duchess se veía obligada a arrastrarlo al interior cuando los dedos se le ponían blancos. El trabajo en el campo cesó casi por completo, pero seguía siendo indispensable ocuparse de los animales. La yegua gris y el caballo ahora pastaban recubiertos por el espeso pelaje invernal. Duchess se acostumbró a salir con la yegua por las mañanas. Tras ensillarla con la primera luz del día, recorría los senderos que ya empezaba a conocer bien. Disfrutaba del silencio de Montana, un silencio tan profundo que parecía que Dios hubiera cubierto los bosques con un grueso manto y enmudecido a toda la naturaleza, excepto a los ruidosos carboneros.

Seguían vigilando, a la espera de que apareciera Darke. Hal se quedaba sentado en el porche hasta bien entrada la noche con un gorro de cazador y una manta, y con la escopeta a sus pies. A veces, Duchess se despertaba, miraba por la ventana, lo veía montar guardia y volvía a quedarse dormida. Algunas noches bajaba a hacerle compañía y entonces Hal preparaba tazones con cacao. Solían quedarse sentados en silencio, aunque de vez en cuando Duchess dejaba que él le contara historias del legendario Billy Blue, unos relatos tan asombrosos y detallados que ella se preguntaba si no serían fruto de su imaginación. Una de esas noches se quedó dormida con la cabeza apoyada en su hombro y por la mañana despertó en la cama, bien arropada por el edredón.

Pasaba el fin de semana en compañía de Thomas Noble y de Robin, con quienes exploraba los bosques nevados. Les dejaba algo de ventaja y luego rastreaba sus huellas. El frío era seco, punzante, y tenía la virtud de poner freno a la dispersión de su mente, de aclararle las ideas. Cada vez se acordaba menos de Cape Haven, con sus estaciones invariables, y pensaba más en Montana y, de vez en cuando, en el futuro. Ahora escogía los recuerdos de su madre con sumo cuidado: sólo seleccionaba los diamantes dispersos en la gran montaña de carbón.

Sus calificaciones mejoraron. Se sentaba en la última fila y se las arreglaba para estar al día con las tareas aunque se pasara las horas dibujando indios y colonos y escribiendo sobre ellos. Le envió a Walk una foto del rancho de Radley tomada desde la ventana del dormitorio un día en que todo amaneció cubierto por una espesa capa de nieve. Los sábados por la mañana iba con Hal al pueblo a hacer las compras y entraban en el café de Cherry a tomar cacao caliente y dónuts. A menudo Dolly estaba allí y se sentaba con ellos a hablar un rato. Bill estaba peor de salud, y en la piel impecable de Dolly Duchess empezaba a descubrir con angustia las huellas de un dolor destinado a convertirse en duelo. Una vez fueron en coche al lago de Hamby, cuyas aguas profundas podrían ser las de un océano. Hal alquiló un bote con el que surcaron el agua cristalina mientras pescaban y el sol les quitaba el frío del cuerpo. Fue una tarde más cercana a la perfección de lo que Duchess se hubiera permitido soñar. Robin pescó una trucha arcoíris de buen tamaño y luego lloró hasta que Hal la devolvió al agua.

Thomas Noble hablaba con frecuencia del baile del invierno. La mayoría de las veces Duchess simplemente lo mandaba a la mierda, pero otras lo acusaba de estar pensando en echarle algo al ponche para abusar de ella cuando cayera desmayada. Cuando ella lo acusaba de ser un depredador sexual, Thomas se rascaba la cabeza y se ajustaba la montura de las gafas en el puente de la nariz.

El primer día de diciembre, él le regaló un ramo de campanillas que llevaba guardando desde hacía varios días. Ya estaban todas muertas, por supuesto, y ofrecían una imagen lastimosa, pero la intención era lo que contaba. Había pedaleado seis kilómetros por las carreteras heladas hasta llegar al camino de entrada alfombrado por la nieve y, para entonces, tenía ligeros síntomas de congelación y empezaba a ver estrellas. Hal tuvo que sentarlo frente al fuego del hogar para que entrara en calor.

—No voy a bailar contigo —le dijo ella mientras contemplaban las llamas—. No voy a ponerme guapa, ni a besarte, ni a abrazarte, ni a cogerte de la mano. Es posible que ni siquiera te dirija la palabra en toda la noche.

—Entendido —repuso él sin dejar de castañetear los dientes.

Duchess vio que Hal y Robin los miraban desde el umbral sonriendo y les enseñó el dedo medio.

El domingo siguiente, después del servicio en la iglesia, Hal los llevó en coche al pequeño centro comercial que había en Briarstown: una decena de establecimientos en hilera, desde Subway a Cash Advance. Duchess entró en una tienda llamada Cally's. Repasó una y otra vez las prendas de poliéster colgadas de sus perchas hasta que cogió un vestido con lentejuelas y lo sostuvo a la luz para observarlo en detalle, pero había al menos cinco puntos en que las lentejuelas se habían desprendido.

—Igualito que en París, vaya.

Hal señaló un vestido amarillo.

—¿Y tú qué coño sabrás sobre lo que se lleva y no se lleva? —dijo ella, y señaló las botas que él llevaba puestas, los vaqueros desgastados, la camisa a cuadros y el sombrero de ala ancha. ¡Un espantapájaros, eso era lo que parecía! Recorrieron el interior de la tienda tres veces. Robin, sonriente, le llevaba ropas de colores chillones y luego huía corriendo cuando ella le preguntaba si quería verla vestida como una puta de los años ochenta.

Cally, la propietaria, terminó por acercarse, pero sintió la tensión del ambiente y volvió a parapetarse tras el mostrador. Llevaba el pelo cardado e impregnado de laca, tacones altos, y escondía diez kilos que le sobraban bajo un ancho cinturón. Hal le sonrió y ella le devolvió la sonrisa con aire compasivo.

Duchess encontró el sombrero al fondo del local. Nada más verlo, llevó la mano hacia él, poco a poco, y lo cogió. Se lo puso y notó un nudo en el estómago. De pronto se acordó de Billy Blue: de la sangre de su sangre, de su lugar en el mundo.

Era una preciosidad, con el cuero tachonado y el ala en ángulo perfecto: un sombrero por el que cualquier forajido estaría dispuesto a matar.

Hal apareció a sus espaldas.

—Te sienta bien.

Duchess se lo quitó y miró la etiqueta con el precio.

—Por Dios.

—Es un Stetson —dijo Hal como si ello justificara el precio estratosférico.

No iba a pedirle que se lo comprara, era demasiado caro. No pudo evitar despedirse de él amorosamente con la mirada antes de ir hacia los vestidos otra vez.

—Bueno, pues me quedo con esta mierda —dijo desprendiendo el modelo amarillo de su percha.

Hal iba a decirle que se trataba del mismo vestido que él le había seleccionado casi una hora antes, pero Duchess lo fulminó con la mirada y él decidió que era mejor callarse la boca.


Cuddy concertó el encuentro en un lugar llamado Bill's, junto al límite sur de Bitterwater, uno de esos tugurios donde sirven hamburguesas en el coche. Tenía la pintura roja descolorida y un aire de cierre inminente. Unos letreros escritos a mano anunciaban las ofertas especiales a tres dólares, pero no había un solo cliente. Walk bajo la ventanilla y asomó la cabeza.

Al parecer, el tipo con quien Cuddy lo había citado era un hispano entrado en años con una redecilla en el pelo y el ceño fruncido: la clase de viejo que aguantaba las burlas de los niñatos sin rechistar y que, para rematarlo, recogía su basura. Walk se fijó en el nombre que llevaba escrito en la pechera: Luis.

Luis reparó en Walk y le señaló el estacionamiento.

Walk aparcó, se bajó del coche y se sentó en el capó. Luis llegó a los diez minutos, encorvado, arrastrando los pies.

—No tengo más que cinco minutos libres —avisó.

—Gracias por hablar conmigo.

—Es amigo de Cuddy, ¿no? Con eso me basta.

Luis había ocupado la celda contigua a la de Vincent a lo largo de ocho años. Cumplía condena por atraco a mano armada, el último de una larga sucesión de delitos. Los tatuajes en sus brazos delataban su pasado como miembro de una banda criminal. Walk supuso que todo aquello había quedado ya muy atrás.

—Usted pregunte, yo respondo y me voy por donde he venido: al jefe no le gusta que la poli venga de visita.

—Me parece bien. Hábleme de Vincent King.

Luis encendió un cigarrillo cuidando de mantenerse de espaldas a las ventanas del local y de disipar el humo con la mano.

—El único tío en el trullo que no afirmaba ser inocente.

Walk soltó una risa.

—De hecho, nunca decía mucho: era de pocas palabras.

—No tenía amigos en la cárcel.

—No, no. Ni siquiera salía al patio. Y nunca se comía el pudin.

—¿Perdón?

—El pudin del postre. La comida en ese antro es una puta mierda que ni para los perros, pero el pudin estaba bien. Yo he visto cómo apuñalaban a un tío para quitárselo, pero Vincent me daba el suyo cada día.

Walk no supo qué decir.

—Usted no lo entiende, jefe. Vincent comía lo justo, hablaba lo justo, hasta respiraba lo justo, joder.

—¿Lo justo para qué?

—Para seguir vivo. Su vida se reducía a lo mínimo, a lo fundamental. Seguía con vida para cumplir la condena que le había caído y hacía lo posible para cumplirla con creces. Ni tele ni radio ni nada. Si Cuddy lo hubiera dejado, la habría cumplido en la celda de castigo, incomunicado.

Luis dio una profunda calada.

—Pero aun así se metió en líos —dijo Walk.

—Todo dios se mete en líos allí dentro. Tenía una novia, ¿no? Fuera, quiero decir. Otros hablaban de ella, es posible que ésa fuera su debilidad. Se la imaginaba con otro y le entraban los celos. Los celos te vuelven loco cuando estás ahí encerrado. En fin, el caso es que Vincent hizo lo necesario para que lo dejaran en paz.

—Pero siguieron yendo a por él, ¿no? He visto las cicatrices.

—Él mismo era su peor enemigo.

—¿Qué quiere decir?

—Un día me pidió que le consiguiera un cuchillo. Nada raro. Supuse que querría ajustarle las cuentas a alguno.

—¿Y no?

—El mismo día en que le pasé la navaja oí gritos de los guardias. Eso tampoco tiene nada de particular, pero venían de la celda de Vincent, así que fui a ver.

—¿Y?

Luis se puso pálido al recordar.

—Era una carnicería, amigo: el pavo se había hecho cortes por todas partes. Cortes profundos, aunque sin tocar arteria: no quería morir, sino sufrir.

Walk pensó en lo que acababa de oír. De pronto le resultaba imposible articular palabra, notaba un nudo en la garganta que apenas lo dejaba respirar.

—¿Hemos terminado?

—Necesito saber más sobre él, tengo que hablar con alguien que lo conozca mejor.

—Pues no va a encontrar a nadie porque a Vincent no lo conoce ni Dios. —Dejó caer el cigarrillo y lo aplastó con el tacón, se agachó y recogió la colilla. Luego le tendió la mano a Walk y, cuando éste iba a estrechársela, movió los dedos mientras le guiñaba un ojo y chasqueaba la lengua.

Walk sacó un billete de veinte, que Luis se guardó en el bolsillo.

## 27

Dolly se presentó en la puerta de la granja con una caja de buen tamaño bajo el brazo. Iba a recoger a Robin, que pasaría la noche en su casa para que Hal pudiera recoger a Duchess y a Thomas cuando acabara el baile si la señora Noble fallaba por algo. Hal siempre atento, siempre vigilando, preocupado por lo que pudiera pasar.

Dolly fue con Duchess al cuarto y abrió la caja: dentro había una pasmosa gama de artículos de maquillaje y perfumes.

—Por Dios, no vayas a pintarme como a una puta.

—Haré lo que pueda, guapa.

Duchess sonrió.

Una hora después bajó por las escaleras con los cabellos impecablemente rizados y los labios pintados de un rosa brillante. Llevaba un lazo nuevo en el pelo y unos zapatos nuevos que Cally le había ayudado a escoger. Había ganado un poco de peso: ya no era tan esquelética como antes y tenía el cuerpo fuerte gracias al trabajo.

Vio que Hal la miraba con algo parecido al orgullo y, antes de que pudiera decir una palabra, lo conminó a mantener el puto pico cerrado.

—Qué guapa —elogió Robin—, te pareces a mamá.

• • •

Siguieron a la camioneta de Dolly hasta que ésta torció en Avoca. Nevaba ligeramente, pero habían echado sal en la carretera. Duchess le había preguntado a Dolly por Bill y ella le había respondido que su marido carecía del buen sentido necesario para rendirse.

Pasaron bajo un rótulo luminoso que decía: CONDUZCA DESPACIO.

—¿Estás nerviosa? —preguntó Hal.

—¿Por si esta noche me quedo embarazada? No, de nerviosa nada. Lo que tenga que ser, será.

Giraron en Carlton.

—Me preocupa Robin —dijo ella.

Hal la miró de soslayo.

—Lo que pueda recordar de aquella noche. No es que me hable de eso, más bien... no sé cómo explicarlo: lo sueña. Es posible que lo oyera todo.

—En tal caso, haremos lo que haya que hacer.

—¿Y ya está?

—Sí. ¿Te parece bien?

Duchess asintió con la cabeza.

Entraron en Highwood Drive.

—Mierda —dijo ella.

—¿Qué pasa...?

El camino que llevaba a la casa de los Noble estaba despejado de nieve y sembrado de pétalos de rosa. Hal apenas pudo contener la sonrisa.

—Mátame, mátame ahora mismo.

Vio a Thomas en la ventana, pegado al cristal como Robin cuando esperaba a Papá Noel.

—Lleva una puta pajarita, parece un mago de feria.

Hal detuvo la camioneta. La puerta de la casa se abrió y la señora Noble apareció en el umbral con una cámara de fotos en la mano, seguida del señor Noble, que llevaba al hombro una videocámara enorme que proyectaba un cegador haz de luz.

—Ya estás dando media vuelta: no pienso ir con estos frikis.

—No es para tanto. Hazlo por ellos, para variar.

—Un acto desinteresado.

—Te espero aquí. Si hay algún problema me llamas.

Ella respiró hondo, movió el retrovisor para mirarse y se toqueteó el lazo en el pelo.

—Que te diviertas esta noche.

—No pienso hacerlo.

Abrió la portezuela y sintió frío.

—Llevo un vestido de lo más normalito, no como los de las demás chicas.

—¿Y desde cuándo quieres ser como las demás? Tú eres una forajida, ¿no?

—Soy una forajida.

Bajó del coche y se quedó de pie en la nieve.

Hal arrancó el motor y se estiró para cerrar la portezuela, pero Duchess lo llamó:

—Hal.

—Dime.

Ella lo miró y lo encontró avejentado, capaz de hacer lo que fuese necesario, pero no sin consecuencias. Pensó en su madre y en Sissy.

—No es que sienta todo lo que te he dicho... —Tragó saliva— ... yo...

—Está bien.

—No, no está bien, pero creo que puede mejorar con el tiempo.

—Tú ahora ve y diviértete. Sonríe a las cámaras, anda. A las dos.

Duchess le mostró el dedo medio, pero esta vez lo hizo sonriendo.


La bola de discoteca giraba en lo alto proyectando astillas de luz sobre la gente. La decoración remitía al País de las Maravillas, con flores escarchadas y algodones de nieve. Sobre sus cabezas flotaban globos rojos y blancos, y en torno a la pista de baile, que parecía de hielo, habían colgado estrellas pintadas a mano y colocado árboles de cartón.

Duchess se ajustó el ramillete de flores que llevaba prendido en el vestido.

—Pica un montón, ¿lo has encontrado en la basura?

—Lo escogió mi madre.

Se encontraban al fondo de la sala. Duchess vio a muchas chicas con vestidos de fiesta, haciendo equilibrios sobre sus altos tacones. Rezó para que se dieran de morros contra el suelo.

Thomas Noble llevaba un esmoquin que le iba grande, pero que le permitía esconder la mano deforme dentro de la manga, y, a la espalda, una capa de seda tan increíblemente extravagante que Duchess no lograba apartar la vista de ella.

—Mi padre dice que un caballero está obligado a ir con capa a toda celebración formal.

—Tu padre tiene ciento cincuenta años.

—Pues deberías verlo. Yo tengo que irme al patio trasero cuando hacen el amor para no oír el escándalo.

Duchess se lo quedó mirando debidamente horrorizada.

Empezó a sonar música y varias chicas corrieron a la pista de baile.

Thomas fue a por unos zumos. Encontraron una mesita libre junto a un escenario en forma de corazón en donde montaba guardia un fotógrafo.

—Gracias por venir conmigo.

—Me lo has dicho dieciocho veces.

—¿Quieres un poco de pastel?

—No.

—¿Y patatas fritas?

—No.

Sonó un tema con mucho ritmo. Jacob Liston se hizo sitio en la pista y empezó a lucirse como bailarín mientras la chica que lo acompañaba, evidentemente incómoda, seguía el ritmo con las manos.

Duchess frunció el ceño.

—Parece que tenga convulsiones o algo.

Siguió una canción lenta y la pista se quedó medio vacía.

—¿Quieres que...?

—No me obligues a decírtelo otra vez.

—¡Thomas Noble, qué traje tan elegante! —Billy Ryle y Chuck Sullivan acababan de aparecer—. Al menos le esconde esa mano asquerosa.

Se partieron de risa con la ocurrencia.

Thomas bebió un sorbo de zumo con los ojos puestos en la pista de baile.

Duchess le cogió la mano mala y le dijo:

—Baila conmigo.

Y al pasar junto a Billy, aprovechó para susurrarle algo al oído.

Billy dio un paso atrás.

—Ni se te ocurra tocarme el culo —le advirtió a Thomas cuando llegaron a la pista.

—¿Qué le has soltado a Billy?

—Que tienes un pollón de veinticinco centímetros.

Thomas se encogió de hombros.

—Te quedas corta. Cuatro veces corta, para ser exactos.

Duchess soltó una carcajada estruendosa. Ya ni recordaba lo que se sentía.

Se abrazó a él.

—Joder, Thomas, estás hecho un esqueleto: te noto las costillas.

—Y eso que voy vestido. Desnudo, ni te cuento.

—Me lo puedo imaginar, una vez vi un documental sobre una hambruna...

—Me alegro de que hayas venido, ¿sabes?

—A fuerza de insistir te saliste con la tuya. Tu padre estará orgulloso.

Se rozaron con Jacob Liston y su pareja. Jacob daba la impresión de estar algo inquieto, como si tuviera ganas de orinar. Duchess miró a su pareja con compasión.

—A Montana, quiero decir. Me alegro de que hayas venido para quedarte.

—¿Por qué lo dices?

—Porque... yo... —Se quedó inmóvil de repente y a Duchess le entró el temor de que estuviera pensando en besarla— ... nunca había conocido a una forajida hasta ahora.

Duchess se apretó un poco más a él, dejándose llevar.


Walk estaba sentado en su despacho con las persianas echadas, pero las luces de la calle cortaban la oscuridad. Sujetaba el teléfono con el hombro para apuntar cosas mientras hablaba con Hal, los pies sobre el escritorio, encima de un montón de papeles. La bandeja destinada a ese menester estaba llena, pero pensó que ya se ocuparía de eso en otro momento: ese desorden molestaba a todos menos a él.

Llamaba a Hal una vez por semana, todos los viernes por la noche a la misma hora. Por lo general eran conversaciones breves: preguntaba por Robin y sus sesiones con la psicóloga y luego por Duchess. A veces bastaban cinco minutos, lo suficiente para que Hal le contara la última que ella había hecho y cómo había tenido que disimular la risa hasta que terminaba por cabrearse. Walk sabía a lo que se refería.

—Poco a poco —dijo Hal—. Duchess está mejorando. Poco a poco, pero está mejorando.

—Eso es bueno.

—Esta noche ha ido al baile del colegio.

—Un momento, ¿Duchess ha ido a un baile?

—El baile de invierno. Todos los chicos van. El instituto está iluminado como un árbol de Navidad: las luces se ven desde Cold Creek.

Walk sonrió. A la chica le iba bien. A pesar de todo (y en su caso, eso era mucho), por fin estaba empezando a vivir.

—Y creo que Robin está empezando a recordar.

Walk bajó los pies del escritorio y apretó la oreja contra el auricular. Oyó la respiración del anciano.

—Pero no dice nada concreto —siguió Hal.

—¿Ha mencionado algún nombre? ¿Darke?

Hal sin duda reparó en el tono de desesperación, pues respondió con cuidado:

—No ha dicho nada, Walk. Creo que poco a poco está haciéndose a la idea de que seguramente estuvo presente cuando asesinaron a su madre. La psicóloga hace bien su trabajo, no insiste ni se entromete ni trata de llevarlo por donde no conviene.

—Por una parte, espero que nunca llegue a acordarse.

—Se lo planteé a la psicóloga y respondió que era perfectamente posible.

—No dejo de pensar en vosotros tres, solos en ese rancho.

—Yo vigilo por si aparece por aquí ese Darke. Cuando Duchess vio el coche pensé que por fin había llegado el día del que ella siempre habla.

—¿Y ahora?

—Sigo vigilando. Ya sabes: dispara primero, pregunta después.

Walk sonrió con cansancio. Las noches sin dormir estaban cobrándose su precio, dificultándole pensar, dejándole la cabeza vacía. Había días en que se encontraba de pronto en medio de la autovía sin recordar adónde iba.

—Buenas noches, Hal. Cuídate.

Colgó y lanzó un bostezo. Normalmente, cuando estaba tan cansado se marchaba directo a casa a beber una cerveza —una nada más— mirando el canal deportivo hasta quedarse dormido en el sofá. Pero en aquel momento sintió la imperiosa necesidad de ver a Martha, no tanto para hablar con ella como para no pasar la noche sentado en casa a solas.

Empezó a marcar el número pero al momento colgó. Se daba perfecta cuenta de lo que estaba haciendo: colarse de forma gradual en la vida de otra persona, una vida en la que no tenía derecho a meterse. Era una jugada fría y egoísta, lo mirase como lo mirase, cruel incluso. Cuando ella lo veía, inevitablemente se acordaba de la etapa más difícil de su vida, y eso no iba a cambiar.

Fue andando por el pasillo con lentitud. La comisaría estaba a oscuras.

—¡Leah! No sabía que aún estabas aquí.

Leah se volvió hacia él, visiblemente cansada, sin molestarse en sonreír.

—Estoy haciendo horas extras, sí. Alguien tiene que poner los archivos en orden. Me va a llevar un mes entero, por mucho que me quede a trabajar por las noches.

—¿Quieres que te eche una mano?

—No, tú ocúpate de lo tuyo. No me importa quedarme toda la noche. Ed ni se dará cuenta.

Walk pensó en decir algo, no sabía bien qué, pero ella le dio la espalda y se concentró en el trabajo.

Él se dirigió a la puerta de salida pensando en Duchess Day Radley, en Duchess, quien en ese momento se hallaba en el baile de su colegio. La idea lo hizo sonreír mientras echaba a andar en la noche cálida.

• • •

La nieve ahí fuera empeoraba cada vez más, igual que la conversación dentro del coche. La señora Noble le había preguntado a Thomas por el baile y él le había respondido que había sido la mejor noche de su vida. Duchess contemplaba la nieve acumulándose en los terrenos de la granja vecina, normalmente sumidos en la oscuridad, y podía ver las montañas recortándose a lo lejos. Cuando llegaron al rancho de Radley, la señora Noble trató de entrar con el coche, pero el camino estaba cubierto por una gruesa capa de nieve: Hal no siempre tenía tiempo para despejarlo; era demasiado largo y había estado nevando mucho.

—Puedo ir andando, no hay problema —dijo Duchess.

—¿Estás segura, cariño? Si quieres pruebo a llevarte, pero corremos el riesgo de atascarnos y quedarnos aquí toda la noche.

—Hal estará en el porche. Cuando vea las luces del coche vendrá andando hacia aquí. Ustedes márchense.

Bajó del automóvil sin pensárselo dos veces y echó a andar por el camino antes de que la señora Noble o Thomas pudieran impedírselo. A mitad del camino se dio la vuelta, se despidió de ellos con la mano y los contempló alejarse por la carretera.

Echó a caminar por la nieve otra vez, dificultosamente, levantando mucho los zapatos nuevos a cada paso. Los eucaliptos tenían las ramas combadas por la nieve, de tal forma que parecían un arco nupcial. Miró el cielo y se sintió libre; los copos de nieve caían y todo alrededor adquiría una belleza casi excesiva. Pensó en Robin y en lo que harían durante el fin de semana: dejar las huellas de sus cuerpos en el blanco manto de nieve, construir muñecos tan altos como el abuelo.

Salió del túnel de follaje bajo la luz de la luna, que iluminaba la vieja granja de una forma maravillosa, y sonrió sin saber bien por qué. La luz estaba encendida en la cocina.

Dio un paso más y se detuvo en seco.

Había unas huellas en la nieve, cubiertas en su mayor parte, pero aún visibles.

Unas huellas de zapatos.

De unos zapatos enormes.

Por primera vez en toda la noche se sintió helada de verdad: el frío de Montana acababa de metérsele en el alma.

—Hal —dijo sin levantar mucho la voz.

Apretó un poco el paso. El corazón le latía cada vez con más fuerza. Algo iba mal, podía sentirlo.

Pero vio a Hal y se tranquilizó.

Estaba sentado en el banco con la escopeta a sus pies.

Duchess llegó al porche y saludó con la mano, sonrió y subió por los escalones. Iba a contarle cómo había ido la noche, el muermo que había sido.

Pero entonces vio su cara pálida, contraída, el sudor en la frente. Hal respiraba con dificultad, aunque trató de sonreír al verla.

Ella se acercó lentamente. Con sumo cuidado levantó la manta que cubría a su abuelo.

Y entonces vio la sangre.

—¡Ay, Hal! ¡Joder! —musitó.

Hal tenía la mano apretada contra el estómago, pero seguía sangrando sin parar.

—Le he dado —dijo.

Le tendió la mano mientras su vida se apagaba. Duchess la tomó, manchándose de su sangre como si fuese una enfermedad mortal que se extendía a ella.

Se soltó y corrió a llamar por el teléfono de la cocina. Marcó en la memoria el número de la policía del condado de Iver y explicó todo cuanto pudo explicar.

Dejó rastros de la sangre de Hal en el auricular. Fue a la alacena, cogió una botella de whisky y volvió corriendo.

—Joder —dijo mientras le ponía la botella en los labios a su abuelo.

Hal tosió, escupió sangre.

—Le he dado, Duchess... Escapó, pero antes le di.

—No hables. La gente está viniendo, gente que sabe lo que hay que hacer.

Hal la miró.

—Tú eres una forajida.

—Lo soy —dijo ella con la voz quebrada.

—Estoy orgulloso de ti.

Duchess lo agarró de la mano con fuerza y apoyó su frente en la de él. Cerró los ojos para reprimir las lágrimas.

—¡Mierda! —gritó. Le pegó a su abuelo en el brazo, en el pecho. Lo abofeteó.

—Abuelo... ¡despierta!

Vio que la sangre había manchado la tela amarilla de su vestido nuevo antes de caer en la nieve, vio las pisadas que surcaban los campos blancos.

Volvió a arrodillarse.

—Empezamos por el final —dijo.

Cogió la escopeta del suelo.

Ya no sentía la mordedura del frío ni veía la luna llena en lo alto, no veía las estrellas ni los graneros pintados de rojo ni las aguas heladas.

Fue al establo, ensilló la yegua gris y la condujo fuera del redil.

La montó ayudándose con una mano, sin soltar la escopeta. Cogió las riendas, salió del establo y se alejó siguiendo las pisadas en la nieve.

Se maldijo por haber sido tan complaciente, por haberse dejado llevar por la promesa de una nueva vida. La rabia volvía a adueñarse de ella, la rabia ardiente y ciega.

Se dijo a sí misma quién era ella.

Duchess Day Radley.

La forajida.

# TERCERA PARTE

## El resarcimiento

# 28

Condujo desde el amanecer hasta la noche. Luces largas, flores silvestres, el desierto de Mojave como una sucesión de formas cambiantes.

La autovía 15 y luego las luces de Las Vegas, tan cegadoras que parecía que una nave extraterrestre acabara de bajar del cielo. Carteles y vallas publicitarias en lo alto, magos repeinados que enarcaban las cejas, viejas glorias que exprimían hasta la última gota de aquella figura que Dios les había dado.

Vio todo aquello desvanecerse en el retrovisor y al poco rato le parecía que nunca había existido. Bordeó Valley Fire y Beaver Dam, dejó atrás la eterna sombra del cañón. Luces de moteles y gasolineras, la autovía que se iba vaciando con el transcurrir de las horas.

Al llegar a Cedar City paró en una cafetería que estaba abierta toda la noche. A su alrededor, el centro histórico del condado de Iron dormitaba casi en su totalidad. Sentado en un reservado, escuchó a un par de tipos debatir sobre «la despedida de Clarke». No terminaba de estar claro si el tal Clarke estaba muerto o a punto de contraer matrimonio.

Se frotaba los ojos ante cada nuevo rótulo: POCATELLO, BLACK-FOOT, IDAHO FALLS.

Cuando por fin tuvo Caribou-Targhee a la vista, mientras circulaba por la 87, notó los primeros tonos de azul en el cielo después de más de mil kilómetros de negra oscuridad. Aminoró y contempló el amanecer sobre el lago Henrys, cuyas aguas refractaban tantos colores que tuvo que frotarse los ojos de nuevo.

Las primeras nieves en Three Forks, unos campos blancos que se extendían hasta el cielo también blanco. Cerró la ventanilla y puso la calefacción al máximo, pero siguió sin sentir ni frío ni calor.

La llamada del cuerpo de policía del condado de Iver había sorprendido a Walk en casa, tumbado en la cama de cualquier manera, víctima de una especie de parálisis. Incluso le había costado alcanzar el teléfono. Pero después de que el policía hubiera colgado, él estrelló el auricular contra la horquilla una y otra vez hasta que se rompió. Después barrió de un manotazo lo que había sobre su escritorio y lo lanzó a la alfombra, y pateó la pantalla del ordenador hasta estrellarla. Luego, poco a poco, fue recogiéndolo todo, recomponiendo los destrozos en la habitación.

Todas sus ilusiones se habían ido a la mierda. Las postales, las conversaciones con Hal los viernes por la noche... Cualquier esperanza de que la chica y el niño pudieran disfrutar de la vida como tenía que ser, de la vida que se merecían, había muerto de forma tan gélida y terminante que Walk no cruzó palabra con nadie durante tres días seguidos. Se cogió unos días de vacaciones por primera vez en diez años y causó tal sorpresa y preocupación que Valeria se presentó en su casa y aporreó la puerta, pero él no respondió, ni tampoco a las llamadas de Martha.

Pasó el primer día en el apartamento. En la pared de detrás del televisor había pegado un diagrama con el resumen de la vida de Darke hasta la fecha, de manera que le fuera imposible dejar de pensar en aquel individuo ni por un segundo. Hizo lo posible por hablar con quienes lo habían tratado en el pasado. Algunos contactos eran tan antiguos que los números ya no estaba operativos, y en los que lo estaban respondía gente sorprendida y confusa, pues hacía veinte años que no sabían nada de Darke. Trató de beberse una botella de Jim Beam entera, y llevaba ya un cuarto cuando se dio por vencido. Combinada con la medicación, el alcohol lo dejaba atontado. Quería sentirse responsable de lo sucedido, como si ansiara hundirse hasta el fondo, pero no encontró nada para culparse. Todo se reducía a una mala jugada del destino, a una aberración que tampoco tenía nada de particular: Darke había tomado una decisión y se había atenido a ella, la había consumado. Y continuaban sin poder acusarlo de nada: no había testigos, la nieve había cubierto los rastros de sangre. Habían dado la pertinente orden de busca y captura, habían bloqueado las carreteras y enviado un equipo de investigadores con dedicación poco menos que absoluta. La policía del condado de Iver esgrimía la hipótesis de que el asesino había muerto y estaba sepultado en una tumba de hielo en algún lugar del bosque, condenado a ser despedazado por los animales cuando llegara el deshielo.

Walk finalmente volvió a la comisaría, a la rutina: puso multas, hizo visitas a escuelas y cumplió sus turnos, cuatro de día y uno de noche.

Martha se presentó en su casa por sorpresa. Cuando le contó lo sucedido, ella se llevó la mano a la boca para sofocar un grito. Si Walk hasta entonces estaba en horas bajas, lo que había pasado en Montana había terminado de hundirlo en un pozo sin fondo, o eso parecía.

Fue a ver a Vincent King. Lo esperó tres horas en la sofocante sala de espera por si cambiaba de idea, pero terminó por marcharse. De pie junto a Cuddy, miró a los presos jugar un partido de baloncesto y ni siquiera pestañeó cuando uno se fue de cara contra contra el suelo y a otro le saltaron un diente de un codazo.

Ahora llevaba una barba larga que le llegaba hasta el pecho esquelético. Había envejecido diez años en cuestión de meses, tenía la piel arrugada sobre los pómulos chupados.

Estaba nevando con intensidad cuando llegó a Lewis and Clark y se aseó en los servicios de una gasolinera de la autovía 89. El hedor a meados era intenso. Contuvo la respiración mientras se quitaba el uniforme. Desnudo bajo la luz parpadeante, se miró al espejo y vio que el estómago prominente y el pecho caído habían desaparecido para dejar paso a angulosas costillas y caderas. Se vistió de nuevo: camisa, corbata, pantalones con raya. Ahora llevaba el pelo muy corto, por lo que no le hacía falta peinarse. Las manos le temblaban, pero él ya no hacía nada para evitarlo. Habían dejado de cooperar. Si sostenía el teléfono con la izquierda, la derecha se negaba a agarrar el bolígrafo, lo que resultaba agotador, enloquecedor.

Vio la iglesia baptista de Canyon View.

Alguien se había ocupado de despejar la nieve del aparcamiento, amontonada ahora junto a la calzada. Llegaba con una hora de adelanto, por lo que echó el asiento hacia atrás y cerró los ojos. Después de haberse pasado la noche en la carretera, tendría que haberle resultado fácil dormir media hora, pero su mente no lo dejaba en paz. Pensó en Duchess cuando era pequeña y lo miraba de aquella forma peculiar, como si pensara que un hombre como él sin duda podría resolver todos sus problemas.

Los primeros coches empezaron a entrar en el aparcamiento. Miró a sus ocupantes: ancianos con el frío pintado en el rostro, con las mejillas encendidas mientras se dirigían renqueando hacia la pequeña iglesia.

Se sentó en un rincón del fondo, la música de órgano transmitía serenidad.

El ataúd estaba delante. Walk se levantó cuando lo hicieron los demás.

Se volvió y vio al pequeño Robin cogido de la mano de una señora a la que no conocía. Parecía haber crecido mucho, como si la presión de un dedo en el gatillo de un arma le hubiera robado la niñez de golpe.

Duchess apareció más atrás. Llevaba un sencillo vestido negro y el mentón erguido y la mirada al frente, desafiante. Miró alrededor. Los congregados se esforzaron en sonreírle con tristeza; no se molestó en devolverles la sonrisa: había dejado de ser una niña.

Cuando lo vio a él, sin embargo, vaciló un segundo, pero siguió andando como si acabara de encontrarse con un recuerdo que preferiría borrar de su mente. Tomó asiento en primera fila. Walk, desde atrás, notó la cinta de sus cabellos, anudada bajo la espesa mata para que no se viera, aunque en su lugar de siempre.

Un chico delgado con gafas se sentó justo detrás de ella y, cuando el ministro habló y Robin empezó a llorar, le puso una mano en el hombro. Ella no se volvió, sólo se quitó la mano de encima.

Una vez concluida la ceremonia, Walk los siguió a la granja de los Radley.

En la mesa había emparedados y pastel. Dolly se acercó a Walk, se presentó y le dio una taza de café.

De pie junto a ella, Robin daba la impresión de estar perdido por completo. Dijo que no, gracias, cuando Dolly le ofreció un dónut. Y dijo que no, gracias, cuando la mujer le preguntó si quería ir a su habitación para verla por última vez.

Walk salió de forma discreta y echó a andar por la nieve siguiendo el rastro de unas pisadas pequeñas. Encontró a Duchess en la cuadra, de espaldas a la puerta, acariciando con su mano pequeña el hocico de una hermosa yegua gris. El animal se inclinó y la rozó con el hocico, y ella la besó con ternura.

—Ya puedes irte si quieres —dijo sin volverse—, no hace falta que te quedes más rato. La gente no hace más que mirar el reloj ahí dentro, y a Hal tampoco le hubiera gustado mucho que ocuparan su casa de esta manera.

Walk dio un paso hacia ella.

—Lo siento.

Duchess lo rechazó con un gesto de la mano: que la dejara en paz. Podía irse a la mierda. No se enteraba de nada, ni falta que hacía.

—Me he fijado que hay un chico que se preocupa por ti.

—Thomas Noble. No me conoce de verdad, no sabe quién soy.

—Pero tener amigos es importante, ¿no crees?

—Es un chaval normal y corriente, con padre y madre. Saca buenas notas en el cole y todos los veranos se marcha de vacaciones con su familia: seis semanas en Myrtle Beach. No tenemos nada que ver.

—¿Estás comiendo bien?

—¿Y tú? Estás muy cambiado, Walk. ¿Dónde están tus michelines?

Duchess sólo llevaba el vestido, pero no tiritaba.

—La mujer que estaba con Robin en la iglesia...

—La señora Price. Es como prefiere que la llamemos... para que no olvidemos que vamos a estar en su casa de forma temporal. Ha venido para que todos la vean.

Walk la miró a los ojos un segundo, apartó la vista y dijo:

—Lo siento muchísimo.

—Joder, Walk. Deja de repetirte. Es lo que hay y punto. Habrá sido el destino. Y habrá que resignarse, qué más da.

—Esto no lo enseñan en la iglesia.

—Eso del libre albedrío es una ilusión, y más vale tenerlo claro desde el principio.

—¿Qué va a pasar con la granja?

—Algo he oído: Hal tenía deudas, por lo que van a ponerla a subasta para pagarlas. «El rancho de Radley»... no hemos sido más que unos cuidadores.

—¿Y Robin?

En el rostro de Duchess apareció una sombra de tristeza, una tristeza que tan sólo él podía ver, oculta tras sus ojos.

—Él... estos días no habla con nadie. Dice que sí o que no. Estaremos un tiempo en la casa de los señores Price. Les pagarán por tenernos con ellos. Nos darán de cenar y nos acostarán a las ocho porque querrán estar a su aire un rato, ¿no?

—¿Y la Navidad...? —Walk enseguida se arrepintió de haber hecho esa pregunta.

—La trabajadora social nos ha traído regalos. La señora Price no le compró nada a Robin, nada.

Walk tragó saliva, Duchess se volvió y acarició a la yegua otra vez.

—A ésta van a venderla, a no ser que el nuevo dueño de la granja quiera quedarse con ella. Espero que no la deslomen a trabajar: la pobre cojea un poco después de lo que pasó la otra noche.

—Se cayó, ¿no?

—Me caí yo —dijo ella con amargura—. La culpa no fue suya. Es una yegua valiente. Se quedó a mi lado todo el rato, sin apartarse un segundo.

La nevada arreció de nuevo. Walk contempló la granja y vio que el muchacho con gafas y su madre salían de la casa, el chico estirando el cuello para buscar a Duchess. Walk se acordó de Vincent y de Star.

—¿Os quedaréis en el pueblo, seguiréis yendo al mismo colegio?

—Hay una mujer que lleva nuestro caso. Eso es lo que ahora somos, Walk: un caso. Un expediente y un número, una lista de características y defectos.

—Tú no eres un número, Duchess: tú eres una forajida.

—Será que la sangre del cabronazo de mi padre se impuso a la de los Radley. Porque yo no soy ni Star ni Hal, ni Robin ni Billy Blue; soy el producto del error de una noche, nada más.

—No hablas en serio.

Duchess le dio la espalda como si estuviera hablando con la yegua.

—Nunca voy a saber quién soy.

Walk contempló la tierra helada, los alces agrupados al pie de la montaña.

—Puedes llamarme si me necesitas.

—Lo sé.

—Insisto.

—El pastor... un domingo, después del servicio, nos preguntó por el sentido de la vida. Fue preguntándonos a los niños, uno a uno. La mayoría respondieron mencionando a sus familias, el amor...

—¿Y tú?

—No dije nada porque Robin estaba delante... —Tosió— ... pero, ¿sabes qué respondió él?

Walk negó con la cabeza.

—Dijo que la vida significa tener a alguien que te quiera y te proteja.

—Y te tiene a ti.

—Pues mira lo bien que nos ha ido.

—Ya sabes que eso no...

Otra vez, la mano de Duchess lo detuvo.

—Dicen que el que se cargó a Hal está muerto.

—Eso he oído.

—Van a dejar de buscarlo. Sé que fue Darke, pero no me creen. —Salieron andando por la nieve en dirección al coche—. No dejo de pensar en Vincent King.

Él quería establecer una conexión, un vínculo entre los casos de Star y de Hal; sin embargo, no lo conseguía. Se anticipó a la reacción de Duchess.

—Sabes que esto no es cosa tuya.

—Te equivocas, Walk. Esto es cosa mía.

Walk se volvió. Tuvo el impulso de abrazarla, pero Duchess se adelantó y se limitó a tenderle la mano, que él estrechó.

—No creo que volvamos a vernos —dijo ella.

—Voy a seguir en contacto.

—¿Te importaría dejar de hacerlo? —La voz le falló por primera vez, lo justo para que él se diera cuenta—. Tú dime que me porte bien y demás, como hacías siempre. A partir de ahora iremos cada uno por nuestro lado. Nuestra historia en común no tiene mucho interés, jefe Walker. Será triste, pero no resulta interesante, no vale la pena fingir otra cosa.

Guardaron silencio, un silencio que daba la impresión de abarcar los árboles y el rancho de Radley.

—De acuerdo —convino él.

—¿Y?

—Pórtate bien, Duchess.

# 29

La trabajadora social llevaba lápiz labial morado, una muestra de seriedad tratándose de ella.

Se llamaba Shelly, tenía el pelo de tres colores distintos y a Duchess le parecía que ninguno era natural. Era una mujer amable y afectuosa que tenía el futuro de ambos en sus manos y se mostraba más que dispuesta a brindarles todos los cuidados necesarios. Se le escaparon las lágrimas cuando hablaron del hombre al que nunca llegó a conocer.

Estaban sentados en la parte posterior de su oxidado Volvo 740. Había latas de Coca-Cola en el suelo y el cenicero rebosaba de colillas, aunque Shelly nunca fumaba estando ellos en el coche.

Al llegar a los límites del rancho, mientras se adentraban en la bóveda arbolada, Duchess se volvió para contemplar aquellas tierras por última vez.

—¿Todo bien ahí detrás, chicos? —Shelly puso segunda y el coche se estremeció violentamente.

Duchess cogió la manita de su hermano. Robin no la retiró, pero tampoco estrechó la de ella. Sencillamente la dejó inerte, muerta entre los dedos de su hermana.

Shelly les sonrió por el retrovisor.

—El servicio ha sido muy bonito —comentó.

Recorrieron kilómetros y kilómetros por aquella blanca extensión. El invierno duraba tanto que Duchess ya ni se acordaba de que hubiera existido un otoño. El aire era gélido y ella lo agradecía: el mundo entero podía helarse, ¡que todos los colores desaparecieran hasta que el lienzo volviera a ser blanco!

Llegaron al pequeño pueblo de Sadler, un lugar en el que todos los caminos de acceso a las casas se sucedían con nítida regularidad, despejados de nieve por los vecinos.

La casa de los Price se encontraba en una calle de viviendas idénticas construidas unos diez años atrás. Estaba pintada de un gris claro particularmente anodino, como si el constructor hubiera temido empañar la belleza del lugar con algo más llamativo.

—Ya hemos llegado. ¿Os parece bien quedaros con el señor y la señora Price? —Shelly acostumbraba a preguntarlo una y otra vez.

—Sí —dijo Robin.

—¿Y con Henry y Mary Lou?

Se refería a los hijos de los Price, de edades parecidas, pero pertenecientes a otro mundo. Cuando estaban delante de sus padres parecían unos santurrones, pero Duchess los había oído hablar entre ellos sobre lo sucedido con Hal: lo mejor sería no tratarse con aquella muchacha, decían, porque corría el rumor de que había perseguido a un hombre y le había disparado con la escopeta. ¿Y qué clase de chica hacía una cosa así?

Obviamente, vivían demasiado protegidos para saber cómo era la vida de una forajida.

—Son estupendos los dos —dijo Duchess.

Se despidieron con abrazos. Duchess avanzó con Robin por el caminito que conducía a la puerta de la casa de los Price. Shelly esperó en el coche hasta que el señor Price les abrió. Se despidió con la mano y los abandonó a su suerte.

Duchess se acuclilló para ayudar a Robin a anudarse los cordones de los zapatos, pero el pequeño se hizo a un lado y se los anudó solo.

El señor Price no dijo palabra, ni siquiera les preguntó por el funeral, se limitó a darles la espalda y dejarlos a su aire. Duchess no podía quejarse de que los maltrataran, tan sólo pasaban de ellos. La cena estaba preparada, servida en platos diferentes a los de la familia y con vasos de plástico en lugar de cristal. Los dejaron delante del televisor en el cuarto de los juguetes mientras los Price cenaban en la sala de estar. Ése era su nuevo hogar, sin llegar a serlo del todo.

Duchess siguió a Robin a la cocina, amueblada en blanco y decorada en mármol. Las notas del colegio de Henry estaban en la nevera, fijadas con un imán. En la pared situada tras la mesa había unos dibujos de Mary Lou enmarcados. Robin fue a la puerta y miró el exterior. Había un enorme muñeco de nieve en el jardín. Mientras el señor Price y Henry le añadían más y más nieve, la señora Price y Mary Lou estaban rompiendo unos palos para hacer los brazos. Henry dijo algo y los cuatro se rieron.

—¿Quieres salir? —preguntó Duchess.

En ese momento la señora Price levantó la mirada y los vio, pero enseguida se dio la vuelta hacia su familia. Rodeó a Mary Lou con el brazo, en un gesto protector, elocuente.

Su habitación era el antiguo desván. Duchess siguió a Robin escaleras arriba. Junto al dormitorio había un pequeño cuarto de baño con su bañera, su lavamanos y unos cepillos de dientes en un vaso. En la pequeña estantería del dormitorio había media docena de libros muy manoseados y ajados, algo de Enid Blyton y un par del Doctor Seuss.

—¿Quieres cambiarte la ropa de domingo?

Robin se tumbó en la cama boca arriba y escondió el rostro para que ella no lo viera llorar. Los hombros se le estremecían y cuando Duchess le puso la mano en un brazo él lo apartó.

—Hoy no tendrías que haber venido a la iglesia... porque tú lo odiabas al abuelo. Él era bueno con nosotros y tú le decías cosas malas; siempre eres mala.

Duchess alzó la vista y vio el tragaluz donde el viento arrastraba la nieve. Aquel refugio de prestado era lo único que ahora tenían, lo único que los salvaba de dormir al raso.

—Lo siento —dijo.

—Siempre dices lo mismo.

Duchess le hizo cosquillas, pero no consiguió hacerlo reír.

—¿Quieres leer un libro?

—No.

—¿Te gustaría tirarle unas bolas de nieve a Mary Lou a la cara? Si quieres, te las hago de puro hielo.

Un amago de sonrisa.

—O, si prefieres, le estampo una al señor Price en los morros y le rompo un diente. O le clavo un carámbano a la señora Price. O podríamos hacer que Henry coma un poco de nieve amarilla.

—¿Y de dónde vas a sacar esa nieve amarilla?

—Basta con mearse encima.

Esta vez Robin sí se echó a reír. Duchess lo agarró y lo atrajo hacia ella.

—¿Tú crees que todo irá bien? —preguntó él.

—Seguro que sí.

—¿Y cómo?

—Bueno, pues...

—Tú no puedes cuidar de los dos, y creo que a la señora Price no le hace mucha gracia que estemos en su casa.

—Les dan mil doscientos pavos al mes por cuidar de nosotros.

—¿Entonces van a quedarse con nosotros? Por el dinero, digo.

—No, ésta es una casa de acogida temporal. Recuerda lo que nos explicó Shelly: hará lo posible para encontrar una buena familia con la que podamos quedarnos para siempre.

—¿Con una granja y animales?

—Es posible.

—Y pronto iremos a ocuparnos de las cenizas del abuelito, ¿no?

—En cuanto avisen a Shelly.

—Todo irá bien, yo creo que todo irá bien.

Duchess lo besó en la frente. No le gustaba mentirle a su hermano. Encontró unas tijeras en el cuarto de baño y se puso a cortarle las uñas.

—Tendría que habértelas cortado antes.

Robin la observaba.

—Otra vez me recuerdas a mamá. Tienes que comer más.

Duchess miró al cielo con fastidio y el rió.

Por la noche cenaron salchichas con puré de patatas, juntos en el cuartito, sentados frente al televisor. Seguían llevando la ropa del funeral.

—Por lo menos sabe cocinar —dijo Robin—: podría comerme un montón de salchichas más.

Duchess clavó el cuchillo en su última salchicha para dejársela en el plato, pero el pequeño lo apartó.

—No quiero que me des tu salchicha, tú también tienes que comer.

—Voy a ver si puedo traerte una más.

Robin no respondió porque de pronto estaba absorto en los dibujos animados. Duchess cogió el plato y se alejó por el pasillo decorado con fotos de familia: una en Disneylandia, con Henry y Mary Lou luciendo unas orejas de ratón, una en Cabo Kennedy, y también en el cañón del Colorado. En otra aparecían el señor Price y Henry con idénticas gorras de béisbol.

Había un letrero humorístico: QUE EL SEÑOR BENDIGA ESTE DESASTRE DE CASA, y una caricatura de la señora Price junto a una piscina. Duchess nunca le había visto esa amplia sonrisa.

Se detuvo al llegar a la puerta de la cocina, acercó el oído y los oyó hablar sentados a la mesa. El señor Price le preguntó a Mary Lou por su último examen y luego se puso a hablar de béisbol con Henry. Duchess esperó a que Henry tomara la palabra y entró sin hacer ruido.

—Duchess.

Se volvió hacia ellos, que se habían quedado en silencio.

—Yo sólo... a Robin le han gustado mucho las salchichas y venía a ver si puedo llevarle otra.

—No queda ni una —indicó el señor Price.

—Ah, vaya.

Echó una mirada de soslayo al plato de Mary Lou y vio que tenía tres.

Se volvió hacia la puerta y salió. Clavó el tenedor en la salchicha que quedaba en su plato y la puso en el de Robin.

—¿Ya te has acabado las tuyas? —preguntó él cuando ella volvió.

—Sí, estaban muy ricas.

—Te lo dije, ¿eh?


Una vez que todo el mundo estuvo dormido, bajó por las escaleras en silencio y entró en el despacho del señor Price. Era todo de madera, con muchos estantes llenos de libros sobre economía y finanzas alineados con pulcritud. Se sentó frente al ordenador y tecleó «Vincent King». Leyó todo cuanto encontró sobre el caso.

Le resultaba confuso que Vincent no estuviera dispuesto a llegar a un acuerdo con la fiscalía y aceptar la cadena perpetua cuando su culpabilidad estaba fuera de dudas. Según los periódicos, seguía sin decir palabra. No había declarado durante la comparecencia inicial y tampoco había nombrado un abogado.

La fiscal del distrito era lista, eso quedaba claro. Iba a basar sus alegaciones en la desdicha de los dos hijos de la pobre Star Radley. «Aquellos pobres huérfanos», los llamaba.

Duchess oyó a alguien en el umbral y se volvió de golpe.

—¿Quién te ha dado permiso para entrar en el despacho de mi padre?

Mary Lou. Bien alimentada, con el cabello peinado a la perfección, cepillado a diario por la señora Price, piel moteada por el acné. Tenía quince años, y a Duchess le parecía el tipo de chica que acepta llevar un anillo de pureza para manifestar su intención de conservarse virgen hasta la noche de bodas y luego se acuesta con alguien la primera vez que se emborracha.

—Necesitaba usar el ordenador.

—Pues voy a tener que contárselo a mi padre.

Duchess fingió ser presa de un miedo exagerado, infantil.

—¡No, por favor! ¡No se lo digas a tu padre!

—Más vale que te andes con ojo, para que lo sepas.

—¿Por qué lo dices?

—¿Crees que no hemos tenido otros chicos en casa hasta ahora?

Duchess se la quedó mirando.

—Antes te he oído hablar con tu hermano. ¿Crees que os asignarán una casa permanente? —Mary Lou se echó a reír.

—¿Y por qué no?

—Bueno, tal vez a Robin sí, no te digo que no. Todavía es pequeño y no es mal chaval... pero el otro día oí a mi padre hablar de ti y de todos los follones en que te has metido. ¿Quién va a quererte?

Duchess dio un paso hacia ella.

Mary Lou dio un paso adelante a su vez.

—Te han entrado ganas de pegarme, ¿eh? Venga, no te cortes. Las que sois como tú no sabéis hacer otra cosa.

Duchess cerró el puño con fuerza.

—Vamos, pégame. ¿A qué esperas? —insistió Mary Lou. Tenía las de ganar.

Duchess notó el subidón de adrenalina, la rabia que ardía en sus entrañas. Su mirada entonces fue a la pantalla del ordenador, a una fotografía tomada aquella horrible noche en la casa de Ivy Ranch Road, rodeada de vecinos curiosos y periodistas. Junto a ésa había otra, tomada en la comisaría de Cape Haven: Walk, sonriente. El recuerdo de todo cuanto había de bueno en el mundo.

Respiró hondo, pasó por delante de Mary Lou y subió las escaleras.

## 30

Walk despertó sentado frente al escritorio. Los rayos del sol caían sobre los papeles en desorden. Le costó trabajo erguirse en el asiento: el dolor era tan intenso que a punto estuvo de gritar. Encontró las pastillas en el cajón y tragó dos sin agua.

Había hecho que Leah le comprase una camisa, una chaqueta y unos pantalones nuevos. La báscula indicaba que había perdido once kilos.

Alguien aporreaba la puerta. A saber cuánto rato llevaba, pero había algo de frenético en su forma de llamar.

Se levantó como pudo, trató de estirarse y el dolor casi le hizo vomitar. Respiró hondo, hinchando el pecho mientras salía del despacho y encogiéndose nuevamente al ver que sólo era Ernie Coughlin, el de la ferretería.

—Buenos días.

Walk lo invitó a pasar, pero Ernie no cruzó el umbral.

—¿Dónde está el carnicero? —le espetó con las manos en los bolsillos de su bata marrón.

Walk lo miró sin entender.

—El carnicero —repitió Ernie—. Son más de las siete y él siempre vuelve de las vacaciones el mismo día, todos los años. ¿Cómo es que la carnicería está cerrada?

—Estará cazando por ahí —aventuró Walk—. Quién sabe, es posible que se haya cogido un día más.

—El muy estúpido... mira que andar persiguiendo pavos. ¿A quién se le ocurre? Hace veintidós años que heredó el negocio de su padre, Walk. Veintidós años que llevo comprándole las salchichas para el desayuno. Las compro, cruzo la calle y Rosie me las prepara con sus tres tortitas, su sirope de arce y dos tazas de café fuerte.

—¿No puedes comer otras salchichas? Que Rosie las compre en el supermercado, digo yo.

Ernie se lo quedó mirando con disgusto.

—¿Has leído el periódico? Van a construir nuevas casas en las afueras. Acabarán por destrozar el pueblo. Supongo que votarás en contra, ¿no es así?

Walk asintió con la cabeza. Bostezó y se remetió los faldones de la camisa bajo los pantalones.

—Voy a ver qué pasa con Milton.

Ernie negó con la cabeza, se dio la vuelta y se fue.

Walk regresó a su escritorio y llamó a Milton, pero saltó el contestador. Luego volvió a las cintas de seguridad de Cedar Heights. Moses, el de la caseta de entrada, se las había dado sin poner muchos reparos; ni siquiera exigió las órdenes del juez, que Walk, por supuesto, no tenía.

En la pantalla apenas se percibía movimiento, pero la calidad de la imagen era tan penosa que tenía que prestar mucha atención por si alguien se había marchado a pie. Ignoraba las franjas temporales en que debía buscar, por lo que seguramente iba a tener que pasarse varios días observando las grabaciones. Vio transcurrir un día entero ante sus ojos: el cartero, el vecino al volante de su Ford...

Al cabo de una hora por fin dio con algo. Ralentizó las imágenes y las observó tres veces. Conocía muy bien esa vieja camioneta Comanche. Entornó los ojos y alcanzó a distinguir la calcomanía pegada detrás: la silueta de un ciervo. Era Milton.

Observó con interés mientras se alzaba la barrera y después buscó poniendo las imágenes en cámara lenta. Tres horas más tarde, cuando la camioneta había salido, el ángulo de la imagen era peor, pero no había dudas de que se trataba del mismo vehículo.

Al cabo de otras tres horas de grabación se veía llegar un sedán más que parecido al de los hombres que andaban buscando a Darke.

Los vio salir diez minutos después.

A Boyd le costó diecinueve minutos coger por fin el teléfono, pero luego necesitó sólo dos para negarle a Walk una orden de registro de la casa de Darke. Walk mencionó que había dos tipos buscándole, pero se sintió como un novato estúpido cuando Boyd le pidió la matrícula del coche: Walk no conseguía discernir los números en la pantalla.

Colgó, se aflojó el nudo de la corbata y empezó a darse de cabezazos contra el escritorio hasta hacerse daño.

—Algo me dice que llego justo a tiempo.

Levantó la mirada, vio a Martha y se las compuso para sonreír. En la mano llevaba el maletín lleno de carpetas.

—¿Tienes algo de beber en este agujero? —preguntó dejándose caer en el asiento situado enfrente.

Walk abrió un cajón y sacó una botella de Kentucky Old Reserve: un regalo que le había hecho una veraneante por haberse ocupado de vigilar su casa durante los meses del invierno. Dio con un par de tazas de café y sirvió un poco para cada uno.

La contempló mientras bebía a la espera del ligero rubor que solía aparecer en sus mejillas, el mismo que mostraba cuando se enfadaba o se ilusionaba por algo. Martha May: seguía conociéndola a la perfección.

—Bueno. Pues no he encontrado nada —anunció ella con un énfasis excesivo.

—¿Y has venido hasta aquí para decírmelo?

—Quizá también tenía ganas de verte.

Walk sonrió.

—¿En serio?

—Claro que no. Te he traído algo de comer —abrió el bolso y sacó un recipiente de plástico.

—¿De qué se trata, si puedo preguntar?

—Un poco de pasta que ha sobrado, nada más.

—¿Y...?

—Nada.

Walk parpadeó esperando la respuesta.

—Vale, pimienta cubanela —repuso ella finalmente—. Una pimienta para freír que ni pica ni es pimienta ni es nada. Tienes que comer, Walk. Cada vez estás más flaco. Me preocupas, ¿sabes?

—Y yo agradezco que te preocupes por mí.

Martha se levantó y empezó a pasearse por el despacho. Le contó unas cuantas cosas que él ya sabía, volvió a tomar asiento y él entonces le habló de Darke y de las cintas de seguridad.

—Tendrás alguna hipótesis, ¿no?

Walk se frotó el cuello.

—No, la verdad. Todavía no. Quiero registrar la casa de Darke y averiguar a quién está haciéndole todos esos pagos. Si no puedo detenerlo por lo de Hal o lo de Star, haré que lo empapelen por cualquier otra cosa. A ese sujeto lo voy a poner fuera de circulación.

—Si el del tiroteo en Montana era él, es muy posible que esté muerto.

—Si conseguimos demostrar que estuvo en Montana, entonces podremos establecer una vinculación con el asesinato de Star. Es posible que el chaval oyera algo y que Darke quisiera matarlo por eso. Podemos usarlo. Sólo necesito una prueba tangible.

—¿La transferencia bancaria?

—He llamado al director de la sucursal, pero no va a decir una palabra sin un mandamiento judicial. Era de esperar.

—Es el First Union. Igual te conviene apuntar más abajo: quizá podrías hablar con uno de los cajeros.

Walk arqueó la ceja.

—¿Qué pensabas? ¿Que no sé moverme por el mundo? Para que lo sepas, en mi trabajo tengo que sacarles los cuartos a un montón de padres divorciados que esconden sus ingresos para no pagarles la pensión a sus ex mujeres. Y en esos casos, lo mejor es ir directamente a las fuentes.

—¿Y funciona?

—No siempre. Todo se reduce a pedir un favor con la idea de que un día vas a devolverlo. Así es la vida de una abogada. Tú conoces a toda la gente de este pueblo, Walk. Seguro que hay alguien a quien puedas acudir.


Caminó por la calle Mayor cabizbajo ignorando los saludos de la gente. Tan sólo se detuvo cuando Alice Owen le bloqueó el paso con la perrita en los brazos.

—¿Puedes cuidármela un momento, Walk? Tengo que entrar en...

—Tengo prisa, Alice.

—Un minuto nada más.

Ella le arrojó la perra a los brazos y entró en la charcutería de Brandt. Walk la vio charlar con la chica del mostrador, seguramente pidiéndole alguna monstruosidad de soja de la máquina que acababan de comprar mientras se decidía por alguno de los quesos carísimos que vendían. Miró a la perra, que de inmediato le enseñó los dientes, y luego otra vez a Alice, sumida en una animada cháchara con Bree Evans.

Miró la placa que llevaba prendida en la pechera de la camisa y maldijo su suerte, su perra suerte, la vacía existencia que le había tocado vivir.

Dejó a la perra en la acera, le soltó la correa del pescuezo y la tiró a la papelera.

La perrita lo miró con la confusión pintada en sus ojos bulbosos y, a continuación, no sin algo de recelo, miró el campo libre alrededor, respondió a la llamada de la selva y se marchó al trote por la calle Mayor.

Walk también se marchó, atajó por un solar vacío, se masajeó las manos y enderezó la espalda. Así estaban las cosas a estas alturas, eso era lo que tenía para ofrecer al mundo: hincharse a pastillas y andar medio atontado por la vida sin poder concentrarse en nada.

Se detuvo al llegar frente a la vieja casita. La estudió con atención. No había visto que hubieran estado haciendo obras, ni siquiera sabía que la casita había sido restaurada. Había caído en la cuenta una hora después de que Martha se marchara de la comisaría, mientras estaba ocupado releyendo entrevistas por enésima vez.

Dee Lane.

Dee había conocido a Darke en el banco First Union, donde trabajaba como cajera desde siempre. Walk había llamado a Leah al advertir que no tenían actualizada la dirección de Dee y se quedó preocupado al enterarse de que ésta seguía residiendo en la casita destartalada de Fortuna Avenue propiedad de Darke, quien se proponía venderla.

Pero la casa ya no estaba en mal estado. Las ventanas y el porche habían sido restaurados, la pintura de la madera todavía brillaba. Gran parte del césped y las flores del jardín estaban recién plantados y también había una valla: había orgullo en lugar de desolación.

Dee le abrió la puerta sin darle tiempo a llamar. Sonrió ligeramente, se hizo a un lado y lo dejó entrar.

El interior estaba como siempre. En lugar de las cajas de cartón por todas partes, vio una vida ocupando su lugar, las fotos y los muebles en sus sitios correspondientes. Dee fue a preparar café. Él le preguntó si podía ir un momento al baño y subió por las escaleras. En la habitación de la hija mayor había un banderín de la universidad de Yale. Hacía mucho que no las veía, pero las dos niñas tenían fama de ser listas. El cuarto de la menor estaba recién pintado de rosa y la cama tenía una colcha nueva. El gasto no resultaba obsceno, pero la tele y el ordenador también eran nuevos. Antes sabía el nombre de las dos chicas, pero ahora mismo no los recordaba en absoluto.

Volvió a la planta baja y Dee lo llevó al jardín, donde se sentaron ante una mesita.

—Sé lo que estás pensando —dijo ella.

—Me alegro de que Darke te deje seguir viviendo en tu casa de siempre. Pensaba que ya la habría echado abajo con la idea de sacarse unos cuantos miles de dólares.

Dee bebió un sorbo y contempló las aguas del océano como si también fueran nuevas, y no algo viejo que sólo ella veía por primera vez.

—La vista es impresionante —comentó él.

—Y que lo digas. Sigo asombrándome al verla por las mañanas. Y últimamente me levanto muy temprano, a las cinco, a las seis... y también me encanta contemplar la puesta de sol sobre el mar. ¿Verdad que es bonita, Walk?

—Ya lo creo.

Dee prendió un cigarrillo y tragó el humo como si fuera lo único que podía hacer para no ponerse a gritar. Walk sabía lo que ella había hecho, y ella sabía que él lo sabía. Pero no por ello dejaba de ser necesario que representaran sus papeles en la más tediosa de las comedias.

—Y bien, Dee. Aquella noche estuviste con Darke, ¿verdad? La noche en que mataron a Star de un disparo.

Dee frunció la nariz con disgusto, como si la pregunta fuera innecesaria.

—Ya lo hemos hablado antes, ¿no?

—Cierto.

—Se te ve cansado, Walk.

Walk trató de controlar el temblor de la mano, que terminó por esconder bajo la mesa. Se ajustó las gafas de sol sobre el puente de la nariz, aunque el cielo se estaba cubriendo.

—Darke estuvo aquí esa noche. ¿Y qué hicisteis? Recuérdamelo, anda.

—Follar —dijo ella sin emoción en la voz.

En otros tiempos él se hubiera ruborizado. Ahora, en cambio, se limitó a sonreír con cierta tristeza. Walk se hacía cargo: no había odio allí.

—Me he pasado la vida trabajando como una burra... —Dee aspiró el humo del cigarrillo—. Siempre he pagado los impuestos, he cuidado de mis niñas. No maté a mi marido por mucho que me pusiera los cuernos, no he robado nada a nadie.

Walk bebió un sorbito de café. Estaba demasiado caliente para saborearlo.

—¿Tú sabes cuánto gano al año, Walk?

—No lo suficiente.

—Mi ex no me paga la pensión de mis hijas, ¿sabes? Tiene todo su dinero escondido para no tener que pagar lo que debe a las niñas que trajo al mundo. —Dee bajó la vista—. Y bien, ¿qué pasa con los hermanos Radley? ¿Están...?

—Su madre ha muerto.

—Por Dios, Walk —la mujer se mesó el cabello. Tenía las muñecas finas, con las venas abultadas—. Te has propuesto amargarme el día. Ya tenéis al asesino, ¿no?

—¿No se te ocurrió preguntar dónde pudo estar Darke esa noche?

Dee echó la cabeza hacia atrás, entreabrió la boca y exhaló una nubecilla de humo.

—Espero que por lo menos consiguieras que te lo pusiera todo por escrito, para no llevarte sorpresas.

—No sé de qué me estás hablando.

Dee lo miraba con lágrimas en los ojos.

—Podría llamarte como testigo ante el juez, que te vieras obligada a prestar declaración. ¿Tú sabes qué condena puede caerte por perjurio?

Walk quizá podría demostrar que Darke había mentido, pero con eso tampoco ganaría una mierda, no sin tener algo mucho más sólido.

Dee cerró los ojos.

—No tengo más familia. Mis dos hijas y yo estamos solas en el mundo, completamente solas.

Walk no estaba dispuesto a separar a una madre de sus hijas: era un precio excesivo. Lo había aprendido hablando con Hal sobre Duchess y Robin.

—Necesito un favor. Es posible que no sirva de nada, pero tengo que intentarlo.

Dee asintió con la cabeza sin preguntar de qué se trataba.

Walk le tocó la mano y Dee lo agarró con fuerza, como si lo último que quisiera fuese soltarse, como si la mano de Walk pudiera absolverla de sus pecados.

# 31

Últimamente Duchess tenía un sueño muy ligero, así que, cuando oyó los golpecitos contra la ventana, se levantó al momento y se puso un suéter y unos vaqueros.

Robin dormía profundamente a su lado, en una postura fetal que hacía pensar en el bebé que había venido al mundo en el hospital de Vancour Hill.

Ella se asomó a la ventana y mostró el dedo medio. Se puso las zapatillas deportivas y bajó las escaleras sin hacer ruido hasta salir al frío de la noche.

El recién llegado llevaba puesta una bufanda y un gorro de lana, su bicicleta estaba apoyada en la verja.

—¡Joder, Thomas Noble! Le estabas tirando piedrecitas a la ventana de Mary Lou.

—Lo siento.

—¿Has venido en bici?

—He salido a la hora de cenar. Le dije a mi madre que iba a dormir en casa de unos amigos.

—Pero si tú no tienes amigos.

—Ahora me relaciono bastante con Walt Gurney.

—¿Ese chico que tiene el ojo mal?

—Sólo es contagioso si lo tocas.

Llevaba un abrigo tan grueso que parecía que tenía el cuerpo envuelto en neumáticos.

Echaron a andar por el extenso jardín. Tras los árboles desnudos había un pequeño estanque artificial. Robin se había pasado una hora sentado junto a las aguas hasta que la señora Price le reveló que no había peces.

Se sentaron en un banco de piedra, a la luz de la media luna y las brillantes estrellas.

—Harías mejor en ponerte guantes de verdad: ni siquiera Robin lleva mitones.

Thomas le cogió la mano y, sin querer, le sopló el aliento. Se preparó para recibir una reprimenda, pero Duchess guardó silencio.

—Después de lo sucedido, en el periódico han estado hablando de ti. He recortado todos los artículos.

—Ya los he leído.

—Ojalá volvieras al instituto.

Duchess contempló la casa dormida de los vecinos. Se levantaban por las mañanas, iban al trabajo, pagaban las facturas. Se iban de vacaciones. Se preocupaban por la jubilación, asistían a las reuniones de padres en el colegio. Sopesaban qué nuevo coche iban a comprarse y adónde irían por Navidad.

—Me caía bien Hal. A veces daba un poco de miedo, es verdad, pero a mí me caía bien. Lo siento mucho por ti, Duchess.

Duchess había hecho una bola de nieve y estaba apretándola con fuerza, la mano comenzaba a dolerle.

—Estoy pensando qué es lo que voy a hacer ahora. Supongo que aprender a respirar otra vez. No puedo joderlo todo, eso lo tengo claro. Y esa chica, Mary Lou... le cortaría la cabeza a la muy perra.

Thomas se ajustó el gorro hasta taparse las orejas.

—Tengo que volver a Cape Haven: le he prometido a Robin que voy a encontrar una casa de verdad para los dos, una casa para siempre. Es lo único que le importa.

—Pregunté a mi madre si podríais venir a vivir con nosotros, pero...

Duchess lo hizo callar con un gesto con la mano. No hacía falta que le viniera con explicaciones.

—En vista de lo bien que se lleva con el cartero, cualquier día de éstos te sorprende con un hermanito.

Thomas frunció el entrecejo.

—Yo no necesito a nadie —dijo ella—, pero mi hermano... El pobre no es más que un bebé, o casi. Voy a hacerte una pregunta, Thomas. ¿Tú crees que alguna vez nos comportamos de forma verdaderamente generosa y desprendida?

—Claro que sí, cuando me acompañaste al baile del colegio, por ejemplo.

Ella sonrió.

—El invierno es la estación que más me gusta. La que más me gusta de todas, y eso que en Montana tenemos un invierno bastante largo.

—¿Y por qué te gusta?

Thomas levantó la mano atrofiada, que el mitón cubría en su totalidad.

—Por eso llevas mitones.

—Por eso.

—Hubo una vez un forajido llamado William Dangs, un cabronazo, pero era un tirador de la leche. Atracó tres bancos seguidos antes de que lo pillaran. Y le faltaba un brazo, ¿sabes? Se lo amputaron a la altura del hombro.

—¿De verdad?

—Sí.

Era una suerte que Thomas fuera incapaz de advertir que estaba mintiendo.

Ella empezó a tiritar.

Thomas se quitó el abrigo y se lo puso sobre los hombros.

Y a continuación empezó a tiritar.

—Es muy posible que nos envíen muy lejos de aquí —dijo ella—. A cualquier punto del país. Si es que alguien nos acepta, claro.

—Iré a veros en bici, da igual donde estéis.

—Yo no necesito a nadie.

—Lo sé: eres la chica más dura que he conocido en la vida. Y la más guapa también. Y sé que es probable que me pegues, pero pienso que mi mundo es infinitamente mejor desde que estás en él. Los chicos antes no hacían más que mirarme, cuchichear y reírse de mí. Pero ya no. Y yo sé que...

Y ella entonces lo besó. Era su primer beso en la vida, y también el de él. Thomas tenía los labios fríos y la nariz helada al contacto de su mejilla, y estaba demasiado atónito para responder con un beso de verdad. Duchess se separó y se volvió hacia el estanque helado.

—No digas nada —le espetó.

—Yo no he dicho nada.

—Pero ibas a hacerlo.

Exhalaban vaho.

—Hal decía que empezamos por el final.

—¿Y en qué punto nos encontramos ahora?

—No sé si importa demasiado.

—En cualquier caso, espero que podamos estar aquí un poco más.

Se cogieron de la mano, se levantaron y volvieron andando por el jardín, donde la primavera estaba sepultada en lo más hondo. Dentro de la casa estaban su maleta y su hermano, lo único que tenía en este mundo. Duchess no sabía si eso la hacía libre o sólo indicaba que estaba maldita.

Thomas cogió su bicicleta y quitó la nieve del sillín con la mano.

—¿Cómo me has encontrado? —preguntó ella mientras le devolvía el abrigo.

—Mi madre estuvo hablando con la trabajadora social.

—Claro.

Thomas se montó en la bici.

—Una cosa más —dijo ella—. ¿Por qué has venido esta noche?

—Porque quería verte.

—¿Y? Sé que hay algo más, dímelo.

—Estoy buscando a Darke. Todos los días, cuando salgo del colegio, voy al rancho de Radley y recorro los bosques en bici.

—Igual terminas por encontrar un cadáver.

—Eso espero.

Thomas avanzó por el camino con la bici, Duchess lo siguió hasta la calle. Los buzones de los vecinos estaban perfectamente alineados, cada uno con el nombre de una familia: Cooper, Lewis, Nelson... A Robin le gustaba leer los nombres pintados en los buzones, imaginarse su propio apellido en uno.

—Thomas.

El chico se detuvo, llevó un pie a tierra y la miró por encima del hombro.

Ella le dijo adiós con la mano.

Él hizo lo mismo.

Al volver a su cuarto, Duchess se encontró a Robin llorando en un rincón, tapándose la cara con las manos.

—¿Qué te pasa?

—¿Dónde estabas? —gimoteó.

—Thomas Noble ha venido de visita.

—La cama...

Duchess miró las sábanas desordenadas.

—He mojado la cama —dijo él angustiado—. He estado soñando con lo que pasó aquella noche. Oí cosas, oí voces.

Duchess lo abrazó y lo besó en la frente. Lo ayudó a quitarse los pantalones y la camiseta, lo hizo meterse en la bañera y lo lavó.

Le puso un pijama limpio y lo metió en la cama otra vez. Cuando por fin se durmió, puso manos a la obra y empezó a desvestir el colchón.


Tumbado en la cama, Walk estaba repasando lo que sabía con certeza: Darke había dado una falsa coartada la noche en que asesinaron a Star. Milton le había hecho una visita. Era posible que hubieran salido a cazar juntos, pero él no terminaba de creérselo. Milton se había esfumado, su casa y su tienda estaban a oscuras. No valía la pena llamar a los moteles de la zona, pues Milton hacía acampada libre cuando salía de caza, se desplazaba a su aire, disfrutando de la soledad que en Cape Haven le resultaba insoportable.

Faltaba una hora para el amanecer cuando se levantó y se vistió. Bebió café, subió al coche y condujo hasta Cedar Heights.

Nadie montaba guardia en la caseta de entrada durante la noche, por lo que aparcó bajo los árboles que se mecían a la débil luz del amanecer. Cruzó la calle andando y entró en el recinto por la pequeña puerta lateral.

No había luz en ninguna de las casas, tampoco en la que estaba al final de la calle. Avanzó con despreocupación, sin esforzarse en ocultar el rostro, captado con toda seguridad por las cámaras. No sabía si era por la falta de sueño o por el tembleque del cuerpo, pero esa mañana no le importaba una mierda meterse en problemas.

Fue por el lateral de la casa, abrió la verja y entró en el jardín. Se detuvo cuando vio que en la puerta posterior de la casa faltaba uno de los pequeños paneles de cristal. Lo habían quitado limpiamente, con toda probabilidad sin hacer el menor ruido. Se acordó de los dos individuos que andaban buscando a Darke. Metió la mano por el hueco y giró el picaporte.

En el interior no se veía nada de particular. El televisor estaba apagado, el cuenco con frutas de plástico seguía en su lugar de siempre. Subió por las escaleras y examinó los dormitorios. Todos estaban perfectamente arreglados, como si una familia modelo hubiera dejado la casa un rato para que los potenciales interesados vieran cómo vivían.

Miró bajo la cama, levantó las sábanas, tiró la almohada al suelo y se llevó una sorpresa: en la cama había un suéter pequeño de color rosa, el suéter de una niña. Pensó en llevárselo y más tarde darle alguna explicación a Boyd, pero finalmente lo dejó donde estaba, no sin antes hacer una anotación en el cuaderno para acordarse.

Entonces vio el destello de unas luces.

Agachó la cabeza y fue hasta la ventana. Oyó el motor en marcha de un coche aparcado. Se arriesgó a echar una mirada: un sedán distinto, pero con los mismos dos tipos de la otra vez. El de barba bajó la ventanilla, iluminado por el resplandor de su cigarrillo, y miró hacia la casa.

Walk sintió los latidos de su propio corazón.

Transcurrieron quince minutos hasta que dieron marcha atrás, giraron y se fueron a poca velocidad. Esta vez, él tuvo buen cuidado de anotar la matrícula.

Volvió a la cocina, encendió las luces y rebuscó en los armarios y alacenas.

De apronto se arrodilló y miró las baldosas con atención.

Era sangre, estaba claro. Por poco la había pasado por alto.

La furgoneta de la policía científica tardó tres horas en llegar, y eso que le habían hecho un favor. Tana Legros respondió a su llamada cuando estaba a punto de irse a casa. Una vez Walk había pillado a su hijo fumando marihuana en una fiesta en Fallbrook, reconoció su apellido y lo llevó a su casa en lugar de ponerle una multa: Tana se lo agradecería hasta el final de sus días.

Cuando Moses llegó a la caseta de entrada, Walk hizo lo posible por hablar con él, pero no tardó en comprender que lo más conveniente era pasarle discretamente un billete de veinte pavos. Volvió a la casa y fue a la parte posterior, donde encontró un pequeño despacho. El ordenador era falso, sólo la carcasa de plástico.

Tana se presentó acompañada de un técnico, un joven metódico e impaciente. Éste hizo un gesto de desaprobación cuando Tana se bajó la mascarilla un momento y señaló el suelo de la cocina. Con las persianas bajadas, la sustancia reactiva que acababa de aplicar hizo resplandecer el suelo.

—Joder —dijo Walk—. Es sangre, ¿verdad?

—Sí —respondió ella.

—¿Hay mucha?

—Sí.

—¿Puedes averiguar a quién pertenece?

—A ver, un momento. ¿Tienes autorización para estar aquí? Walk calló.

—En tal caso, me temo que no puedo llevarme esta baldosa.

—Lo siento.

—Pero sí voy a llevarme una muestra para analizar. Dame alguna cosa más y podré hacerte un perfil, aunque no servirá de nada si no podemos cotejarlo con la base de datos.

Walk pensó en los dos hombres que andaban detrás de Darke y de pronto se acordó de Milton.


Aparcó sobre la acera, atravesó corriendo el jardín y aporreó la puerta de la casa.

—¡Milton! —gritó.

Volvió a la acera y alzó la vista hacia las ventanas del piso de arriba. Oyó un ruido, se volvió y vio a Brandon Rock cortando el césped de la casa vecina.

—Oye, ¿has visto a Milton?

—Está de vacaciones.

Brandon tenía un aspecto horroroso: llevaba gafas de sol y necesitaba urgentemente un buen afeitado. Su cabello ya no tenía su look ochentero, sino que le caía sobre la frente y las sienes.

—¿Estás bien, Brandon?

—¿Leah no te ha contado?

—¿El qué?

—Esos dos ya ni se hablan, lo más seguro es que Leah ni esté al corriente —dijo Brandon con voz ronca.

—¿Qué ha pasado, Brandon?

—Ed me ha despedido.

Walk dio un paso hacia él y percibió el olor a alcohol.

—A mí, a John y a Michael.

—Lo siento.

Brandon hizo un gesto de resignación, se dio la vuelta y echó a andar hacia el interior con paso vacilante.

—El mercado está deprimido, la economía no chuta... idioteces. Ed ha terminado por hundir el negocio, eso es lo que ha pasado. Siempre de juerga, siempre de copas, siempre con las tías. Se pasaba el día metido en el Eight, más tiempo que yo mismo, ¡y mira que ese lugar era como mi casa!

Walk arrastró un cubo de la basura, se puso de pie sobre él, se encaramó al muro que daba al jardín trasero de Milton y se dejó caer al otro lado. Sintió un estremecimiento en los huesos al aterrizar.

Encontró las llaves bajo la falsa piedra decorativa de siempre. Cinco años antes, Milton había acogido un perro callejero, un chucho que estaba en los huesos, pero que acabó por engordar de tal modo que un año después hubo que sacrificarlo: tanta carne no podía ser buena. Walk le había hecho el favor de ir a darle de comer al perro cuando el padre de Milton murió y él tuvo que marcharse unos días.

Entró en la casa.

Olió a sangre nada más cruzar la puerta y se imaginó que era el olor que Milton llevaba consigo a todas partes. En la pared había un calendario con dos semanas subrayadas en rojo, Milton incluso había marcado con un círculo el día en que debía volver a la carnicería.

—¡Milton! —gritó, por si estaba bañándose. Al momento se esforzó en borrar de su mente aquella imagen de pesadilla.

Nada en la sala de estar.

Subió por las escaleras y miró en la habitación para invitados: un colchón en el suelo, sin sábanas. Entró en el dormitorio principal. Todo estaba en orden. La cama estaba cubierta con una gruesa manta a pesar del calor que hacía. Había una cómoda antigua con espejo, acaso heredada de su madre. En la pared, una gran cabeza de ciervo montada en caoba. Sus ojos muertos llevaron a Walk a preguntarse qué clase de hombre se empeñaba en dormir vigilado por una mirada tan fúnebre.

Había también una estantería con libros, sobre caza en su mayor parte. Un manual para fabricar trampas, unos mapas de regiones agrestes. Ninguno de astronomía.

Fue a la ventana y se acercó al telescopio Celestron. Le pasó el dedo y vio que estaba cubierto de polvo, como si Milton no hubiera usado el aparato en un año. Miró por el visor y se sorprendió al comprobar que el telescopio no apuntaba al cielo, sino a la casa de enfrente.

A una ventana precisa.

La ventana del dormitorio de Star Radley.

Pensó en Milton, siempre dispuesto a ayudar, a ir y venir con la Comanche, a sacarle la basura a Star, a darle carne a Duchess para que la llevara a casa. Walk siempre lo había tenido por un hombre algo excéntrico, incomprendido, pero buena persona en el fondo. Masculló una imprecación y se puso a revolver en los cajones.

Encontró un maletín bajo la cama, lo sacó y lo dejó sobre el colchón. En el lomo estaba escrito con rotulador: GRUPO DE VIGILANCIA DEL BARRIO.

El interior estaba ordenado, las fotos, catalogadas.

Centenares de fotos. Algunas hechas con cámara Polaroid, otras de mejor calidad. Cogió una: Star desvistiéndose, sólo con las bragas, los pechos al aire. Todas eran por el estilo. En otras imágenes aparecía vestida, trabajando en el jardín. En alguna que otra también salían Duchess y Robin, pero era evidente que el fotógrafo no estaba interesado en ellos. Más fotos de desnudos: Star agachándose para coger algo del suelo, Star quitándose la ropa antes de acostarse.

—El puto Milton de los cojones.

Algunas de las fotografías eran antiguas: Milton llevaba diez años haciendo de mirón. Vio un par en las que Star aparecía junto a un amigo suyo de por entonces. Ahora mismo no recordaba el nombre del tipo. Imaginó a Milton relamiéndose, convencido de que los iba a inmortalizar follando, pero al parecer tuvo que conformarse con unas cuantas fotos en las que Star despedía al sujeto con un beso y a continuación éste iba a acostarse en el sofá de la sala de estar.

Walk se detuvo.

Acababa de ver una pequeña carpeta con la inscripción 14 DE JUNIO.

El día en que asesinaron a Star.

La mano le temblaba cuando comenzó a pasar las páginas. Nada: sólo hojas en blanco. Masculló unas cuantas palabrotas.

Miró alrededor por última vez y decidió dejarlo por ese día. Llamó a la comisaría. Pudo percibir el asombro en la voz de Leah Tallow cuando le contó lo que había averiguado.

Estaba decidido a ponerle las esposas a Milton tan pronto como lo encontrara.

## 32

Se acostumbraron a llevar una existencia fragmentada. Por las mañanas seguían en silencio a Mary Lou y a su hermano, unos pasos por detrás, mientras éstos iban encontrándose con sus amigos de camino al colegio. A veces todos se daban la vuelta, cuchicheaban y se reían. Un día, Duchess resbaló al caminar por la acera helada, se desgarró los vaqueros y se hizo un raspón en la rodilla. Nadie se detuvo a ayudarla. Reemprendió el camino en silencio, cojeando, con su mochila y la de su hermano en las manos.

La señora Price puso una sábana de plástico en la cama de Robin. La maldita sábana crujía tanto por las noches que Robin terminaba por despertar y colarse en la cama de Duchess.

Conocieron a dos parejas.

Primero, al señor y la señora Kolene. Duchess supo desde el primer momento que Shelly había tenido que insistir para que se sentaran a una de las mesas de madera que había en el parque de Twin Elms Avenue. Duchess estuvo empujando a su hermano en el columpio mientras los Kolene y Shelly bebían café de un termo y los contemplaban como si fueran dos animales en un zoológico.

—¿Por qué coño nos miran de esa forma? ¿Es que quieren que nos pongamos a hacer monerías?

—No hables tan alto, que van a oírte.

Duchess se sonó la nariz ruidosamente con un pañuelo de papel y volvió a columpiar a su hermano mientras Shelly la contemplaba sonriente.

—El tío parece un bibliotecario.

—¿Por qué lo dices?

—Por esas gafas que me lleva, y el chalequito de punto. Esos dos son muy mayores para tener hijos, de ahí que estén planteándose adoptarnos. El hombre igual tiene un esperma que no vale, o ella es más estéril que el Mojave.

—¿Qué significa estéril?

—Que no le funciona...

—Parece estar sana.

—Rezuma amargura por todos los poros. Tendrían que haber congelado unos óvulos. No nos querrá como es debido.

—Pero no ha venido nadie más...

—Ya vendrán. Shelly nos dijo que tuviéramos paciencia, ¿recuerdas?

Robin bajó la vista.

—¿Y ahora qué hacemos?

—Bueno, supongo que todo saldrá bien.

—A estas personas las miran con lupa, no creas. Y les dan clases y todo para que se lo curren y sean unos buenos padres.

Se puso a empujarlo con renovados bríos hasta que la cadena del columpio empezó a chirriar entre los gritos y carcajadas. A Duchess la maravillaba su capacidad de adaptación, la forma en que les sonreía al señor y la señora Price con el fin de ganárselos.

Por su parte, hacía lo posible por controlar su temperamento. No decía nada cuando Mary Lou sonreía burlona o Henry se negaba a jugar con Robin. Había sepultado aquella parte de su ser que insistía en pensar en Hal y en la forma en que había muerto, en su madre y en la forma en que había muerto. Veía viejas películas del Oeste, leía libros e iba haciéndose a la idea de que la vida humana podía verse tan ensombrecida por la sed de venganza como para oscurecer todo cuanto había de bueno en una persona.

El recuerdo de Walk era lo que evitaba que cometiese alguna tontería: Walk era quien la empujaba por el buen camino, llevándola hacia el futuro sin quedarse anclada en el presente. Walk le recordaba que los hombres podían ser buenos. Pensaba en él y se abstenía de plantarse frente a los Shelly y los Kolene para decirles que se fueran a tomar por culo de una vez, que llevaba toda la vida cuidando a Robin y que ni en sueños iba a dejar de hacerlo. La señora Kolene saludó con la mano, Robin sonrió de oreja a oreja y le devolvió el saludo con entusiasmo, como si no se diera cuenta de lo que en realidad estaba pasando. Los Kolene apenas les habían dirigido la palabra, contentándose con formular un par de preguntas con su acento del Medio Oeste, aunque quién sabe de dónde exactamente. Eran uno de esos matrimonios empeñados en llenar un hueco en sus vidas, pero habían decidido nada más verlos que los hermanos Radley no eran lo que andaban buscando.

—No exactamente —les dijo Shelly al volante mientras volvían a la casa de los Price en coche.

La señora Price se mostró desagradable con ellos esa noche, como si para ella las cosas tampoco estuvieran saliendo según lo esperado, como si empezara a cansarse de ellos y quisiera un par de caras nuevas, más jóvenes, para lucir en la iglesia los domingos.

El encuentro con el siguiente matrimonio no fue mejor. El señor y la señora Sandford: un coronel del ejército retirado y un ama de casa que no tenía nada que hacer.

Sentados en el banco junto a Shelly, estuvieron hablando de tonterías mirando a los hermanos de vez en cuando. El coronel no dejaba de reír y de palmearle la rodilla a su esposa con tanta fuerza como para dejarle marca.

—Este hombre nos pegará —dijo Duchess de pie junto al columpio.

Robin se la quedó mirando.

—Hará que te cortes el pelo al cero y te alistes en el ejército.

—Igual ella te enseña a hacer pasteles —dijo el pequeño.

—¡Serás hijo de puta!

—Huy, creo que te han oído.

Levantaron la vista y, en efecto, el coronel estaba observándolos. Duchess hizo un remedo de saludo militar. Shelly sonrió con nerviosismo.

• • •

El deshielo llegó a principios de marzo.

Cada noche, Duchess se sentaba frente a la ventana a contemplar el continuo gotear del tejado mientras los colores volvían poco a poco a Montana. Por las mañanas hacía sol, un sol frío, pero sol al fin y al cabo. El hielo se fundía en las aceras, los jardines emergían, las matas de guillomos iban del pardo al blanco en flor, proyectándose hacia el firmamento. Duchess veía el cambio, pero no encontraba belleza en ninguna parte.

Su pequeña vida transcurría en piloto automático, sin sentimientos, de tal manera que a veces no llevaba la cuenta de los días. Cuidaba de Robin, lo llevaba a la escuela y hacía caso omiso de Mary Lou y su secuaz, Kelly, quienes se mofaban de sus zapatos y su camiseta, de la marca de los vaqueros que vestía. Shelly iba una vez por semana y de vez en cuando los llevaba a tomar helados. Una vez incluso los llevó al cine. Robin fantaseaba con la nueva familia: cómo el padre sería igual que Hal y le enseñaría a pescar y a jugar al béisbol. Era una convicción a la que se aferraba con todas sus fuerzas, con mayor ansia cada día.

Un sábado, Shelly los llevó a ver el rancho. Iba a pasar un tiempo antes de que cayera en manos de sus nuevos propietarios, así que de momento seguía siendo el rancho de Radley. Por el camino recogieron a Thomas Noble.

Aquella mañana hacía un espléndido tiempo primaveral. Robin llevó a Shelly al corral y le habló de los trabajos que solía hacer. Duchess y Thomas Noble salieron a pasear por los trigales abandonados, llenos de malas hierbas y de terrones. Duchess estaba tan triste que apenas podía articular palabra. A cada nuevo paso que daba se acordaba de Hal, del olor de su cigarro... Subieron al porche, se sentó en la hamaca y empezó a columpiarse entre chirridos de cadenas. Le entraron ganas de llorar, pero no lo hizo. Luego visitó el campo donde solía pastar la yegua gris. La echaba en falta casi tanto como a su abuelo.

Abandonaron el rancho sumidos en un profundo silencio, tan sólo roto cuando Robin se echó a llorar. Duchess le cogió la mano. Cuando llegaron a la casa de los Price se sentaron en la acera sin nada mejor que hacer, mirando a los chavales que pasaban en bicicleta. Empezaba a hacer calor. Aún faltaba un poco para el verano, pero podían presentirlo.

—Tengo a otros —indicó Shelly.

Duchess creyó detectar algo en su voz. Apenas un matiz, pero estaba ahí.

—¿Quiénes son? —quiso saber Robin.

—Se llaman Peter y Lucy. Son de Wyoming, donde yo trabajaba antes. En principio buscan solo un niño, pero, claro, les he explicado que los dos sois muy especiales y...

—Les has mentido —cortó Duchess.

Shelly sonrió.

—Escúchame, por favor. Son de un pueblo pequeño. Él es médico y ella es maestra de escuela.

—¿Qué clase de médico?

—Un médico de verdad.

—¿Un psiquiatra? Lo pregunto porque no tengo ganas de que me revuelvan la mente y...

—Es un médico de cabecera con su propia consulta, un médico normal y corriente, de los que curan a las personas.

—A mí me gustan los médicos —dijo Robin.

Duchess suspiró.

—Podréis conocerlos la semana que viene, si queréis.

Robin dirigió a Duchess una mirada suplicante, hasta que ella asintió.


Fueron por la autovía 5, desde Medford hasta Springfield, en el Prius de Martha.

Unos ciento cincuenta kilómetros después de Salem, dejaron atrás las luces brillantes y el asfalto liso para adentrarse por oscuros caminos rurales llenos de baches que conducían a Marion y a otros pvebluchos similares que probablemente no aparecían en los mapas modernos.

Martha dormía. Cuando el camino se suavizaba un poco, Walk se permitía echarle una mirada y al momento volvía a sentir el dolor que lo atormentaba desde el día en que ella volvió a formar parte de su vida. Su rostro estaba tranquilo, en paz, tan hermoso que él tenía que luchar contra el abrumador impulso de besarla.

El amanecer los sorprendió en la autovía de Calasade. Walk estaba tan agotado que el volante se le fue y el coche casi se pasó al carril contrario. Con delicadeza, Martha estiró la mano y enderezó el volante.

—Tendrías que haber parado para echar una cabezadita.

—Ya me conoces: voy directo, sin paradas.

Mientras conducían hacia Silver Falls contemplaron la lenta irrupción del sol entre las montañas, pintando las tierras de labranza de una decena de tonos de verde. Desayunaron en una cafetería: huevos con beicon y un café tan fuerte que Walk de inmediato se sintió revivir.

—No estamos lejos —comentó Martha mientras examinaba el mapa desplegado en la mesa.

Se dirigían a Unity, una clínica privada situada en Silver Falls. Dickie Darke había estado haciendo pagos a esta entidad desde hacía mucho tiempo, a juzgar por la información bancaria de que disponían. Dee al final había sido de ayuda: la noche anterior había llamado a la puerta de Walk y le había entregado un papelito con el nombre del beneficiario de las transferencias.

Reemprendieron la marcha tres tazas de café después. La cafeína corría por las venas de Walk cuando el parque estatal de Silver Falls apareció ante sus ojos. Siguió las indicaciones de Martha, quien no apartaba la vista del mapa, y los árboles pronto quedaron atrás. Unos peñascos se levantaban sobre unas laderas tan verdes como empinadas. Al pasar junto a unas cascadas, Walk abrió la ventanilla para disfrutar del estruendo del agua.

Una nueva curva y se encontraron ante la verja que daba a los terrenos de la clínica. Walk había llamado de antemano, explicando que le gustaría visitar el lugar. Dio su nombre por el interfono y las puertas se abrieron al momento.

Siguieron por un largo camino hasta que la clínica como tal apareció ante sus ojos. Un edificio moderno, de formas elegantes, con cristales ahumados y ladrillo de arenisca. Bien podría pasar por un edificio de viviendas de lujo enclavado entre los árboles.

Una mujer de apellido Eicher, con quien Walk había hablado por teléfono, los recibió en la puerta con una gran sonrisa y los hizo pasar a un extenso vestíbulo decorado con una escultura moderna que probablemente representaba un águila. En el interior reinaba la calma. Los médicos se paseaban de aquí para allá y las enfermeras pasaban con calma delante de ellos, sin prisas ni estrés.

En un principio, Walk creyó encontrarse en una especie de centro de descanso como los que frecuentan los directivos de empresa agobiados, pero Eicher procedió a explicarles el tipo de trabajo que hacían, las complejas necesidades de sus pacientes, los cuidados que el personal ofrecía día y noche.

Caminaba con paso firme a pesar de los veinte kilos que le sobraban y hablaba con un deje curioso, posiblemente alemán, pero matizado por modismos de la zona. En ningún momento preguntó por el paciente que estaban pensando ingresar en la clínica. Por teléfono, Walk se había limitado a hablar de un pariente que se encontraba mal y necesitaba de cuidados médicos, y Eicher lo había invitado a acudir y a echar un vistazo al centro sin ningún compromiso. Valía la pena meditarlo bien antes de ingresar a su familiar en la clínica.

A su lado, Martha se mantenía en silencio, aunque no dejaba de reparar en las vastas salas comunes, los numerosos ascensores, la moqueta tan gruesa que los pies se hundían en ella.

Eicher se explayó sobre la historia de la clínica, su cercanía al parque estatal y la tranquilidad que en ella se respiraba. Estaban preparados para cualquier eventualidad, pues la unidad de urgencias contaba con cinco médicos de guardia y treinta enfermeras.

Los condujo a los jardines, que se extendían hasta las aguas de un arroyo emplazado tras una cerca. Walk reparó en un par de celadores que fumaban junto a unas puertas. Eicher les lanzó una mirada y ambos apagaron los cigarrillos y volvieron al interior.

—¿Puedo preguntar cómo han sabido de nosotros? —dijo la mujer.

—A través de un amigo: Dickie Darke.

Eicher sonrió exhibiendo unos dientes muy blancos, pero con un notorio hueco entre los incisivos centrales.

—El padre de Madeline —dijo.

Walk no hizo comentario alguno.

—Es una chica excepcional. Y el señor Darke es muy valiente, después de todo lo que pasó... después de haber perdido a su mujer de aquella manera. ¿Ustedes conocían a Kate?

Martha respondió de inmediato:

—No lo bastante, la verdad.

De pronto, Eicher pareció triste: la primera grieta en su prístina fachada.

—Kate era de por aquí, ¿saben? Creció en Clarkes Grove. Madeline es su vivo retrato.

Los acompañó por el resto del edificio, les hizo entrega de un folleto y prometió llamarlos en unos días. Walk no necesitaba hacer preguntas: había encontrado lo que quería.

—Por cierto, saluden de mi parte a Dickie —pidió Eicher de repente—. Espero que esté recuperándose bien.

Walk la miró con extrañeza.

—Ah, lo siento —aclaró Eicher—. Me refería a ese accidente que tuvo. Porque Dickie cojeaba la última vez que lo vimos por aquí. Una mala caída, nos dijo.

Walk la miró con atención.

—¿Y eso cuándo fue?

—Hace una semana más o menos. Hay personas que parecen atraer la mala suerte. —Eicher les dedicó una nueva sonrisa, se dio la vuelta y los dejó a solas.

Condujeron una veintena de kilómetros y llegaron a Clarkes Grove, cuya pintoresca calle Mayor era muy semejante a la de Cape Haven. La biblioteca municipal se encontraba al fondo: un edificio bonito aunque algo destartalado, como si sólo sobreviviera gracias a las donaciones de particulares. Dentro no había casi nadie. Era un lugar fresco y algo oscuro, con un olor que devolvió a Walk a sus dos años de estudios en la Universidad de Portola.

La anciana sentada tras el mostrador no apartaba la vista de la pantalla, por lo que entraron en la sala de lectura, equipada con un par de ordenadores. Martha se sentó frente a uno de ellos, muy pegada a Walk, rozando su pierna. Él la miró con atención: la forma en que fruncía el entrecejo, el bombeo de su pecho al respirar.

—Veo que no me quitas el ojo de encima, señor jefe de policía.

—No, no, nada de eso.

—Pues qué lástima.

A Walk se le escapó la risa.

Martha tecleó «Kate Darke» y en la pantalla aparecieron una decena de referencias. Dieron con la noticia precisa y leyeron en silencio: un accidente de tráfico, muerta en el acto. Su hija, Madeline Ann, sufrió gravísimas lesiones cerebrales. Unas cuantas fotos. Tras partinar con el hielo en la calzada, el Ford había salido de la carretera precipitándose por un empinado talud hasta estrellarse contra los árboles, de tal forma que el parabrisas saltó hecho trizas. Detrás, las aguas del lago Eight transmitían una extraña placidez a la imagen del coche destrozado.

Una solitaria foto de la familia en los buenos tiempos.

Martha amplió la imagen y Walk observó la cara de Darke: la expresión gélida, la mirada vacía... ya las tenía de antes, eran visibles en la foto.

—Si no me equivoco, Madeline ahora tiene catorce años —dijo Martha.

—Eso es.

—Dios mío, ha estado nueve años metida en esa clínica, más o menos el tiempo que Darke lleva haciendo sus operaciones. Esta clínica debe de salir por un ojo de la cara.

Walk encontró un segundo artículo de interés, centrado en Madeline, que hacía énfasis en el trabajo realizado en la clínica Unity. Un texto que decía mucho y nada a la vez. La chica seguía con vida porque estaba conectada a una máquina.

Darke estaba esperando un milagro.

# 33

Harbor Bay.

Walk llegó en cuestión de treinta minutos. No encendió las luces porque las calles de Cabrillo estaban desiertas. Había recibido la llamada una hora después de haber vuelto de Portland.

Aparcó junto a la entrada, bajó del coche y dejó atrás las barcas pesqueras que cabeceaban en el agua, un Bayliner reluciente y varios Navigator. Entre las tablas del embarcadero había huecos y el agua se colaba por ellos. Vio un grupo de siluros que se arremolinaban en torno a los restos de cebo que un anciano acababa de tirar al mar.

Aguas encrespadas y fuerte brisa marina: sensación de miedo.

El pesquero era un Reynolds del setenta y tres, pero parecía mucho más nuevo, con su capa de pintura reciente y su asiento azul. Andrew Wheeler estaba en el puente con los ojos fijos en las olas.

Walk lo conocía un poco: había salido varias veces con Star.

Cape Haven era visible en la lejanía: los acantilados, las laderas que iban a morir en la playa, la casa de los King dominando el paisaje. Andrew seguía trabajando con Skip Douglas, un hombre tan viejo y canoso que apenas decía palabra cuando se encontraba en tierra. Skip bajó al embarcadero, saludó a Walk con una ligera inclinación de la cabeza y siguió en dirección al aparcamiento, sin duda con intención de beberse un par de cervezas para resarcirse de la dura jornada.

Andrew bajó y estrechó la mano de Walk. Tenía los brazos musculosos y bronceados y llevaba gafas de sol pese a la penumbra del atardecer. Walk subió con él a la embarcación, donde las luces titilaron.

—¿Qué ha pasado? —preguntó Walk.

—Esta mañana hemos salido con un grupo de Sacramento, tres tíos que eran amigos de la niñez y viajaban a Six Rivers.

La temporada de langosta se extendía de octubre a marzo. Había limitaciones en lo referente al número, el tamaño y el peso, pero la mayoría de los clientes tan sólo querían disfrutar de un día en alta mar.

—Estábamos navegando a media máquina cuando Skip me llamó. La red se había enganchado, como pasa cada dos por tres. Siempre es un incordio. A veces me pongo el neopreno, me tiro al agua y corto por donde haya que cortar.

Walk se sujetó a la barandilla aunque el oleaje era mucho menos intenso que antes.

—Pero estaba pesada. Skip se quitó la gorra de béisbol y noté que estaba sudando, y mira que el viejo no se pone nervioso ni suda por nada. Eché mano al cabrestante y conseguimos que la red fuera subiendo poco a poco. De pronto, el cuerpo apareció en la superficie y los tres tíos se pusieron a vomitar. Las gaviotas vinieron en mayor número que de costumbre y volaban en círculos graznando: no había duda de que estaba muerto. Skip le cerró los ojos.

—¿Sólo lo habéis tocado en el momento de sacarlo?

Andrew dijo que sí con la cabeza y se hizo a un lado.

—Los chicos se han mareado tanto que he tenido que cubrir el cuerpo durante el viaje de regreso.

Walk levantó la toalla y se quedó sin respiración.

Milton.

Hinchado, cubierto de manchas, con los ojos desorbitados.

—¿Estás bien, Walk?

—Dios mío.

—¿Lo conoces?

Walk asintió con la cabeza. Pensó las muestras de sangre tomadas en casa de Darke y en que pronto quedaría claro que eran de la misma persona, de eso no había duda. Era otra pieza del rompecabezas que había que encajar, un rompecabezas cada vez más endiablado.

—Siéntate, hombre. Tienes muy mala cara.

Se sentaron en la cubierta a esperar al forense. Andrew le pasó una cerveza y Walk bebió unos sorbos hasta que el color volvió a asomar a su rostro.

—¿Estás mejor?

—Sí. Pero tú, en cambio, te has quedado como si nada —observó Walk.

—Es el tercer cadáver que me encuentro.

—¿Hablas en serio?

—Uno en Jersey, otro durante mi etapa en los cayos de Florida... La verdad es que en Cape Haven están pasando cosas raras.

—Sin duda.

Walk se apretó el frío cristal de la botella contra la sien para calmar un incipiente dolor de cabeza. Ni siquiera se molestó en disimular el temblor de las manos.

—Te vi en el funeral. Siento no haberme acercado a darte el pésame.

Recordaba haber visto a Andrew en la última fila, con la cabeza gacha, y también que se había marchado con discreción al cabo de pocos minutos.

Andrew le quitó hierro al asunto con un gesto de la mano.

—Fue... muy triste lo que le sucedió a Star. Lo primero que hice fue pensar en sus dos hijos. En mi época el niño aún era muy pequeño, un renacuajo, pero la chica siempre me miraba con cara de pocos amigos.

Walk pensó en Duchess.

—¿Tienes idea de quién se ha cargado al tío de la red?

—Quizá.

Andrew no hizo más preguntas.

Contemplaron la llegada de otro barco, las luces bajas sobre las aguas en calma.

Andrew levantó la botella en dirección al sol poniente.

—Llevaba cinco años sin ver a Star, pero continuaba pensando en ella. No es que... no es que tuviera el orgullo herido porque me rechazara, no fue exactamente así. No sé cómo decirlo: a veces te propones salvar a una persona pero no tienes ni idea de cómo hacerlo.

—Saliste con ella un tiempo.

—Unos cuantos meses, sí. La conocí en un bar: cantó en el escenario y luego la invité a una copa. Me pareció guapa, divertida, un poco triste también: parecía heber sufrido. Lo que tampoco tiene nada de raro: hay mucha gente como ella en los bares que frecuento.

—¿Y después?

—Estuvimos y no estuvimos juntos. Casi como amigos. Yo quería más.

Walk lo miraba con atención.

—Nunca nos acostamos.

Walk reparó en una lancha rápida de un blanco chillón, un objeto fuera de lugar. El juguete de algún veraneante, estaba claro: una vez más lo nuevo y lo viejo enfrentándose de un modo al que nunca terminaba de acostumbrarse. Tenía un letrero de EN VENTA en la borda. Walk esperaba que su futuro comprador se la llevase bien lejos.

—Star era una mujer muy bella, y el sexo tiene su importancia. Por mucho que no hablemos de él, sigue siendo importante. Una relación sin sexo... ¿qué sentido tiene?

Walk pensó en Martha, en la naturaleza de su amistad, en lo que sentía cada vez que la veía, en los pensamientos que afloraban en su mente de forma inevitable, unos pensamientos que no debería tener. Martha le había cerrado las puertas de su vida, su mente y su físico ya no le pertenecían en absoluto, se habían ido para siempre con el hijo que en su día perdió.

—¿Star te dio alguna razón? —preguntó.

—Me dijo que sólo hay un gran amor en la vida y que tienes suerte si lo encuentras porque todo lo demás no tiene sentido.

Walk pensó en ella: no había tenido la vida feliz a la que había aspirado. Él rezaba todas las noches para que sus hijos la tuvieran.


Robin estaba nervioso el día en que iban a conocer a Peter y Lucy.

No habían pegado ojo en toda la noche porque Robin no dejaba de hablar de ellos como si los conociera de toda la vida. Ya había decidido que de mayor también iba a ser médico, o quizá maestro. Duchess lo instó a dormir un poco: al día siguiente tendría que estar bien despierto. Él siguió hablando sin parar.

Duchess le había preparado unos pantalones cortos y una camiseta. Prefirió ponerse los pantalones de vestir y la camisa del funeral. Se probó la pajarita, aunque al final decidió que no. Lustró su mejor par de zapatos con saliva y una servilleta de papel. Duchess intentó desenredarle el pelo, lo dejó por imposible y le hizo la raya como pudo.

Ella pensaba llevar unos vaqueros y una camiseta, pero Robin insistió hasta que se puso un vestido. Después, él le escogió una cinta amarilla para el cabello y le preguntó si no valía la pena que se maquillara un poco. No probó bocado durante el desayuno, sólo bebió un zumo de naranja de pie frente a la ventana.

—Tienes que tranquilizarte.

—¿Y si al final no se presentan?

—Se presentarán.

Fueron en coche al parque. Robin miraba por la ventanilla sin decir palabra, pero Duchess notó que cruzaba los deditos. Aparcaron en el estacionamiento y bajaron a una mañana soleada, a una suave brisa llena del canto de los pájaros.

Peter resultó ser un hombre bajo y un poco gordo, pero lo llevaba con gracia. Lucy sonreía como se supone que hacen las buenas personas y Duchess pensó que era la típica mujer nacida para ser madre o maestra de escuela. Shelly los saludó y echaron a andar hacia ella.

Peter se detuvo un segundo, se dio la vuelta y silbó. Un labrador negro levantó la vista y corrió hacia ellos.

—¡Tienen un perro! —musitó Robin.

—Haz el favor de calmarte, anda.

Robin se la quedó mirando y ella suspiró y asintió con la cabeza. Su hermano echó a correr hacia el labrador agitando las manos como un loco.

—Mierda.

—No te preocupes —dijo Shelly.

—Estaba empeñado en venir con la maleta por si les diese por llevarnos a su casa de inmediato.

—Mierda.

Este primer encuentro pudo haber sido como los anteriores, artificial e incómodo para todos, con unos escuetos apretones de manos y demasiado contacto visual, pero Peter y Lucy resultaron ser cálidos y afectuosos desde el primer minuto. Se presentaron debidamente y explicaron que habían hecho un largo viaje con *Jet*, su labrador, desde el pueblo de Wyoming donde residían. Peter fue a dar un paseo con Robin y *Jet*. De tanto en tanto se perdían de vista detrás de las altas hierbas pero, cuando reaparecían, Robin se giraba hacia su hermana y saludaba con la mano insistentemente hasta que Duchess le devolvía el saludo. Esta vez, ella no dijo ninguna barbaridad; de hecho, apenas dijo nada. Lucy elogió su vestido y ella le dio las gracias. Le preguntó por el colegio y ella respondió que estaban muy a gusto. Preguntó por la vida en casa de los Price y ella contestó que se encontraban bien allí.

Durante todo el rato no dejó de vigilar a su hermano, preocupada. Robin iba aferrado a la mano de Peter, acariciaba a *Jet* y sonreía muchísimo. Lucy mencionó que criaban gallinas y Duchess deseó que Peter no se lo contara a Robin.

Diez minutos después, Robin regresó y formó la palabra «gallinas» con los labios. Duchess sonrió y su hermano aplaudió sin hacer ruido.

Se mantuvieron en un terreno seguro, sin mencionar el pasado, aunque Lucy en un momento dado dijo sentir lo sucedido con Hal y les contó que su madre había muerto cuando ella era pequeña.

Llegado el momento de despedirse, Robin se abrazó a Peter tan estrechamente que Duchess tuvo que separarlos.

Robin no paró de hablar durante el trayecto de vuelta. Contó que Peter le había prometido que la próxima vez lo dejaría llevar la correa de *Jet*. Shelly convino en que el pequeño se había comportado de forma encantadora y añadió que Peter y Lucy le habían asegurado que les había encantado conocerlos.

—¿Y? —preguntó Robin.

—Y ya veremos. Pero esta vez me han dejado una buena impresión —comentó Shelly. Robin volvió a aplaudir con entusiasmo.

Bajó del coche de un salto y corrió hacia la casa de los Price. La señora Price le abrió la puerta y le dirigió una sonrisa a Shelly.

—No deberías soltar estas gilipolleces —reprochó Duchess—: no puedes hablar sin estar completamente segura.

—Es importante mirarlo todo con optimismo —adujo Shelly.

Duchess se frotó los ojos: había transcurrido un año y la incertidumbre agotaba.

No estaba segura de si creía en Dios o no, pero esa noche rezó.

# 34

Walk se encontró con Martha en la iglesia. Apoyó la mano sobre la vieja puerta y contempló el agua, las flores en las lápidas...

Martha estaba sentada sola en primera fila con la vista puesta en la vidriera y el púlpito, el mismo lugar que ocupaba todos los domingos cuando su padre era el pastor. Walk tomó asiento en la última fila sin hacer ruido, tratando de no molestarla. Se había pasado la mañana al teléfono. Primero llamó a Boyd, para contarle lo de Milton. Le reveló su vinculación con Darke, el hecho de que salían de caza juntos y la circunstancia de que habían visto a Milton entrando y saliendo de la casa de Darke. No podía mencionar la sangre, pero Boyd le dio a entender que se ocuparía del tema y que obtendría una orden judicial. A continuación telefoneó a Carter, un abogado de Clearlake cuyo contacto le había facilitado Martha. Carter quería ir a la cárcel a hablar con Vincent King, pero Walk no sabía cómo conseguirlo. La vista estaba al caer, faltaban pocas semanas y era imposible preparar una defensa con tan poco tiempo.

—Te necesito, Martha —dijo de pronto, y sus palabras retumbaron en la vieja iglesia. Martha dejó de rezar, pero no se volvió.

Walk caminó hacia ella y se sentó a su lado, frente a la antigua cruz y las tumbas de los vecinos.

—Te necesito en el juicio.

—Lo sé.

Walk bajó la vista y miró su corbata, el pasador dorado, la vieja camisa. Nunca se había sentido tan débil. O quizá siempre se había sentido así y no se había dado cuenta hasta ahora. En su última visita, Kendrick le había aumentado la dosis. No había forma de evitar lo que vendría.

—Cometería errores —dijo ella—, errores garrafales.

—Sé que estoy pidiéndote algo muy difícil.

—Es peor que difícil: es cuestión de vida o muerte. En su día me propuse dar la cara por los demás, ayudar a la gente que atraviesa malas rachas, convertirme en un apoyo cuando las cosas venían mal dadas. Pero él me arrebató eso: mi padre.

—Aún podrías...

Con los ojos empañados de lágrimas, Martha zanjó:

—No quería vivir una mentira.

—Milton, el carnicero, ha muerto. Creo que Darke lo mató, y que mató a Hal para enviar un mensaje a los niños.

—Teme que el crío recuerde lo que pasó.

Walk asintió con la cabeza.

—En este momento, Darke no puede volver aquí porque le debe dinero a cierta gente, gente de cuidado.

Walk había comprobado la matrícula del sedán y esta vez tuvo suerte: el automóvil estaba registrado a nombre de una empresa de construcción con sede en Riverside, y uno de sus directores estaba vinculado a una conocida familia criminal. Los problemas de Darke no iban a desaparecer así como así.

Martha lo miró.

—Habla con Boyd y cuéntale lo que sabes: es preciso proteger a los niños.

—Ya he hablado con él, pero sigue sin creerme.

—Porque sigue estando convencido de que el culpable es Vincent King.

—Pero si lo declararan inocente, si pudiéramos conseguir que lo absolvieran...

—Joder, Walk. Ni el mejor abogado del país podría lograrlo.

—Si Vincent es inocente, a quien busca Darke es a Robin Radley, no a Duchess. —Walk cerró los ojos para no ver los temblores de su mano. Se frotó el cuello, tenía la musculatura tan rígida que le dolía al girar la cabeza.

—¿Vas a contarme lo que te pasa? ¿O crees que no me he fijado? Se te ve cansado, y has perdido mucho peso.

—Es cosa del estrés, no hay más.

—Si lo repites mil veces, igual terminas por creértelo.

—No me hace falta.

Una anciana entró, se arrodilló y se puso a rezar. Quizá eso la ayudara a dormir mejor por las noches.

—Eres un caso, Walk. Yo antes te miraba y leía todo cuanto pasaba por tu mente.

—Quiero volver a ser ese hombre, lo que pasa es que... todo está cambiando. Ya no sé ni dónde estoy. Lo pienso todos los días: el mundo ahora es otro. Antes he pasado junto a los terrenos de los Toller, ¿quién iba a pensar que un día estarían llenos de casas?

—La gente tiene que vivir en algún sitio, Walk.

—Estamos hablando de segundas residencias. El pueblo está cada vez peor.

—A ti te gusta que las cosas no cambien, lo noto en tu casa, en tu despacho... te aferras al pasado con todas tus fuerzas.

—Hubo un tiempo en que todo era mejor. Cuando éramos niños, ¿te acuerdas? Me decía que tenía la vida encarrilada: iba a ser policía en mi pueblo natal, me casaría y tendría hijos. Jugaría al béisbol con ellos, saldríamos de acampada...

—Claro, y Vincent viviría al otro lado de la calle, y vuestras esposas serían buenas amigas. Saldríais juntos de vacaciones, haríais barbacoas, miraríais a vuestros chicos jugar en la playa...

—Aún puedo verlo. De eso hace treinta años y lo veo claramente. Pero no puedo cambiar lo que ha pasado.

—Háblame del Vincent que recuerdas.

—Hacía lo que fuese por mí, era un amigo leal a más no poder. Siempre tenía chicas detrás, pero para él Star era la única. Era rápido con los puños, pero nunca empezaba una pelea. A veces desaparecía, incluso durante varios días, y yo sabía que era por su padre, pero también era muy divertido. Era mi mejor amigo, mi hermano. Es mi hermano.

Walk tampoco conseguía ver en los ojos de Martha lo que estaba pensando. El sol brillaba en el exterior, los pájaros trinaban.

—Y estaba convencido de que me casaría contigo, Martha, ¿lo sabes?

—Lo sé.

—Siempre estoy pensando en ti. Al levantarme por las mañanas y al acostarme por las noches.

—La masturbación es un pecado.

—No hables de masturbación en la iglesia.

—Te gusto porque te doy seguridad, Walk. Soy tu espejo. No cambio ni te vengo con cosas raras. Siempre fui una persona sencilla, alguien en quien podías confiar, hasta que tu idílica infancia saltó por los aires.

—Eso no es verdad.

—Sí que lo es, pero no pasa nada. Tú y yo nos dedicamos a ayudar a los demás, Walk. No hay mejor forma de vivir.

—O sea que vas a hacerlo.

Ella no respondió.

—¿Tú crees que estuvimos juntos en una vida anterior?

—Ésta todavía no se ha acabado, jefe.

Y buscó las manos de Walk para calmar los temblores con la calidez de las suyas.


Peter y Lucy los recogieron en la puerta de la casa de los Price.

Shelly estaba sentada en el asiento de atrás del monovolumen revisando unos papeles. El vehículo se puso en marcha.

Peter y Robin hablaron sin parar durante el trayecto, sobre *Jet* (¡cuánto miedo le tenía a los pájaros!) y sobre un paciente de Peter que había sufrido hipo durante un año entero.

—¿En algún momento trataste de darle un buen susto? —preguntó Robin.

—Peter asusta a cualquiera sólo con la cara —dijo Lucy.

Le hizo un guiño a Duchess a través del retrovisor y ella le correspondió con una sonrisa, pero no logró reírse. Poco antes, Mary Lou le había espetado que ya podía olvidarse de sus sueños. ¿Un médico y su mujer, decía? Ni por asomo iban a estar dispuestos a meter a una chica problemática en su casa, una tía rara que sacaba malas notas y a la que le gustaba jugar con armas. Duchess bajó la vista sin responder y siguió comiéndose los cereales del desayuno mientras Mary Lou se levantaba y, con gesto terminante, desenchufaba la televisión, pese a que los hermanos la estaban viendo.

Peter detuvo el vehículo en la cuneta un momento. Lucy y él consultaron una guía de viaje y se volvieron hacia el asiento trasero.

—Ahora tomaremos la carretera Going-to-the-Sun, como si estuviéramos yendo hacia el sol. ¿Preparados?

—Preparados —aprobó Robin.

Peter miró a Duchess y sonrió.

Robin apretó la mano de su hermana.

—Preparados.

La carretera Going-to-the-Sun se extiende a lo largo de setenta kilómetros y discurre entre unos peñascos imponentes. Atravesaron el túnel hasta ver la luz otra vez entre dos montañas que se abrían como cortinas en un escenario. Avanzaron entre unos precipicios que daban vértigo por una carretera que serpenteaba y no parecía llevar a ninguna parte. Era como estar en una montaña rusa, con unas vistas tan espléndidas que, de tanto en tanto, Duchess tenía que cerrar los ojos.

Atravesaron valles flanqueados por cascadas estruendosas, sembrados de flores multicolores. Descendieron por una ladera muy pronunciada hacia unos lagos de aguas cristalinas entre altos pinos que parecían aferrarse con todas sus fuerzas para no caerse.

Lucy echó mano a una cámara Nikon y se puso a hacer una foto tras otra.

En el asiento posterior, Shelly posó la mano en el hombro de Duchess y lo apretó afectuosamente, como si se hubiera dado cuenta de que ella lo necesitaba.

Se detuvieron al llegar al glaciar de Jackson. Lucy sacó una cesta de pícnic del maletero y extendió una manta sobre la hierba. Robin se sentó junto a Peter. Comieron sándwiches y patatas fritas, bebieron zumo y contemplaron el pequeño oleaje de la laguna.

—Al abuelo le habría gustado estar aquí —dijo Robin.

Duchess acabó de comerse su sándwich, le dio las gracias a Lucy y se esforzó en sonreír. Había momentos en los que se sentía lejos de todo, muy lejos de su verdadero hogar, que estaba por ahí, esperándola, pero al que no sabía cómo llegar. Se secó los ojos con la manga del vestido y reparó en que Lucy estaba observándola y posiblemente preguntándose hasta qué punto estaba jodida. ¿De verdad estaba dispuesta a aceptarla en su vida para siempre?

—¿Estás bien, Duchess? —le preguntó.

—Sí, gracias.

Duchess quería sonar sincera, pero no sabía cómo hacerlo. Le habría gustado que entendieran que podía vivir con ellos sin meterse con nadie, sin montar follones, sin molestar en absoluto, siempre que quisieran a su hermanito y cuidaran bien de él.

Se levantó y caminó hasta la valla. Asomó la cabeza y contempló las aguas poco profundas y el fondo de piedra azulada, las exuberantes flores púrpura, el denso pinar.

Lucy se acercó, pero no dijo nada, cosa que Duchess agradeció.

Durante el trayecto de vuelta se detuvieron un par de veces para dejar que pasaran unas cabras de las Rocosas y unos borregos salvajes.

—¿Y si se caen por el precipicio? —preguntó Robin.

—No te preocupes —dijo Peter—: soy médico.

Lucy negó con la cabeza y suspiró.

Duchess estudió a Peter, su forma cautelosa de conducir, su sonrisa natural. Pensó en una existencia ordenada en la que todo encajaba a la perfección. Peter transmitía calma, sosiego. Metido en su propio mundo, seguramente no prestaba mucha atención a la gente con que se cruzaba por la calle. Se dijo que sería un buen padre para Robin.

Al llegar, Robin abrazó a Peter con fuerza rodeándole la cintura con los bracitos. Y Duchess vió la mirada que cruzaban Peter y Lucy.

Y lo supo con certeza.

Robin y ella por fin habían encontrado su nuevo hogar.

# 35

Continuaron trabajando hasta altas horas. Martha preparó café a medianoche, luego otra vez a las dos.

Por la tarde habían estado en la cárcel de Fairmont con Vincent. Martha había grabado la entrevista con intención de asesorarlo sobre lo que convenía decir en el juicio y cómo tenía que decirlo, pero Vincent se mantenía firme en su decisión de no prestar declaración, por lo que no atendía a sus indicaciones. Fue una pérdida de tiempo, por mucho que Walk esperase que, al ver que Martha creía en él, Vincent se animara a hablar de una vez, a contar todo cuanto había sucedido aquella noche.

Al llegar, Cuddy los había alcanzado en el camino de acceso para entregarle a Walk un sobre.

—¿Y esto qué es? —preguntó él.

—Una carta que ha llegado para Vincent. Tampoco es que diga mucho, pero se me ha ocurrido que igual querrías echarle un vistazo.

Cuando estuvo a solas, Walk desdobló el papel. La carta estaba mecanografiada, pero saltaba a la vista que su autor era Darke.

No es fácil conseguir el dinero, pero no me rindo. Sé que estoy dejándote en la estacada, pero he encontrado la forma de saldar nuestra deuda. Buena suerte en el juicio. A veces los deseos se convierten en realidad.

La leyó una docena de veces intentando dar con algo encubierto, algo que aún no sabía. Quizá Darke tuviera conciencia después de todo. A esas alturas tampoco importaba. Cuando se la entregó a Vincent, éste se la metió en el bolsillo de inmediato, se volvió hacia Martha y cambió de tema. Había trazado una línea y Walk había quedado claramente en el otro lado, fuera.

El juicio se aproximaba y Martha estaba preparándolo todo de la mejor manera posible. Hacía llamadas e incluso fue a hablar con uno de sus antiguos profesores en el condado de Cameron.

Habían montado un cuartel general en el sótano de la casa de Walk, cuyas paredes estaban ahora cubiertas de papeles, fotos y mapas. Martha leyó transcripciones de otros juicios al tiempo que ensayaba una y otra vez su alegato de apertura, al punto de que Walk terminó por aprendérselo de memoria. Martha sabía que la fiscal tenía fama de ser temible y que llevaba meses preparando el caso. Los hechos resultaban contundentes: Vincent King conocía personalmente a la víctima y había sido encontrado en su casa manchado con su sangre.

Sopesaron la posibilidad de pedir que Dickie Darke compareciera, pero no había forma de dar con él. Por lo demás, la fiscal contaba con la declaración que Darke había hecho en su momento. Nada que se supiera lo vinculaba a la escena del crimen. Pensaron en solicitar que Dee Lane prestase testimonio, pero Walk no quería hacerle eso a las hijas de Dee. A todo esto, no había duda de que él mismo tendría que declarar como testigo de la acusación.

Hicieron un diagrama que relacionaba a unas y otras personas del pueblo. La fiscal alegaría que Vincent había tirado el arma al agua, pero Martha podía demostrar que no había tenido tiempo material para hacerlo. Poca cosa, pero mejor que nada.

A las nueve de la mañana, Walk seguía sentado en la silla cuando sintió un fuerte temblor en la mano izquierda seguido por nuevos temblores en la pierna derecha. Cerró los ojos como si con ello consiguiera que desapareciesen. Respiró hondo y maldijo a su cuerpo por traicionarlo en este momento crucial.

—¿Estás bien, Walk?

Iba a responder, pero entonces notó algo en la cara, la mandíbula y los labios: un cosquilleo seguido por temblores. Se irían, pero no a tiempo. Sintió que estaba llorando ardientes lágrimas de vergüenza. Quiso enjugárselas antes de que ella lo viera, pero su mano no respondió.

Cerró los ojos y trató de olvidarlo todo: la habitación en la que estaba, el pueblo, su vida entera incluso. Se acordó de cuando tenía diez años y paseaba en bicicleta con Vincent, entrecruzándose los dos por el camino, bromeando y sonriendo como sólo los niños pueden hacerlo.

Notó unas manos sobre su cuerpo, no firmes, pero sí cálidas. Abrió los ojos y vio que Martha estaba de rodillas frente a él con sus bonitos ojos llenos de lágrimas.

—Vamos, vamos... todo está bien.

Walk negó con la cabeza: ni todo estaba bien ni él iba a estar bien nunca más en la vida. Hacía más de diez años que no lloraba, pero de pronto, al pensar en el desastre sin paliativos que era su vida, se vino abajo y rompió a llorar abiertamente, como si otra vez tuviera quince años y acabaran de enviar a Vincent a la cárcel.

—¿Por qué te preocupas tanto por Vincent?

—No puedo evitarlo. Aquella noche, después de encontrar el cadáver de Sissy fui a su casa y, cuando vi su coche, al momento supe que había sido él.

—Ya lo sé. Me lo contaste.

—Claro. Pero yo en aquel momento tendría que haberlo despertado y haberlo convencido de que se entregara. Las cosas habrían sido distintas: el juez se habría mostrado más indulgente y el jurado lo habría visto todo de otra forma. Pero lo que hice fue ir a hablar con el jefe de policía Dubois. ¿Quién hace eso? ¿Quién coño le hace eso a su mejor amigo?

Martha le cogió la cara entre las manos.

—Hiciste lo que tenías que hacer, Walk. Como siempre. No me olvido de cómo te ocupaste de Star, por mucho que no quisiera tu ayuda. Pocos lo hubieran hecho en tu lugar.

—Es verdad que uno hace lo que puede cuando se trata de ayudar a una persona querida.

—El mundo sería mejor si hubiera más gente como tú.

Lo dijo con tanta sinceridad que Walk bien habría podido creerle, pero miró por encima de su hombro y se fijó en la pizarra. Su amigo estaba en peligro: no había tiempo para esas cosas. De pronto la besó, sin pensarlo.

Iba a disculparse, pero Martha buscó sus labios y lo besó con frenesí, como si llevara treinta años esperando ese momento. Finalmente se apartó, lo cogió de la mano y se lo llevó al dormitorio. Walk se proponía decirle que no lo hiciera, que estaba cometiendo un nuevo error, que ella era mejor que él en todos los aspectos, pero Martha volvió a besarlo y entonces se sintió transportado: otra vez tenían quince años.

La noticia llegó muy entrada la noche. El zumbido del móvil despertó a Walk del sueño más profundo del que había disfrutado en largo tiempo.

Se sentó en la cama, Martha se revolvió a su lado.

Escuchó sin decir palabra, cortó la comunicación y se tumbó boca arriba.

—¿Qué pasa?

Walk tenía la vista fija en el techo.

—Le han hecho la autopsia a Milton. Resulta que murió ahogado. No hay heridas ni lesiones de ningún tipo. Sencillamente se ahogó.

Seguía siendo noche cerrada, pero Martha se puso en pie de un salto.

—¡Lo tenemos, Walk!

—¿El qué?

—La pieza clave que necesitábamos.

Robin se despertó llorando en plena noche: había tenido una pesadilla, una pesadilla tan vívida que fue incapaz de articular palabra cuando Duchess lo abrazó. Había mojado las sábanas.

—Era mamá. Yo estaba en el dormitorio y la puerta estaba cerrada con llave, pero oí que mamá gritaba. ¡Quiero estar con Peter y Lucy! Quiero estar con mamá y con el abuelo. Quiero volver atrás y que esto sea una pesadilla.

Duchess lo besó en la frente y buscó que se tranquilizara un poco.

Después de ayudarlo a lavarse, tiró de la sabana de plástico de la otra cama y se sentaron en ella. Había abierto las cortinas y durante un rato estuvieron contemplando el cielo estrellado y la luna llena.

—Todo irá bien, ya lo verás.

—¿Tú crees que van a llevarnos a Wyoming?

—Tu futuro aún no está escrito, Robin. Puedes ser lo que quieras: eres un príncipe.

—De mayor quiero ser médico como Peter.

—Seguro que serás un médico muy bueno.

Terminó por quedarse dormido. Duchess se sentó junto a la ventana y cogió el libro de texto. Tenía que hacer un trabajo de historia que no resultaba fácil.

Contempló a su hermano y una vez más tuvo la certeza de que él era lo único que le daba color a su vida sombría.

Al día siguiente, mientras iban al colegio, Mary Lou se dedicó a cuchichear con sus amigas sin dejar de señalarlos. Las otras fruncían la nariz y reían.

—¿Qué dicen? —preguntó Robin.

—Nada de importancia —respondió Duchess—: estarán hablando de la última tontería que han visto en la tele.

La cosa se prolongó durante todo el camino, a lo largo de Hickory y Grove Street. Se les unieron cuatro chavales más, los gemelos Wilson, Emma Brown y su hermano Adam. Mary Lou fue acercándose a cada uno para decirles algo al oído con expresión maliciosa, contenta de hacerlos reír.

—¡Ay, por favor! —exclamó Emma al oírla.

Robin se volvió hacia Duchess y le dijo:

—Henry dice que ni se me ocurra buscar a los tres hermanos.

—Henry es un capullo de mucho cuidado.

Duchess no dejaba de mirar a Mary Lou (quien seguía volviéndose hacia ellos cada dos por tres con una sonrisa despectiva en el rostro), a Kelly y a Emma, al puto Henry y a los gilipollas de sus amigos. Empezaba a notar que el frío plomo que corría por sus venas empezaba a fundirse cuando llegaron a las puertas del instituto, donde Mary Lou llevó sus murmullos a un nuevo grupo de alumnos de su clase. Todos se volvieron a verlos. Las risitas ahogadas dieron paso a abiertas carcajadas y a muecas de disgusto.

Duchess empezó a caminar hacia ellos, pero Robin la agarró por la mano con fuerza, instándola a retroceder.

—Por favor —dijo el pequeño.

Duchess se arrodilló en el césped.

—Robin —repuso.

Su hermano intentó decir alguna cosa mientras ella le apartaba el pelo de la frente.

—¿Qué soy yo? Dímelo, anda.

Robin la miró a los ojos.

—Una forajida.

—¿Y los forajidos qué hacen?

—No aguantan las gilipolleces.

—Nadie se mete con nosotros, nadie se ríe de nosotros... porque yo te defiendo. Tenemos la misma sangre.

Había miedo en los ojos de Robin.

—Y ahora vete a tu clase.

Lo empujó ligeramente. No sin vacilación, nervioso, el chiquillo terminó por entrar en el edificio.

Ella se levantó, dejó caer la mochila al suelo y clavó la mirada en Mary Lou. Un par de segundos después, echó a andar en dirección a ella. Las chicas fueron apartándose a su paso. Emma, Kelly, Alison Myers, todas ellas muertas de miedo, pues habían oído las historias que se contaban sobre Duchess.

—Explícame qué tiene tanta gracia, anda.

Unos cuantos chicos se acercaron y formaron un corrillo alrededor.

Sin dejarse amilanar, Mary Lou volvió a mirarla con una sonrisa de desprecio.

—Hueles a meados, por si no te has dado cuenta.

—¿Qué?

—Tu cama. Ayer fuiste tú la que te hiciste pipí en la cama. He visto a mi madre lavar tus sábanas hace un rato: te has meado en la cama como una idiota.

Duchess oyó sonar el timbre.

Nadie se movió.

—Sí.

Murmullos seguidos por risas y un par de gritos algo confusos.

—¿Lo reconoces? —preguntó Mary Lou.

—Por supuesto.

—Ya lo ves. Ya te he dicho que no mentía —le dijo Mary Lou a Kelly.

Luego se volvió hacia Duchess otra vez mientras el grupo empezaba a dispersarse.

—Pero ¿sabes por qué lo hice?

Todos se detuvieron, mirándolas una vez más.

Mary Lou miró tensa a Duchess, sin saber por dónde le saldría.

—Lo hice para que tu padre no me tocase.

Un silencio pétreo.

—Mentirosa —dijo Mary Lou.

Kelly y Emma retrocedieron un paso.

—¡Puta mentirosa! —chilló abalanzándose sobre Duchess.

Mary Lou era ducha en los encontronazos a empujones, en tirar de los pelos a su contrincante de turno, pero nada más, porque nunca había tenido que hacerle frente a una forajida en el colegio.

Duchess la tumbó de un puñetazo, un único golpe salvaje.

Despatarrada sobre el césped, ahora a Mary Lou le faltaba un diente. La sangre brotaba de su boca, las chicas gritaban y gesticulaban.

Duchess se quedó allí, mirando tranquilamente a su presa, casi deseando que se pusiera de pie para volver a empezar.

La directora y dos profesores salieron corriendo y encontraron a Mary Lou tirada en el suelo con un diente menos y la boca ensangrentada. A su lado, la nueva alumna sonreía. La llevaron dentro y llamaron a los Price y a Shelly.

Sentada a solas esperando, Duchess deseó que Hal apareciese de pronto por el pasillo para sacarla de aquel follón. Contempló el cielo de Montana por la ventana y pensó en Walk y en Cape Haven. ¿De qué color sería el cielo en aquel momento de la mañana en que todo volvía a empezar de cero?

La señora Price llegó llorando acompañada por su marido, que le pasaba un brazo por los hombros.

—Se acabó, esta vez sí que ha sido la última —exclamó jadeante, fulminando a Duchess con los ojos como si quisiera verla muerta.

El señor Price también la miró con odio y Duchess les respondió con su dedo medio.

Por fin llegó Shelly y la abrazó, pero Duchess se mantuvo inmóvil y no le devolvió el abrazo.

Uno tras otro, los adultos fueron entrando en el despacho de la directora. Cerraron la puerta, tan sólida y gruesa que Duchess no podía oír más que alguna voz un poco subida de tono. Reconoció al señor Price:

—... fuera de mi casa... ni una noche más... la seguridad de mis hijos es lo primero...

La puerta terminó por abrirse y los Price salieron del despacho eludiendo su mirada, como si nunca hubieran vivido bajo el mismo techo. Hicieron entrar a Duchess y Shelly le preguntó acerca de lo que había dicho sobre el señor Price, y Duchess dijo la verdad, que lo había dicho para cerrarle la boca a Mary Lou. La cosa estaba poniéndose fea para ella, pero Shelly no por ello dejaba de estar de su lado, tratando de quitar hierro a lo sucedido.

La directora estaba lívida: lo que Duchess había dicho era por completo inadmisible. En su colegio no había lugar para la violencia, de manera que no hacía falta que volviese.

Duchess le enseñó el dedo medio, pues ella no iba a ser menos que los otros.

—¿Estás bien? —preguntó Shelly mientras dejaban el instituto a sus espaldas.

—Estoy viva, por lo menos.

A Duchess no le hacía ninguna gracia dejar a Robin solo en aquel lugar.

Subió al coche de Shelly. En silencio, fueron a la casa de la familia Price.

La señora Price estaba de pie en la cocina con los brazos cruzados, en guardia. Su marido había llevado a Mary Lou a urgencias para que la atendieran y le miraran el diente. La señora Price amenazó a Duchess con denunciarla y la siguió a su cuarto para que recogiera sus cosas. No necesitó mucho tiempo para hacerlo, pues su maleta estaba prácticamente intacta desde el día en que había llegado a la casa.

Salió de la vivienda sin decir una sola palabra a la señora Price, que se quedó en el escalón de la entrada secándose los ojos llorosos.

Shelly condujo en silencio. Una vez en su despacho, se dedicó a hacer una llamada tras otra, sin descanso, mientras Duchess permanecía a su lado sin hacer nada, sentada en una vieja silla de madera.

Shelly salió a las tres dejando a Duchess al cuidado de dos señoras entradas en años que cada diez minutos se volvían hacia ella y le sonreían.

Shelly volvió con Robin, que había estado llorando sin parar.

A las cinco de la tarde se enteraron de que tenían un nuevo techo. Shelly lo comunicó sin emoción en la voz, exhausta y desanimada por los más de cien casos que llevaba. Otros casos, otras vidas igual de problemáticas.

—Es un centro de acogida —añadió.

# 36

La casa era impresionante, construida en falso estilo griego, con unas columnas dóricas tan altas que a su lado Duchess se sintió pequeñísima. Una hectárea de césped bien cortado se extendía hasta una arboleda de álamos cuyas verdes hojas destacaban contra el cielo de primavera. Duchess se sentó con Robin en un banco mientras unas avionetas dibujaban franjas en el cielo. Shelly se encontraba dentro, hablando con una mujer negra y enorme llamada Claudette, quien por lo visto estaba a cargo de ese hogar de acogida para jóvenes.

Robin guardaba silencio, resignado a su suerte desde que habían llegado al centro, pero lo bastante nervioso como para no soltarse de la mano de su hermana.

—Lo siento —dijo ella.

En su voz había tanta pesadumbre que el pequeño apoyó la cabeza en su hombro.

Había unas niñas ocupadas en un juego complicado que involucraba una pelota, tres aros y un bate. Duchess llevaba veinte minutos contemplándolas y aun no entendía las reglas, pero comprendía las miradas: eran niñas como ella, jodidas. No se molestaron en sonreír o saludarlos con un gesto, iban a lo suyo como si les bastara con llegar al final de cada día. Junto a la entrada, una mujer estaba contemplando el caserón con una niña de la edad de Robin de la mano. Tenía la cara consumida de los drogadictos.

Media hora después, Duchess y Robin estaban almorzando en un comedor que olía a centenares de comidas engullidas por centenares de niños. Robin comía con desgana.

Había una sala común con una televisión encendida en un rincón. Acomodadas en un sofá marrón, un par de chicas veían la película y comían palomitas de maíz sin hacerse mucho caso entre ellas.

En otro rincón había un baúl atiborrado de juegos y juguetes, desde rompecabezas hasta cubos de construcción.

—Ve a jugar un poco, anda.

Robin fue al baúl, rebuscó en el interior y sacó un libro ilustrado dirigido a niños menores que él. Tomó asiento en el suelo con las piernas cruzadas y se puso a hojearlo olvidándose de su hermana y de la habitación donde se encontraba.

Duchess encontró a Shelly en el pasillo.

—Soy consciente de lo que he hecho —dijo—, la he jodido hasta el fondo y...

Shelly quiso tomarla del brazo, pero Duchess dio un paso atrás.

—¿Y ahora qué va a pasar?

—Pues...

—Dímelo, Shelly. Dime qué va a ser de mi hermano y de mí.

—Éste es un hogar para chicas, ¿te has fijado?

Duchess negó con la cabeza, incrédula.

Shelly levantó la mano para tranquilizarla.

—Pero debido a su edad, Claudette va a dejar que Robin se quede también.

Ella suspiró con alivio.

—¿Y qué pasa con Peter y Lucy?

Shelly tragó saliva y desvió la mirada hacia Robin, hacia cualquier lugar que no fueran los ojos de Duchess.

—¿Les contaste lo sucedido?

—No me quedó más remedio. Peter... es médico, y Lucy trabaja en un colegio. Eso que dijiste del señor Price. Como comprenderás, no pueden correr el riesgo de...

—Me hago a la idea.

—Seguiremos buscando, acabaremos por encontrar el lugar indicado.

—Yo no encajo en ningún lugar.

Vio la tristeza reflejada en los ojos de Shelly y estuvo a punto de venirse abajo.

Robin apareció en el pasillo. Los tres subieron por las escaleras.

Pasaron por delante de unos dormitorios con chicas dentro. Una de ellas le estaba leyendo un cuento en voz alta a su hermanita, quien escuchaba con atención. Las paredes estaban pintadas en tonos pastel. En los tableros de corcho había imágenes congeladas en el tiempo, fotos familiares de familias rotas.

La habitación que les habían asignado tenía las paredes blancas y el tablero de corcho estaba vacío: sus vidas allí aún no habían sido escritas. Había dos camas cubiertas con colchas de colores que Duchess juntaría más tarde, una cómoda y un armario vacío, un cesto para la ropa sucia. La moqueta consistía en piezas cuadradas que encajaban como en un rompecabezas y que eran fáciles de quitar si se ensuciaban.

—¿Os ayudo a deshacer las maletas? —preguntó Shelly.

—Ya lo haré yo.

Robin fue a mirar por la ventana, pero luego corrió las cortinas para no dejar entrar la luz del atardecer. Encendió una lámpara, se subió a una de las camas y se hizo un ovillo.

—¿Cuándo viene Peter? —preguntó.

Shelly miró a Duchess y ésta le dijo que ya podía marcharse. Respondió que volvería al día siguiente para cerciorarse de que todo estaba en orden.

Duchess se acercó a su hermano y le puso la mano en el hombro.

—Peter y Lucy... —dijo.

Robin se apartó, se sentó y la miró fijamente. Duchess no dijo nada más, limitándose a negar con la cabeza.

Robin se puso de pie y la maldijo una y otra vez, la insultó con todas las palabras malsonantes que conocía y terminó por soltarle una bofetada que se estrelló en su mejilla con fuerza. Duchess se mantuvo inmóvil, con los ojos cerrados, mientras su hermano aullaba de rabia y le gritaba la clase de verdades que ya no le hacían daño. Porque ella ya lo sabía: era una mala hermana, una mala persona. El pequeño lloraba estremeciéndose, hundiendo la cara en la almohada, berreaba sin remedio porque le habían arrebatado la vida que había tenido a su alcance durante unas pocas, maravillosas semanas.

Duchess notó que la sangre manaba por su mejilla, allí donde había recibido el bofetón. Aguardó a que su hermano se quedara sin lágrimas, lo que llevó su tiempo. Finalmente se quedó dormido. Ella le quitó las zapatillas y lo cubrió con la manta, luego se preocupó porque no le había hecho cepillarse los dientes.

Por la noche oyó unos ruidos. Por lo que parecía, en el cuarto de enfrente había alguien tan nuevo en la casa como ellos, alguien que estaba llorando. Claudette logró consolarlo con buenas palabras.

Sin hacer ruido, Duchess se acercó al lecho de su hermano y contempló su perfil. Se acordó de Thomas Noble, quien ahora ya no conseguiría encontrarlos. Ella tampoco sabía su dirección, no sabía adónde escribirle. Podía preguntarle a Shelly, pero ¿para qué? Ella no era más que una nota a pie de página en la vida de Thomas, en la de Dolly, en la de Walk. No dejaba su huella en ningún lugar, como no se tratara de algún recuerdo ocasional, desagradable sin duda, efímero por suerte.

—Duchess... —Robin se enderezó de golpe.

—Tranquilo —Le acarició la cabeza.

—He estado soñando... ¡el mismo sueño otra vez! No entiendo lo que dice esa voz...

Hizo que volviera tumbarse.

—A veces me olvido de dónde estoy.

Duchess le puso la mano en su corazón hasta que se tranquilizó.

—Pero estás aquí.

—Estoy aquí —convino ella.

Robin levantó la mano y le acarició la mejilla.

—¿Esa marca te la he hecho yo?

—No, no.

—Perdóname

—A mí no me tienes que pedir perdón.

· · ·

La primavera fue dejando paso a la promesa del verano. Mientras Walk y Martha se preparaban para el juicio, los hermanos Radley asistían a un nuevo colegio, al que iban en el autobús escolar con las chicas del nuevo hogar, y se acostumbraban poco a poco al ritmo de su nueva y restringida existencia. Duchess seguía cuidando de Robin como lo haría una madre, pero sin darle mayor importancia, como si fuera lo único que sabía hacer bien. Intentaba sonreír todo lo posible cuando estaban juntos, lo columpiaba y jugaba con él, lo llevaba a correr por el jardín y lo ayudaba a trepar a lo alto del roble, pero lo que no podía hacer era escapar al recuerdo de los errores que había cometido, unos errores que bien podían acabar por hundirla, y no sólo a ella, sino también a su hermano.

Shelly continuaba visitándolos de vez en cuando. A Robin le divirtió descubrir que se había teñido el pelo de otro color: ya no lo llevaba rosa, sino azul cobalto. Siempre le preguntaba por Peter y Lucy, hasta que consiguió su dirección con la idea de escribirles. Duchess lo ayudó a redactar la carta. Les escribió que se daba cuenta de que su hermana y él no eran los más indicados para vivir con ellos, pero que tampoco pasaba nada. Preguntó cómo estaba *Jet*. ¿Pasaba mucho calor allá en Wyoming? Se despidió afectuosamente e hizo sendos dibujos: uno de la casa de acogida, otro de él y Duchess. Figuras con cuerpos de palo, cabezas redondas y bocas muy rectas, acaso pensando en lo que pudo haber sido y no fue. Hizo que Duchess firmara también. Su hermana garabateó *Duchess Day Radley, forajida*, pero Robin la hizo tachar la última palabra.

A Duchess le llegó una postal de Walk: había hablado con Shelly y estaba al corriente de lo sucedido. Agregaba que Cape Haven estaba demasiado tranquilo sin ella. Su escritura era diminuta hasta el punto de que a Duchess le costó leerla.

Era una postal de Cabrillo; se veía el puente de Bixby Creek, el arco de Big Sur y las aguas que rompían con tanto estruendo que Duchess casi podía oírlas. La puso en el tablero de corcho. También recibieron una carta de Peter y Lucy. Hablaban de todo y no decían nada: en Wyoming hacía un calor infernal y Lucy se había quemado la piel mientras trabajaba en el jardín. Robin hizo que se la leyera media docena de veces, acribillándola a preguntas, unas preguntas a las que Duchess no tenía forma de responder. La carta acababa con un dibujo hecho por Lucy de Robin y Duchess. Los había dibujado de memoria. No era mala dibujante, pero se había pasado un tanto al trazar las sonrisas en sus rostros. En el sobre también había una foto de *Jet*. Esa noche, Robin durmió con la carta en su mesita y se despertó un par de veces para asegurarse de que continuaba en su lugar. Por la mañana, Duchess la fijó al tablero de corcho, que empezaba a ser otra cosa.

Ella se sorprendía pensando de vez en cuando en el futuro; no en el de ella, sino en el de Robin. Ella volvía a sacar malas notas y era la peor de la clase. Los demás alumnos la dejaban en paz, pues sabían que procedía de Oak Fair y era probable que se marchara en poco tiempo.

Cierto día, un chaval llamado Rick Tide empezó a seguirla por todas partes. Daba la casualidad de que Rick era primo de Kelly Raymond, amiga íntima de Mary Lou. Se había enterado de lo sucedido con esta última y había ido adornando la historia por su cuenta. A Duchess terminó por llegarle que la pobre Mary Lou había perdido un ojo en el curso de la pelea. Duchess no hizo caso y ni siquiera se revolvió cuando Rick le puso una zancadilla en el comedor y ella se fue de bruces contra el suelo con el plato de comida en la mano.

Pero al día siguiente le pegó tal paliza a Rick que hubo que llevarlo a la enfermería. Tuvo que venir Shelly y el incidente se solucionó más o menos bien, pues la directora conocía perfectamente a Rick Tide y no le dio mayor importancia al asunto.

Fue expulsada de clase durante una jornada y Shelly la llevó a la calle Mayor del pueblo. Se sentaron en la terraza de una hamburguesería y tomaron unos batidos mientras los coches iban y venían. En la calle habían puesto unos conos en previsión de alguna festividad. Había banderas por todas partes, así como una pancarta que iba de un edificio a otro situado en la acera de enfrente.

—¿El desfile anual de los arándanos? ¡A quién se le ocurre! En la vida había oído hablar de una celebración tan estúpida.

Shelly sonrió.

—Sabes qué día es hoy, ¿no?

—Llevo la cuenta, sí.

Era el día en que empezaba el juicio. Mientras la casa dormía, había estado viendo las noticias sobre el caso en el ordenador de la sala.

—¿Estás bien, Duchess?

—Claro que sí. Hal decía que sería rápido y que condenarían a muerte a Vincent King.

Shelly suspiró y ladeó un poco la cabeza.

—Suéltalo —le pidió Duchess.

—¿El qué?

—Lo que quieres decirme.

Shelly llevaba gafas de sol y no se le veían los ojos.

—No tengo por costumbre separar a unos hermanos. Nunca lo hago, de hecho, porque siempre están mejor juntos.

—Jesse James y su hermano Frank asaltaron un banco tras otro desde Iowa hasta Texas, los polis acorralaron a su banda en Northfield y sólo ellos dos pudieron escapar... porque cuidaban el uno del otro.

Shelly sonrió.

—Hace veinte años que me dedico a este trabajo. He estado en todas partes, las he visto de todos los colores y he conocido a personas de todo tipo. Pasan por mi existencia, entran y salen. He conseguido hogares para centenares de niños y siempre, siempre, he acabado llorando. Este trabajo es mi vida, como tiene que ser, pero...

—Vas a decirme que no hay un solo chico que sea malo de verdad, ¿es eso? —En la voz de Duchess había una nota de pánico.

—Tú no eres mala, Duchess.

Una camioneta del mismo modelo y color que la de Hal aparcó en la cuneta. Duchess sintió de pronto un nudo en el estómago.

—Robin tiene seis años: una edad estupenda, espléndida, pero que no va a prolongarse, por duro que resulte decirlo y todavía más pensarlo.

Duchess dejó el batido en la mesa y se lo quedó mirando.

—¿Entiendes lo que estoy diciéndote, Duchess?

—Entiendo lo que estás diciendo.

Shelly sacó un pañuelo del bolso, se levantó las gafas de sol y se secó las lágrimas. De pronto se la veía más vieja, como si le pesaran los años y las responsabilidades, elevadas y abyectas a la vez.

—Antes muerta que dejar a mi hermano.

—No se trata de dejarlo.

—Estás pidiéndome que lo confiemos a alguien a quien no conozco en absoluto, y da la casualidad de que no he conocido a demasiada gente de fiar en la vida. Así que yo tampoco me fío.

—Lo entiendo.

—¿Crees que me perdonará si lo hago?

Shelly la miró un tanto sorprendida.

—¿Lo crees? —en la mirada de Duchess ahora había desesperación—. Yo no lo veo claro, pero es un niño tan bueno, tan dulce, y seguramente necesita una hermana mejor que yo. ¿Puedes conseguírsela, Shelly? Porque lo estoy perdiendo, ¿sabes? Está endureciéndose y eso no puedo permitirlo. Aunque a veces creo que me necesita. Se despierta por las noches y me llama a gritos, y si yo no estoy a su lado...

Shelly la abrazó con fuerza.

—Joder.

—No pasa nada.

—No, sí que pasa.

—Nunca te haría una cosa así, Duchess. No podría hacerlo sin hablarlo antes contigo. Y ahora me doy cuenta de que no es una opción: dos hermanos tienen que estar juntos. Voy a continuar buscando. Encontraremos el hogar que necesitamos. Voy a seguir buscando, te lo prometo.

# 37

Walk y Martha pasaron tres días muy complicados. Por las noches, regresaban a casa de Walk y se quedaban despiertos en la cama sin saber bien cómo contrarrestar la historia que se estaba contando: la de un preso que había pasado treinta años planeando vengarse de la mujer a la que no había podido tener.

Los alegatos iniciales fueron breves. El juez le concedió siete minutos a Martha y dieciocho a la fiscal del distrito, Elise Deschamps, una mujer que causaba impresión a cualquiera que la viese: por su currículo profesional, por su elegancia, por el cabello negro sobre la tez pálida. Pareció hablar con sinceridad cuando aseguró al jurado que ella estaba a su servicio y al del estado de California, y que todo lo hacía pensando en Star Radley y sus hijos huérfanos a tan corta edad. Ella era la voz de la justicia que los amparaba y las abrumadoras pruebas que estaban en su poder iban a dejar muy claro que se había tratado de un crimen premeditado, a sangre fría. Vincent King era un asesino, un individuo que ya había matado antes, a una niña y a otro recluso. Nada le resultaba más fácil que matar. Pronto iban a comprender que no tenían más opción que declararlo culpable y, en consecuencia, solicitar la pena de muerte. No sería fácil para nadie, claro, pero ella los necesitaba, al igual que los dos hermanos Radley.

Deschamps había estudiado derecho en la Universidad de Yale, y se notaba. A uno y otro lado, dos de sus colaboradores miraban al jurado, tomaban notas y asentían con la cabeza en el momento oportuno.

Taquígrafos, alguaciles, el dibujante y los periodistas... allí iba a decidirse el destino de un hombre.

Más allá de toda teoría y de la habilidad con que Deschamps estaba metiéndose al jurado en el bolsillo, los hechos parecían sólidos e incuestionables. La fiscal llamó a declarar al director de investigación científica de la policía estatal, quien procedió a enumerar sus títulos y experiencia hasta que Martha perdió la paciencia y dijo que sí, que ya valía, que podía considerarse al testigo cualificado para prestar declaración. Deschamps protestó por la interrupción, pero el juez Rhodes no le dio mayor importancia. Walk sonrió al ver que Martha se salía con la suya, y vio que Vincent también sonreía.

El patólogo los embarcó en un recorrido que implicaba la exhibición de fotografías detalladas e hizo que los miembros del jurado negaran con la cabeza, llenos de horror. Una de las mujeres incluso rompió a llorar. Se explayó sobre los golpes, tan fuertes como para fracturar tres costillas de la víctima. Describió la trayectoria de la bala, el disparo mortal que le había perforado el pecho. Lo más seguro era que estuviese muerta antes de caer al suelo. Incluso se ayudó de unos dibujos anatómicos para ilustrar sus palabras.

Un perito en huellas dactilares se extendió sobre las muestras encontradas en el hogar de los Radley: Vincent King había estado en la cocina, en el pasillo y en la sala de estar. Habían hallado otra de sus huellas en la puerta de la calle. Pero después de una hora, algunos miembros del jurado comenzaron a bostezar: la presencia de King en la casa nunca había estado en duda.

Llegó el turno de otro experto, en balística esta vez, un matón al que habían llamado para que hablara de armas, del revólver específico de ese crimen, que nadie había encontrado aún. Estaba claro que el proyectil extirpado del cuerpo de Star Radley era de una Magnum calibre .357.

Deschamps tomó la palabra de inmediato, como sabían que iba a hacer. Sacó un papel de una carpeta y lo levantó y agitó ante la vista de todos como si estuviera en llamas: el padre de Vincent King tenía un revólver Ruger Blackhawk registrado a su nombre. «¿Y de qué calibre era ese revólver?», preguntó al jurado. Contemplando sus rostros, Walk no pudo por menos que admirar el efecto causado por la fiscal.

Llegado su turno, Martha trató de paliar un poco los daños haciendo que el especialista en balística reconociera que las armas y munición de este tipo podían comprarse con relativa facilidad, si bien ya no tanto como unos años atrás. Sin embargo, el daño ya estaba hecho.

Deschamps procedió a desgranar la vida de Star Radley: su difícil niñez, marcada por la muerte de su hermana y por el posterior suicidio de la madre. Vincent King la miraba impávido, tan sólo cerró los ojos cuando Deschamps describió el rincón del bosque donde encontraron el cadáver de la niña abandonada a su suerte, sola, hasta morir de frío. Después, habló del suicidio de la madre de Star, que fue quien la encontró, lo que sin duda la afectó mucho. Sin embargo, contra lo que cabía esperar, Star fue buena madre de sus hijos, Duchess y Robin. Los pequeños hoy vivían en un hogar de acogida a mil kilómetros de casa y asistían a un colegio en el que habían tenido que partir de cero. La fiscal enseñó otra foto, de los tres en la playa: una foto que había tomado el propio Walk en uno de los pocos días tranquilos.

Entre otras personas que habían acudido al lugar del crimen, la fiscal llamó a declarar a Walk, quien había sido el primero en llegar. Él tomó asiento en la sala imponente, carraspeó y fue describiendo los hechos en toda su crudeza. Su voz sonaba tranquila, a pesar de que estaba cubriendo a Vincent de sangre. No ahorró detalles, por mucho que sus ojos fueran a posarse en su amigo un par de veces. Vincent le sonrió levemente, como si dijera: «No pasa nada, Walk, te entiendo. Es tu trabajo.»

El octavo día la fiscal concluyó su alegato. Walk y Martha lo celebraron yéndose al bar situado frente a los juzgados, donde ocuparon un reservado del fondo y picotearon de un plato de gambas fritas.

—¿Cómo lo está llevando Vincent?

—Fantástico, se diría que todo esto le resbala —opinó Martha—. Me entran ganas de hacerlo salir a declarar para que el jurado vea lo tranquilo que está: alegamos un eximente de locura y que lo encierren en una celda acolchada para toda la vida. Mejor eso que la inyección letal, ¿no?

Walk cogió una gamba, la miró bien y volvió a dejarla en el papel grasiento.

—¿Cuánto tiempo vas a necesitar?

—Un par de días. Haré mis alegaciones, llamaré a declarar a mi gente y después esperaré a que decidan condenarlo a muerte —repuso con la vista fija en el vaso con refresco.

—Estás haciéndolo muy bien, Martha. La verdad es que cuando tomas la palabra se te ve formidable.

—Ahora que lo mencionas, no me mires tanto el culo: es lo que hacen los depredadores sexuales, ¿sabes?

—No te miro el trasero, son esas Converse que llevas las que me cautivan.

Martha metió la mano en el bolso y sacó un frasco de salsa picante.

—No puede ser... ¡no me digas que llevas salsa en el bolso!

—También sirve para echársela en la cara a un violador. —Roció las gambas con generosidad—. Te has fijado en la cruz que llevo al cuello, ¿no? —añadió señalando el collar—. Los jurados tres, nueve y diez van a la iglesia todos los domingos. —Lo sabía porque había dedicado días enteros al tortuoso proceso de selección, consultando toda la información disponible: eliminó a dos personas que sin duda estarían encantadas de estrangular a Vincent con sus propias manos, escogió a otras dos con un perfil más bien progre... Todo para que luego Deschamps hiciera lo mismo según su conveniencia—. En fin, una de las cosas más problemáticas es el asunto de la bala .357 y el revolver del padre de Vincent. —Suspiró—. Era lo que nos faltaba, vaya.

Walk respiró hondo.

—Confío en ti.

—Tú lo que quieres es llevarme a la cama.


Al día siguiente, Walk la notó nerviosa. Se pusieron de pie cuando Rhodes entró en la sala. Tomó asiento, flanqueado por sendas banderas.

Vincent estaba en primera fila, vestido con un traje que Walk había encontrado por ahí. Sin corbata: se había negado a ponérsela.

Martha hizo llamar al primero de los médicos, el doctor Cohen. Tiempo atrás había sacado a su hija de un aprieto: otra historia triste sobre un gilipollas con los puños muy sueltos. No había sido un caso excepcional, pero había bastado para que Cohen le estuviera eternamente agradecido y dispuesto a devolverle el favor.

Fueron mostrando fotos de las lesiones sufridas por Star Radley haciendo hincapié en su gravedad. A continuación enseñaron las fotografías de las manos de Vincent King. La derecha estaba un poco hinchada, sí, pero —según explicaron— era de un altercado que Vincent había tenido unos días atrás.

Pero cuando le llegó su turno, Deschamps arrinconó a Cohen, quien acabó por reconocer que no sabía de cuándo databa la hinchazón en la mano y que un hombre de la envergadura de Vincent bien podía causar lesiones graves con la mano abierta.

Martha abordó la cuestión de los restos de pólvora, para lo cual llamó al estrado a una especialista forense que Walk había contratado con sus ahorros de toda una vida tranquila y sin gastos. A pesar de su juventud, la experta mostraba seguridad en sí misma y se ganó la atención de toda la sala. Se extendió sobre aspectos científicos de un disparo, sobre la composición elemental de la bala, la reacción en cadena, la nubecilla expelida en el momento de la detonación. En la piel y las ropas de Vincent King no había aparecido el menor residuo de pólvora.

En el turno de la fiscal, la especialista reconoció que era posible lavar los residuos de pólvora de la piel o la ropa, incluso era posible que el sudor los eliminara. Y el hecho era que uno de los grifos de la casa estaba abierto. Tampoco se podía descartar que Vincent no llegase a mancharse de pólvora en caso de haber salido de la habitación nada más efectuar el disparo mortal.

Walk volvió a subir al estrado. Esta vez sonreía. No tuvo problema en reconocer que Vincent y él fueron amigos en la niñez, pero de aquello hacía mucho tiempo. Y convenía recordar que fue él quien puso a la policía tras la pista de Vincent tantos años atrás. Su deber era hacer que se respetara la ley y eso era lo único que le importaba en la vida.

Le llegó el turno a Martha, quien respiró hondo y dejó a todos con la boca abierta.

Mencionó al carnicero.

A Milton.

Deschamps dio un ligero respingo y frunció el entrecejo.

Martha hizo que Walk trazara un perfil de Milton, a quien describió como el heredero de la carnicería familiar. Walk dijo que siempre había sido un chaval más bien solitario, un marginado; los otros cruzaban la calle para no saludarlo. Deschamps objetó alegando que estaba exponiendo rumores sin fundamento, pero habían conseguido el efecto que buscaban.

El carnicero solitario se convirtió en un adulto problemático. El peso de la soledad era abrumador, hasta el punto de que solía insistir a los veraneantes para que salieran de caza con él. Porque a Milton le gustaba cazar. Martha pasó a enumerar el listado de armas de fuego registradas a su nombre, tan extenso que Walk vio a los miembros del jurado lanzarse miradas unos a otros.

—¿Usted se consideraba amigo de Milton? —preguntó Martha.

—Le tenía cierto aprecio. Me daba lástima: siempre parecía un poco desesperado. Yo pensaba que era por culpa de su timidez. Y bueno, no tenía amigos, nadie en quien confiar.

—¿Milton a veces lo llamaba?

—De vez en cuando. Alguna vez salimos de caza juntos. Sólo una vez. Me gusta comer carne, pero matar a un animal no tanto.

Un par de risas.

—¿Milton era hábil en el manejo de armas de fuego?

—Hábil es poco: una vez lo vi abatir un ciervo mulo desde casi un kilómetro de distancia. Estamos hablando de un tirador de primera.

Walk dijo esto último mirando al miembro número uno del jurado, pues sabían que solía salir de caza por la zona de Mendocino, exactamente igual que Milton.

A continuación, Martha dejó claro que Milton vivía delante de la casa de Star, a quien de vez en cuando prestaba la camioneta o ayudaba a sacar la basura.

—Tenía detalles con ella, cosa que yo apreciaba —indicó Walk—. Me gustaba que Star contara con alguien que le echaba una mano.

—¿Además de usted, quiere decir?

—Eso mismo.

Walk la miró a los ojos. Martha lo estaba haciendo mejor que bien. Estaba orgulloso de ella.

Martha sacó a relucir la prueba material C.

—Jefe Walker, ¿puede explicarnos qué es esto?

Walk fue describiendo en detalle lo encontrado en el dormitorio de Milton. Algunos miembros del jurado negaron con la cabeza al ver las fotos donde Star aparecía desvistiéndose.

—¿Y cuántas fotos de este tipo había?

Walk infló los carrillos, resopló y repuso:

—Muchas. Centenares. Catalogadas por orden cronológico desde mucho tiempo atrás.

—Una obsesión...

Deschamps hizo amago de objetar, pero se contuvo.

—Es lo que parece, sí —convino Walk.

—Ha mencionado usted que Milton tenía un telescopio.

—Sí. Decía que para mirar las estrellas. En plural, claro —subrayó esta última frase esperando que el jurado captara el juego de palabras con el nombre de Star: «Estrella».

—Sin embargo, el telescopio no apuntaba al cielo, ¿correcto?

Deschamps se levantó al instante, pero de nuevo no dijo nada. Volvió a sentarse.

—No, no apuntaba al cielo.

—¿Adónde apuntaba entonces?

—Al dormitorio de Star Radley.

—Entiendo que había fotografías recientes, catalogadas a lo largo del año previo.

—Sí, hasta la misma noche del asesinato de Star, para ser exactos.

—¿Y las fotos tomadas esa noche? ¿Dónde están?

—No están. Todavía no las hemos encontrado.

Martha miró a uno y otro miembro del jurado.

—¿Y Milton qué dijo cuando usted le preguntó al respecto?

—No tuve ocasión de preguntarle. El mes pasado encontramos su cadáver en el mar.

Murmullos de asombro en la sala por los que Rhodes tuvo que llamar al orden.

—Milton murió ahogado. No hay indicios de que lo asesinaran —aclaró Walk.

—Quizá un suicidio... —Martha soltó la palabra y la dejó flotando en la sala.

A Deschamps le faltó tiempo para levantarse y poner el grito en el cielo. Martha retiró lo dicho, pero todos los presentes lo habían oído ya.

Con el rostro encendido, la fiscal se empleó a fondo y consiguió que Walk admitiera que no habían encontrado las huellas dactilares de Milton en la casa de los Radley. Era posible que llevara guantes, claro, a Walk no le hizo falta recordarlo. El tipo era carnicero de profesión, siempre andaba con los guantes puestos. Era más que posible.

Aquella noche entraron de mejor humor en el bar. Walk pidió hamburguesas, que comieron en un silencio eufórico. Martha parecía exhausta: estaba acusando la presión. Hablaron sobre Vincent, quien no había reaccionado en modo alguno al oír el nombre de Milton, sino que se había quedado allí, sentado en su banqueta con la vista en el suelo, ignorando las miradas que convergían en él.

—El día ha sido productivo.

Martha mordisqueó la pajita de su refresco.

—Pero el caso sigue siendo complicado, Walk.

Él se la quedó mirando.

—Hay demasiadas cosas que no pueden pasarse por alto. No quiero que te ilusiones. Este caso es imposible de ganar, por más que hayamos hecho lo posible y lo imposible. Ciertamente, hemos tenido suerte con lo de Milton, aunque quede feo decirlo, pero hace falta más. Está el asunto del proyectil y del revólver, el historial de Vincent, la sangre en sus manos... Joder, si no lo conociera, yo misma lo condenaría a muerte.

—Pero tú lo conoces, ¿verdad?

—Yo sí, pero el jurado no.

Salieron juntos y Walk acompañó a Martha a su coche.

—¿No quieres ir a casa conmigo?

—Mañana tocan los alegatos finales, así que esta noche me acuesto temprano.

Walk vio cómo se marchaba y a continuación subió a su propio vehículo y se dirigió a la comisaría. Era tarde, Leah se había ido ya y el lugar estaba a oscuras, pero no había puesto los pies por allí desde que comenzó el juicio. Había un montón de papeles en su escritorio. Encendió la luz y tomó asiento. Miró el correo, abrió un par de sobres y encontró lo que de verdad le interesaba: Verizon Communications, el listado de llamadas hechas y recibidas por el móvil de Darke. Boyd había cumplido su promesa.

Eran páginas y más páginas, pues el listado se remontaba a un año atrás. Los números estaban impresos en un tipo tan minúsculo que le costaba descifrarlos. Ya lo miraría todo después del juicio. Dejó los papeles en el escritorio, bostezó y se estiró. Tampoco es que esperase encontrar algo de interés, pero de pronto reparó en una fecha precisa: 19 de diciembre, el día de la muerte de Hal. Miró y necesitó un segundo para entender lo que estaba viendo, una numeración que conocía de sobra.

Tenía que ser un error. Volvió a concentrar la mirada, seguro de que era otra cosa.

Y dejó caer el papel en el escritorio.

La llamada hecha al móvil de Darke.

Una llamada efectuada desde la comisaría de policía de Cape Haven.


Se echó a llorar bajo la mirada atenta de Walk.

Estaban sentados en el jardín mientras todo Cape Haven dormía. Ella estaba despierta cuando él se presentó. Las bolsas bajo sus ojos indicaban que apenas dormía por las noches.

Parpadeó una y otra vez, lágrimas negras de rímel corrían por sus mejillas.

La luna llena subrayaba su desdicha. Leah Tallow se limpió los ojos, resopló un par de veces y rompió a llorar de nuevo. Walk había ido a su casa tratando de dar con una respuesta más, desesperado por encontrarla.

—¿Vas a contármelo todo de una vez?

No trató de mentir. Con la vista fija en el césped, se calmó, resignándose a su suerte.

—Hace mucho tiempo que las cosas van mal.

Walk inspiró hondo y aguantó la respiración, expectante.

—Lo hice por dinero, Walk.

Su rostro estaba desencajado.

—Ed y yo... el negocio se ha ido a pique, ¿sabes?

—¿A pique?

Leah levantó la vista.

—Vas a tener que darme más detalles, Leah.

Ella miró la casa y repuso:

—Tallow Construction, un negocio familiar que se remonta a setenta años atrás. Ed lo heredó de su padre, quien a su vez lo heredó del abuelo. Un negocio que daba dinero en abundancia. No sé si lo recuerdas, pero en su tiempo la empresa empleaba a la mitad del pueblo. Dios mío... Ed ahora sólo tiene quince trabajadores a los que casi todos los meses pagamos con el dinero de nuestros ahorros.

»Cuando murió, el padre de Ed nos dejó en herencia la casa de Fortuna Avenue, en segunda línea del mar, una casa que no tenía mucho valor. Valor sentimental, sí, para nosotros, pero no mucho más.

—Podríais haber vendido la compañía, recortar gastos...

—Ed no quería ni oír hablar de eso: le encanta este pueblo, Walk, en eso es como tú. Pero nos hacía falta que el pueblo cambiara, que hubiera nuevas casas, dinero nuevo. Y tú eras un obstáculo; tú y los otros: siempre que tuvisteis ocasión, votasteis en contra.

—Que yo sepa, al final van a permitir construir, de todas maneras.

—Ya, pero ahora es tarde para nosotros: nos hundiste en la miseria, por si no lo sabías.

No le fue fácil asimilar lo que acababa de oír. Se preguntó cuál había sido su papel, de dónde venía su necesidad de evitar que Cape Haven siguiera adelante sin él, sin Vincent, Star y Martha.

—¿Y Darke qué pinta en todo esto? —preguntó finalmente.

Leah respiró hondo y dijo:

—Nos compró la casa de Fortuna a precio de risa. A cambio iba a subcontratarle a Ed la demolición de esa casa y de todas las demás casuchas de la calle, y luego la construcción de los pisos de lujo... Era nuestra salvación, Walk. Y la salvación de Cape Haven, si lo piensas, del verdadero Cape Haven, el de los vecinos de toda la vida.

—Pero todo eso se ha vuelto imposible...

—No del todo.

—No entiendo.

—El seguro del bar de Darke. Duchess Radley tiene la cinta, el vídeo de seguridad. Bastaría con que se la devolviese a Darke para que la compañía de seguros pagara la indemnización, y entonces podríamos volver a poner en marcha el plan y pagar todo lo que debemos.

Walk se esforzó en hacerse a la idea de lo que estaba oyendo.

—¿De cuánto estamos hablando?

Leah tragó saliva.

—De todo, incluyendo la casa, que usamos para avalar los préstamos a la empresa, las tarjetas de crédito y los préstamos personales. Todo, Walk. ¡Todo, joder! Ni siquiera había fondos para pagar mi salario, ¿por qué crees que no he dejado de hacer horas extras en comisaría?

Walk alzó la vista hacia la luna. Después, posó la mirada en la casa y preguntó:

—¿Ed sabe lo que has estado haciendo?

—No, porque la contabilidad la llevo yo. Ed es un puto imbécil. Me toma por tonta, cree que no me doy cuenta de que siempre anda de fiesta con putones. Como si no pudiera oler el perfume.

—Que sepas que pusiste en peligro a una niña.

Leah negó con la cabeza. Las lágrimas volvían a anegar sus ojos.

—Darke nunca le haría el menor daño, tú no lo conoces.

Walk sentía el impulso de coger su mano. A pesar de todo, la conocía desde siempre. Se contuvo y dijo:

—¿Cómo diste con ellos?

Leah de pronto se tornó inexpresiva: toda emoción se había esfumado. Pasó a referir hechos escuetos y desagradables:

—Por tus llamadas. Vi en los recibos que llamabas a Montana. Y Hal alguna vez dijo el nombre del colegio al que iban los niños y el del lago que había junto a la granja.

—¿Estuviste escuchándome? —estaba anonadado.

De pronto se había quedado sin aliento. Se frotó los ojos, la parte posterior del cuello. Sentía las mejillas encendidas. Se levantó, pero las piernas le temblaban y volvió a sentarse.

—Tienes las manos manchadas de sangre, Leah. ¿Y todo por qué? ¿Para salvar el maldito negocio de tu marido?

—¡Lo hice por mis hijos! —contestó Leah alzando la voz y señalando la casa—. Por ellos y por todas las familias del pueblo que dependen de nosotros. Estamos hablando de una simple cinta, de una puta cinta de grabación, Walk. Duchess le pegó fuego al club, lo hizo arder hasta los cimientos. Todos lo sabíamos, pero tú no moviste un dedo.

—Eso no...

—Es la verdad, Walk, y lo sabes. Tú y tu lealtad de mierda hacia Vincent King: Star había sido su novia y tú le prometiste cuidar de ella mientras él cumplía condena, lo sé. Tú mismo me dijiste que por un amigo hacías lo que hiciera falta, igual que en el colegio. Y si hacías tu trabajo, si detenías a la chica...

—¿Dónde está Darke?

—Eso no lo sé.

Walk la miró fijamente.

—No lo sé, te lo juro.

—¿Sigue buscando a la niña, a Duchess?

—Él lo hace todo por dinero, es lo que más le importa, y no iba a dejar de buscar a la chica, con mi ayuda o sin ella.

Walk se acordó de Martha, que en aquel momento estaba en casa revisando la alegación final de mañana.

—Darke mató a Hal y tú fuiste su cómplice.

Leah rompió a llorar.

—¡No quiero ni pensarlo!

—Joder, Leah.

—Hay gente en nuestras vidas por la que haríamos cualquier cosa, lo sabes mejor que nadie.

Esa noche estuvo paseando por las calles de Cape Haven hasta que el sol rasgó el cielo nocturno y el día lo encontró de pie ante las casas de los Radley y de Milton, en la esquina de la calle Mayor con Sunset. Luego se detuvo en la casa de los King y pensó en su derribo. Incluso en el supuesto de que Darke no reuniera el dinero necesario, algún otro la compraría por una suma menor. Se acordó de cuando Vincent y él jugaban al baloncesto en el camino de acceso, de la vez que subieron al polvoriento desván y dieron con la colección secreta de *Playboy* de Rich King. Era posible que tuvieran razón, que Milton hubiera hecho lo que Martha daba por seguro. Quizá Vincent quería volver a prisión porque ya no sabía cómo vivir fuera, o cabía la posibilidad de que se odiara tanto a sí mismo que prefiriese ser condenado a muerte en lugar de regresar a la libertad. Seguía habiendo demasiadas preguntas sin respuesta. La lógica le decía que estaba mirándolo todo de forma sesgada, pero su instinto insistía: Vincent King era inocente, y no estaba dispuesto a cruzarse de brazos a ver lo que pasaba, ya no. Acabaría lo que había empezado, aunque muriera en el intento.

# 38

Esa mañana, Walk se puso delante del espejo y se afeitó la barba. Mientras el agua salía por el grifo, contempló su reflejo un instante: pálido, demacrado, enfermo. Apartó la vista, se mojó la cara con agua helada y emitió un profundo suspiro. Después condujo hasta Las Lomas y ocupó su asiento en la sala ignorando las miradas y los murmullos de la gente.

Hicieron pasar a Leah Tallow.

Estaba tranquila, a juzgar por su expresión. El maquillaje ocultaba los estragos de la víspera y llevaba un vestido sencillo y tacones. Cruzó una mirada con Walk al pasar, pero él no le sonrió ni nada parecido.

Martha presentó a Leah: relató que había trabajado como administrativa en la comisaría de policía de Cape Haven a lo largo de quince años, donde a veces ejercía funciones de telefonista (formaba parte del mobiliario, por decirlo así, lo mismo que Walk y Valeria). Habló con confianza y aplomo, salvo por un par de tartamudeos. Walk notó que el jurado sentía simpatía por ella. Él había llamado a Leah a primera hora de la mañana y le había explicado su propuesta, que ella aceptó de inmediato. Se trataba de una especie de tregua: las repercusiones podían esperar, pero esto no, ni por asomo. A continuación, había llamado a Martha, quien dejó entrever ciertas dudas, y con razón, pues era consciente de que él estaban poniendo en peligro todo aquello que ambos amaban.

—Todo el sistema... es un desastre, para qué engañarnos. Digamos que a Walk le gustan las cosas tal como están, no como deberían ser —opinó Leah.

Martha le sonrió a Walk y él arqueó las cejas. El miembro número siete reparó en el detalle y soltó una risita.

—Llevo diez años tratando de reorganizarlo todo —continuó Leah Tallow—, de poner los archivos al día. Hace cuatro años se puso en marcha la modernización de los procedimientos: nuevos formularios, nuevo sistema de códigos y demás, pero Walk sigue trabajando a su manera... con cierto orden, digamos. Es un caos organizado.

Risas. Deschamps se levantó y Rhodes aceptó su objeción. Martha se disculpó.

—El caso es que encontré ese papel cuando había trabajado ya durante tres meses e iba por el año 1993.

Martha levantó el papel para que todos lo vieran. Deschamps gritó «¡objeción!» y el juez las llamó a ella y a Martha. La fiscal protestó de forma enérgica, la cara enrojecida. Rhodes aceptó la nueva prueba material y ella volvió furibunda a su asiento, negando con la cabeza.

—¿Puede explicarnos qué es esto? —le preguntó Martha a Leah volviendo a mostrarle el papel.

—El atestado de un robo con allanamiento de morada el 3 de noviembre de 1993 en el número uno de Sunset Road, la residencia de Gracie King.

—La casa de Vincent King: la casa a la que regresó después de su puesta en libertad.

—Correcto.

—¿En el atestado consta lo que fue sustraído?

—Sí. El jefe de policía Walker lo anotó todo de forma pormenorizada, como siempre hace. Tuvo buen cuidado a la hora de tomarle la declaración a Gracie King, la madre de Vincent. Por lo visto, se había olvidado de cerrar la caja fuerte. Los ladrones se llevaron doscientos dólares en efectivo, un broche de oro, unos pendientes de diamantes... y un arma de fuego.

—¿Un arma?

—Un revólver modelo Ruger Blackhawk.

Murmullos en la sala y llamadas al orden de Rhodes. Deschamps se acercó de nuevo al juez y se puso a discutir con él. Estaba tan fuera de sí que Rhodes anunció un receso de quince minutos.

Walk fue el siguiente en declarar. No tuvo que volver a presentarse ni explicar sus funciones. Martha le hizo un resumen del allanamiento en casa de los King y él habló con tranquilidad, sin mirar una sola vez a Vincent, aunque podía sentir la mirada de su amigo.

Deschamps volvió a levantarse.

—¡Protesto! Nadie me ha hablado de esto.

—Porque Leah lo descubrió anoche —le respondió Walk directamente—. A veces se queda trabajando hasta tarde, cuando su marido puede estar en casa con los niños. Se ha propuesto acabar de actualizar el sistema, aunque a mí no me preocupa tanto, la verdad. Yo sé dónde está todo, no tengo problema en encontrar lo que necesito.

—Y díganos, jefe Walker. Si sabe dónde está todo, ¿cómo se explica que no haya mencionado este episodio hasta ahora?

—Porque me había olvidado de ese robo con allanamiento.

—¿Que lo había olvidado? —La fiscal miró al jurado con la confusión pintada en el rostro—. Usted creció con Vincent King, conocía a su familia, acostumbraba a ir a la cárcel a verlo. En vista de todo eso, no me parece muy plausible que se olvidara de algo así.

Walk tragó saliva y suspiró. Las cosas no iban a ser las mismas a partir de ese momento, y lo sabía.

—El caso es que estoy enfermo —confesó.

Miró alrededor, a los periodistas sentados al fondo. En la sala se había hecho un silencio sepulcral, todas las miradas estaban puestas en él.

—Tengo Parkinson y mi memoria ya no es lo que era. No se lo había dicho a nadie hasta ahora no sé muy bien por qué, supongo que... no quería dejar mi empleo.

Miró al jurado y percibió la compasión en sus ojos. También Vincent lo estaba mirando con tristeza.

Y luego bajó la vista hacia el atestado del robo sabiendo que, si lo miraban bien, si lo estudiaban a fondo, advertirían que la caligrafía era algo irregular, ligeramente torcida, como si la hubiera escrito una mano temblorosa.

...

A las cinco de la tarde llegó el momento de presentar las alegaciones finales. Rhodes prefería que el jurado se quedara hasta tarde en lugar de dejarlo para otro día. Martha fue la primera en dirigirse al estrado, todas las miradas se concentraron en ella. No necesitó usar ninguna nota; comoWalk sabía, apenas había pegado ojo la noche previa. Fue al grano, sin extenderse. Habló de Star y de su trágico final, de sus hijos huérfanos, a los que era preciso hacer justicia, pero encontrando al verdadero culpable, de Milton y de que había hechos que no podían negarse. Hizo un retrato tan fiel de su patética figura que los miembros del jurado la escucharon como hipnotizados. Y luego, habló de Vincent. Les pidió que se pusieran en su lugar, que imaginaran lo que suponía entrar en prisión a los quince años, un niño muerto de miedo rodeado de hombres despiadados. Habló de su arrepentimiento, de su empeño en cumplir la máxima condena posible. Era cierto que se había hecho a la cárcel y que había matado a un hombre en defensa propia. Seguramente había cometido un error verdaderamente imperdonable, pero nada de eso implicaba que hubiera asesinado a Star Radley. Y su insistente silencio no era el de un culpable, sino el de un hombre que se odiaba a sí mismo tan profundamente que prefería ser castigado por un crimen que no había cometido a verse en libertad y disfrutar de la vida que en su día había arrebatado a una niña pequeña.

A mil quinientos kilómetros de la sala, Robin acababa de enseñarle a Duchess la flor que había arrancado a un arbusto de chamisa. Ella lo ayudó a alisarla y la fijó al tablero de corcho junto a la foto de *Jet*. Luego le pasó el brazo por los hombros con la mente puesta en otra cuestión.

Rick Tide volvía a molestarla con la intención de provocar una bronca: ese niñato no tenía remedio. Hacía poco que le había lanzado un escupitajo en la espalda. «De parte de Mary Lou», según aclaró. Sin decir palabra, ella dio media vuelta y fue a lavarse la camisa en el cuarto de baño, acordándose de Walk y de que le había prometido portarse bien.

Al atardecer, después de la cena, estuvo columpiando a Robin en el vasto jardín bajo el sol que iba escondiéndose tras las copas de los árboles. El pequeño sonreía con los ojos entornados y ella le dijo que era un príncipe. Luego fue a acostarlo. Hizo que se cepillara los dientes y le leyó unas páginas de un cuento sobre un cerdo llamado *Wilbur* y una araña llamada *Charlotte*.

—Ese cerdito se lo toma todo muy a la tremenda —comentó Robin.

—Y que lo digas.

Esa noche rezaron. Robin miró a su hermana algo dubitativo y Duchess lo instó a cerrar los ojos y juntar las manos.

—¿Por qué quieres que recemos? —preguntó.

—Porque no viene mal hacerlo de vez en cuando.

Cuando finalmente se quedó dormido, ella salió del cuarto sin hacer ruido. Avanzó por el pasillo dejando atrás a las demás niñas sumidas en el sueño durante aquellas horas preciosas en las que podían olvidarse de este mundo y encontrarse en otros lugares. La sala estaba a oscuras, pero la televisión seguía encendida. Cambió de canal hasta que dio con uno de noticias y encontró lo que andaba buscando: un montón de periodistas que se arremolinaban a las puertas de unos juzgados.

Antes había llamado a Walk a cobro revertido. Con la voz cansada, él le había dicho que el jurado estaba deliberando y que de un momento a otro volvería a la sala para pronunciar su veredicto. Duchess supuso que no tardarían.

Pensó en su madre, en todo lo ocurrido durante el último año, en los sucesivos cambios en sus vidas...

Entonces se volvió y vio que su hermano se hallaba en el umbral, mirándola.

—No estás dormido —dijo.

—Lo siento.

Se sentó a su lado y juntos contemplaron unas escenas tan distantes que parecía imposible que tuvieran algo que ver con ellos.

Dieron paso a la publicidad. Duchess se preguntó qué estaría pasándole por la cabeza a su hermano. Volvieron a conectar con los juzgados y procedieron a explicar algunas cosas sobre su madre y sobre Vincent King. Robin y él estaban al corriente de unas cuantas, pero no de todas. Y cuando, de pronto, apareció un rótulo rojo con el veredicto final, Duchess se irguió en el asiento, su corazón latiendo con violencia.

—¿Qué dice ahí?

—Que el jurado ha decidido que Vincent no mató a mamá.

Algo incrédula, vio a la periodista entrevistar a uno de los miembros del jurado. El tipo tenía aspecto de estar fatigado, pero se las compuso para sonreír y habló sobre la declaración que había hecho el jefe de policía de Cape Haven, sobre el atestado de un robo que él había encontrado y que demostraba de forma concluyente que Vincent King no pudo estar en posesión de la supuesta arma del crimen, un revólver que había sido propiedad de su padre. El jurado hasta entonces había estado dividido, pero el testimonio del policía terminó por decantar la balanza.

Duchess sintió un repentino dolor en el estómago, tan agudo que se llevó la mano al vientre.

—¡Walk! ¿Pero qué coño has hecho?

Robin se abrazó a ella, que lo besó en la frente, cuestionándose una vez más todo cuanto creía saber sobre la vida. Seguía sin saber qué era la verdad, hasta qué punto era posible hacer justicia.

Y entonces vieron a Vincent King en la pantalla.

Robin se puso de pie.

Estaba allí, flanqueado por una mujer pequeña vestida con un elegante traje de chaqueta y unas zapatillas Converse.

Restalló el flash de una cámara. El inocente era conducido a un coche.

—¿Pero qué es esto? —se preguntó Duchess.

Robin se estremeció. Le costaba respirar. Rompió a llorar y una oscura mancha fue extendiéndose por la tela de sus pantalones.

Duchess se arrodilló frente a él.

—Robin, mírame.

El niño negó con la cabeza mientras apretaba los puñitos.

—Soy tu hermana, estoy a tu lado.

—Es él —dijo Robin sin aliento—, me acuerdo bien.

Con delicadeza, Duchess llevó la mano a su mentón.

—¿Qué recuerdas?

El pequeño fijó la vista en la pantalla.

—Vincent estaba en mi cuarto... y me acuerdo de lo que dijo. Ella le secó las lágrimas y consiguió que la mirara a los ojos.

—Me dijo que sentía mucho lo que le había hecho a mamá, me dijo que no le contara nada a nadie o me arrepentiría. Cerró los ojos y empezó a llorar de nuevo. Duchess lo abrazó con fuerza. Lo llevó a la habitación, lo metió en la bañera y lo enjabonó. Le puso el pijama y lo acostó con mimo. Robin terminó quedándose dormido. Y ella hizo el equipaje.

Encontró una fotografía de Star en la mochila, una foto donde aparecían los tres —no había tantas— descalzos por el jardín, riendo alegremente. La fijó al tablero de corcho junto con una foto de Hal.

Cerró bien la persiana para que no entrara la luz de las estrellas, se sentó al pie de la cama de Robin y se quedó allí durante varias horas que, sin embargo, transcurrieron con rapidez mientras ella volvía atrás en el tiempo. Se acordó de cuando Robin nació, de cuando era pequeño, de cuando dio los primeros pasos y pronunció las primeras palabras, de lo mucho que la hacía reír, del primer día que fue al parvulario, de la tarde en que ella le enseñó a lanzar un balón de fútbol americano en el pequeño jardín de casa.

Continuó allí sentada hasta la primera luz del día: no estaba dispuesta a que Robin despertara y se encontrara solo en la oscuridad.

Fue con la mochila a la puerta y la abrió un palmo. Volvió sobre sus pasos y se esforzó en contener las lágrimas hasta que casi se quedó sin aliento. Se maldijo y se tiró de los pelos como la chica desquiciada que era. De haber tenido un cuchillo, se habría hecho varios cortes profundos. Porque se merecía el dolor, se merecía todos sus sufrimientos posibles.

Se agachó y besó a su hermano en la frente. Le susurró que fuera bueno y se marchó de su vida para siempre, como tantos otros habían hecho antes.

# 39

Sentado frente al escritorio, Walk sacó la botella de Kentucky Old Reserve del cajón, desenroscó el tapón y bebió un largo trago. Cerró los ojos, saboreó el fuego. No tenía muchas ganas de celebrar, la verdad. Vincent no había dicho una palabra durante el trayecto en coche hasta su casa. Ni siquiera llegó a sonreír, se contentó con estrecharle la mano a Martha May. Walk felicitó a Martha por su buen desempeño, pero la miró y en sus ojos percibió lo que ambos sabían a la perfección. Era una victoria hueca. La fiscal del distrito había salido hecha una furia de la sala.

Bebió un poco más hasta que los contornos de la noche fueron matizándose, hasta que sus hombros se relajaron un poco y su cuerpo dejó de resultarle agotador.

Contempló el montón de documentos en la bandeja del escritorio. Se remontaban a un año atrás, papeleo de rutina en su mayoría. Había apartado todo cuanto no tuviera que ver con Vincent King y Dickie Darke. La única cosa sobre la que no habían mentido en el juicio era el estado en que tenía su despacho.

Echó mano a los papeles y empezó a hojearlos: la firma de Valeria por aquí, multas de tráfico por allá, un caso de vandalismo urbano, un posible allanamiento de morada. Se encontró con un par de notificaciones hechas por la policía estatal y con un mensaje dejado por cierto médico, el doctor David Yuto, en respuesta a su llamada.

Walk trató de hacer memoria. Le costó lo suyo y se sintió muy frustrado, pero terminó por acordarse: la autopsia de Baxter Logan, el hombre al que Vincent había matado en la cárcel de Fairmont.

Consultó el reloj. Era tarde, pero marcó el número de todas maneras. Yuto respondió al primer timbrazo. Resultó que era su última semana de trabajo: se jubilaba. Se estaba afanando en dejarlo todo preparado para su sucesor en el cargo, una persona veinte años más joven cuya experiencia profesional no era ni remotamente comparable. Hablaron de esto y aquello un minuto más hasta que Walk terminó por mencionar el caso Logan. Yuto necesitó otro minuto para dar con el expediente.

—¿Qué más necesita saber? —preguntó.

—No estoy muy seguro, la verdad. Algún detalle más, supongo. Me pregunto si...

—Por entonces no éramos tan puntillosos ni hacíamos pruebas de ADN, pero sí que apunté la causa del fallecimiento: traumatismo encefálico.

Walk bebió otro sorbito de licor y apoyó los pies en el ajado escritorio.

—Así de fácil, ¿eh? Un solo puñetazo y...

—De un solo puñetazo nada: bastaba ver cómo estaba el cadáver de Logan para darse cuenta.

Walk fijó la vista en el vaso.

—Me acuerdo de que Cuddy, el director, me llamó. Por entonces era un joven, claro está, todavía no había heredado el cargo de su padre. Pero me dijo que no perdiera mucho el tiempo con Logan: los violadores no son muy queridos en Fairmont, que digamos. Apunté la causa del fallecimiento y pasé a otra cosa.

—Por lo que entiendo, a Logan le pegaron una paliza... ¿muy seria?

Yuto suspiró.

—Ha pasado mucho tiempo, pero hay casos que uno nunca llega a olvidar. No le quedaba un solo diente, tenía las cuencas oculares reventadas y la nariz fracturada de tal modo que estaba achatada por completo, pegada a la cara.

—Pero fue una pelea, ¿no? Vincent King estaba luchando por su vida.

—Qué quiere que le diga, amigo. Fue una pelea, supongo, pero a Logan le siguieron pegando mucho después de que la pelea hubiera terminado.

Walk se acordó de las tres costillas fracturadas en el cadáver de Star. Le dio las gracias a Yuto y colgó.

Tragó saliva. Tenía la boca reseca pero seguía notando el áspero sabor del whisky. El corazón se le había acelerado. Se levantó, salió de la comisaría y echó a andar por las calles. Era noche cerrada ya: tan sólo se divisaban la luna que cabalgaba sobre las aguas y el brillo de las embarcaciones que cruzaban por la bahía.

El viento sabía a sal. Él se esforzaba en poner los pensamientos en orden, pero éstos cobraban vida propia y formaban unas imágenes que habría preferido no ver. Avanzó por Brycewood Avenue, donde vivían unos vecinos a los que conocía de los veranos de su juventud, cuando el pueblo era todo suyo.

Se detuvo al llegar al final de Sunset, cuando vio a Vincent al otro lado de la calle, de espaldas a él, moviéndose con sigilo y rapidez vestido con unos vaqueros negros y una camisa oscura. Contuvo el impulso de llamarlo y empezó a seguirle los pasos, manteniéndose a distancia. Se preguntó qué sentía Vincent en aquel momento, después de haberse librado de la muerte por los pelos.

Fueron andando los dos por la calle. Al cabo de un par de minutos, Vincent se encaramó por un muro gris de piedra cuyos bordes angulosos se recortaban contra la tenue luz de una farola. Sin perder un segundo, se dirigió al Árbol de los Deseos y se agachó. Un momento después estaba otra vez en pie, mirando a uno y otro lado de forma precavida.

Un coche apareció calle arriba y avanzó iluminando la ladera con sus faros. Walk se escondió en las sombras. Alarmado, Vincent se alejó a rápidas zancadas hasta situarse lejos del barrido de los faros y perderse en la noche.

Dejó que pasara el automóvil, se encaramó por el muro a su vez y se dejó caer sobre las altas hierbas. Ya en el árbol, empezó a palpar la tierra a ciegas. Echó mano al móvil y encendió la linterna.

En la base del árbol había un hoyo pequeño, apenas visible.

Hincó la rodilla en tierra, metió la mano y sacó un revólver.

## 40

—Esas pisadas en la Luna —estaba diciendo Thomas Noble—, las que dejaron los astronautas del Apollo... van a seguir allí durante diez millones de años como poco.

El cielo ya no le parecía infinito a Duchess, pese a que estaba al corriente de la existencia de las almas y de lo profético, de la conexión divina y del mundo por venir. Se esforzaba en no pensar en Robin, en si aquella mañana se habría despertado aterrado. Tragó saliva, tan avergonzada que estuvo a punto de gritar.

—¿Adónde vas a ir?

—Tengo que ocuparme de un asunto.

—Puedes quedarte aquí.

—No.

—Puedo ir contigo.

—No.

—Soy valiente: me pusieron un ojo morado por ti.

—Siempre voy a agradecértelo.

Se hallaban en un rincón apartado del patio de los Noble. La arboleda próxima proyectaba su sombra sobre ellos.

—No es justo que hayas pasado por todo lo que has tenido que pasar.

—A veces pareces un niño —dijo ella cerrando los ojos—. Lo digo por esa insistencia tuya en lo que es justo y lo que es injusto.

—Esto no puede acabar bien, y lo sabes.

Una estrella se desprendió del cielo. Duchess se abstuvo de formular un deseo: eso era cosa de niños y ella ya no era una niña. De hecho, se preguntaba si alguna vez había llegado a serlo.

—No entiendo a la gente —dijo—. Se pasan media vida mirando al cielo y haciendo peticiones, ¿pero Dios interviene alguna vez? Y si no lo hace, ¿cómo es que tanta gente sigue rezando?

—Cuestión de fe: rezan con la esperanza de ser escuchados.

—Y porque si no, la vida no tiene sentido.

Thomas la miró fijamente y dijo con voz queda:

—Me preocupa que no puedas regresar.

Duchess contemplaba la luna.

—Antes siempre estaba preguntándole a Dios por mi mano deforme —prosiguió él—. ¿A qué se debía? Preguntas de ese tipo. Rezaba por que un día despertara por la mañana y descubriera que era normal. ¿Y sabes qué? Tanto rezo no me sirvió de nada.

—Es posible que rezar nunca sirva de nada.

—Quédate aquí conmigo, yo te esconderé.

—Tengo cosas que hacer.

—Quiero ayudarte.

—No puedes.

—Quieres que te deje marchar sola, ¿eso es ser valiente?

Ella le tomó la mano buena y entrelazaron los dedos. Se preguntó cómo sería ser como él: sin problemas de importancia, con su madre tranquilamente dormida en casa, con un futuro despejado y lleno de posibilidades.

—Te buscarán.

—No tardarán en dejarlo correr: otra fugada más de un centro de acogida.

—Espero que te encuentren, sería lo mejor. ¿Y qué va a ser de Robin?

—Por favor —repuso ella exasperada—. Es posible que la policía venga a hablar contigo para preguntarte si sabes dónde estoy o adónde pienso ir. Y sé que vas a pensar que es mejor contárselo todo, que es lo más conveniente para mí.

—¿Y qué si pienso eso?

—No les digas nada.

Permaneció escondida hasta la mañana. La señora Noble se marchó temprano, vestida con ropas de gimnasio, y una vez que su

Lexus se perdió de vista por el camino, Thomas Noble abrió la puerta trasera de la casa. Duchess entró, se lavó y tomó un tazón de cereales.

Los Noble tenían una caja fuerte, Thomas sacó cincuenta dólares y se los entregó. Duchess intentó protestar, pero él le puso los billetes en la mano.

—Te los devolveré —prometió ella.

Metió un par de latas de comida preparada en la mochila: sopa y judías. Se disponía a salir sin perder un momento más cuando llamaron al teléfono. Saltó el contestador y comprobaron que era Shelly, quien tampoco estaba perdiendo el tiempo.

Escucharon su mensaje.

—Está muy preocupada —opinó Thomas.

—Lleva mil casos como el mío.

Junto a la puerta había unas bolsas de viaje abiertas: Thomas se marchaba de vacaciones al cabo de un par de días. No tardaría en olvidarla, seguiría su propio camino en la vida. Sonrió al pensarlo.

Empezaba a haber actividad en la calle: por un lado llegaba el camión de la basura, por el otro el cartero.

Thomas sacó su bicicleta y la dejó apoyada en la verja.

—Llévatela —dijo.

Ella negó con la cabeza, pero Thomas le puso la mano en el hombro.

—Anda, así irás más lejos antes de que te pillen.

—Voy a ser un fantasma. Ya lo soy, en realidad.

—¿Volveré a verte?

—Claro que sí.

Ambos sabían que mentía. Thomas le dio un beso en la mejilla.

Duchess montó en la bici, la mochila al hombro con todo lo que tenía en el mundo.

—Hasta la vista, Thomas.

Él se despidió agitando la mano buena mientras la bicicleta se alejaba por el camino. Una vez en la calle, Duchess pedaleó con fuerza, sin mirar atrás, mientras el viento azotaba su cara. Hizo lo posible por esquivar las calles más iluminadas, optando por las menos transitadas a esa hora.

Al cabo de una hora se encontró en la calle Mayor. Dejó la bicicleta en la puerta de la funeraria Hollis y entró. El aire acondicionado estaba a máxima potencia, hasta el punto que se le puso piel de gallina.

—Duchess —dijo Magda sonriendo—, que alegría volver a verte.

Magda llevaba el negocio a medias con su marido, Kurt, un hombre tan pálido como su clientela habitual.

Kurt seguramente estaba ocupado con el trabajo, pues las cortinas estaban discretamente echadas en el fondo del establecimiento.

—He venido a llevarme las cenizas de mi abuelo.

—Ya tardabas en hacerlo. Shelly me dijo que te traería un día de éstos.

—Está ahí fuera, en el coche —indicó Duchess señalando la calle con un gesto. Un gran Nissan estacionado junto a la acera no dejaba ver nada en absoluto.

Magda pasó al interior y un minuto más tarde volvió con una pequeña urna en la mano.

Duchess iba a marcharse cuando las cortinas se abrieron y apareció Dolly seguida por Kurt. Duchess salió por la puerta y casi llegó al café de Cherry antes de que Dolly la alcanzara.

—¡Duchess!

Dolly la condujo al interior e hizo que tomara asiento en un rincón. Fue a la barra y pidió para las dos.

Dolly había envejecido. Llevaba el maquillaje descuidado y no iba bien peinada. Eso sí, continuaba luciendo marcas de lujo: el bolso y los zapatos eran de Chanel.

—Ojalá pudiera decir que estoy contenta de verte.

—Pero...

Dolly sonrió.

—Siento lo de Bill. No tenía idea, claro.

—Él estaba preparado, pero resultó que yo no lo estaba.

La pequeña mochila de Duchess estaba abierta en el suelo mostrando la ropa y las latas de comida. Duchess la recogió y cerró la cremallera.

Dolly la contempló con tristeza.

—¿Y qué piensas hacer, Dolly? —le preguntó.

—Enterrar a mi esposo, claro, y no sé muy bien qué más. Teníamos planeado viajar, ir a muchos lugares... No sé si voy a hacerlo yo sola. Pero en fin, Bill tuvo una buena vida y eso es lo único que podemos pedir, ¿no crees?

—Thomas Noble siempre habla de lo que es justo o no.

Dolly sonrió.

—Lo entiendo.

—Lo justo existe cuando alguien tiene el control.

—Me he enterado de lo de ese hombre: lo vi en las noticias. Me acordé de ti y de Robin. Es posible que Thomas se refiriera a eso: a que hay gente que va por la vida haciendo daño a los demás y otra que intenta salir adelante sin molestar a nadie. Se diría que el choque es inevitable.

Duchess pensó en Dolly, en su vida, en su padre, en la imagen que proyectaba.

—Hal decía que ese hombre era un cáncer para nuestra familia y ahora resulta que no podremos estar a salvo de él en ningún lugar. No quiero que Robin...

Dolly le cogió la mano.

—Es posible que una nunca llegue a escoger quién es: quizá estamos predestinados. Algunos somos forajidos, quizá por eso acabamos encontrándonos —dijo.

—O quizá no: quizá no hay nada predeterminado y el mundo sea de los que están dispuestos a ir y coger lo que quieren.

—¿Qué sabes tú de justicia, Duchess?

—Sé de Three-Fingered Jack, que recorrió setecientos kilómetros a caballo para vengar la muerte de su socio Frank Stiles.

—Ya, pero ¿qué entiendes por la palabra «justicia»? No me refiero a lo que pone en el diccionario, sino simplemente a tu opinión: qué significado crees que tiene esa palabra para aquellos que han sufrido.

—Significa un final, algo tan necesario como respirar. Y bueno, ya sé que con esto no basta.

—¿Y qué quiere tu hermano Robin?

—Robin tiene seis años: no sabe lo que quiere. Su mundo no va más allá de lo inmediato.

—¿Y tú?

—Yo sé demasiado.

La camarera les trajo dos tazones con cacao caliente y una magdalena con una solitaria velita en lo alto. Dejó todo en la mesa, le hizo un guiño a Duchess y se fue.

—Feliz cumpleaños, Duchess.

Duchess miraba la magdalena con asombro.

—No hacía falta que...

—Déjalo, anda. Una no cumple catorce años todos los días. Y ahora tienes que pedir un deseo.

Comprendió que Dolly no iba a dar su brazo a torcer, cerró los ojos y apagó la vela de un soplido.

Salieron y caminaron por la acera de sombra. Al llegar a la puerta de la funeraria, Duchess recogió la bicicleta apoyada contra la pared.

Se detuvieron junto al todoterreno de Dolly.

—Se me ocurre que hay muchas cosas que debería decirte ahora mismo —dijo.

—Ninguna que yo ya no sepa —respondió Duchess.

—¿No quieres acompañarme a casa? Tengo algo que me gustaría enseñarte.

—No puedo, tengo cosas que hacer.

—Otra vez será.

—Claro que sí.

Dolly cogió su mano.

—Prométeme que un día vendrás a verme.

—Te lo prometo.

—Sé que lo cumplirás: una forajida sólo tiene su palabra, ¿verdad?

Dolly se veía frágil e inquieta, como si la suerte de Duchess fuera lo único que le importaba en la vida.

—Haré lo posible por cuidar un poco de Robin.

Duchess asintió con la cabeza. El labio inferior le temblaba ligeramente. Iba a tener que endurecerse en vista de lo que se avecinaba.

—Cuídate mucho, Duchess.

Metió la mano en el bolso y sacó el monedero, pero Duchess montó en la bici y se alejó.

Al llegar al final de la calle Mayor se despidió con un gesto de la mano. Dolly agitó la mano también.

Duchess llegó al rancho de Radley una hora después del mediodía. Las piernas le dolían y tenía la camiseta y el pelo chorreantes de sudor. Escondió la bicicleta entre los arbustos de la entrada y fue andando sin prisa por el camino serpenteante bajo las combadas ramas de los árboles.

Se acordó de Robin, supuso que estaría en el colegio. ¿Estaría con Shelly? Le entraron ganas de desandar sus pasos y volver para arrodillarse frente a su hermano y abrazarlo. Tenía una fotografía de él, tomada un año atrás, en la que aparecía con el pelo más largo. La sacó de la mochila mientras subía por los escalones del viejo porche. Se sentó en la hamaca.

Había advertido el cartelón fijado a la entrada: PROMOCIONES INMOBILIARIAS SULLIVAN. Pronto subastarían la propiedad: unos desconocidos entrarían a vivir en ella, trabajarían las tierras... era el cuento de nunca acabar.

Contempló los alces al pie de las lejanas montañas. Los campos estaban hechos un desastre, descuidados por completo. Volvió a pensar en Hal y en su solitaria existencia.

Abrió las puertas del granero rojo y vio que las herramientas seguían estando donde las había dejado en su día. Antiguallas que no tenían el menor valor. Fue al interior, levantó del suelo una punta de la alfombra y la arrastró.

Abrió la trampilla. No fue fácil, era pesada. El sudor resbalaba por su mentón, pero consiguió levantarla y bajó por los peldaños.

La despensa, un estante con armas de fuego, un bastidor con carabinas y escopetas.

Un viejo sillón de cuero: el refugio de Hal cuando quería estar a solas.

Al lado había una mesita con un montón de cartas amontonadas. Les echó un vistazo y optó por abrir la última. Dos papelitos flotaron hasta el suelo. Los recogió: las dos mitades de un talón bancario. Las juntó... y tragó saliva. Un millón de dólares. Con pago diferido un par de meses después de la fecha prevista para el inicio de la vista judicial. Firmado con letras mayúsculas, como si las hubieran mecanografiado: Richard Darke. Dio la vuelta al talón y vio que Vincent lo había endosado para que Hal pudiera cobrarlo.

Dejó el talón en su sitio y pensó en el precio de una expiación alegrándose de que su abuelo lo hubiera roto en dos.

Se levantó.

Había unas cajas en el suelo.

Se acercó a una de ellas y se arrodilló al ver que estaban envueltas en vistosos papeles de regalo. ¿Regalos? En algunas etiquetas aparecía su propio nombre garabateado, otras llevaban el de su hermano, también escrito a mano. En cada etiqueta había una fecha y las fechas se remontaban a su nacimiento. Se sentó en el peldaño interior y abrió una de las cajas: una muñeca. Encontró una segunda muñeca en otra, y en una tercera, un rompecabezas. No abrió ninguna de las destinadas a Robin.

Se detuvo indecisa ante la última de las cajas, que llevaba la fecha de ese día: el de su cumpleaños catorce. Finalmente la abrió con sumo cuidado. Quitó la tapa y se quedó boquiabierta al ver lo que había dentro.

Sacó el sombrero de la caja y lo admiró. La cinta estaba ornada con tachones de cuero, tenía la corona ventilada y un ala de diez centímetros... acarició la etiqueta con la yema del pulgar, el intrincado dibujo en oro.

JOHN B. STETSON.

Y con sumo cuidado también, se lo puso en la cabeza: era de su talla exacta.

Empuñó dos armas, la de ella y una de él. Cogió una caja de las balas que Hal le había indicado en su momento. Cuando terminó de cargarlas, volvió a dejar todo más o menos y metió sus nuevas pertenencias en la mochila, que ahora pesaba más.

Las cenizas de Hal fueron a parar a las aguas, cerca del rincón donde solían sentarse juntos.

Se quitó el sombrero y apretó los dientes.

—Hasta siempre, abuelo.

# 41

Walk se pasó el día eludiendo las llamadas telefónicas que le llegaban desde arriba. Las noticias volaban y el gobernador Hopkins quería hablar con él sobre su relevo, sin duda para ofrecerle a cambio un trabajo de escritorio. Y al parecer tenía prisa: había recibido tres llamadas en un día, como si entendiera que Walk ya no estaba ni de lejos en condiciones de seguir en su puesto.

Contempló el expediente abierto que tenía delante: el rostro hinchado de Milton no le quitaba los ojos de encima. No tenía familia, salvo una tía lejana que vivía en una residencia en Jackson. Y cuando la llamó, ella repuso que no conocía a ningún Milton.

Levantó la vista: Martha acababa de aparecer en el umbral. Procuró sonreír, pero no le resultó fácil.

Martha cerró la puerta a sus espaldas.

—¿Puede saberse por qué no respondes a mis llamadas, jefe? —dijo sonriente.

—Lo siento, he estado muy ocupado.

Martha tomó asiento, ladeó la cabeza y arqueó las cejas.

—Dime la verdad, anda.

—No me atrevía a mirarte a la cara.

—Mentiste en el juicio.

—Pero no quería que tú mintieras.

Ella cruzó las piernas.

—Lo superaré. Los dos somos mayorcitos: sabíamos dónde nos estábamos metiendo, ¿no?

—Creo que yo más que tú.

—No para de llegarme trabajo: varios pobres desgraciados que están en el corredor de la muerte quieren que me ocupe de sus casos. Ni hablar: prefiero seguir tratando con ex maridos que no pagan y mujeres que no llegan a fin de mes. Es lo mío, ¿no? —Se pasó la mano por los cabellos mientras Walk la miraba fijamente. Le tocó la mano, pero él la apartó—. Dime algo, por favor.

—Me metí en todo esto con una única finalidad que me obsesionaba: veía a Vincent saliendo en libertad. Íbamos a volver atrás en el tiempo, o eso me decía. Y me bastaba: era lo único que me importaba. Estoy enfermo, Martha. Las células de mi cuerpo están muriéndose y no es más que el principio, lo peor está por llegar.

—Soy consciente.

—¿En serio? He leído sobre el tema, he hablado con el médico y he visto en la sala de espera a los pacientes en un estadio más avanzado de la enfermedad.

—¿Qué estás queriéndome decir?

—Que lo último que quiero es que te conviertas en mi cuidadora: quiero algo mejor para ti, siempre lo he querido.

Ella se levantó.

—Hablas como mi padre. Como si fuera una niña a la que hay que decirle lo que tiene que hacer. Pero yo hago lo que quiero... y quiero a alguien: a ti. Pensaba que era recíproco.

—Y lo es.

—Y una mierda. Tú lo que quieres es estar solo, quieres que te dejen en paz. Tan buena persona como se supone que eres.

Walk bajó la vista.

Martha se limpió los ojos llorosos.

—No estoy triste, estoy rabiosa. Eres un cobarde, Walk. Por eso te pasaste años sin hablarme.

—Pensaba que no querías verme.

—Estabas equivocado.

—Lo siento.

—No me vengas con esas gilipolleces. Tuviste años enteros para hablar conmigo, para venir a verme, ¡para levantar el teléfono y llamarme, joder! Al final lo hiciste, sí, pero por Vincent, como siempre.

—Eso no...

—Cuando te pregunté cómo recordabas a Vincent, tan sólo subrayaste lo bueno, pero no dijiste una mierda sobre las mil veces que puteó a Star, sobre las mil otras chicas que se follaba mientras ella venía a llorar a mi hombro. Tú lo encubrías, llegaste a mentirme. Siempre lo encubriste.

—No tenía ninguna importancia.

—No, si ya lo sé. Sólo digo que te has pasado los últimos treinta años dejándote la piel por otra persona. ¿No crees que ha llegado el momento de dejarlo? —Echó a andar hacia la puerta, se detuvo y lo señaló con el dedo—. Cuando por fin lo hagas, cuando dejes de lloriquear por los buenos viejos tiempos, cuando tengas un par de cojones, entonces me llamas.

Abrió la puerta y salió justo cuando llegaba Leah Tallow, quien se volvió con sorpresa al verla marcharse.

—¿Le pasa algo?

Walk se levantó, cerró bien la puerta e hizo que Leah se sentara frente al escritorio. Ese día no se había maquillado y llevaba el pelo recogido en una cola que daba a su rostro un aspecto más severo.

Walk tomó asiento.

—¿Estás seguro de que quieres hacerlo, Walk?

—Sí.

Se quedó mirándola mientras ella hacía una llamada por un móvil de prepago.

Darke no respondió y Leah esperó a que saltara el contestador automático.

—Sé dónde están. Llámame cuanto antes —dijo con la voz estrangulada y cortó la comunicación con lágrimas corriendo por su rostro.

—Cuando te devuelva la llamada le das esta dirección. Le dices que el chico es amigo de Duchess y seguramente sabe dónde se encuentra.

Walk le pasó un papelito con una anotación casi ilegible.

—No hagas esto, Walk. Si es necesario hablo con Boyd y se lo cuento todo.

372

La miró, miró lo que quedaba de Leah y trató de odiarla, pero no pudo.

Duchess se encaminó al sur, a un pueblo más grande, Fort Pryor, donde había estación de autobuses. No sabía hasta dónde llegaría con cincuenta dólares, seguramente no muy lejos. Quizá a Idaho, hasta Nevada si había suerte. Había decidido que viviría al día y no pensaría más allá del día siguiente. Tenía algo que hacer, lo que bastaba para empujarla a seguir adelante. Pedaleó por carreteras secundarias, sin apresurar la marcha. Si una cuesta era empinada, se bajaba y andaba, empujando la bici por el manillar. En las bajadas no pedaleaba y no apartaba la mano del freno, por las dudas.

Montesse, Comet Park... unos parajes de una belleza asombrosa ocultos tras los árboles y las sombras. Unas casas bonitas muy alejadas entre sí. Cartelones amarillos que pedían el voto para cierto representante político que prometía construir oleoductos por todas partes y crear puestos de trabajo en aquellas poblaciones donde nunca pasaba nada. Los pocos vehículos aparcados frente a una tienda de comestibles estaban para el desguace.

Se encontraba a tres kilómetros del pueblo más cercano cuando sufrió un pinchazo. Le entraron ganas de llorar. Intentó continuar pedaleando, avanzando muy lentamente, sudando como una atleta.

Entre maldiciones, dejó la bicicleta de Thomas tirada entre los árboles de un bosque próximo a Jackson Creek. Se sentó sobre un árbol caído, comió un poco de pan seco, bebió lo que le quedaba de agua y siguió a pie. Sus zapatillas no eran apropiadas para esa clase de caminatas, empezaba a notar ampollas en los talones.

Pasó por delante de granjas y campos de labranza cuya paleta de colores cubría todas las gamas del verde y del marrón, y también frente a alguna iglesia que aún contaba con campana y fieles a los que llamar al servicio. Durante un kilómetro y medio fue siguiendo los pasos de una pareja de ancianos con ropa de senderismo y largos bastones, sonrientes y amigables, para no perderse entre los árboles. Estaba bastante segura de que se dirigían al sur.

Terminó por perderlos y se maldijo otra vez. Se sintió inútil y patética.

Llegó a una carretera tan ancha como larga y vacía. Se detuvo en la cunetay miró al cielo.

Y de pronto, el matrimonio mayor reapareció: Hank y Busy, de Calgary. Estaban jubilados, de vacaciones. Dormían en moteles y recorrían los caminos y los senderos de montaña, mirando todo aquello que era nuevo para sus ojos viejos.

Caminó con ellos y les contó una historia inventada: su madre estaba enferma y se dirigía al hospital de Fort Pryor para visitarla. Le dieron un poco de agua y una chocolatina.

Busy le habló de sus nietos, que eran siete y estaban dispersos por el mundo: uno era banquero en Asia, otro médico en Chicago... Hank avanzaba por delante como un ojeador militar, apartando las ramas para que las señoras pasasen, con el cuello enrojecido por el sol.

Él reparó en la cojera de Duchess e hizo que se sentara en la hierba. Rebuscó en la mochila y sacó unos apósitos que le puso en los talones.

—Pobrecita.

Reemprendieron la marcha. Hank consultó el mapa y señaló la ubicación del lago Tethan.

—¡Otro lago! —resopló Busy con fingido fastidio, haciéndole un guiño a Duchess.

—Antes, cuando era pequeña, vivía en un pueblo llamado Cape Haven.

—Qué nombre más bonito —dijo Busy. Tenía piernas de senderista, con los gemelos musculados. El rostro ancho y agraciado, la piel tirante—. ¿Te acuerdas bien?

Duchess dio un manotazo en el aire para espantar las moscas negras que volaban alrededor.

—No mucho, la verdad —respondió.

Atravesaron la autovía 75 y enfilaron una carretera en la que apenas cabría un camión. Duchess no hacía preguntas, pues Hank parecía tener clara la ruta. Estaban alojados en las afueras de Fort Pryor y se había propuesto que llegara allí sana y salva.

—¿Tienes hermanos? —preguntó Busy.

—Sí.

Duchess advirtió que Busy tenía ganas de hacerle más preguntas: se lo decían su sonrisa melancólica y sus ojos húmedos. Pero no dijo nada y el momento de curiosidad quedó atrás.

Después de una hora llegaron a una verja situada junto a la curva de una carretera que no parecía tener fin. Rodeados de madreselva y de flores que comenzaban a marchitarse, entraron, pues Hank opinaba que convenía descansar un poco.

La casa apareció ante sus ojos, grande e impresionante. Se acercaron a la fachada y admiraron los bloques de piedra, más grandes que la cabeza de Duchess, y las bonitas ventanas ornadas.

Hank miró alrededor. Por instinto, Duchess agarró la mochila con fuerza, cerciorándose de que las armas de fuego seguían en el interior.

—Una casa de estilo Attaway —indicó Busy—. A Hank le gusta la arquitectura.

Hank sacó una cámara y tomó diez o doce fotografías.

Rodearon la vivienda y, tras llegar a la parte posterior, vieron los nítidos cursos de agua que se extendían hasta los bosques.

—Allí hay humo —señaló Busy.

El producto de una pequeña fogata en un claro cercano. Otro matrimonio de la misma edad, con las mismas miradas: como si hubieran encontrado el cielo diez años antes de lo esperado. Se presentaron.

Nancy y Tom, de Dakota del Norte. Tenían la caravana aparcada junto a la presa de Hartson y se habían acercado a admirar la casa de estilo Attaway.

Comieron unas hamburguesas a la parrilla. Duchess se acordó de Robin, consultó el reloj y pensó que ahora estaría comiendo también, a solas. Su hermano nunca probaba bocado si ella no estaba a su lado. Sintió un nudo en el estómago.

El sol estaba poniéndose cuando llegaron al motel. Fort Pryor estaba a diez minutos andando. Hank le dio un montón de chocolatinas más, así como otra botella de agua. Busy le dio un abrazo y prometió rezar por su madre.

Duchess llegó al centro de la población. Ya no le dolían tanto los pies. La oscuridad se cernía sobre la montaña a lo lejos y en la calle había algunos letreros luminosos: una cafetería, una sucursal del banco Stockman y una tienda de equipamiento para senderistas y cazadores.

Encontró la estación de autobuses en una esquina, frente a un taller de chapa y pintura. Había una serie de coches relucientes aparcados junto a la acera. La luz de las farolas se reflejaba en sus capós. Una mujer negra estaba sentada en el mostrador de la estación; demasiado ociosa, para el gusto de Duchess. Era de esperar que Shelly hubiera llamado a la policía, quienes posiblemente se habrían dirigido a la granja y hecho una visita a Thomas Noble, aunque dudaba de que hubieran descubierto sus planes.

—Tengo cincuenta dólares, ¿hasta dónde puedo llegar?

La mujer la miró por encima de la montura de las gafas.

—¿Adónde te diriges?

—Al sur, a California.

—¿Tú sola? No me parece que tengas edad para...

—Mi madre está enferma, tengo que volver a casa.

La mujer examinó a Duchess un momento tratando de dilucidar si se trataba de una mentira o no. Terminó por concluir que no era asunto suyo y se volvió hacia la pantalla del ordenador.

—El billete hasta Buffalo sale por cuarenta.

Un mapa estaba fijado al plexiglás, Duchess dio con el nombre de Buffalo.

Lejos de allí, pero ni por asomo bastante cerca de su destino.

—No sale hasta primera hora de la mañana. Puedes pensártelo, si quieres.

Duchess dijo que no con la cabeza y depositó el dinero en el mostrador.

—Te aviso de que estamos a punto de cerrar —dijo la mujer tras advertir la mirada de soslayo que Duchess dirigía a uno de los bancos de espera—. ¿Tienes algún sitio al que ir?

—Sí.

La otra le dio el billete.

—Una vez en Buffalo, ¿qué hago?

—¿Qué quieres? ¿Lo más rápido o lo más barato?

—¿Le parece que me sobra el dinero?

La mujer frunció el ceño. Miró la pantalla otra vez y dijo:

—Lo más barato que tengo es un billete de segunda a Denver. Allí puedes enlazar a Grand Junction y después a Los Ángeles. Un trayecto muy largo, la verdad, y al final tampoco sale barato.

Duchess salió de la estación. Tenía diecisiete dólares, una mochila con dos pistolas, un poco de comida y una muda de ropa.

En el exterior de un bar llamado O'Sullivan's había una cabina telefónica. Descolgó el auricular, pero enseguida recordó que no tenía a quién llamar. Lo que quería era hablar con Robin. Ni siquiera hablar, se contentaba sólo con escucharlo mientras dormía. Ansiaba besarlo en la frente y estrecharlo entre sus brazos, dormir abrazándolo.

Encontró un parque, poco más que un grupo de árboles, unos columpios y un tobogán. Se adentró en la pequeña arboleda y se tumbó en la hierba. Sacó el suéter que llevaba en la mochililla y se cubrió con él.

Una hora después, paso a paso, con los músculos doloridos, cubrió el kilómetro de distancia que la separaba del motel.

El lugar estaba sumido en un silencio absoluto. No había nadie sentado tras el mostrador de recepción. Los rótulos luminosos publicitaban las bondades del establecimiento: BIG SKY, MONTANA. TV EN COLOR. HAY HABITACIONES. Caminó por el exterior, donde los coches familiares estaban aparcados ante cada una de las puertas. Las copas de unos árboles se alzaban muy por encima de la cubierta de tejas rojas. Las cortinas estaban corridas en todas las ventanas. Frente a una de las habitaciones encontró lo que andaba buscando: un Bronco con matrícula de Calgary. Hank y Busy habían dejado abierta la ventana de su cuarto: típico de personas despreocupadas como ellos.

Dejó la mochila en el suelo y sacó la pistola. Se encomendó a su suerte, se encaramó por la ventana abierta y entró en el cuarto.

Vio la silueta de Hank, cubierto por las sábanas, dormido como un tronco: lo normal después de haberse pasado el día haciendo senderismo. La luz le alcanzó para distinguir la forma de la silla con los pantalones de Hank doblados sobre el respaldo. Metió la mano en el bolsillo y sacó la billetera. La abrió y encontró la fotografía de unos niños sonrientes. No hizo el menor ruido al sacar los billetes del interior. No podía respirar: de pronto notaba un dolor en el pecho.

Y entonces vio que Busy estaba despierta, mirándola con ojos tristes. Duchess llevó la mano a la culata del arma encajada en los vaqueros. La anciana guardó silencio.

Duchess se marchó, destrozada.

Pero bueno: les hacía un favor al recordarles que era preciso andarse con ojo por la vida.

## 42

Walk se encontraba al final de Highwood Drive, sentado al volante de un coche de alquiler.

A un lado se alzaba una hilera de viviendas unifamiliares grandes y lujosas, cada una con un flamante automóvil alemán aparcado en el camino de entrada. Llevaba el uniforme, pero estaba hundido en el asiento para no llamar la atención. A su lado había vasos de café vacíos, ningún resto de comida. Había hecho el trayecto de mil quinientos kilómetros por carretera. Primero pensó en viajar en avión, a pesar de su miedo a volar, pero necesitaba llevar el arma, así que dejó el vuelo para otra ocasión.

La casa de los Noble estaba vacía. Supuso que Thomas y su familia se habrían ido de vacaciones como todos los años. Duchess le había dicho que pasaban los veranos en Myrtle Beach. Le había dado la dirección a Leah para que se la transmitiera a Darke, quien tarde o temprano aparecería por allí si pensaba que podría encontrar a Duchess.

No tenía periódicos ni libros a mano, nada que pudiera distraerlo de la misión que se había dado a sí mismo. Hacía una hora que había tomado un par de pastillas, pues el dolor muscular era intenso, pero lo que de verdad necesitaba era tumbarse boca arriba y esperar a que pasase de una vez.

Éste iba a ser su último trabajo como policía: su gran acto final después de decenios de mediocridad. Ya no estaba pensando en Martha, ni en Vincent, ni en el follón de mil demonios que iba a formarse en Cape Haven. Ahora sólo podía pensar en la seguridad de los hermanos Radley. Tenía que protegerlos, tenía que hacerlo por Star y por Hal. No sabía dónde estaba Darke exactamente cuando respondió a la llamada de Leah, pero el instinto le decía que en Montana. Duchess, la cinta... era la última oportunidad que tenía de salvar su imperio a punto de desmoronarse.

El cansancio empezaba a parecerse a una cálida manta en la más fría de las noches, un peso en el cuerpo que tiraba de él hacia abajo mientras los párpados se le cerraban sin remedio. Esa bendita somnolencia era uno de los efectos secundarios positivos que tenían las pastillas, pero lo cierto era que llevaba un año sin dormir bien, por lo que podía estar bastante seguro de que no iba a dormirse ahora. Y sin embargo, bostezó una vez y luego, poco a poco, fue cerrando los ojos.


Thomas Noble estaba tumbado en la cama mirando la tele cuando las luces se apagaron en la casa.

Se levantó sin hacer ruido. No oyó más que los ruidos normales: el reloj en el recibidor, el zumbido regular de la caldera de agua. Dio un paso y tropezó con la bolsa de viaje con sus pertenencias dentro. Sus padres lo habían dejado en el campamento juvenil, como todos los veranos. Lo pasaban en grande en la playa mientras él tenía que contentarse con hacer manualidades a tan sólo diez kilómetros de su casa. Pero esta vez se había escapado por la noche, había hecho el camino de vuelta y, tras colarse en el jardín, había cogido las llaves de repuesto ocultas en el garaje. Por la mañana se darían cuenta y se liaría una muy gorda, pero para entonces él ya estaría de camino a California, siguiendo los pasos de Duchess para ayudarla.

El corazón le latía desbocado. Se llevó la mano al pecho para calmarse. Aguzó el oído, pero no oyó nada. Se sintió tonto por haberse asustado de la oscuridad. Se acercó a la ventana y vio que las casas de los vecinos estaban iluminadas: no parecían tener problema alguno con la electricidad. Sabía dónde estaba la caja con los fusibles, lo que convenía hacer en caso de apagón.

Iba a bajar por las escaleras cuando oyó el ruido de cristales rotos. Se quedó quieto, petrificado, incapaz de mover un músculo. Oyó el ruido de la cerradura al girar, el sonido de la puerta al abrirse.

Y pisadas crujientes sobre cristales rotos.

Sabía que su padre tenía una pistola en el despacho, guardada en un cajón con llave, y también sabía que nunca tendría la valentía para abrir fuego con ella, ni aunque tuviera dos manos sanas. Nuevas pisadas, más fuertes, en la cocina, luego atenuadas por la moqueta del corredor. Le entraron ganas de gritar, de quedar al descubierto, ya que parte de su pavor residía en que el intruso ignoraba su presencia. Era una casa bonita en una calle bonita. Su madre tenía algunas joyas y era posible que alguien se hubiera fijado en ellas.

Tomó aire y echó a andar con decisión. Bajó de puntillas las escaleras, hasta el segundo piso, y se coló en el dormitorio de sus padres sin hacer ruido. Echó mano al teléfono en la mesita de noche.

No había señal.

Fue corriendo a la ventana con intención de gritar, pero oyó nuevas pisadas, más cerca esta vez, al pie de las escaleras. Intentó pensar. Miró por la ventana y se dijo que, si saltaba a la acera, se rompería una pierna como mínimo.

Se dio la vuelta, vio el espacio bajo la cama y se acordó de que también había sitio en el armario, pero finalmente corrió a esconderse en el cuarto de invitados.

Una sombra subía por las escaleras, pero él no miró atrás hasta que alcanzó la habitación y se deslizó detrás de la puerta, apretándose contra la pared. Luchó por no gritar, por no llorar, diciéndose que el intruso sin duda pensaba que la casa estaba vacía y se largaría después de coger lo que necesitara.

—Thomas.

Cerró los ojos.

—Sé que estás aquí. Te he estado mirando desde los árboles. Sólo quiero que me digas una cosa que necesito saber y luego te dejaré en paz. Te doy mi palabra.

Estuvo tentado de responder, de preguntarle qué quería para decírselo de inmediato, sin oponer resistencia. Pero entonces el hombre dijo algo que le heló la sangre:

—Necesito saber dónde está Duchess Radley.

Era el hombre del Cadillac Escalade: Darke.

Thomas miró alrededor desesperado, pero no vio ningún objeto que pudiera servirle, algo pesado o afilado que le permitiera ganar unos segundos preciosos. Darke iba a encontrarlo en cualquier momento.

Se acordó de la primera vez que vio a Duchess, de lo mucho que su amiga había sufrido, de la primera vez que bailaron, de cuando ella lo besó. Pensó en su preciosa casa, en sus cariñosos padres y se preguntó dónde estaría ella en esos momentos, sola en la carretera, con una pistola en la mochila y la valentía necesaria para usarla. No había sido capaz de ayudarla, pero ahora podía hacer algo por ella, podía demostrar su valía: también él podía ser un forajido.

Contempló la silueta que entraba por el umbral como un puto monstruo gigantesco. Cuando estuvo un metro más cerca, respiró hondo y se abalanzó sobre ella en la oscuridad.


Sonó un tiro.

Walk despertó de golpe, bajó del coche sin perder un instante y echó a correr hacia la casa.

Cristales rotos, la puerta abierta... Entró sin dudarlo, apuntando al frente con el arma. Fue de cuarto en cuarto, subió por las escaleras.

El chico estaba en el suelo, sentado con la espalda contra la pared y las rodillas dobladas bajo el pecho.

—¿Estás herido?

El chaval negó con la cabeza. En el tabique de yeso había un boquete importante: un disparo de advertencia.

—¿Dónde está?

—Ha salido por la puerta trasera.

Walk corrió escaleras abajo. Vio una cerca al final del jardín, la saltó y se encontró en el bosque. Siguió una senda poco definida mientras la luz plateada de la luna se colaba entre la tupida espesura.

—¡Darke! —gritó.

No obtuvo respuesta, así que siguió corriendo entre los árboles imponentes.

De pronto vio una silueta delante, junto a un árbol, una sombra enorme que se deslizaba con lentitud.

Levantó el arma.

Se quedó quieto con las piernas abiertas y las manos cerradas en torno a la culata.

Disparó.

La forma descomunal se desplomó. Walk fue hace ella tomándose su tiempo.

Cuando llegó, Darke estaba recostado contra un árbol. No tenía nada en las manos. Walk vio la pistola tirada un metro más allá, se agachó y la recogió.

Darke respiraba con dificultad. Tenía una herida en el hombro. Dolorosa, pero no mortal.

Aguzó el oído, pero no oyó nada. Los vecinos no tardarían en llamar a la policía.

En aquel momento no sentía temblor alguno en el cuerpo, sólo pensaba en su misión. Su misión y su lugar en el mundo: no iba a renunciar a ellas así como así, aún era pronto para hacerlo.

—No sabía que tuvieras agallas, Walk.

—¿Acabamos de una vez, Darke?

—Claro que sí, jefe Walker, cuando quieras. —Hablaba con calma, sin ninguna emoción, por mucho que el final estuviera próximo.

—Últimamente no había forma de encontrarte.

—Me estaba recuperando. Tengo deudas con mala gente, una gente que te agarra y no te suelta... ¿Alguna vez has recibido un balazo, Walk? Yo hasta ahora llevo dos.

—Tengo preguntas.

Darke no se taponaba la herida con la mano, simplemente dejaba que la sangre le corriera por los brazos y goteara desde los dedos.

—Encontramos a Milton, ¿sabes? Un pesquero lo enganchó con la red.

Darke fijó la mirada en él.

—¿Por qué te lo cargaste?

Darke lo miró un tanto confuso y luego, poco a poco, fue cayendo en la cuenta.

—Al amigo le gustaba hacer fotos.

Walk asintió con la cabeza.

—Quería un amigo, alguien con quien salir de caza. Así que me hice su amigo. Todos buscamos el punto flaco de los demás, Walk.

Walk se acordó de Martha.

Darke cerró el puño y la sangre empezó a fluir con mayor rapidez.

—¿Hemos llegado al momento en que confieso mis pecados?

Se oyeron unas sirenas a lo lejos.

—Sé lo de Madeline.

Darke parpadeó: su primera muestra de emoción.

—Ahora tiene catorce años.

—La misma edad que Duchess Radley.

—No era mi intención ir a por ella. Probé otros medios.

—Ya. ¿Y Hal?

—El viejo no me dejó ni hablar. Nada más verme, echó mano a la escopeta.

—Eres un asesino, Darke.

—Lo mismo que tu amigo del alma.

Walk dio un paso atrás. La náusea estaba volviendo.

—Vincent...

—La tragedia convierte al más santo en un demonio, te lo digo yo: lo sé por propia experiencia. —Darke tragó aire e hizo una mueca de dolor—. Ese chaval que estaba en la casa... ni lo he tocado.

—Lo sé.

—La gente me mira y... con esta pinta que tengo, piensan lo que piensan, ¿qué vamos a hacerle? A veces tampoco viene mal, ayuda a conseguir cosas.

—Asesinaste a Star Radley.

—¿Sigues creyendo eso, jefe Walker? Sólo le pedí un favor: que hablara con Vincent de mi parte, que lo convenciera de que lo mejor era vender. Pero fue mencionar el nombre de Vincent y Star se puso como una loca. Empezó a darme puñetazos... como una loca, te lo aseguro.

—Tú y Vincent llegasteis a un acuerdo de alguna clase, pero no salió bien porque no conseguiste el dinero.

—Yo soy un hombre de palabra. Pregúntale a Vincent, te lo confirmará.

—Hablas como si lo conocieras.

—Puede que sí lo conozca. Es posible que Star me contara alguna cosa. Le gustaba mucho beber y drogarse, y ya sabes, las confesiones no sólo tienen lugar en la iglesia.

—¿Qué estás diciendo?

—Vincent no... no es la persona que tú crees.

Walk escudriñó su rostro tratando de adivinar la verdad, aunque quizá prefiriera no verla.

Darke respiraba cada vez con más dificultad.

—Tengo un seguro de vida, bastará para Madeline.

—Fue todo por dinero.

—El seguro no paga en caso de suicidio. Créeme, lo he comprobado.

—Suicidado por un poli.

—No si lo explicas como es debido.

—¿Y ella no te necesita?

Darke cerró los ojos y volvió a abrirlos de golpe con el dolor pintado en el rostro.

—Siempre es mejor para una niña tener padre, pero ella necesita estar donde está. Es todo lo que puedo darle.

—No mejorará.

—Eso no está del todo claro. Hay alguna posibilidad de que mejore con el tiempo: los milagros ocurren todos los días.

Walk no hubiera sabido decir si lo creía o no, pero imaginó que ésa era su forma de seguir adelante.

—Pégame un tiro.

Walk negó lentamente con la cabeza.

—Ponme mi pistola en la mano y luego dispárame.

Walk dio un paso atrás.

La hemorragia no se detenía. Darke era el más fuerte, el más grande y el más fuerte.

—Pégame un tiro de una puta vez, te lo pido por favor. Pégame un puto tiro. Yo me cargué al viejo... y vine a por la chica. Por favor.

Walk oyó un ruido a sus espaldas, todavía lejano, pero avanzando en su dirección.

—No puedo hacerlo.

—Por favor, jefe Walker. Es lo más justo.

Walk dijo que no con la cabeza, pero nada estaba claro en su mente. Qué era lo correcto, qué era lo justo. Pensó en Madeline, una muchacha a la que no había visto nunca, y en Duchess, a quien sí conocía.

Dio un paso hacia Darke.

—Dale una oportunidad a mi hija: puedes hacerlo, tienes las agallas suficientes.

Walk dio otro paso más.

—Van a meterte en la cárcel, eso es lo que va a pasar.

—Un día saldré y de nuevo iré a por Duchess, por pura venganza esta vez. Así de simple. Y acabaré con ella.

Fue un buen intento, pero Walk no le creyó.

—Joder. ¡Walker, por favor! Si dejas que la policía me detenga mi hija morirá. Ahora mismo no tengo nada, estoy sin un centavo, lo único que me quedaba era el club. No tengo el dinero necesario para mantenerla con vida.

Walk se quedó inmóvil. La pistola le parecía tan pesada que casi no podía sostenerla.

—Simplemente no te olvides de borrar tus huellas dactilares. —Darke volvió a apoyar la nuca en el tronco del árbol, los ojos estaban llenándosele de lágrimas—. Encontrarás una llave en mi bolsillo, de un trastero en las afueras de Cape Haven, en West Gale. Dentro hay unas cosas que me gustaría que fueran para Madeline. Es importante, Madeline tiene que saber quiénes éramos.

Walk estaba mirándolo fijamente.

—No nos queda tiempo. Vamos, jefe, adelante. Hazlo por mi hija, dale una oportunidad.

Limpió con el pañuelo las huellas en la pistola de Darke, se acercó y la puso en su mano.

Darke frunció la nariz al levantarla. Apuntó al aire y disparó.

Walk oyó el sonido metálico y luego el eco, al tiempo que alzaba su pistola.

Darke asintió con la cabeza sólo una vez.

Walk apretó el gatillo.

# 43

Fueron sucediéndose los pueblos, las montañas solitarias, un cielo a veces tan azul que a Duchess le recordaba su hogar: las aguas de Cape Haven.

Estaba sentada sobre una de las ruedas del autobús, por lo que sentía los baches en sus huesos. La carretera se extendía como una cicatriz en aquellas tierras que su abuelo una vez atravesó en sentido contrario dejando atrás para siempre la única felicidad que conoció en su vida.

Paraban en poblaciones diversas, donde bajaban unos pasajeros y subían otros, ancianos que llevaban consigo algo callado y olvidado por todos, jóvenes pertrechados con mochilas y mapas, parejas cuyo amor exultante irradiaba por el pasillo y hacía que Duchess se volviese para mirarlos. El conductor —un hombre negro que le sonrió a Duchess un par de veces mientras todos los demás dormían— y ella fueron los únicos en ver a cierto autoestopista solitario cuya silueta se recortaba contra el cielo de Colorado.

Camiones averiados con el capó levantado, hombres inclinados sobre el motor mientras sus mujeres esperaban en las cabinas; restaurantes de carretera y coches de policía, viejos Lincoln de otra época, demasiado lejos de cualquier lugar al que valiera la pena dirigirse.

En Caroga Plain, un hombre subió con una guitarra en la mano y preguntó a los escasos pasajeros si les importaba que cantase, y cuando éstos asintieron, el recién llegado se puso a entonar canciones acerca de sueños dorados. Tenía la voz ronca, pero en ella había algo que iluminaba el interior del viejo autobús como las estrellas alumbran la noche.

Y sólo cuando llegaba la noche, cuando la luna se proyectaba sobre Artaya Canyon y el chófer aminoraba la marcha y atenuaba las luces del pasillo, Duchess se permitía pensar en Robin. Y sufría, pero no como la tonta heroína de la novelita romántica que alguien había dejado olvidada en el asiento vecino. No: el suyo era un sufrimiento literalmente desgarrador, un dolor que le quemaba físicamente las entrañas, que hacía que se doblara y le impedía respirar, obligándola a rebuscar en la mochila y echar mano de la botella de agua. El conductor se dio cuenta, como indicó la preocupación en su rostro. ¿Y a qué venía tanta inquietud por su parte? De nada servía angustiarse por ella, quien nunca más en la vida iba a estar bien de verdad.

Se quedó sin dinero en las afueras de Dotsero, un lugar circundado por orondas montañas y hasta un volcán, una tierra yerma sin árboles, y tan roja que Duchess se agachó para tocarla.

Encontró una cabina telefónica en una estación de servicio de la autovía 70, allí donde las aguas bajaban desde las Rocosas en dirección a las planicies mexicanas. Llamó a cobro revertido y la operadora la conectó con un mundo que a esas alturas le resultaba ajeno. Tuvo la suerte increíble de que respondiera Claudette y no otra persona. Reprimió el impulso de decirle que tenía previsto volver, de hablarle de los policías y los problemas. Charló un rato con ella sin decir mucho, lo suficiente para que Claudette le dijera que sí, que Robin estaba bien. Agregó que esperara un segundo, ahora mismo iba a por él para que se pusiera al aparato y...

Duchess colgó nada más oír la voz de su hermano, apoyó la espalda en la pared de ladrillo y resbaló hasta sentarse sobre la acera, lejos de todo y de todos, demasiado pequeña para estar sola mientras el cielo auguraba una tormenta de la que no iba a poder escapar. Su hermano sólo había dicho «hola», como si compartieran un secreto, y ella no había encontrado una sola palabra que responder, incapaz siquiera de pedirle perdón por lo que había hecho y lo que iba a hacer.

Invirtió los dos últimos dólares en un cartón de leche y una reseca rosquilla salada.

Siguió allí sentada cuatro horas mientras el sol trazaba un arco en el firmamento: la manecilla de un reloj que iba del amanecer al mediodía sofocante. En la gasolinera había una mujer sentada tras el mostrador, cabizbaja y exhausta al punto de que apenas se la podía ver tras la revista que tenía abierta sobre las rodillas. Llevaba unas gafas enormes y una mancha en la camisa. Le entregó la llave del cuarto de baño a Duchess con una rápida sonrisa cómplice, la de quien ha visto antes a muchas otras chicas como ella.

El interior del baño olía muy mal y había pintadas en las paredes: números de teléfono invitando a placeres ignotos, algún que otro mensaje romántico («Tom y Betty-Laurel follaron aquí»).

Se quitó con cuidado la camiseta y los vaqueros, se enjabonó con gel del expendedor y luego se secó con unas toallas de papel. Se mojó la cara con agua helada, el rostro exhausto, con bolsas bajo los ojos inyectados de sangre.

Salió de la tienda y se puso a observar a los camioneros tratando de escoger al más indicado basándose en su instinto y nada más, por mucho que eso no le hubiera sido de gran utilidad en el pasado.

Al cabo de una hora se decantó por un hombretón con camisa a cuadros y bigote con las puntas hacia abajo. Por lo menos tenía un camión bastante limpio y presentable, con el nombre «Annie-Beth» dibujado en el capó flanqueado por sendos corazones a uno y otro lado.

Fue hacia él, que sonrió y la miró de arriba abajo: cabello recién mojado, sombrero Stetson, mochila, apenas cuarenta kilos de peso...

—¿Adónde dices que vas?

—¿A Las Vegas?

—A Las Vegas, ya.

—Eso mismo.

—¿Te has escapado de casa?

—No.

—Podría meterme en un lío.

—No me he fugado de casa, tengo dieciocho años.

El hombre se echó a reír.

—A ver, voy a pasar por Fish Lake.

—¿Y eso dónde está?

—En Utah.

—Me vale.

Duchess fue contemplando el mundo a sus pies a medida que hacían camino. La cabina olía a cuero. El hombre se llamaba Malcolm, como si sus padres hubieran esperado que dejara de crecer a los seis o siete años y trabajara de contable. En el salpicadero había una plantita, lo que ella tomó como una buena señal, así como la foto de una muchacha no mucho mayor que ella al lado de una mujer adulta.

—¿Annie-Beth es ésta de aquí? —preguntó.

—Mi niña, sí.

—Es guapa.

—Ya lo creo. La foto es de hace tiempo... ahora tiene diecinueve. Está en la universidad, estudia ciencias políticas, ¿sabes? —Había orgullo palpable en su voz—. Cada noche la llamo para ver cómo está. Mi niña es lista como ella sola, yo no sé a quién habrá salido. Tuvimos suerte.

—¿Y la que está al lado es tu mujer?

—Mi ex. Me gustaba mucho la bebida. Cosas que pasan. —Señaló una pequeña insignia en el salpicadero—. Pero llevo dieciocho meses sin probar una gota, ¿eh?

—Igual vuelve contigo.

—No cuento con ello, no por el momento. ¿Te has fijado en ese cactus que hay sobre la guantera? Si me las arreglo para mantenerlo vivo seis meses, entonces igual tengo alguna posibilidad. Porque uno recibe tanto como da, ¿no es así?

Duchess contempló el cactus, muerto tiempo atrás, se preguntó si Malcolm se había dado cuenta o no y pensó en lo difícil que era dejar morir un cactus.

Malcolm hizo alguna que otra pregunta, pero no insistió al ver que Duchess respondía de forma tan lacónica. Bajó el parasol para protegerlos del resplandor y fue conduciendo un kilómetro tras otro.

Duchess se durmió un rato y se despertó sobresaltada hasta tal punto que Malcolm tuvo que decirle que todo iba bien. Ante sus ojos se desplegaban unas tierras secas de tonos amarillos y anaranjados. Atardecía en una carretera tan larga y recta que se preguntó si estaría soñando.

Llegaron a un área de servicio y Malcolm indicó:

—Fin de trayecto, guapa.

Ella le dio las gracias y le deseó buena suerte.

—Vuelve a casa —dijo él.

—Es lo que estoy haciendo.

En las afueras de un pueblo cuyo nombre no tenía claro, Duchess avanzó a paso lento bajo un cielo de color plata. Los pies le pesaban tanto que apenas podía moverlos. Altos edificios a uno y otro lado, pintados de unos colores que iban siendo cada vez más claros; plantas decorativas amarillas y árboles jóvenes; tiendas que estaban en las últimas; los parpadeantes neones de un bar al otro lado de la calle; sonidos que flotaban en el aire, sonidos que aconsejaban no entrar. Se quedó de pie delante con la mochila despellejándole el hombro y los ojos tan cansados que veía los contornos borrosos y las luces de las farolas atenuadas. Cruzó la calle con pasos inseguros, titubeantes. Respiraba a trompicones, ya no sabía ni quién era, las manos le dolían por el peso que arrastraban y el ocasional recuerdo de Robin inflamaba su pecho y la hacía arder de odio hacia el hombre que le había robado su antigua vida, que la había lanzado lejos sin dudarlo, como si lanzara basura al viento.

Empujó la puerta del local y se abrió paso hasta la barra. Los hombres, y algunas mujeres también, se hicieron a un lado al verla bajo la luz rojiza.

El barman era viejo. Duchess pidió una Coca-Cola y al momento se acordó de que no llevaba suficiente dinero. Rebuscó en sus bolsillos mientras el camarero dejaba la botella en el mostrador. La miró, se hizo cargo de lo que pasaba y empujó la botella en su dirección: un gesto tan amable que Duchess lo encontró casi incomprensible. Ni se acordaba de que había personas así.

Fue a un rincón, dejó la mochila en el suelo, tomó asiento en un pequeño taburete y cerró los ojos al dar el primer trago dulce. En la otra punta del establecimiento, un hombre tocaba la guitarra, cantaba e iba llamando a algunos de los habituales para que se sumaran, cosa que hacían entre las risas del resto. Todos desafinaban a más no poder, pero ella no dejaba de mirarlos, fascinada, como si escuchara música por primera vez en la vida.

Cerró los ojos un momento, se limpió el sudor y los churretones del rostro con la manga y en la oscuridad encontró a su madre, levantando a Robin hacia las estrellas como si fuera una ofrenda del cielo y no el fruto de otro error de su vida.

De pronto, sin habérselo propuesto, se levantó y echó a andar, y una vez más la gente le abrió paso. Las mujeres la miraban como si fuera una niña pequeña, los hombres con algo cercano a la curiosidad.

Pasó junto a la mesa de billar, donde respiró el olor del tabaco y la cerveza, el aliento de los hombres cansados que se apoyaban unos en otros, cimbrándose un poco al compás de la guitarra.

La música se acabó en el momento preciso en que llegó al rincón del cantante. Él la saludó llevándose la mano al sombrero y ella correspondió de igual manera.

—¿Te apetece cantar un poco, chica?

Duchess asintió con la cabeza.

—Pues vamos allá.

Se sentó y miró a los parroquianos uno por uno. Algunos sonreían, otros no.

Volvió el rostro hacia el músico y le susurró unas palabras. No estaba segura del título de la canción, pero sí se acordaba de la letra. El otro adivinó cuál era y sonrió como diciendo que la chica tenía buen gusto.

Empezó a tocar mientras ella guardaba silencio. No pareció molestarse cuando ella no pilló la entrada. Se oyeron murmullos, pero Duchess no iba a tardar en acallarlos. Dejó que los acordes la transportaran un año atrás, cuando aún podía contar con su madre, aunque sólo fuera de una manera imperfecta. Vio a su hermano, a su abuelo, la reparación brindada por su amor, lo que la dejó sin aliento un instante.

Entonces empezó a cantar. Vino a decirles que ella estaba de su lado cuando los tiempos son difíciles. Los murmullos se apagaron, los jugadores de billar dejaron de prestar atención al tapete y las bolas para mirar a aquella niña que abría el cielo con la voz, que desnudaba su alma al mundo sin esconder su dolor. El músico la miraba con asombro, como si ya no pudiera acompañarla con su instrumento. Duchess estaba triste y sin fuerzas, en la calle. La oscuridad había llegado y el dolor estaba por todas partes.

No se hacía ilusiones: la sangre de aquel hombre no iba a limpiar la suya, pero ella igualmente iba a hacerlo, no tenía otra opción. Terminó de cantar y dejó que el silencio inundara la sala. El viejo barman vino desde la barra y le entregó un sobre lleno de billetes. Duchess lo miró sin entender hasta que el hombre señaló un cartel en la pared: CANTA Y GANA. UNA VEZ AL MES. CIEN DÓLARES PARA EL GANADOR.

No se quedó a oír los vítores y los aplausos. Los oyó mientras salía a la calle con la mochila y se encaminaba a la estación de autobuses.

A su personal camino de perdición.

Una muchacha que se dirigía a reparar los errores cometidos a lo largo de una vida entera.

# 44

Walk pasó toda la noche y todo el día siguiente lidiando con las secuelas de lo ocurrido. Ante las preguntas del cuerpo de policía del condado de Iver apenas respondió nada. Los investigadores locales no alcanzaban a entender la irrupción de Darke en la casa de los Noble. Walk no fue de gran ayuda al respecto: dijo que estaba enfermo y exhausto, y que escribiría un informe pormenorizado en los próximos días. No mencionó a Duchess ni la cinta de grabación, ya encontraría alguna explicación que le conviniera.

Subió al coche de alquiler y condujo sin descanso hasta llegar a un lugar donde podía dormir: un motel a cincuenta kilómetros de cualquier parte.

Se tumbó en el cuarto cochambroso y pensó en Duchess, perdida en el mundo. Esa vez no se rebeló contra los temblores de su cuerpo, que aceptó con resignación. Los pantalones le venían anchos hasta tal punto que se había hecho tres nuevos agujeros en el cinturón. Al mirarse al espejo veía una máscara ceñuda en lugar del rostro sonriente de otros tiempos. La gente siempre decía que él nunca cambiaría. «Pues ya ven que sí», pensó.

En el cajón de la mesita había una Biblia, un bolígrafo y papel. Había llegado el momento de dimitir, por lo que redactó la carta que entregaría junto con la placa. Aún había preguntas sin respuestas, que quizá nunca obtendría, pero haría lo posible por encontrarlas. Lo intentaría con todas sus fuerzas, por la chica y por el niño.

Llamó a Martha y le dejó un mensaje en el contestador, un mensaje extenso e inconexo, lleno de divagaciones, en el intentaba decirle que se encontraba bien, pero que ella probablemente no se creería. Se despidió con la promesa de volver a llamarla una vez que hubiera dormido un poco... y le dijo que lo sentía, que lo sentía mucho más de lo que era capaz de expresar.

El móvil sonó a las nueve.

Supuso que era Martha, pero se encontró con la voz de Tana Legros, de la policía científica. Walk le había pedido que le echase una mano, pero no había insistido demasiado.

—Me pediste que analizara las muestras —le recordó ella—. He estado dejándote un mensaje tras otro durante el último mes.

—Lo siento, he estado muy...

—He estudiado el arma del crimen.

—La sangre en casa de Darke era de Milton, ¿no?

—Pues no: es sangre animal, no humana.

Walk se pasó la mano por los cabellos acordándose de que Milton y Darke habían salido juntos de cacería.

—¿Sangre de ciervo?

—Podría ser.

—Entendido.

—¿Estás bien, Walk?

—El revólver, ¿has encontrado algo?

—Unas huellas, sí.

—¿De Vincent King? —Walk contuvo la respiración: había llegado el momento de la verdad, del todo o nada.

—Pues no.

Walk acusó el golpe, pero no dijo una palabra. Se sentía exhausto.

—Son las huellas de una mano pequeña.

—¿De una mujer?

—De un niño, de un niño pequeño.

Walk cerró los ojos y el móvil de pronto se le escurrió de las manos... porque las piezas comenzaban a encajar. Notó un dolor interno y se sintió de pronto tan abrumado que a duras penas pudo mantener la cabeza erguida.

Recuperó el teléfono, le dio las gracias a Tana y marcó el número de Vincent.

Éste respondió al segundo timbrazo: ya no dormía por las noches.

—Lo sé.

Oyó que Vincent respiraba hondo.

—¿Qué es lo que sabes? —le preguntó con voz tranquila y resignada.

—Lo de Robin... —Walk hizo una pausa dejando que el nombre del pequeño lo explicara todo, todo lo sucedido durante el año previo, y antes incluso. Fue a la ventana y contempló la autovía sin coches, el cielo sin estrellas—. He encontrado el arma.

El silencio se prolongó: se entendían sin necesidad de decir mucho, como siempre en la vida.

—¿Quieres contármelo?

—Maté a dos personas, Walk, y una de ellas no me quita el sueño por las noches.

—Baxter Logan. El hombre pagó por lo que hizo, ¿no?

—¿Crees que la familia de aquella pobre mujer se alegró al enterarse de lo que le hice al monstruo que la violó? Puede ser. Sé lo que hice, puedo vivir con ello. Lo de Sissy es muy distinto: cada vez que respiro, lo hago en lugar de ella.

—Cuéntame lo que pasó.

—Ya lo sabes.

Walk tragó saliva:

—El niño le pegó un tiro a su madre.

Vincent respiró hondo.

—Pero en realidad estaba apuntando a otro —agregó Walk en voz baja, triste.

—A Darke.

—La chica le incendió el club —siguió Walk— y el seguro no iba a pagar. ¿Y tú qué hacías por allí?

—Vi su coche aparcado. Entré por la puerta de atrás y me encontré con todo eso. Darke me dijo que había ido a registrar la casa. Entró en el cuarto de los críos y Star perdió los nervios y se puso a chillar. El niño había salido por la ventana, pero regresó al oír los gritos de su madre.

—Un chico valiente —indicó Walk—, como su hermana.

—Star lo apartó de un empujón, lo quitó de en medio. Fue a parar al vestidor y allí dentro encontró el revólver. Seguramente pensó que le estaban pegando a su madre y le entró el pánico. Apuntó, cerró los ojos y apretó el gatillo. Seguía con los ojos cerrados cuando entré.

—Y Darke...

—Darke lo habría matado. Tenía sangre de Star en la ropa y el crío era el único testigo. Daba igual lo que pudiera decir, Darke estaba allí, lo culparían a él.

Walk apoyó la cabeza en el cristal de la ventana. Empezaba a lloviznar. Pensó en Darke y en el concepto que tenía de él. Quizá habría asesinado al niño, aunque él no lo creía, pero supo aprovechar la situación, encontró lo que necesitaba para salir del apuro.

—¿Qué le dijiste entonces?

—Que estaba dispuesto a asumir la culpa, así la policía no buscaría a nadie más. Él nunca había estado allí.

—¿Y se conformó con eso?

—No. La casa, Walk: lo que quería era quedarse con la casa. Le dije que sí. Podría comprarla a cambio de que dejara al crío en paz.

—¿Y por qué no te declaraste culpable?

—Si me declaraba culpable, si llegaba a un acuerdo con la fiscalía, entonces me pasaría el resto de la vida encerrado en aquel agujero. Si no llegaba a un acuerdo, si me declaraba inocente, entonces me condenarían a muerte: el final sería rápido. No me quedaba otra: era imposible ganar ese caso. Y me hubieran hecho preguntas, claro. Habría tenido que dar explicaciones. El arma, por ejemplo.

—La escondiste.

—Darke se la llevó. Era su seguro en caso de que yo cambiara de idea.

—Ayudaste a Robin a volver a su cuarto por la ventana. Y te lavaste las manos. Joder, Vincent.

—Después de treinta años en el trullo, uno se las sabe todas: aprendes todo lo que es posible aprender sobre la escena de un crimen.

—Lo arreglaste todo a tu manera y luego te mantuviste en silencio.

—Lo mejor es no responder. Si guardas silencio, todo dios da por sentado que eres culpable. Si empiezas a largar por la boca, te buscas problemas. ¿Cómo explicar que no tuviera el revólver, por ejemplo? No podía explicarlo. Lo mejor era que me pusieran la inyección letal y adiós muy buenas, que hicieran conmigo lo que tendrían que haber hecho treinta años antes.

—Lo de Sissy no fue un asesinato.

—Sí que lo fue, Walk, lo que pasa es que tú preferías verlo de otra forma. Estoy listo para morir: quiero marcharme, es lo que siempre he querido. Pero después de haber cumplido mi condena. Hal me dijo que se alegraba de que estuviera en la cárcel, de que me castigaran como era debido: la muerte hubiera sido una solución demasiado buena.

—Darke no logró reunir el dinero para comprar tu casa. No podía pagar la entrada, los impuestos y demás por culpa de Duchess, que le había quemado el local —recordó Walk.

—Yo eso no lo sabía, pero él me escribió.

—He visto la carta.

—Ya.

—Supongo que te pusiste hecho una furia.

—Al principio sí que me enfadé, no por mí... pero sí por el dinero. Me hacía falta el dinero.

—Darke te devolvió el arma porque no era capaz de cumplir su parte del trato. Un hombre de palabra, está claro.

Vincent guardó silencio un momento.

—Las personas son complicadas, Walk. Uno nunca deja de llevarse sorpresas... Darke me brindó una salida cuando menos me lo esperaba.

—Los deseos a veces se convierten en realidad... Claro: el Árbol de los Deseos. —Walk lo dijo para sí con una sonrisa cansada en el rostro. No se había dado cuenta en su momento, a pesar de tenerlo delante de las narices.

Trató de ponerse en el lugar de Vincent. ¿Cuán podrido estaba por dentro? ¿Quedaba en él algo del muchacho que había sido?

—Lo apostaste todo a que el crío no se acordara de nada.

—Vi cómo estaba: parecía fuera del mundo. Creo que sigue sin ser consciente de lo que pasó. Y bueno, le dije que el culpable era yo, que yo la había matado, por si le entraba la duda. Mejor que otro cargara con lo sucedido. Era lo mínimo que podía hacer por él, joder, se lo merecía. Y traté de reanimar a Star: estuve bombeándole el pecho con todas mis fuerzas.

Walk se acordó de las tres costillas fracturadas... y pensó en Darke, en Madeline, en la despiadada mano del destino.

—Y tú mentiste por mí —dijo Vincent—. Cometiste perjurio para salvarme. Te plantaste en el estrado con la placa en la camisa, a la vista de todos, y mentiste... por mí. ¿Te reconoces a ti mismo, Walk?

—No.

—Es imposible salvar a quien no quiere ser salvado.

Se hizo un largo silencio.

—¿Cómo van las cosas con Martha?

Walk sonrió con esfuerzo.

—Por eso insistías en que fuera ella la que te defendiera, ahora lo entiendo.

—Aquella noche supuso el comienzo de un millón de tragedias. Algunas ya no tienen remedio, pero uno hace lo que puede.

Walk pensó en Robin Radley.

—Antes me decía que ojalá pudiera volver atrás y cambiarlo todo, pero ahora sencillamente estoy cansado, muy cansado. Seguramente hiciste bien.

—Tengo una deuda con los Radley. Es posible que el crío nunca llegue a acordarse, es pequeño. De buena gana moriría para devolverle su vida: sigue teniendo esa oportunidad, siempre que siga con la memoria en blanco.

—Estabas dispuesto a morir para darle esa oportunidad.

—No podía permitir que se convirtiera en alguien como yo.

## 45

Walk estaba conduciendo por última vez por aquellas carreteras. Cada kilómetro que dejaba atrás era un kilómetro que nunca más iba a recorrer. Toda la vida había tenido miedo a los cambios... y ahora había matado a un hombre.

Los paisajes eran los mismos, como tenía que ser. La bahía apareció ante sus ojos en todo su esplendor, pero él mantuvo la vista fija en la línea discontinua de la carretera. Se encontraba a treinta kilómetros de casa cuando dio con el lugar que andaba buscando: un guardamuebles.

West Gale, un almacén más bien dejado, con las puertas rojas, sin oficina, sólo un número de teléfono en caso de que se necesitara algún servicio.

Walk aparcó, bajó del coche y sacó las llaves del bolsillo. Comprobó el número grabado en la chapa y encontró el trastero correspondiente, uno de los de menor tamaño. Lo abrió y entró en el depósito a oscuras. Palpó hasta dar con el interruptor y la amarillenta luz de los fluorescentes iluminó el interior.

Vio un par de pequeños contenedores de plástico a un lado. Se tomó su tiempo y fue revisando las imágenes de una vida anterior, más feliz. El álbum de fotos de la boda: Darke de joven, alto y fuerte, pero no gigantesco, junto a una mujer muy guapa. También había fotos de Madeline. Pelo castaño, ojos claros, una alegre sonrisa en todas las imágenes. Se parecía mucho a su madre. Un viejo vestido de novia, un faldón de bautizo: las cosas que suelen guardarse para los hijos.

Walk iba a encargarse de que no se perdieran: seguiría pagando el alquiler del trastero y notificaría su existencia a la dirección del hospital en caso de que los milagros sí ocurrieran.

Iba a apagar la luz para marcharse cuando reparó en un montón de cajas y bolsas de plástico apiladas en el rincón opuesto. Fue a ver. Papeles viejos, nada de importancia. Y luego advirtió un paquete de cartas de correo comercial. Vio el nombre: Dee Lane, y la dirección.

Tuvo que hacer memoria y remontarse un año atrás para encontrarle sentido: Darke le ofreció a Dee guardar sus cosas hasta que encontrara una nueva casa donde instalarse antes de que llegaran al acuerdo que iba a seguir pesando en la conciencia de Dee.

Tiró el paquete de cartas al montón con tal mala fortuna que todo se vino abajo. Masculló unas palabrotas, pero cuando se agachó para poner un poco de orden reparó en algo que había quedado a la vista. Algo incongruente.

Una cinta de vídeo.

Volvió a Cape Haven en coche. Entró en el pueblo y reparó en una nueva valla publicitaria metálica y brillante en lo alto de un andamiaje. La luz se cernía sobre la promesa de nuevas viviendas y nuevos comercios en la zona: habían aprobado el proyecto sin que él se hubiese enterado. «Otro cambio más en un mundo siempre cambiante», pensó frunciendo el ceño. La comisaría estaba a oscuras, pero no se molestó en encender las luces. Se sentó en el despacho, metió la cinta en el reproductor y se quedó atónito al ver unas imágenes del Eight, el club nocturno propiedad de Darke. Se fijó en la fecha en una esquina de la pantalla y el pulso se le aceleró al comprender qué era lo que estaba mirando.

La grabación abarcaba una jornada entera en el club. Adelantó con rapidez hasta que vio a Star trabajando detrás de la barra. La contempló como el fantasma que era en realidad: su forma de sonreír, sus coqueteos con todo el mundo mientras las propinas iban cayendo sobre el mostrador. Fue algo más adelante: un altercado en la sala, cuerpos que se apiñaban en desorden. Star reculó sobresaltada, se llevó la mano a un ojo con expresión de dolor y soltó un juramento, o eso parecía. Trastabillaba, se movía con torpeza, como si el alcohol consumido empezara a hacer efecto.

Walk no acertaba a discernir quién era el individuo que le había pegado, pues estaba dando la espalda a la puerta.

Pero entonces él se dirigió a la puerta de salida.

Reconoció la cojera, sus dolorosos esfuerzos por disimularla.

Brandon Rock.

Siguió buscando, adelantó otra vez hasta que la vio por fin, con absoluta claridad: pequeña, con el cabello rubio y la cara consumida por el odio mientras se aplicaba a su labor. La estaba viendo con sus propios ojos: Duchess, prendiendo fuego al establecimiento, un incendio cuyas llamas seguirían quemando durante un año entero.

Cuando la cinta se terminó, Walk se puso en pie, se quitó la placa y la dejó en el escritorio. Sacó el vídeo del reproductor, salió al aire de la noche y estuvo paseando un rato por la calle Mayor. Sacó el vídeo de su estuche, tiró de la cinta hasta hacer una madeja inservible y lo arrojó todo a la basura.


La casa de los King estaba vacía.

Duchess se encontraba en la acera de enfrente, al lado de un viejo Taurus aparcado. Había robado las llaves del coche a una ancianita que estaba absorta jugando a una máquina tragaperras en un bar de Camarillo. Se proponía dejar el auto donde estaba, con las llaves dentro. Estaba demasiado agotada como para sentirse culpable.

Cruzó la calle y llamó a la puerta. No las tenía todas consigo. ¿De verdad sería capaz de llevar a cabo lo que se había propuesto? No terminaba de verlo claro a pesar del largo viaje emprendido para llegar a este momento preciso.

Mientras conducía por la calle Mayor no dejaba de mirar a uno y otro lado como si esperase ver algún cambio después de un año de ausencia; no un cambio muy importante, sólo algo que le dijera que Cape Haven no era el mismo lugar sin ella ni su pequeña familia. Pero todo estaba tranquilo: nada parecía haber cambiado: el césped de las casas seguía inmaculado; de hecho, todo presentaba una apariencia impoluta, como si el ayuntamiento hubiera hecho cubrir la sangre de su madre con una doble capa de pintura para borrar todo rastro de su presencia en el lugar.

Fue a la parte posterior de la casa y rompió el cristal de una ventana con una piedra. El rugido de las olas atenuó el estrépito de los cristales.

Entró en la casa de los King y fue recorriéndola con la pistola en la mano. Había fotos en las paredes: Vincent y Walk fotografiados con el mar al fondo, sonrientes, haciendo gala de una despreocupación que ella nunca había conocido en la vida.

Subió por las escaleras y recorrió los dormitorios. Tan sólo la luz de la luna guiaba sus pasos. Vio un ropero, las ropas de Vincent; muy poca cosa: tres camisas, un par de vaqueros, unas botas resistentes. «¿Los asesinos nacen o se hacen?», se preguntó. Era posible que la culpa la tuvieran los genes de los padres, el fatal legado de la sangre, o quizá se trataba de algo que iba creciendo poco a poco como resultado de los palos recibidos, de las cicatrices excesivas. Vincent King en su día pudo haber sido un buen chico, pero había manchas de sangre, de la sangre de una niña pequeña, que resultaban imposibles de borrar. Y se necesitaba mucha fuerza para sobrevivir treinta años en compañía de hombres desalmados.

Allí no había cama, sólo un colchón en el suelo. Ni un mueble, ni un cuadro, ni televisión, ni libros ni nada.

Tan sólo una foto pegada con adhesivo a la pared.

Se quedó con la boca abierta al verla, pues la niña era idéntica a ella, rubia y con ojos azules: Sissy Radley.

Salió de la casa y anduvo kilómetro y medio por los senderos que ascendían por encima de las luces de la población. Se detuvo a mitad de camino con los músculos extenuados, doloridos. Le hacía daño respirar, como si su cuerpo se negara a seguir habitando el mundo de los vivos.

Llegó a lo alto de la colina y vio la luz de la iglesia. Había estado allí una vez, sentada junto a media docena de personas más por la simple razón de que no podía dormir.

La iglesia de Little Brook.

Fue andando por el camino que corría paralelo a la valla de madera, llegó a la puerta y se detuvo a escuchar la música celestial. Dejó caer la mochila al suelo, apoyó la espalda en la madera de la fachada. El largo día llegaba a su final. Sin otro lugar al que ir, caminó por el césped hasta llegar a la pequeña tumba en que su madre descansaba, al lado de Sissy, en la parte del cementerio reservada a los más inocentes. Duchess había pedido que volvieran a estar juntas, para siempre esta vez.

Y se quedó muy quieta al verlo allí.

Erguido contra el límpido cielo nocturno. Tras él se abría el abismo, el acantilado vertical y el océano infinito.


Walk llegó a Ivy Ranch Road, enfiló el camino del jardín y llamó a la puerta.

Brandon le abrió. No podía tener peor aspecto. Sin decir palabra, se hizo a un lado y dejó que Walk entrara. Dentro olía mal. Por todas partes había cartones de comida basura, latas de cerveza vacías, una gruesa capa de polvo. También un montón de deuvedés de gimnasia; en la carátula de uno de ellos, cuyo título era *Muévelo con fuerza*, el propio Brandon aparecía mostrando los abdominales.

Con los ojos vidriosos, se sentó ante la pequeña barra de la cocina. Walk se acordó de Star, quien siempre le daba calabazas. Quizá por eso aquella noche se había sentido particularmente exasperado y le había dado un puñetazo.

—Sé lo que hiciste —dijo Walk.

Fue suficiente.

Brandon rompió a llorar torrencialmente, sacudiendo los hombros.

—Lo hice sin querer... lo siento muchísimo. ¡Tienes que creerme, Walk!

Walk se mantuvo en silencio mientras escuchaba la historia que el otro fue contándole entre sollozos.

—Traté de hacer las paces con él, como me sugeriste. Lo invité a salir con la barca a pescar, a dar una vuelta. Quería poner fin a nuestros problemas. Pero me puse a pensar y me entró la rabia: me había rayado el Mustang, lo sabía. ¿Quién otro iba a rayarlo? En su momento pensé en denunciarlo, pero entonces pasó lo de Star... y bueno, todo empezó como una broma... una broma que iba a hacerle para vengarme. Ni siquiera estábamos lejos de la orilla.

Walk respiró hondo; la confusión había dado paso a la tristeza.

—Empujaste a Milton al agua.

Brandon se puso a llorar otra vez como si el recuerdo lo taladrara por dentro.

—Volví al embarcadero y me quedé a la espera de que saliese nadando. Era una broma nada más, una pequeña lección. Pero no volvió. Salí con la barca otra vez, pero no lo encontré por ninguna parte: había desaparecido, Walk.

Walk se sentó a su lado y llamó a Boyd. A la espera de que llegase, le sugirió a Brandon que fuese completamente sincero, así dormiría mejor por las noches.

Vio cómo se lo llevaban, cabizbajo y con el ceño fruncido. Se vino abajo otra vez al levantar la vista y ver la vieja casa de Milton al otro lado de la calle. Debía de tratarse del karma, de aquellas fuerzas cósmicas de las que Star a veces hablaba, pero Walk no tuvo tiempo de meditarlo, pues Dee Lane lo llamó de pronto por el móvil: había visto que alguien se colaba en la casa de los King.

—¿Has visto quién era? —preguntó Walk poniéndose en marcha al momento.

—Una niña, o eso me pareció.

Fue corriendo hasta llegar a Sunset. Ahora que se había quitado aquel gran peso de encima, de pronto era más rápido y ágil de movimientos. Empapado en sudor, llegó a la puerta de la casa y comenzó a aporrearla.

Rodeó la vivienda y reparó en los cristales rotos.

Entró y recorrió el mismo camino que Duchess había recorrido poco antes diciéndose que llegaba demasiado tarde, que la cosa ya no tenía remedio. Vio la foto en la repisa de la chimenea y le costó reconocer al muchacho que en su día fue. Contempló las sonrisas en los rostros de Vincent y de Star, la instantánea de un pasado que cada vez le costaba más rememorar.

Subió por las escaleras y, al igual que ella, se quedó con la boca abierta al ver la otra fotografía.

Era posible que Vincent terminara por hacer borrón y cuenta nueva, que llegara a dejar atrás los muros de la celda, los reclusos y el cercado metálico. Pero nunca iba a poder desprenderse del recuerdo de aquella niña.

Duchess lo miró largamente antes de caminar hacia él.

—Estaba esperándote —le dijo Vincent.

Duchess dio un nuevo paso al frente. Sin apresurarse, dejó la bolsa en el suelo y sacó la pistola. Era más pesada de lo que recordaba, casi ni podía sostenerla.

Vincent la contempló como si se tratara de la última niña que quedaba en el mundo, lo único bueno e inocente que había en éste. Duchess advirtió que acababa de dejar unas flores en las tumbas, como si el desgraciado tuviera derecho a hacerlo.

Él no dio señales de alarma al ver el arma en su mano. Bajó un poco los hombros, eso sí, y soltó un ligero suspiro, como si llevara tiempo esperando a que acabaran con él de una vez, a que alguien pusiera fin a la sucesión de callejones sin salida que era su vida.

Dio un paso atrás al tiempo que ella daba uno adelante, y luego otro, y otro más, hasta clavar los pies en tierra, al filo del acantilado. Entonces alzó la vista a la luna, detrás de él.

La música seguía sonando en el interior de la vieja iglesia.

—Me gusta mucho esta canción —dijo él—: me recuerda la capilla... la capilla que había en Fairmont. La letra me llegaba al alma: «Se apaga la alegría del mundo, sus glorias se desvanecen...»

—«Miro alrededor y no veo más que cambios y corrupción...» —completó ella.

—Lo siento.

—No quiero que hables.

—De acuerdo.

—No quiero que me cuentes lo que pasó, no quiero saberlo.

—De acuerdo.

—Hay quien dice que no hay justicia en el mundo.

—Nunca la hay.

—Me acuerdo del día que me diste aquella arma... el arma de tu padre, me dijiste.

—Sí.

—La limpié tal y como me enseñaste. Por una cuestión de respeto, claro, pero luego la escondí en el vestidor, por mucho que me hubieses dicho que la usara para protegerme.

—No tendría que haber...

—Es lo que ahora estoy haciendo. Hal me dijo que eres un cáncer. Todo lo que tocas muere. Lo matas sin remedio. Hal decía que no merecías vivir.

—Estaba en lo cierto.

—Walk mintió en el juicio. Star decía que no había un hombre más bueno en el mundo.

—Lo siento mucho, Duchess.

—¡Joder...!

Duchess llevó la mano a la copa del sombrero y se lo encasquetó bien. La voz le fallaba, pero hizo lo posible por calmar el temblor en su mano y posó el dedo en el gatillo.

—Soy Duchess Day Radley, forajida, y tú eres Vincent King, un asesino.

—No tienes por qué hacerlo —dijo él sonriendo con calma, comprensivo.

—Sé perfectamente lo que tengo que hacer: tengo que hacer justicia, tengo que vengarme. Puedo hacerlo y voy a hacerlo...

—Aún estás a tiempo de ser lo que quieras ser, Duchess.

Duchess sostuvo el arma.

Las lágrimas corrían por el rostro de Vincent, pero aun así seguía sonriendo.

—He venido aquí para decir adiós —dijo—. Esto no va contigo. Pero voy a dejar de ser una carga en tu vida.

Boquiabierta, vio a Vincent dar un paso atrás y abrir los brazos para dejarse caer al vacío.

Echó a correr gritando y se detuvo al llegar al borde mientras Vincent desaparecía en la oscuridad.

El arma cayó de sus manos. Se arrodilló y extendió una mano hacia la oscuridad por encima del acantilado, como si quisiera aferrar el aire.

Unos metros más atrás yacía su madre. Con sus últimas fuerzas, se arrastró hasta la tumba, puso la mejilla sobre la piedra y cerró los ojos.

# CUARTA PARTE

## El rompecorazones

# 46

Blair Peak se encontraba junto al parque nacional Elkton-Trinity y las montañas Whitefoot, era la clase de pueblo en donde Walk podría pasarse el día admirando las magníficas vistas, los árboles tan desmesuradamente altos que parecían estar empeñados en rozar la mano de Dios.

Había atravesado aquellas áridas colinas y la hierba muerta de una docena de pueblos semiabandonados más de cien veces en los últimos veinte años, con Star sentada a su lado, contando los kilómetros en silencio. Y luego Star siempre se mostraba feliz, más contenta y animada que nunca: los demonios que atormentaban su alma habían sido exorcizados por un hombre llamado Colten Sheen, un psicólogo cuya consulta se encontraba sobre una tienda de pianos usados.

En la mano llevaba una pequeña urna. El servicio religioso había sido breve.

En su testamento, Vincent King dejaba unas cuantas cosas claras, pero era vago en ciertos detalles. El bosque se extendía a lo largo y ancho de seis condados, tenía cerca de un millón de hectáreas y Walk pensaba que era el lugar adecuado.

Cruzó la calle, bajó por la pendiente pisando las hojas muertas entre los altos pinos de azúcar y a continuación esparció las cenizas por el bosque sin decir nada, sin palabras grandilocuentes, sin dedicar más que un momento al recuerdo de una época que por fin comenzaba a desvanecerse.

Después caminó por Union Street y llegó a la puerta que le interesaba. La tienda estaba cerrada, pero había una luz encendida aquel día de invierno. Llamó al timbre, oyó que la cerradura se abría, entró en el pequeño vestíbulo y subió por las escaleras. Había estado allí una vez, durante la visita inicial, para asegurarse de que Star no salía huyendo a las primeras de cambio.

—Buenos días, soy el jefe... —Carraspeó—. Disculpe. Me llamo Walker, Walker nada más. En su día fui el jefe de la policía de Cape Haven.

No se sorprendió al ver que el otro se lo quedaba mirando sin comprender. Había envejecido de forma envidiable. Alto y bien plantado, su pelo gris seguía siendo tupido. Le tendió la mano finalmente cuando mencionó el nombre de Star Radley.

—Disculpe que no me acordara. Ha pasado mucho tiempo —dijo Sheen—. Tengo visita en diez minutos, así que discúlpeme por no poder dedicarle más tiempo.

Tomaron asiento. Acomodado en el mullido sofá, Walk contempló los sobrios grabados en la pared y sonrió. El gran ventanal ofrecía una vista del parque Elkton-Trinity y las cumbres coronadas por la nieve.

—Me podría pasar el día entero mirando el paisaje.

Sheen sonrió.

—Yo lo hago muchas veces.

—Vengo a verlo en relación con Star.

—Lo supongo enterado de que no puedo contarle nada, estoy obligado a no...

—Sí, sí —zanjó Walk—. Es sólo que... discúlpeme, a ver si me explico. He tenido que volver al pueblo para hacer un recado y se me ha ocurrido acercarme a verlo un segundo. Verá... Star ha muerto.

Sheen sonrió con expresión compasiva.

—Estoy al corriente. Me enteré por los informativos, claro. Una tragedia, sin duda, pero por mucho que la muerte...

—La verdad es que no sé muy bien qué hago aquí.

—Ha venido porque echa en falta a su amiga.

—Yo... sí, eso es. Echo de menos a mi amiga. —Pues claro. No había que darle más vueltas ni pensar en cosas raras. Hasta ahora no había terminado de darse cuenta de lo mucho que echaba en falta a la amiga. Lo más fácil era dejarse distraer por su belleza física o por sus problemas personales sin fijarse en la hermosura interior de la persona de carne y hueso que conocía desde la niñez—. Supongo que también me gustaría saber por qué Star dejó de venir a verlo. Su ánimo mejoró con las visitas, ya lo creo que sí. Durante mucho tiempo estuvo bastante más serena y equilibrada. Pero luego lo dejó de repente y nunca más volvió a encontrarse bien.

—Hay un millón de razones por las que una persona recae o toma una decisión inesperada. El hecho es que, aunque pudiera, tampoco sabría qué decirle. Al fin y al cabo, sólo la vi una vez en la vida.

Walk frunció el entrecejo.

—¿Perdón? Le recuerdo que estamos hablando de Star Radley.

—Sí, ahora me acuerdo de usted. No es frecuente que un paciente venga acompañado por un policía.

—Pero estuve trayéndola una vez por mes.

—Pero no aquí. Yo la veía con frecuencia, eso sí. Por la ventana. Ya le he dicho que siempre estoy mirando por la ventana.

Walk miró por el cristal.

—¿Y dónde dice que la veía? ¿Dónde exactamente?

Sheen se levantó y Walk lo siguió hasta la ventana.

—Ahí abajo, ahí mismo —dijo Sheen señalando con el dedo.


Una nube había cubierto el cielo cuando Walk salió y se detuvo en la acera. Tan sólo había un autobús que efectuara el trayecto pasando por Blair Peak. Subió, tal como Star había hecho una vez por mes durante unos doce años seguidos, en la parada que estaba justo debajo de la ventana de Colten Sheen.

Se sentó en la última fila del vehículo medio vacío que ascendió por la ladera empinada y después emprendió el descenso hacia el valle. Los árboles se alzaban a uno y otro lado de la carretera, protegiéndola con sus sombras.

Al rato dejaron el bosque atrás. Las vastas llanuras californianas fueron abriéndose ante su mirada. Se levantó, avanzó por el pasillo, se situó junto al conductor y miró por el parabrisas.

No alcanzó a ver la estructura hasta que rebasaron la última curva. De pronto, sin aviso previo, comprendió dónde se encontraba, qué era lo que acababa de aparecer ante sus ojos.

El autobús se detuvo y él bajó. Miró alrededor mientras el vehículo volvía a ponerse en marcha. No se veía nada en varios kilómetros a la redonda, a excepción del largo camino de acceso, la alambrada con cuchillas a tres metros de altura, los achatados edificios que conformaban la penitenciaría de Fairmont.

Esperó durante una hora a solas en un cuarto. Si alzaba la mano podía ver claramente los temblores. Últimamente se había descuidado al tomar la medicación porque había una vida en juego, no la de él, sino la de Vincent. Y había empeorado: el dolor sólo a veces, el miedo siempre. Había estado poniendo la alarma una hora antes a fin de concederse el tiempo necesario para afrontar una batalla que resultaba cada vez más costosa de ganar. El futuro daba miedo, aunque en realidad había sido así siempre.

Cuddy entró por la puerta con una media sonrisa en el rostro.

—Sin la placa pareces otro. Estoy terminando de hacer la ronda del día, si quieres acompañarme...

Walk echó a andar un metro por detrás del corpulento alcaide mientras las cerraduras de las puertas metálicas iban abriéndose y cerrándose a su paso. Qué vida la de Cuddy, a caballo entre el orden y el desorden, dedicado a mantener el mal dentro para que el bien perviviese fuera. No podía ni imaginárselo.

—Siento no haber podido asistir al servicio —comentó Cuddy—. No me gustan las despedidas.

Fueron andando junto a la valla con cuchillas, bajo las torres de vigilancia altas como silos.

—Me he enterado de algunas cosas —dijo Walk.

Cuddy respiró hondo, como si supiera lo que iba a decirle. Walk no sabía a qué venía este paseo por el perímetro: quizá Cuddy necesitaba respirar un poco de aire fresco después de pasar diez horas en el despacho.

—Star venía por aquí —dijo Walk.

—Sí.

—Pero su nombre no consta en el libro de visitas, y mira que lo he mirado con lupa.

Pasaron bajo una torre y Cuddy saludó con la mano al guardia.

—Me gusta el atardecer —comentó Cuddy—, el final del crepúsculo astronómico vespertino. A veces dejo que los presos salgan un rato a mirar la puesta del sol, quinientos hombres en total: traficantes, violadores, asesinos. Todos juntos, contemplando el cielo. Es el único momento en que no se suscitan problemas serios.

—¿Por qué?

—La belleza, supongo: hace más difícil negar que hay un poder superior.

—O más fácil.

—No hay que perder la esperanza, Walk, y menos en tu caso. Eso sí que sería trágico.

—Cuéntame lo de Star.

Cuddy se detuvo. Se encontraban en el punto más alejado del edificio principal, entre dos torres y sus guardias, tan dispuestos a poner fin a una vida como el más implacable de los jurados.

—Star me caía muy bien y llegué a conocerla bastante con el paso de los años. En cuanto a Vincent King, era un tipo decente, mejor persona que la mayoría de las que he conocido. Lo vi cambiar ante mis ojos: entró siendo un chaval muerto de miedo, se convirtió en un hombre que no le temía a nada. Con el tiempo lo asumió.

—¿Asumió qué?

—Su destino. No digo que estuviera contento, pero lo asumió. Y Star lo ayudó mucho. Dado que él le había causado ese dolor, era el único capaz de aliviarlo. Encontró un propósito en la vida.

Walk contempló las primeras estrellas en la bóveda celestial.

—Vincent King la necesitaba, ¿sabes? Para volver a sentir algo en su interior, para ser algo más de lo que era aquí dentro, con el mono naranja y cargado de cadenas. Se comportaron como un matrimonio durante los veintitantos años que Star estuvo viniendo. A veces no cruzaban palabra, al principio sobre todo, sólo se miraban. Ella, con pasión, con deseo ardiente, aquello saltaba a la vista, y Vincent como si Star hubiera venido a este mundo sólo para él.

—¿Y los demás presos cómo se lo tomaban?

—Ah, eso. No hubo ningún problema porque muy pocas veces, y sólo al principio, permití que se vieran en la sala común. Pero me di cuenta de que la chica era demasiado joven e inexperta para verse metida en semejante circo, y los hombres demasiado crueles con sus palabras, con sus promesas, con sus amenazas. Vincent tuvo que defenderla un par de veces, y menos mal que los guardias anduvieron rápidos. De todas formas, como suele pasar, cuando los otros vieron cuál era su punto flaco no hicieron más que hurgar en la herida. El caso es que había otra sala para visitas: un pequeño apartamento para las visitas conyugales que el preso tenía que ganarse. Ahora mismo sólo queda alguna otra en California y en otros tres estados del país.

—¿Y los dejabas encontrarse a solas así como así?

—Vincent lo necesitaba... para sentirse humano otra vez. Joder, hasta yo necesitaba volver a verlo como un ser humano, un ser humano de verdad. Y bueno, Star y él... entre ellos se daba una especie de «fuerza cósmica», como dicen los que creen en esas cosas. No había cárcel en la tierra que pudiera cortar ese vínculo.

Walk sonrió.

—Pero las normas son las normas, claro: no podía anotar todo aquello en el libro de visitas, pues era más bien irregular. Y bueno, pasó el tiempo, y vi cómo Star cambiaba. Su cuerpo iba volviéndose distinto poco a poco, a lo largo de nueve meses, y su expresión de pronto luminosa, ya sabes. Pasó dos veces: dos verdaderos milagros surgidos de la desesperación. —Cuddy sonrió al recordarlo.

—Pero ella no llegó a traerlos de visi...

—Porque él nunca lo hubiera permitido: no quería ni oír hablar de ello, no mientras siguiera en la cárcel. No quería que supieran la verdad, y no lo culpo. Solía decir que no hay nada peor para un crío que tener un padre encerrado en Fairmont. Lo hablamos largo y tendido, y se mantuvo en su decisión: estaba empeñado en sacrificarse por ellos. Decía que así su vida tendría sentido, y no andaba desencaminado.

Walk cerró los ojos y pensó en Duchess y en Robin, en la sangre que corría por sus venas sin que ellos lo supieran.

—Vincent me pidió que le guardara el secreto. Respondí que no iba a contárselo a nadie, pero que tampoco iba a mentir si alguien me preguntaba. Soy un hombre de palabra.

416

—Claro.

Cuddy resopló divertido.

—No quedan muchos como nosotros.

—Creo que Star se lo contó a Darke.

—¿Por qué?

—Por algo que dijo al final: «Las cosas que uno hace por los suyos.» Vincent y Star en eso eran iguales.

—Bueno, la situación cambió de la noche a la mañana: nos obligaron a demoler el apartamento para construir el nuevo pabellón de máxima seguridad. Después de una única visita de Star a la sala común, cuando la amenazaron con ir a verla en cuanto pisaran la calle, Vincent no estuvo dispuesto a permitir que volviera a visitarlo. Quizá iban en serio, quizá no, pero Vincent no quería ni pensar en la posibilidad: no era lo que quería para ella ni para sus hijos.

—Entonces dejó de aceptar sus visitas —adivinó Walk con tristeza.

—Pocas veces he tenido que hacer algo tan doloroso —dijo el alcaide—: no permitirle a Star la entrada... Él le dijo que pasara página, que siguiera adelante con su vida, que encontrara a otro. Star siguió viniendo todo un año, esperando a que él cambiara de idea. Y luego nada. Supuse que habría encontrado una forma de olvidar.

—Lo intentó, sí, pero no olvidó, sólo consiguió anestesiar sus sentimientos.

Cuddy no hizo ningún comentario, pero quedó claro que ya lo sabía. Había presenciado todas las tragedias habidas y por haber, así como sus nefastas consecuencias.

—Entonces ¿tú no sabías nada de todo esto? —preguntó Cuddy.

—No. Star sabía lo que yo le habría dicho: que tenía que cuidar de sí misma, que de nada servía vivir obsesionada por el pasado. Tampoco soy el más indicado para decirlo, desde luego: ¡mira tú quién fue a hablar!

Cuando alcanzaron la verja, Walk le estrechó la mano al alcaide.

—Gracias, Cuddy. Hiciste algo bueno por ellos.

—Una pregunta, ¿por qué has venido a verme hoy precisamente?

—Pura casualidad: Vincent quería que esparciese sus cenizas en Elkton-Trinity. No sé bien por qué, la verdad.

Cuddy sonrió, llevó la mano al hombro de Walk y señaló con el dedo.

—Esa celda que ves ahí arriba es la ciento trece, la que Vincent ocupó durante treinta años. Ya ves las vistas que tiene.

Walk se volvió.

Y allí, por encima de las crestas montañosas, vio un millón de kilómetros de libertad.

# 47

Aquella mañana de otoño hacía un tiempo precioso, la luz del sol resplandecía sobre la montaña. Duchess cabalgaba a lomos de la yegua gris. Salía a pasear cada mañana, antes de que Montana despertara. Ahora conocía bien los senderos que recorrían mientras el vaho escapaba de la boca del animal, feliz de ir despacio, de que ya nunca volvería a correr como antes. En lo alto del cerro, Duchess le acarició el cuello mientras contemplaba el rancho a sus pies.

Era una casa de madera hermosa y acogedora. El humo que salía por la chimenea hablaba del cálido fuego en el hogar. La propiedad contaba con varios graneros, y por sus terrenos corría un río flanqueado de álamos temblones. Duchess había estado explorando la zona, y siguió el río durante cinco kilómetros hasta que vio pisadas de lobo y se apresuró a volver por donde había venido. Armada con el cuchillo de su abuelo, los fines de semana exploraba otras áreas a solas, abriéndose camino entre los arbustos, chapoteando en las charcas que el otoño había dejado tras de sí.

Los meses anteriores habían sido largos y difíciles, pero ella fue descubriendo que el nuevo entorno resultaba de ayuda. Se acostumbró a respirar profundamente, tal y como Hal le había enseñado en su día, y fue haciéndose a la idea de que el paso del tiempo acabaría por atenuar la amargura de sus recuerdos. Porque el tiempo podía con todo.

Cuando llegó a la cuadra, hizo entrar a la yegua. Se aseguró de que tenía agua y forraje en abundancia y le palmeó la cara.

Dolly se encontraba en la cocina, leyendo el periódico entre el olor del café recién hecho. Duchess había cumplido su promesa: se presentó de improviso una medianoche y convino en quedarse en la casa un día. A Dolly le faltó tiempo para llevarla a la cuadra y enseñarle la yegua gris que se había quedado gratuitamente una vez se resolvió la venta de la propiedad de Hal.

El día se convirtió en una semana, la semana en un mes, y así estaban las cosas. Dolly fingía necesitar de alguien que la ayudara en el rancho, a pesar de que tenía dinero suficiente como para emplear a algunos de los temporeros que pasaban por allí cada semana. Duchess arrimaba el hombro como tenía que ser, de sol a sol. Al principio no hablaban demasiado entre sí. Dolly adivinaba que la chica había pasado por una etapa difícil y creía que había que darle tiempo al tiempo.

Una mañana, mientras barrían las hojas de cerezo de Virginia diseminadas por el camino, Dolly tanteó la posibilidad de adoptarla formalmente. Duchess se mantuvo en silencio durante tres días y finalmente le dijo que si estaba lo bastante loca como para adoptar a una chica como ella, lo más práctico era que buscara ayuda médica, pero bueno, si efectivamente hablaba en serio, por su parte estaba de acuerdo.

Se quitó las botas.

—Tengo que encontrar la forma de ganar un poco de dinero.

Dolly levantó la vista del periódico.

—Le debo a una persona, y esa deuda hay que pagarla.

—Puedo darte...

—Tengo que ganarlo por mi cuenta: los forajidos siempre saldamos nuestras deudas.

Aún no sabía cómo iba a encontrar a Hank y a Busy. Empezaría por presentarse en el motel y luego haría las llamadas que fueran necesarias. Iba a arreglar las cosas.

Fue hacia la puerta y, al pasar junto a Dolly, ésta le mostró un sobre.

—El cartero te ha traído esto.

Duchess lo miró por arriba y por abajo. Llevaba el matasellos de Cape Haven. Fue a leerla a su dormitorio, cuyas paredes había pintado de un tono de verde que hacía juego con las montañas.

Cerró la puerta y se sentó en el sillón junto a la ventana.

Conocía aquella escritura, tan diminuta que se imaginó que Walk había tardado una semana para llenar la hoja.

La leyó con calma. Walk se disculpaba por haber mentido en el juicio, por haber hecho saltar por los aires la fe que ella tenía en él. Según decía, las personas a veces hacen cosas malas con buena intención.

A lo largo de veinte páginas le habló de su propia vida y de la de su madre, de Vincent King y Martha May cuando eran jóvenes. Le contó que estaba enfermo y que antes le daba vergüenza decirlo, que temía perder el empleo. Fiel a su costumbre, se anduvo por las ramas otro folio más antes de revelar unas cuantas verdades, suficientes para que a ella se le cayeran los papeles de las manos, para que se levantara del sillón y se pusiera a pasear arriba y abajo por la habitación.

Se calmó un poco, recogió los folios del suelo y continuó leyendo. Walk le hablaba de Vincent, de la sangre que corría por sus venas y de que no debería sentirse avergonzada, sino orgullosa. Le explicaba que Star, su madre, siempre estuvo enamorada de Vincent y que había mantenido vivo ese amor durante los momentos más sombríos. Le hacía ver el tormento que había vivido él, sin forma de expiar la vida que se había llevado por delante. Pero ella era el fruto del amor, agregaba. Que no lo olvidara nunca: ella y su hermano eran obra de un amor profundo e invencible.

En el sobre había una foto, una sola: Walk a bordo de una barca con el casco corroído por el óxido donde se leía PESCA CAPE HAVEN. Duchess vio el reflejo en el agua: una mujer menuda con el pelo oscuro, cámara en mano y sonrisa deslumbrante.

Junto con la fotografía venía un documento legal: el testamento de Vincent King.

Dolly le explicó más tarde que Robin y ella eran propietarios de una magnífica residencia en Cape Haven: Vincent había estado restaurándola para ellos. Eran muy libres de hacer lo que les viniera en gana con la casa. Podían ir de vez en cuando, venderla, o lo que quisieran, ya mismo, o casi. Duchess, que antes no tenía nada, había pasado a contar con algo tangible, algo que estaba ahí por mucho que nadie supiera lo que el futuro iba a depararle.

Aquella noche no pegó ojo, no dejó de pensar en todo lo sucedido, en lo que había aprendido y en lo que terminaría por olvidar. Había estado esperando, sanando las heridas del ayer, pero de nuevo volvía a tener fuerzas.

Por la mañana le comunicó a Dolly que había tomado una decisión. Por fin estaba preparada.

# 48

La población se anunciaba sin aspavientos, sólo un simple letrero en la entrada.

OWL CREEK.

Dolly tenía una amiga en Rexburg, adonde llegaron tras conducir de noche. Duchess hizo sola el resto del trayecto en autobús. Dolly le había preguntado si quería que la acompañara y ella se lo agradeció, pero le dijo que no.

El autobús tenía la carrocería plateada con ribetes rojos y azules. Cuando por fin se detuvo, Duchess cogió la bolsa de viaje, avanzó por el pasillo y salió al aire fresco de Wyoming.

El conductor le deseó buena suerte, cerró las puertas y reemprendió la marcha. Duchess echó un último vistazo a las ventanillas del vehículo, a las miradas fijas como la suya, a alguna que otra sonrisa. Le llegó el olor y el bochorno del motor.

Caminó con la cabeza baja, como solía hacer desde el día en que le llegó la carta, sin el aire retador de antaño.

Dejó atrás el hotel Capitol. Había toldos sobre las tiendas, cuyos escaparates hacían lo posible por tentar a los adinerados visitantes del lugar. Alfarería Lacey, Antigüedades Aldon, Floristería Pressly...

Pasó frente a la biblioteca Carnegie. El sol de la tarde caía a plomo sobre las montañas Bighorn y la extensión de onduladas praderas más allá. Respiró hondo, la espalda le dolía un poco debido al asiento del autobús. Se aseó un poco en los servicios de una gasolinera y se peinó para tener el pelo perfectamente arreglado bajo el sombrero.

Llevaba un pequeño plano consigo, un plano donde todo lo importante aparecía circundado en rojo. No tuvo que andar mucho, un kilómetro o así, hasta llegar a un amplio césped flanqueado por bonitas viviendas.

Una calle más y llegó a su destino.

La escuela primaria de Owl Creek.

Un edificio ancho y bajo, con los letreros y rótulos pintados en blanco y macetas colgantes llenas de flores. Al otro lado se vislumbraba una nueva extensión de césped, presidida en un extremo por un roble impresionante que le recordó el viejo Árbol de los Deseos. Caminó hasta allí y, tras admirarlo un momento, se sentó a la sombra de sus ramas. El suelo estaba alfombrado de hojas de un color naranja tan vivo que terminó por coger una de ellas para observarla de cerca.

Sacó la botella de agua de la bolsa y bebió un trago teniendo buen cuidado de dejar algo para después. Nerviosa como estaba, se olvidó de la chocolatina que llevaba consigo.

Llegó un automóvil, seguido por otro más. Advirtió que en ese pueblo casi todos los padres iban a recoger a sus hijos andando.

Reconoció a Peter nada más verlo: llevaba a *Jet* de la correa, y saludaba y sonreía a todo el mundo.

Cruzó los brazos sobre el pecho al ver que los niños iban saliendo. Se toqueteó el sombrero, se anudó bien el cordón de una zapatilla. Llevaba puesto su mejor vestido, el amarillo, su color predilecto.

Cuando por fin vio salir a Robin, la sorpresa la hizo dar un respingo.

Estaba más alto y llevaba el pelo más corto, pero su sonrisa seguía estando ahí, tan hermosa y sincera como siempre. Duchess comprendió que de mayor iba a ser todo un rompecorazones.

A su lado estaba Lucy, quien lo cogió de la mano al llegar al final del camino. Su hermano entonces vió a Peter y salió corriendo hacia él. Peter lo tomó en brazos y se abrazaron con fuerza, largamente. Robin cerró los ojos unos segundos.

Peter lo dejó en el suelo y le dio la correa mientras *Jet* brincaba como un loco y le daba lametones en la cara. Robin se moría de risa. Duchess se quedó donde estaba mientras Peter los conducía al pequeño parque adyacente. Estuvo columpiando a Robin un rato, lo ayudó a encaramarse por la escalera y luego lo recogió en volandas al pie del largo tobogán.

Siguió contemplándolos, tan sonriente como ellos, acompañada por la distante música de sus risas. Lucy se les unió al poco rato. Llevaba consigo una bolsa de la que sobresalían unos papeles. Robin salió corriendo para abrazarse con ella como si llevara años sin verla.

Duchess se puso en camino cuando ellos lo hicieron, manteniéndose a una buena distancia, aunque era poco probable que la vieran. Intentó llamarlo unas cuantas veces, pero en voz tan baja que el viento se llevó enseguida el nombre de su hermano.

Vivían en una bonita casa de madera pintada de verde, con las persianas blancas y el jardín bien cuidado, la clase de casa que siempre había soñado para ellos.

En el buzón de la entrada constaba el nombre de los residentes: FAMILIA LAYTON. Caminó por su calle mientras el sol se ponía y el cielo de Wyoming la cubría con su delicada belleza. Miró el vecindario: por todas partes había chicos y chicas jugando al béisbol o montados en bicicletas.

Al caer la noche, volvió sobre sus pasos y se coló en el jardín de la familia. Una hamaca, una barbacoa, una caja que servía de hotel para insectos...

Permaneció allí largo rato mientras el día daba paso a una noche estrellada.

Fue hasta el porche, subió por los escalones y miró a través de la ventana. La luz del interior iluminaba una escena perfecta: Lucy junto a Robin, ayudándolo con un ejercicio de lectura, y Peter terminando de poner los platos en la mesa de la cocina y llamándolos para la cena. Tomaron asiento frente al televisor encendido, pero sin sonido; *Jet* junto a Robin, con ojos ilusionados.

Robin no dejó un solo resto en el plato.

Continuó mirándolos hasta que se hizo tarde. Peter besó a Robin en la frente con afecto y Lucy cogió el libro de lectura, tomó al niño de la mano y subió con él por la escalera.

Se preguntó si Robin iba a acordarse de todo cuanto él y ella habían vivido juntos. Sabía que seguramente no, al menos no en detalle: era lo bastante pequeño para convertirse en quien quisiera ser de mayor. El mundo era suyo, Robin era un príncipe y Duchess por fin entendía bien por qué.

No era de las que lloran, pero cuando las lágrimas llegaron se abandonó a ellas.

Lloraba por todo cuanto ella había perdido y todo cuanto él había encontrado.

Apretó la palma de la mano contra el cristal y le dijo adiós a su hermano.

# 49

Guardó cama los días siguientes.

Dolly era consciente de la necesidad de darle tiempo, de dejarla a solas, de permitirle respirar a su aire.

Aun así le preocupaba. Le ponía platos con comida junto a la puerta hasta que se decidió a entrar para preguntarle si le gustaría ir a ver a la yegua gris por la mañana. Duchess estaba sentada al pequeño escritorio, escribiendo bajo el sol que se colaba por la ventana.

El lunes, Duchess se dirigió al colegio en compañía de Thomas Noble.

—¿Has hecho el trabajo?

—Sí.

Un trabajo libre que les habían asignado a ella y a sus compañeros de clase. Podían escribir sobre lo que quisieran.

Una vez en el aula, fueron saliendo uno a uno a la tarima a hablar de los temas más dispares: Thomas Jefferson, el fútbol, las vacaciones de verano, cómo rastrear a un ciervo de cola blanca...

Cuando la profesora dijo su nombre, Duchess se levantó, pegó un papel en la pizarra e hizo lo posible para calmar los nervios. Metió las manos hasta el fondo de los bolsillos y se situó de espaldas a su árbol familiar.

El árbol familiar al completo.

Notó que todos estaban mirándola, y vio a Thomas Noble de soslayo. Thomas sonrió e hizo un gesto con la mano, animándola a empezar de una vez.

Se aclaró la garganta y comenzó por su padre, el forajido Vincent King.

# Agradecimientos

Tardé mucho tiempo en escribir este libro en particular. Por fortuna, he contado con la ayuda de la mejor gente del sector, sin ellos este libro no existiría.

Amy Einhorn. En tu caso, no sé ni por dónde empezar. Gracias por creer en un proyecto que no estaba del todo claro y por ayudarme a convertirlo en el libro que soñaba escribir. Te has implicado y has hecho mucho más de lo que podía esperar; has trabajado con una dedicación increíble. Eres la mejor, sin discusión, y soy consciente de la suerte que tengo al trabajar contigo.

Conor Mintzer, también conocido como Con Man o Con Air. Gracias por fijarte en mí, por tu buen hacer editorial y por tus recursos fascinantes. A la hora de hacer el ridículo en Las Vegas, mejor hacerlo contigo que con ningún otro. Te quiero, compañero.

Maggie Richards. Gracias por todo (iba a decir «por tu diabólico plan para conquistar el mundo», pero tampoco quiero hacerte quedar como uno de esos genios del mal que aparecen en las películas de James Bond).

Pat Eisemann y Catryn Silbersack, dos ases de la publicidad. Os estoy eternamente agradecido por hacer que este libro tenga repercusión. Está claro que sois expertas en el arte del soborno.

Caitlin O'Shaughnessy. Gracias por llevarme al mercado y asegurarte de que salga de allí con algo más que judías mágicas.

Chris Sergio y Karen Horton, gracias. Seré muy feliz si la gente juzga este libro por su cubierta original.

Jason Reigal, gracias por convertir mis palabras en algo por lo que puedo obligar a pagar, a mis seres queridos / a cualquier persona con quien tenga contacto.

Kenn Russell, me postro ante tu grandeza (Conor te llamó «zar»).

Maggie Carr. Existen las correcciones de estilo y luego está la corrección de estilo de Maggie Carr. Gracias por tu asombrosa meticulosidad y por hacerme sonreír en los márgenes. Si pagaran por error, estoy bastante seguro de que te habría hecho millonaria.

Meryl Levavi, gracias por el hermoso diseño de la edición original. Mi esposa me sorprendió acariciando las páginas.

John Hart, por ser siempre amable ante el acoso de mi bombardeo por correo electrónico.

Colegas escritores, gracias por ser tan generosos con vuestras palabras.

Gracias a Cath Summerhayes y a mi familia Curtis Brown; a Katherine Armstrong y a mi familia Bonnier; a Victoria Whitaker y a mi molesta familia.

A las personas que están leyendo esto, gracias: es como quedarse en el asiento para ver los créditos de la película. Repitámoslo, pronto.